Ellin Carsta

Der Aufbruch der Geschwister

TINTE & FEDER

Das Buch

Bernried am Starnberger See, 1941: Wilhelmine von Falkenbach ist dankbar für das Vertrauen, das ihr Vater ihr entgegenbringt: Sie darf für eine Weile nach München ziehen, um dort Gut Falkenbach zu vertreten. Dass Paul-Friedrich vor allem daran interessiert ist, Wilhelmine aus der Schusslinie der Nazis zu nehmen, ahnt sie nicht. Außerdem treibt Paul-Friedrich die Sorge um, womöglich nicht länger in der Lage zu sein, seine geliebten Pferde dem Zugriff der Nazis entziehen zu können.
Gustav von Falkenbach spinnt einen Plan, um einem Kind, das ihm besonders ans Herz gewachsen ist, die Flucht aus der Anstalt zu ermöglichen. Er riskiert damit sowohl sein eigenes Leben als auch das seiner Familie. Hinzu kommt, dass er sich in dieser existenziellen Situation auch noch mit dem dunklen Geheimnis seiner Ehefrau Clara auseinandersetzen muss, das schon lange im Hintergrund ihrer Beziehung lauert.

Die Autorin

Ellin Carsta ist das Pseudonym der deutschen Autorin Petra Mattfeldt, die zusammen mit ihrem Mann und ihren drei Kindern in der Nähe von Bremen lebt. Alle Fans ihrer »Hansen-Saga« können sich über eine neue Familiensaga um die von Falkenbachs aus ihrer Feder freuen.
Weitere Informationen zur Autorin finden Sie unter www.petra-mattfeldt.de.

ELLIN CARSTA

DER AUFBRUCH DER GESCHWISTER

DIE FALKENBACH-SAGA

ROMAN

TINTE & FEDER

Deutsche Erstveröffentlichung bei
Tinte & Feder, Amazon Media EU S.à r.l.
38, avenue John F. Kennedy, L-1855 Luxembourg
März 2024

Umschlaggestaltung: bürosüd° München, www.buerosued.de
Umschlagmotiv: © Aastels © Nedim Bajramovic © Mongkol Rujitham
© Dagmar Breu © Artiste2d3d / Shutterstock
Lektorat: Diana Schaumlöffel
Korrektorat: Gisela Wunderskirchner / Angelika Wiedmaier
Gedruckt durch:
Amazon Distribution GmbH, Amazonstraße 1, 04347 Leipzig /
Canon Deutschland Business Services GmbH, Ferdinand-Jühlke-Straße 7,
99095 Erfurt /
CPI books GmbH, Birkstraße 10, 25917 Leck

ISBN: 978-2-49671-088-5
e-ISBN: 978-2-49671-087-8

www.tinte-feder.de

Für Diana!
Weil du nicht nur Lektorin,
sondern wunderbare
Freundin bist.

Prolog

Warschau, Mai 1941

Er hatte nicht lange gebraucht, um seine Sachen zusammenzupacken, in den Rucksack zu stopfen und sich für den Aufbruch bereit zu machen. Kein Wunder, besaß er hier in diesem verdammten Drecksloch doch so gut wie nichts, obwohl er bei seinen fast täglichen Raubzügen durchs Ghetto den Juden auch noch die letzten Wertsachen abgenommen hatte, um diese brav wie ein apportierender Hund seinem Kommandanten zu übergeben.

Dass die Ausbeute, die er vorzuweisen hatte, von Tag zu Tag geringer geworden war, hatte Leopold schon eine geraume Zeit Bauchschmerzen bereitet. Denn das Damoklesschwert über ihm hatte ihn gemahnt, nur nicht nachzulassen in seinen Bemühungen, durch den nicht abreißenden Strom an Wertgegenständen stets dafür zu sorgen, dass Hinrich und er vom Kommandanten als wertvoll genug eingeschätzt wurden, um ihnen beiden den Gang an die Front zu ersparen.

Die meisten seiner Kameraden waren schon vor Monaten abberufen worden, während Leopold und Hinrich bisher verschont geblieben waren. Es hatte sich als kluger Schachzug erwiesen, dass Leopold damals Offizier Decker den Vorschlag gemacht hatte, im Ghetto Augen und Ohren offen zu halten und die noch bei den Juden befindlichen Wertsachen aufzuspüren und dem Offizier zu übergeben. Decker hatte ihn machen lassen und ordentlich davon profitiert, hatte Leopold doch schnell den Bogen raus, wie er an die Wertsachen der Juden kam und deren Verstecke ausfindig machte. Und Deckers Bericht an den neuen kommandierenden Offizier Adalbert Henke, in dem stand, dass Leopold und Hinrich in der Nähe des Ghettos weit mehr von Nutzen waren als an der Front, hatte sie vor einem Einsatz dort bewahrt. Bis jetzt. Denn nachdem seine und Hinrichs Beutezüge immer weniger einbrachten, hatte Leopold die Unzufriedenheit Offizier Henkes deutlich wahrnehmen können. Dabei hatte er wirklich alles versucht, aus den Juden doch noch irgendetwas herauszuquetschen und war seit einiger Zeit auch immer grober vorgegangen, manchmal sogar brutal, um sie dazu zu bringen, doch noch das eine oder andere Versteck zu verraten. Aber irgendwann hatte er sich der Erkenntnis stellen müssen, dass sie tatsächlich einfach nichts mehr hatten, das sie ihm hätten geben können.

»Einem nackten Mann kannst du nicht in die Tasche greifen«, hatte Hinrich die Lage kommentiert, nachdem Leopold diesem gegenüber mit einer gewissen Verzweiflung kundgetan hatte, dass sie sich etwas einfallen lassen mussten, wollten sie nicht riskieren, abberufen zu werden. Und er war wütend geworden, als Hinrich das Schicksal, das ihnen nun bevorstand, einfach so hingenommen hatte, statt sich hiergegen aufzulehnen und nach einer besseren Lösung zu suchen.

Im Grunde hatte Leopold gewusst, dass Hinrich recht hatte. Doch die Vorstellung, nun genau wie die anderen an vorderste Front zu müssen, hatte ihn dermaßen geängstigt, dass er seit der Ankündigung Offizier Henkes kaum mehr ein Auge zugemacht hatte. Was würde ihn dort erwarten? Wie viele von denen, mit denen er noch vor einigen Wochen hier Dienst getan hatte, waren überhaupt noch am Leben?

Das gesamte Lager hier wurde heute geräumt. Und das Schlimmste war, dass Adalbert Henke selbst derjenige war, der sie als Offizier der 298. Infanterie-Division führen würde. Wohin, das wusste Leopold nicht. Nicht er und auch niemand der verbliebenen Kameraden. Mit ihnen sprach man ja nicht darüber, sie waren einfache Soldaten. Und Adalbert Henke war dafür bekannt, alles auf eine Karte zu setzen und in Kauf zu nehmen, dass die Soldaten an vorderster Front zum Bauernopfer wurden; es gehörte zu seiner Taktik, um letztendlich den Gegner zu schlagen. So genoss er beim Führer und den Oberen der Regierung einen ausgezeichneten Ruf, war doch seine Erfolgsquote beachtlich. In den Reihen der einfachen Soldaten jedoch wusste man, dass Adalbert Henkes Einheit die höchsten Verlustzahlen zu verzeichnen hatte und jeder Zweite sein Leben ließ, nur um dem Feind einige Hundert Meter Land abzugewinnen und kurze Zeit später frische Soldatenmasse nachzubekommen, die dann ebenso diesem sinnlosen Wahn geopfert wurde.

Leopold zuckte zusammen, als er den Befehl vernahm, dass sie sich in Bewegung setzen sollten. Hinrich, der für ihn tatsächlich so etwas wie ein Freund geworden war, trat schweigend an seine Seite, als sich der Trupp in der brütenden Hitze in Zweierreihen mühsam vorwärtsbewegte. Jeder Zweite fiel in Henkes Einheit, ging es Leopold durch den Kopf, und er sah Hinrich an. Einer von ihnen beiden würde also womöglich schon bald nicht mehr am Leben sein. Hinrich erwiderte seinen Blick, sagte jedoch nichts. Überlegte auch er gerade, wer von ihnen beiden es sein würde, der in irgendeinem Matsch im Feindesland sein Leben ließ? Leopold blickte nach vorn, wollte nicht in den Augen Hinrichs den Gedanken lesen können, der womöglich der gleiche wie seiner war. Denn in genau diesem Gedanken schwang das Bewusstsein mit, dass man dem anderen, ganz zu Ende gedacht, den Tod wünschte, um nur selbst nicht derjenige zu sein, der starb. Und das erste Mal in seinem Leben, das er voller Rücksichtslosigkeit geführt und sich hierfür nie geschämt hatte, überkam Leopold so etwas wie ein schlechtes Gewissen.

1. Kapitel

Anwesen der Familie von Falkenbach bei Bernried am Starnberger See, Juni 1941

So lange schon wollte ich ausbrechen. Doch nun, da mir solche Freiheit gewährt wird, fürchte ich mich auch davor.

Wilhelmine von Falkenbach

»Ich sage dir, dass so etwas zu der Zeit, als ich in deinem Alter war, vollkommen undenkbar gewesen wäre«, echauffierte sich Dorothea und kräuselte pikiert die Lippen. »Ein junges alleinstehendes Fräulein lebt nicht so einfach in einer fremden Stadt und verkehrt dort in wer weiß welchen Kreisen. Du solltest erst einmal einen Ehemann vorzuweisen haben, bevor du dieses Haus verlässt.«

Wilhelmine wollte etwas erwidern, doch ihr Vater kam ihr zuvor.

»Wir dürften uns wohl darüber einig sein, dass Wilhelmine kaum in der Lage sein wird, auf Gut Falkenbach einen Mann zu finden, da es hier ausschließlich Pferde gibt oder junge Männer, die entweder bereits verheiratet sind oder mit denen sie verwandt ist oder beides. Es sei denn, du möchtest, dass wir in Ferdinands KZ nach einem geeigneten Heiratskandidaten für unsere Tochter Ausschau halten.«

»Paul-Friedrich!«, entfuhr es Dorothea empört. »Ich empfinde deinen Spott mir gegenüber als absolut unangebracht.«

»Es ist kein Spott, meine Liebe, sondern eine Zusammenfassung der Tatsachen«, stellte Paul-Friedrich klar, trank ungerührt einen Schluck Kaffee und wandte sich dann an Wilhelmine.

»Ich habe Ludwig Behrenburg gestern noch telefonisch erreicht. Es wäre gut, wenn du dich direkt in den nächsten Tagen in seiner Bank vorstellen und die nötigen Unterschriften leisten würdest, damit du auch in München jederzeit finanziell unabhängig agieren kannst.«

»Danke, Vater, das werde ich.« Wilhelmine lächelte ihren Vater an, dann sah sie zu ihrer Mutter, der Tränen in die Augen getreten waren. Ob diese der bevorstehenden Trennung geschuldet waren oder doch eher der Zurechtweisung Paul-Friedrichs, hätte Wilhelmine nicht zu sagen gewusst. Sie vermutete jedoch eher Letzteres. Dennoch tat sie Wilhelmine in diesem Moment leid.

So schwierig das Mutter-Tochter-Verhältnis auch war, so hatte Wilhelmine dennoch das Gefühl, dass Dorothea ihr fehlen würde. Zwar würde sie ja in regelmäßigen Abständen nach Gut Falkenbach kommen, schon um die Pferde gelegentlich zu reiten, auch wenn ihr Vater jemanden eingestellt hatte, der sich an ihrer Stelle darum kümmern sollte. Doch zumindest für die nächsten Monate würde sie vorwiegend in München leben, um dort zu arbeiten und die Erfahrung machen zu können, auf eigenen Beinen zu stehen, da sie, was nun feststand, eines Tages diejenige sein würde, die das Gestüt auf Gut Falkenbach weiterführen und erhalten müsste.

Durch die vielen Gespräche der letzten Wochen hatte nicht nur Wilhelmine hierüber Klarheit erlangt, sondern, wie sie meinte, auch ihr Vater selbst, der in den Jahren zuvor nie eine Regelung bezüglich der Zukunft Gut Falkenbachs angestrebt hatte. Und im Grunde war es ja auch wirklich noch nicht notwendig, wurde ihr Vater in diesem Jahr doch gerade mal zweiundsechzig Jahre alt und erfreute sich, abgesehen von seiner Kriegsverletzung, bester Gesundheit. Allein die Tatsache, dass Paul-Friedrich sie und Gustav in sein Arbeitszimmer gebeten hatte, um mit den Geschwistern ein Gespräch darüber zu führen, was er für Gut Falkenbach plante und hierzu ihre Gedanken und Überlegungen hören wollte, hatte Wilhelmine auf eine gewisse Weise erschreckt.

Ihr Vater war niemand, der sich in die Karten blicken ließ. Er hatte stets seine Pläne geschmiedet, in die Tat umgesetzt und sie alle irgendwann mit den geschaffenen Tatsachen konfrontiert. Dass er nun ihre und Gustavs Ansichten zum Fortbestehen Gut Falkenbachs hatte hören wollen, hatte Wilhelmine die bange Frage aussprechen lassen, ob er irgendwie krank sei oder Ähnliches, was der Vater jedoch zum Glück augenblicklich verneint hatte. Und doch war da das Gefühl in Wilhelmine, dass etwas vorging, worüber er nicht sprach und das in irgendeiner Form eine Veränderung der Besitzverhältnisse Gut Falkenbachs bedeuten könnte. Vor allem der von ihrem Vater geäußerte Wunsch, sie möge für eine Weile nach München ziehen, um dort in der Reitschule nicht nur zu unterrichten, sondern als Vertreterin und künftige Inhaberin des Gestüts derer von Falkenbach aufzutreten, hatte sie stutzig gemacht.

Warum gab ihr Vater ihr plötzlich einen so großen Freiheitsradius? Er hatte es ihr gegenüber damit erklärt, dass sie mit ihren siebenundzwanzig Jahren alt genug war, um nach und nach in die Geschäftswelt einzutauchen, wenn sie sich künftig dort behaupten und Kontakte knüpfen wollte. Auch schien das Thema vom Tisch, dass sie schon deshalb nicht selbst Gut Falkenbach und das Gestüt übernehmen könnte, da sie ja schließlich kein Mann war, obwohl dies zuvor jahrelang genau so kommuniziert worden war. Wilhelmine hatte sich schon vor langer Zeit damit abgefunden, dass sie immer nur die Tochter ihres Vaters sein würde und nur dann überhaupt an eine Übergabe der Leitung des Gestüts zu denken war, wenn sie einen Ehemann vorweisen könnte, der die Geschäfte führte.

Seit ein paar Wochen klang dies nun vollkommen anders, worüber Wilhelmine sich wirklich freute. Sie fragte sich jedoch auch, woher der plötzliche Sinneswandel ihres Vaters kam.

Darauf angesprochen hatte er ihr geantwortet, dass es Königinnen und Kaiserinnen gab, die ohne einen Mann an ihrer Seite ganze Länder regierten. Weshalb sollte er also ihr, die auf dem Gestüt aufgewachsen war und alles aus dem Effeff kannte, nicht das Vertrauen schenken? Hierauf hatte Wilhelmine keine Erwiderung gewusst, und natürlich schmeichelte es ihr, dass ihr Vater ihr die künftige, nein, die spätere Leitung zutraute, wenn er selbst nicht mehr dazu in der Lage war, was Wilhelmines Meinung nach noch gute zwanzig Jahre dauern durfte. Denn sie konnte sich überhaupt nicht vorstellen, dass der Tag jemals käme, an dem ihr Vater wirklich das Ruder übergab und sich nicht mehr in der Lage fühlte, alle Entscheidungen selbst zu treffen. Oder, dass er eben irgendwann gar nicht mehr da war. Besonders letzteren Gedanken versuchte sie augenblicklich aus ihrem Kopf zu vertreiben. Sie hatte Lust auf mehr Verantwortung, das stimmte. Und die Vorstellung, gemeinsam mit ihrem Vater die Führung zu übernehmen, fand sie einfach herrlich. Doch ohne ihn? Ohne diesen klugen und überlegenen Geist, der stets fünf Schritte vorausdachte und immer schon die Antworten auf Fragen kannte, noch bevor diese überhaupt gestellt worden waren? Nein, Gut Falkenbach ohne ihren Vater war für sie einfach unvorstellbar.

Sie hatte auch mit Gustav darüber gesprochen, nachdem die Geschwister das Arbeitszimmer ihres Vaters wieder verlassen hatten. Wilhelmine fand es bewundernswert, dass ihr großer Bruder sich ganz selbstverständlich damit einverstanden erklärt hatte, dass sie vollends das Gestüt erhalten und er nicht einmal daran beteiligt werden sollte. Dafür wurden Gustav sämtliche Rückzahlungen für das neue Gebäude erlassen, in dem sich sowohl seine Praxis als auch das angrenzende Hospital befand und das ihm der Vater vorfinanziert hatte. Gustav hatte diese Regelung als fair empfunden, während Wilhelmine sich hier nicht so sicher war und durchaus den Eindruck gehabt hatte, den größeren Anteil zu bekommen, wenn ihr der Vater eines Tages das Gestüt wie vorgesehen übertragen würde. Doch Gustav hatte ihr widersprochen und alles für gut befunden, weshalb Wilhelmine in dem Moment nichts weiter gesagt hatte. Aber ganz aus dem Kopf gegangen war es ihr nicht.

Ihr Vater sah die Regelung für die Geschwister so vor, dass Gustav alles rund um die Praxis und sie alles um das Gestüt erhielt. Das Gutshaus sowie die Ländereien sollte beiden je zur Hälfte übertragen werden, womit sie auch über die derzeit an Ferdinand Lehmann vermieteten Flächen und Bauten zu gleichen Teilen zu bestimmen hätten, wenngleich dann auch diese vermutlich Jojo, Ferdinands Sohn, zur weiteren Nutzung überlassen werden würden.

Paul-Friedrich hatte auch angesprochen, dass lediglich die späteren Besitzverhältnisse der früheren Topf- und Pfannenfabrik Wilhelm Lehmanns, die inzwischen auch zu hundert Prozent nur noch Waffen herstellte, zu gegebener Zeit geklärt werden mussten. Schließlich waren Wilhelms Enkelinnen in Amerika, und ob hier noch eine Nachfolge anstand, konnte zum jetzigen Zeitpunkt vermutlich nicht einmal der Herrgott selbst sagen. Doch so weit, das hatte ihr Vater an dem Tag betont, war man ja auch ohnehin noch lange nicht, und letztendlich war es dann sowieso Wilhelms Aufgabe, zu entscheiden, was aus der Fabrik wurde, wenn er einmal nicht mehr zu deren Führung in der Lage war. Man konnte ja nicht einmal wissen, ob Leopold aus dem Krieg zurückkäme, auch wenn dies natürlich alle hofften. Aber sicher war es eben nicht. Es waren nun einmal unsichere Zeiten, in denen sie lebten, und vermutlich wollte ihr Vater auch deshalb die Geschwister über seine Pläne in Kenntnis setzen, einfach, damit sie Bescheid wussten. Denn tatsächlich hatte sich Wilhelmine auch nie zuvor darüber Gedanken gemacht, dass die Lehmann-Fabriken selbst zwar diesen gehörten, jedoch auf dem Grund und Boden Gut Falkenbachs standen und Paul-Friedrich außerdem wohl auch Anteile hieran hatte.

Wilhelmine hatte nach dem Gespräch das Gefühl gehabt, ihr würde der Kopf rauchen, so viele Informationen wie sie und Gustav durch den Vater bekommen hatten. Doch vor allem hatte sie gespürt, dass Veränderungen im Haus Falkenbach anstanden, wenngleich Wilhelmine deren Ausmaß nicht genau einschätzen konnte. Nur, dass sie für eine Weile nach München gehen, an der Reitschule dort unterrichten und eben Kontakte knüpfen und auch im Namen des Gestüts Geschäfte abschließen sollte, das stand fest. Alles andere würde sich nach und nach finden.

»Du sagst ja gar nichts mehr, Wilhelmine«, holte ihr Vater sie aus ihren Gedanken. »Freust du dich denn gar nicht auf das, was vor dir liegt?«

»Doch!«, gab sie eilig zurück. »Und wie. Aber ihr werdet mir natürlich auch fehlen.« Sie trank einen Schluck ihres Kaffees, der inzwischen nur noch lauwarm war.

»Ich möchte keinesfalls, dass du in der Stadt den Eindruck erweckst, leicht zu haben zu sein«, brachte Dorothea in gereiztem Tonfall hervor.

»Nein, versprochen, Mama.« Wilhelmine schüttelte den Kopf. »Dafür wäre ich mir selbst viel zu schade.« Wilhelmine lächelte Dorothea an und behielt den Gedanken für sich, dass sie sich ohnehin nicht vorstellen könnte, sich je wieder von einem anderen Mann berühren zu lassen als Martin, dessen Todestag sich im September bereits zum zweiten Mal jährte. Sie wusste ja, dass es eigentlich Unsinn war. Sie war eine junge Frau, gerade erst siebenundzwanzig. Bestimmt würde sie eines Tages jemanden kennenlernen, in den sie sich verlieben und mit dem sie dann natürlich auch zärtlich sein konnte. Doch im Hier und Jetzt bekam sie allein bei dem Gedanken, dass jemand die Hand ausstrecken und sie anfassen wollte, eine Gänsehaut, und es schauderte sie. Es hieß zwar, dass die Zeit alle Wunden heilte, doch offenbar war ihre Zeit hierfür einfach noch nicht gekommen.

»Außerdem«, setzte Wilhelmine der Mutter gegenüber nach, »sehe ich mich vor allem als Repräsentantin Gut Falkenbachs. Und wenn ich auch als diese wahrgenommen werden will, geht es nun wirklich nicht an, irgendeine Liebschaft anzufangen.« Sie sah ihren Vater an. »Ich glaube kaum, dass Vater mit allem so erfolgreich geworden wäre, wenn er es so leichtlebig angegangen wäre.«

»Das ist ja nun wohl wirklich etwas anderes«, empörte sich Dorothea.

»Aber ich mache doch nur Spaß, Mama. Wirklich, du kannst ganz unbesorgt sein. Weder habe ich Interesse an einem ausschweifenden Leben dort noch würde ich es als klug empfinden.«

»Es gefällt mir sehr, wie du denkst«, lobte Paul-Friedrich. »Es zeigt mir, dass du verstanden hast, um was genau es mir bei der Sache geht.«

»Das habe ich, Vater«, versicherte Wilhelmine, als die Tür geöffnet wurde und Clara mit Edith auf dem Arm das Esszimmer betrat. Die Schwägerin hatte nicht nur mit der Tochter, sondern auch mit ihrem Sieben-Monats-Bauch ordentlich zu tragen, der um einiges mehr Umfang hatte als seinerzeit bei Edith, wie Wilhelmine fand.

»Guten Morgen«, grüßte Clara, stellte die Tochter ab und drückte kurz ihren Rücken durch, sodass Edith nun ihrerseits auf direktem Wege um den Tisch herumkam und sogleich ganz selbstverständlich auf Wilhelmines Schoß zu klettern versuchte, worauf diese die Nichte hochnahm und kurz an sich drückte.

»Guten Morgen«, gaben Paul-Friedrich und Dorothea wie aus einem Munde zurück.

»Guten Morgen«, sagte nun auch Wilhelmine und lächelte ihrer Schwägerin zu, die ihr zu einer engen, genau genommen, der engsten Freundin geworden war.

»Na, ein letztes gemeinsames Frühstück vor deinem großen Aufbruch?«, fragte Clara und erwiderte das Lächeln.

»Ja, genau das.« Wilhelmine drückte Edith erneut an sich. »Du kleine Maus wirst mir am meisten fehlen«, sagte sie zu Edith. »Nichts gegen euch, aber mit diesem Sonnenschein hier könnt ihr einfach nicht mithalten«, fügte sie an die anderen gewandt hinzu und schüttelte den Kopf.

Paul-Friedrich berührte Ediths Wange. »Nein, das stimmt.«

»Wann wirst du fahren?«, erkundigte sich Clara und nahm nun ebenfalls am Tisch Platz.

»Wir wollen so gegen drei Uhr hier aufbrechen, nicht wahr?«, fragte Wilhelmine ihren Vater, der sie nach München fahren würde. Eigentlich wäre es ihr lieber gewesen, sich Paul-Friedrichs Auto zu leihen, doch dann hätte sie dies bereits in den nächsten Tagen zurückbringen müssen, um dann wieder mit dem Zug nach München zu fahren, was sie auf jeden Fall vermeiden wollte. Hier auf Gut Falkenbach war es nie eine Schwierigkeit gewesen, sich gelegentlich das Auto ihres Vaters zu borgen, wenn sie mal irgendwohin musste. Doch es ging natürlich nicht an, dass sie den Wagen mit nach München nahm und dort behielt, während ihr Vater selbst dann auf Gut

Falkenbach festsaß. Noch müsste sie sehen, wie sich alles entwickelte und wie oft sie tatsächlich mit dem Zug von München nach Gut Falkenbach fahren würde, um abzuschätzen, ob es nicht an der Zeit war, sich selbst ein Auto zuzulegen.

»Ja, drei Uhr ist gut. Dann bin ich rechtzeitig vor dem Abendessen wieder zu Hause«, bestätigte Paul-Friedrich.

Es klopfte, die Tür wurde geöffnet, und Hans, der Haushofmeister, betrat mit einem Teller in der Hand das Esszimmer. Wilhelmine schmunzelte. Sie konnte sich nicht erinnern, wann Hans selbst je einen Teller aufgetragen hatte, statt eines der Dienstmädchen dahingehend anzuweisen. Es sah doch sehr ungelenk aus, wie er den Teller hielt.

»Ihre Eierspeise«, erklärte er Clara gegenüber und stellte das Essen mit einer Verbeugung vor dieser ab. Dann sah er zu Paul-Friedrich.

»Das Paket wurde soeben geliefert, gnädiger Herr.«

Paul-Friedrich lächelte. »Danke, Hans«, gab dieser gut gelaunt zurück.

»Das Paket?«, echote Wilhelmine.

Clara und Paul-Friedrich tauschten einen Blick, den Wilhelmine nicht zu deuten wusste.

»Ja, ein Paket, ganz recht«, bestätigte Paul-Friedrich, erläuterte jedoch nicht, worum es sich handelte.

»Habt ihr was?«, fragte Wilhelmine, der das Verhalten ihres Vaters und auch der Schwägerin eigenartig vorkam. Nur ihre Mutter verzog keine Miene. »Ihr guckt so eigenartig.«

»Ich esse nur rasch etwas«, stellte Clara fest, worauf Paul-Friedrich sagte:

»Ganz in Ruhe, Clara. Es läuft ja nicht weg.«

»Was läuft nicht weg?«, hakte Wilhelmine nach.

Paul-Friedrich setzte seine Tasse Kaffee an die Lippen und zuckte die Schultern.

»Da«, sagte Edith und deutete auf die Wurst, die auf einem Teller in der Mitte des Tisches lag.

»Hast du Hunger, mein Schatz?«, fragte Wilhelmine ihre kleine Nichte, wenngleich sie gern eine Erklärung ihres Vaters bekommen hätte, wovon er und Clara gesprochen hatten.

Edith nickte.

»Darf sie?«, fragte Wilhelmine hierauf an Clara gewandt.

»Sicher. Sie hat zwar schon ihren Brei gehabt, aber wenn sie möchte.«

Wilhelmine pikste eine Wurstscheibe mit der Gabel auf, legte sie auf ihren Teller und zerschnitt sie in kleine Häppchen. Ohne zu zögern, griff Edith zu und steckte sich kurz hintereinander mehrere davon in den Mund.

»Du könntest ja mit deinem Aufbruch wenigstens noch bis übermorgen warten«, bemerkte nun Dorothea. »Dann würdest du zumindest deinen Bruder noch einmal sehen.«

»Ich habe mich am Montag in der Frühe schon von Gustav verabschiedet, Mutter«, stellte Wilhelmine klar. »Und es ist ja nicht so, dass ich ihn nie wiedersehen werde. Genau genommen, werde ich versuchen, so oft wie nur möglich am Wochenende herzukommen.«

»Ich verstehe nicht, warum das plötzlich alles so schnell gehen muss«, beschwerte sich Dorothea. »Als Nächstes wirst du dann noch mit Edith nach Eglfing-Haar ziehen, um näher bei deinem Mann zu sein, und dann ist das Haus ganz leer oder wie?«, fuhr sie nun an Clara gewandt fort.

»Keine Sorge«, antwortete Clara ungerührt. »Edith und ich gehen nirgendwohin, Schwiegermutter.«

»Hoffentlich«, beharrte Dorothea.

Edith futterte die weiteren Wurststücke weg, während Clara aufaß und nun Paul-Friedrich zunickte.

»Na dann«, meinte dieser und erhob sich, »würde ich vorschlagen, dass wir uns das Paket mal ansehen. Kommst du mit, Wilhelmine?«

Wilhelmine wusste nichts mit diesem eigenartigen Verhalten anzufangen, setzte nun aber Edith von ihrem Schoß und erhob sich ebenfalls. Sofort stellte ihre Nichte sich so hin, dass sie ihr bedeutete, sogleich wieder auf den Arm zu wollen, worauf Wilhelmine sich hinunterbeugte und sie hochhob.

»Ich kann sie auch nehmen«, sagte Clara, doch Wilhelmine schüttelte nur den Kopf.

»Nein, danke schön. Lass sie ruhig bei mir.«

Zusammen verließen die vier Erwachsenen mit der kleinen Edith das Esszimmer, und Paul-Friedrich, der sich recht häufig auf seinen Gehstock stützen musste, ging voraus. Auf dem breiten Flur angekommen schlug er sogleich den Weg in Richtung Eingangstür ein.

»Vater? Wo willst du denn hin?«

»Komm einfach mit«, bat dieser und zwinkerte ihr zu.

Wilhelmine fand sein Benehmen äußerst merkwürdig, schloss sich dann aber dem Vater an und warf Clara über die Schulter einen fragenden Blick zu, worauf diese nur die Achseln zuckte.

Paul-Friedrich erreichte die Haustür, öffnete sie, warf einen Blick hinaus und drehte sich dann zu seiner Tochter um.

»Komm, Wilhelmine, sieh dir das Paket mal an.«

»Es ist draußen?«, fragte sie überrascht.

»Ja, es hier reinzubringen, wäre dann doch wirklich zu kompliziert«, gab Paul-Friedrich heiter zurück, und auch Clara lachte auf.

Wilhelmine folgte ihrem Vater nach draußen, wo dieser auf dem Treppenabsatz vor dem Gutshaus Position bezog.

»Was benimmst du dich denn so eigen…«, weiter kam Wilhelmine nicht, weil sie in diesem Augenblick begriff, was los war.

»Das ist doch nicht euer Ernst?«, brachte sie nur hervor und musste schlucken, weil sie nicht glauben konnte, was sie da sah.

»Also wenn er dir nicht gefällt«, scherzte Paul-Friedrich, »musst du ihn natürlich nicht nehmen.«

Wilhelmine entfuhr ein Freudenschrei. Sie drückte Edith rasch Clara in die Arme. Dann umarmte sie ihren Vater so stürmisch, dass dieser fast den Halt verlor.

»Entschuldige«, lachte sie auf und stürmte die Stufen hinunter zu dem Auto, das direkt vor der Tür geparkt war.

Clara folgte langsam mit Edith auf dem Arm, während Paul-Friedrich etwas Mühe hatte, die Stufen hinunterzukommen. Nur Dorothea blieb oben an der Tür stehen und machte keine Anstalten, das neue Auto ebenfalls von Nahem zu betrachten.

»Ein BMW 328 Touring-Coupé, der dem Siegermodell der Mille Miglia vom letzten Jahr entspricht. 6-Zylinder-Ottomotor und 4-Gang-Schaltung«, erklärte Paul-Friedrich.

Hans eilte die Stufen hinab und übergab Paul-Friedrich die Schlüssel, die dieser nun hochhielt. »80 PS mit einer Höchstgeschwindigkeit von 150 Kilometer in der Stunde und …«, er hob die Schlüssel noch höher und bedeutete Wilhelmine, diese werfen zu wollen, die sich sogleich bereit machte, sie zu fangen, »… und ab jetzt dein Auto!« Er warf die Schlüssel, die Wilhelmine auffing, einen Jubellaut ausstieß und dann zu ihrem Vater lief, um ihn erneut zu umarmen.

»Oh, danke, danke, danke!«, brachte sie überglücklich hervor und drückte ihn so fest sie konnte.

»Ein tolles Auto!«, sagte nun Clara und setzte Edith ab, um ihrerseits Wilhelmine zu umarmen.

»Danke schön!«, bedankte sich Wilhelmine nun auch bei Clara.

»Du, ich habe damit nichts zu tun«, wehrte die Schwägerin sogleich ab. »Dein Vater hat uns lediglich eingeweiht.«

Wilhelmine hatte das Gefühl, dass ihre Wangen glühten.

»Danke schön, Mama!«, rief sie ihrer Mutter zu, die noch immer oben auf dem Treppenabsatz stand und nur zu ihnen hinunterblickte. Kurz bedauerte Wilhelmine, dass ihre Mutter offenbar einfach nicht in der Lage war, sich für sie zu freuen. Doch sie wollte diesen Gedanken jetzt nicht vertiefen. Sie hatte ein Auto geschenkt bekommen, und was für eins!

»Das ist wirklich der schönste Wagen, den ich je gesehen habe«, stellte sie verzückt fest.

»Nun setz dich doch mal rein!«, forderte ihr Vater sie auf, was Wilhelmine sich nicht zweimal sagen ließ. Als sie die Tür öffnete, strömte ihr der Duft von neuem, noch unbenutztem Leder entgegen. Sie bekam eine Gänsehaut, als sie auf dem Fahrersitz Platz nahm und ihre Hände ans Lenkrad legte.

»Ich weiß gar nicht, was ich sagen soll«, stieß sie überwältigt hervor, als ihr Vater die Tür öffnete, auf dem Beifahrersitz Platz nahm und dann erst mit den Händen seine Beine fasste, die er eines nach dem anderen in das Auto setzte.

»Wirklich, ein herrliches Auto«, befand Paul-Friedrich. »Es war tatsächlich gar nicht so einfach, den BMW noch genau rechtzeitig für deinen heutigen Aufbruch hierherzubekommen.« Er sah zu Wilhelmine herüber und lächelte sie an.

Clara stand neben dem Auto und bückte sich etwas schwerfällig herunter, um hineinblicken zu können.

»Na los!«, forderte sie. »Fahrt eine Runde!«

Wilhelmine sah ihren Vater an, der bekräftigend nickte.

»Also, wenn du mich als Beifahrer für die erste Fahrt mit deinem neuen Auto akzeptierst, bin ich dabei.«

Wilhelmine hatte das Gefühl, dass ihr vor Freude das Herz aus der Brust zu springen drohte, so kräftig, wie es schlug.

»Danke«, brachte sie noch einmal hervor, dann startete sie den Motor und fuhr los. Ein solches Freiheitsgefühl wie in diesem Moment hatte sie nie zuvor gespürt.

2. Kapitel

Stets dachte ich, wenn ich nur meine Vergangenheit abstreifen und hinter mir lassen könnte, würde ich nichts als Glück erleben. Doch die Sorgen sind nur andere – verschwunden sind sie nicht.

Clara von Falkenbach

Clara war noch kurz stehen geblieben und hatte Wilhelmine und Paul-Friedrich nachgewinkt, als die beiden in dem neuen BMW davonfuhren. Sie freute sich von Herzen für ihre Schwägerin, konnte sie doch ahnen, was die Unabhängigkeit, die mit dem eigenen Auto verbunden war, für Wilhelmine bedeutete.

Clara selbst besaß kein Auto, hatte auch nie eines besessen. Früher nicht, weil sie es sich gar nicht hätte leisten können, und heute nicht, weil es nicht vonnöten war. Wann immer sie ein Auto benötigte, hatte Paul-Friedrich ihr bereitwillig seinen Maybach zur Verfügung gestellt. Oder eben, wenn Gustav zu Hause war und nicht in Eglfing-Haar, konnte sie seinen Fiat nehmen. Doch beides war nur selten der Fall gewesen, weil sie zumindest bis vor zwei Monaten, seit ihr Bauch noch mal deutlich runder geworden war, fast alle Wege mit dem Fahrrad zurückgelegt hatte. Erst jetzt, da sie durch ihre Schwangerschaft gewisse körperliche Einschränkungen hatte und darüber hinaus fürchtete, ihre kleine Tochter nicht mehr sicher im Kindersitz auf dem Fahrrad befördern zu können, war sie des Öfteren auf das Angebot ihres Schwiegervaters zurückgekommen und hatte sich seinen Maybach geliehen, wenn sie mal nach Bernried gefahren war, um zusammen mit ihrer Tochter ihre Schwester zu besuchen, von der ihre Familie dachte, dass sie nur eine gute Freundin war.

In den fünf Jahren, die sie nun schon auf Gut Falkenbach und an der Seite Gustavs lebte, hatte Clara sich das ein oder andere Mal gefragt, ob sie ihrem Mann die Wahrheit sagen sollte. Doch dann hätte sie ihm gleichzeitig erklären müssen, dass ihr echter Name gar nicht Clara war und natürlich auch die Gründe nennen, weshalb sie sich und Eva falsche Pässe besorgt hatte und unbedingt ein neues Leben hatte beginnen wollen. Sie müsste die Karten über den erlittenen Missbrauch auf den Tisch legen, und womöglich würde Gustav sogar selbst auf den Zusammenhang zwischen dem unbekannten Toten kommen und dem, was sie ihm anvertraute. Und dann wüsste er, dass er mit einer Mörderin verheiratet war, er, der so hohe ethische und moralische Werte vertrat und deshalb auch mit seiner Arbeit für die Heil- und Pflegeanstalt Eglfing-Haar haderte.

Nein! Keinesfalls würde sie den Mund aufmachen und ihren Mann ins Vertrauen ziehen, musste sie doch fürchten, dann für ihn nie mehr dieselbe Frau zu sein. Womöglich würde er sogar in Zweifel ziehen, ob sie sich als Mutter seiner Tochter eignete. Nicht nur, dass damit ihre Ehe zum Scheitern verurteilt wäre. Was, wenn sie ihm nicht erklären könnte, wie das alles gewesen war, und er von dem Moment an, da er davon erfuhr, nur noch Verachtung für sie empfand? Claras Herz schlug schneller. Wie immer, wenn sie an die Vergangenheit dachte und sich mit der Frage herumschlug, ob sie sich ihrem Ehemann gegenüber öffnen sollte, spürte sie eine so gewaltige Angst in sich aufsteigen, dass es ihr fast den Atem nahm. Es war nichts anderes als eine vollkommene Panik, die von ihr Besitz ergriff und die dazu führte, dass sie das Gefühl hatte, es kaum aushalten zu können. Wie gern hätte sie in solchen Momenten jemanden, mit dem sie über ihre Angst sprechen konnte. Doch die Einzige, die in der gleichen Situation steckte wie sie selbst, war Hildchen, oder besser Eva, wie sie nun hieß. Anfangs hatte Clara sich konzentrieren müssen, um sich nicht zu verhaspeln, wenn sie mit ihrer Schwester gesprochen hatte. Seit die beiden aus Berlin hierhergekommen waren, hatten sie sich immer wieder gegenseitig ermahnt, selbst dann, wenn sie allein waren, einander nur noch mit den neuen Namen anzusprechen, damit ihnen nicht in der Gegenwart anderer ihre richtigen Namen herausrutschten. Und ihre Schwester hatte es weit besser verstanden, ihren früheren Namen komplett abzulegen, während Clara sich manches Mal zusammenreißen musste, damit ihr nur nichts Falsches über die Lippen kam.

»Hoffentlich baut sie vor lauter Übermut keinen Unfall«, unkte Dorothea.

»Ach, was«, meinte Clara und übergab die kleine Edith beim Eintreten an Resi, die ihr soeben entgegenkam. Eigentlich war Resi als Hausmädchen bei den von Falkenbachs beschäftigt. Doch inzwischen hatte sie mehr und mehr die Rolle der Kinderfrau übernommen, einfach deshalb, weil Clara der überaus liebevolle Umgang Resis mit Edith aufgefallen war und zu der Zeit ohnehin die Entscheidung angestanden hatte, ein Kindermädchen einzustellen. So wog Dorothea nun ab, ob noch ein weiteres Hausmädchen hinzukommen sollte oder nicht. Doch es schien, dass das übrige Personal auch ohne Resi zurechtkam, obwohl diese ein überaus engagiertes und fleißiges Hausmädchen war. Aber es gab eben längst nicht so viel zu tun im Haus wie früher, als Gustav und Wilhelmine selbst noch Kinder gewesen waren und auch noch deren Großeltern hier lebten und in regelmäßigen Abständen Empfänge gegeben wurden.

Seit jedoch der Krieg begonnen hatte, waren solche Feierlichkeiten selten geworden beziehungsweise fanden gar nicht mehr statt. Der letzte Anlass, zu dem es eine große Gesellschaft auf Gut Falkenbach gegeben hatte, war Paul-Friedrichs sechzigster Geburtstag gewesen, was im September nun auch schon zwei Jahre her war. Insoweit hatte das Personal ausschließlich für die Familie zu sorgen, was vom Arbeitsaufwand her nun wirklich überschaubar war. Es war also für Clara keine große Überraschung, dass Resis Aufgaben durchaus von den anderen mit erledigt werden konnten, wenn sie sich um Edith kümmerte. Doch auch hier hatte sie nicht allzu viel zu tun, da Clara am liebsten selbst mit ihrer Tochter Zeit verbrachte.

»Auch wenn sie ein wenig ruhiger geworden sein mag«, sagte Dorothea nun in Bezug auf Wilhelmine, »so schießt sie doch oft genug noch über das Ziel hinaus. Früher war es weit schlimmer, das mag schon sein. Aber ihr ein derart schnelles Auto zu schenken, halte ich nach wie vor für eine, entschuldige meine Ausdrucksweise, ganz dumme Idee. Aber auf mich hört ja niemand.«

»Ach, Dorothea.« Clara hakte sich bei der Schwiegermutter unter und winkte kurz Edith, die sich auf Resis Arm noch einmal zu ihr umdrehte, bevor die beiden in Richtung Küche verschwanden. »Ich kann deine Sorge ja verstehen. Ich bin schließlich selbst Mutter, und allein der Gedanke, dass Edith etwas passieren könnte, macht mich krank. Aber du musst auch zugeben, dass Wilhelmine eine bemerkenswerte Entwicklung durchgemacht hat. Sie hat in den letzten Jahren in vielen Situationen bewiesen, wie verantwortungsbewusst sie geworden ist.« Clara sah ihre Schwiegermutter von der Seite an. »Du hast sie zu einer tollen jungen Frau herangezogen, Dorothea. Lass ihr ein bisschen Longe, damit sie das auch zeigen kann.«

»Jetzt fängst du auch noch an, in diesem Reitjargon zu reden«, beschwerte sich Dorothea, lächelte dann aber dennoch.

»Findest du wirklich, dass ich der Mutterrolle gerecht wurde?« Dorothea sah Clara fragend an, und wenn sie es richtig deutete, lag da mehr als nur Zweifel im Blick der Schwiegermutter.

»Das fragst du mich?« Clara lächelte. »Ich habe schließlich deinen Sohn geheiratet, also den anderen Menschen, dessen Charakter du geformt hast. Natürlich warst und bist du eine gute Mutter.«

»Ach, weißt du, ich hatte oft das Gefühl, dass meine Kinder mich nicht ernst nehmen und ohnehin nur auf das hören, was Paul-Friedrich ihnen sagt.«

»Ohne dir zu nahe treten zu wollen, liebe Schwiegermama, doch ich glaube, da irrst du.« Sie suchte Dorotheas Blick, während sie gemeinsam durch das Wohnzimmer hinaus auf die Terrasse gingen, doch Dorothea sah nur starr geradeaus. Clara konnte sehen, dass ihr Tränen in die Augen gestiegen waren und die Schwiegermutter tat ihr von Herzen leid, vor allem, da Clara wusste, dass Dorothea mit ihrer Einschätzung absolut richtiglag. Weder Gustav noch Wilhelmine hatten einen solchen Draht zur Mutter, wie es eigentlich sein sollte. Es war wohl Dorotheas manchmal, nein, genau genommen, sehr oft naive Art, mit der sie Dinge betrachtete, die die Geschwister auf die Palme bringen konnte. Wenn man Dorothea etwas sagte, glaubte sie es und gab es ungefiltert weiter. Beispielsweise hatte sie seinerzeit, als der Krieg begonnen hatte, Hitlers Vorgehen damit erklärt, ja geradezu entschuldigt, dass es ihm doch nur darum ginge, sich zu wehren, da er immer wieder im Rundfunk behauptet hatte, dass Deutschland zurückschießen würde. Dass in Wahrheit gar kein Angriff Polens erfolgt war und auch die weitere Propaganda, die verlautbarte, dass in Danzig Deutsche unter furchtbarsten Bedingungen gequält wurden, schlicht eine

Lüge war, hatte Dorothea nicht glauben wollen. Schließlich, so lautete ihre Argumentation, war doch im Rundfunk darüber berichtet worden. Gustav hatte sich der Mutter gegenüber noch zurückgenommen, während Wilhelmine so manches Mal explodiert war. Und so, wie Clara die Schilderungen ihres Mannes aus seiner Kindheit verstanden hatte, war es auch früher stets so gewesen, dass die Entscheidungen im Hause ausschließlich Paul-Friedrich getroffen hatte und Dorothea lediglich während der Zeit, da ihr Mann im Krieg diente, ein bisschen selbstständiger agieren konnte. Doch selbst zu dieser Zeit hatte sie sich in schwierigen Situationen oft lieber an Paul-Friedrichs Vater gewandt, der damals noch lebte. Dorothea war eben ein Mensch, der ungern *Ja* oder *Nein* sagte, sondern lieber *vielleicht,* was sie in den Augen ihrer Kinder schwach hatte wirken lassen. Zumindest meinte Clara, dies aus den Erzählungen ihres Ehemannes herausgehört zu haben. So hatte Dorothea sich selbst in diese Position ihren Kindern gegenüber manövriert und musste nun mit den Folgen leben, was ihr wahrscheinlich nie bewusst geworden war. Doch wie sie nun mit Tränen in den Augen in dem Terrassensessel Platz nahm und Clara ansah, war einfach nur mitleiderregend. Sie selbst würde niemals so werden wollen, dass ihre Edith sie als schwache Frau empfand, die unfähig war, Entscheidungen zu treffen. Nein, sie wollte eine starke Mutter sein, die ihre Tochter beschützte und dieser ein Vorbild war. Edith sollte sich zu wehren wissen, sollte lern- und wissbegierig sein und niemals einfach hinnehmen, was ihr vorgesetzt wurde. Sie sollte selbstbestimmt sein und immer in der Lage, für sich zu sorgen, statt sich auf jemand anderen verlassen zu müssen. Ja, sie würde ihre Tochter zur Selbstständigkeit erziehen und dennoch nicht müde werden, auf sie achtzugeben. Denn niemals, bis zu ihrem letzten Atemzug, würde sie zulassen, dass ihrer Tochter etwas geschah. Allein bei dem Gedanken, dass jemand mit Edith das Gleiche machen könnte wie mit ihr, sie auch nur auf diese Art ansehen könnte, wie ihr Stiefvater es bei ihr getan hatte, war Clara sich sicher, dass sie in der Lage wäre, ohne zu zögern erneut zu töten. Und zwar jeden, der sich Edith auf eine solche Weise zu nähern versuchte.

»Ich weiß, dass du mich nur zu trösten versuchst«, sagte ihre Schwiegermutter nun, die wie ein Häufchen Elend zusammengesunken in dem Sessel saß und Clara aus geröteten Augen ansah. »Mir ist vollkommen klar, dass Gustav und Wilhelmine niemals den gleichen Respekt vor mir haben werden wie vor ihrem Vater.«

Clara wollte etwas erwidern, doch Dorothea fuhr bereits fort.

»Ich bin nicht so klug wie er, mir fehlt der Weitblick, und scheinbar schätze ich so viele Dinge vollkommen falsch ein.« Verzweiflung klang in ihrer Stimme mit.

»Ach, Dorothea, es ist doch gar nicht …«, weiter kam Clara nicht, weil Dorothea heftig den Kopf schüttelte und abwehrend die Hand hob.

»Nein, du brauchst mich nicht zu trösten«, stellte Dorothea fest, und zu Claras Überraschung klang es nicht, wie sonst oft, gekränkt oder nach Mitleid heischend, sondern wie eine Erkenntnis.

»Ich weiß ja, wie meine Kinder über mich denken. Und mein Mann auch«, fügte sie nach kurzem Zögern hinzu, und erneut füllten sich ihre Augen mit Tränen. »Ich habe mich damit abgefunden, weißt du? Doch dass meine Einwände und Bedenken, was die Sicherheit meiner Tochter, meiner Kinder«, ergänzte sie, »angeht, einfach ignoriert und abgetan werden, verletzt mich sehr. Ich bin keine dumme alte Frau, die sich vollkommen umsonst Sorgen macht. Ich kenne Wilhelmine sehr gut, und ich weiß, dass sie zu leichtsinnigem Verhalten neigt.« Sie seufzte auf. »Das war schon immer so. Und seit dem Tag, da sie mitansehen musste, wie der Mann, den sie offenbar sehr liebte, erschossen wurde und damit gewiss eine Welt, ja, vor allem ihre Zukunft vor ihren Augen zerbrach, hat sie sich noch mehr verändert.«

Clara erwiderte nichts, ließ die Schwiegermutter einfach nur sprechen und hörte zu. Es schien ihr, als brauchte Dorothea es in diesem Augenblick, sich ihre Gedanken und Gefühle von der Seele reden zu können.

»Ich kann nicht mehr einschätzen, wie weit Wilhelmine geht. Ich kann ja nicht einmal mehr einschätzen, ob sie überhaupt noch genug an ihrem Leben hängt, um nicht einfach ihren neuen Wagen gegen den nächsten Baum zu setzen.«

»Ich bitte dich, Dorothea«, hielt Clara nun dagegen. »Wilhelmine ist vielleicht ein bisschen leichtsinnig, doch bestimmt nicht lebensmüde.«

»Ach nein?« Dorothea zog ein Taschentuch aus ihrer Strickjackentasche hervor und tupfte damit ihre Augenwinkel. »Nun, ich hoffe, du hast recht. Doch meinem Gefühl nach spielt Wilhelmine manches Mal eine Rolle. Sie lässt uns nur das von ihr sehen, was sie uns zeigen will. Doch sie hat so etwas in ihrem Blick …« Dorothea sah zu Boden und schüttelte kurz den Kopf, ganz so, als suchte sie nach den richtigen Worten, um die Tochter zu beschreiben. »Ich weiß nicht, wie ich es ausdrücken soll. Es ist, als ginge etwas in ihr vor.« Dorothea blickte auf. »Und bei Gustav beobachtete ich das ebenso. Aber wahrscheinlich würden mich alle nur verlachen, wenn ich es anspreche. Wie immer.« Sie knetete das Taschentuch in ihren Händen.

»Was meinst du damit, dass Gustav etwas in seinem Blick hat?«, fragte Clara nun nach, denn die Bemerkung ihrer Schwiegermutter hatte sie unruhig werden lassen.

»Ach, ich hätte gar nichts sagen sollen. Und wahrscheinlich sind es ja ohnehin nur die Hirngespinste einer Frau, die früher mal so etwas wie Bedeutung im Leben anderer hatte.« Dorothea lächelte gequält. »Verzeih mir, wenn ich dich beunruhigt haben sollte«, bat sie. »Das war nicht meine Absicht. Er ist dein Mann, und du kennst ihn weit besser als ich.«

»Ich meine es ernst«, insistierte Clara. »Was denkst du, was in Gustavs Kopf vorgeht?«

»Ich weiß es wirklich nicht«, antwortete Dorothea. »Es ist so ein Gefühl, dass ihn etwas umtreibt. Er versucht es sich nicht anmerken zu lassen, doch wenn er sich unbeobachtet glaubt, liegt eine ...«, Dorothea suchte nach den richtigen Worten, »ja, ich würde es fast als Verzweiflung beschreiben, die ich wahrzunehmen glaube.«

Clara lief ein Schauer über den Rücken. Denn sie wusste genau, dass ihre Schwiegermutter mit ihrer Einschätzung ganz und gar richtiglag. Gustav kämpfte mit sich, und das jeden einzelnen Tag, weil er das, was in der Heil- und Pflegeanstalt Eglfing-Haar vor sich ging, kaum ertragen konnte. Sie waren hierüber schon so oft in Streit geraten, weil Gustav allen Ernstes erwog, seine Stelle in der Klinik aufzugeben und lieber an die Front zu ziehen, als die Quälereien und das leidvolle Sterben dort weiter mit anzusehen.

Natürlich konnte sie ihn verstehen. Was wäre er für ein Mensch, wenn ihn Derartiges kaltließ? Sicher niemand, den sie wirklich von Herzen lieben konnte. Doch was, so hatte sie ihn immer wieder gefragt, glaubte er denn ändern zu können? Er würde dort kündigen und an die Front müssen, weg von Edith und ihr und am Ende womöglich getötet werden. Dann wäre alles dahin, und er würde sogar sein Leben verlieren, ohne etwas an dem zu ändern, das in dieser Zeit in diesem Land nun einmal so war, ob es ihnen oder auch anderen gefallen mochte oder nicht. All die Gedanken, etwas gegen dieses Regime tun zu müssen, brachten doch nicht das Geringste. Hitler und seine Leute waren rücksichtslos und kannten kein Erbarmen. Nichts und niemandem gegenüber. Und es steckte eine so große, alles niederwälzende Maschinerie dahinter, dass jeder Widerstand und jedes Auflehnen vollkommen sinnlos waren. Gustav war doch ein intelligenter Mann und musste dies ebenso einsehen wie sie selbst. Doch wenn seine Mutter, die Clara nun wirklich nicht für die aufmerksamste Beobachterin hielt, ihm anmerkte, dass etwas in ihm vorzugehen schien, was mochten dann erst Hitlers Schergen von ihm denken?

»Ich hätte nichts sagen sollen«, holte Dorothea sie nun aus ihren Gedanken, und Clara kam nicht umhin, sich ertappt zu fühlen. »Bestimmt ist es nur die verdrehte Wahrnehmung einer alten Frau«, fügte Dorothea noch hinzu.

»Aber nein, so sehe ich dich nicht«, widersprach Clara. »Du bist seine Mutter und möchtest, dass es ihm gut geht, ebenso wie Wilhelmine. Das ist doch nur zu verständlich. Aber du solltest dir nicht allzu viele Sorgen machen. Gustav schläft nur wegen der vielen Arbeit zu wenig, und wenn er dann nach Hause kommt, geht es hier in der Praxis weiter, das ist alles.«

»Ja, so wird es wohl sein«, stimmte Dorothea nickend zu, und Clara hatte das Gefühl, dass sie beide in diesem Augenblick wussten, dass sie einander etwas vormachten. Doch keine der Frauen sprach es aus. Es war wie eine stille Übereinkunft. Sie beide lebten in dieser Zeit, in der sie und so viele andere gelernt hatten, stets nur einen kleinen Teil ihres Denkens und Handelns preisgeben zu dürfen. Es war nicht gut, zu viel über das nachzudenken, was gerade im Lande geschah, barg es doch auch stets die Gefahr in sich, eben diese Gedanken in einem vermeintlich unbeobachteten Moment nach außen zu tragen. Für sich selbst sah Clara diese Gefahr nicht, hatte sie doch von früher Jugend an auf die schmerzhafteste nur denkbare Art lernen müssen, dass es lebensnotwendig sein konnte, mit falschen Karten zu spielen. Sie log so brillant, dass niemand etwas merken würde, nicht einmal ihr Ehemann. Ja, das Lügen war ihr in Fleisch und Blut übergegangen. Und nun musste sie nur noch den anderen ein solches Verhalten näherbringen, wollte sie sicherstellen, diese schützen zu können. Vor allem Gustav, damit dieser sich nicht in Gefahr brachte und sich sein Verhalten dann auch auf die Familie und somit auf ihre Tochter Edith und später auf das ungeborene Kind, das sie unter ihrem Herzen trug, auswirkte. Wenn er morgen Abend heimkam, um wie gewohnt drei volle Tage auf Gut Falkenbach zu verbringen, würde sie ihn auf die Beobachtungen seiner Mutter ansprechen und die Bedenken, die diese in ihr ausgelöst hatten, mit ihm teilen. Hoffentlich würde er sie verstehen und auch den Ernst der Lage begreifen, denn Clara würde künftig noch aufmerksamer sein, was das Verhalten ihres Mannes anging. Wie hatte es ihr überhaupt passieren können, dass sie sein auffälliges Benehmen nicht bemerkt hatte und sie in dem Glauben geblieben war, niemand außer ihr würde etwas von Gustavs Zweifeln mitbekommen? Clara bekam trotz der sommerlichen Wärme eine Gänsehaut bei der Erkenntnis, dass sie durch das schöne Leben, das sie auf Gut Falkenbach hatte, leichtsinnig geworden war.

Sie war ihrer Schwiegermutter dankbar, dass sie ihr die Augen geöffnet hatte. Denn von nun an würde sie wieder achtsamer sein. Und wenn Gustav sein Verhalten nicht änderte und sie alle, vor allem die kleine Edith in Gefahr brachte? Clara wurde tatsächlich übel, als diese Furcht in ihr aufstieg. Denn sie war von dem Moment an, als sie hier in das Gutshaus gezogen war, fest entschlossen gewesen, diesen wunderbaren Ort nicht mehr zu verlassen. Sie hatte hier leben wollen, und das, bis sie alt und faltig war. Doch in diesem Augenblick wurde ihr klar, dass sie womöglich erneut würde gehen müssen, wenn die Umstände es erforderten. Vielleicht schon bald. Diese Erkenntnis ließ eine Welle der Verzweiflung über ihr zusammenschlagen.

»Entschuldige mich jetzt bitte«, sagte sie zu ihrer Schwiegermutter und drückte sich aus dem Sessel hoch. »Ich möchte nach Edith sehen.«

»Natürlich, tu das«, stimmte Dorothea kopfnickend zu.

»Dann bis später, Schwiegermama.«

»Ja, bis später, Clara. Und vielen Dank, dass ich dir mein Herz ausschütten konnte. Das bedeutet mir viel.«

Clara lächelte und berührte im Vorbeigehen die Schulter ihrer Schwiegermutter. Ein Gespräch wie dieses hatten sie bisher nie geführt, und irgendwie war da das Gefühl in Clara, dass es in ihrer Schwiegermutter arbeitete. Sollte sie sich öfter mal Zeit für Dorothea nehmen? Sie wirkte so traurig auf sie, ja geradezu verzweifelt. Und Dorothea hatte ja auch niemanden, der ihr wirklich zuhörte und bei dem sie ihre Sorgen loslassen konnte. Bei diesem Gedanken blieb sie stehen.

»Wenn du am Nachmittag noch Zeit hast, könnten wir ja eine Tasse Kaffee zusammen trinken«, schlug Clara vor. »Denn ich habe unser kurzes Gespräch genossen.«

»Aber ja, sehr gern.« Dorothea lächelte sie an, und Clara konnte sehen, dass sie sich aufrichtig über diesen Vorschlag freute.

»Gut. Ich kümmere mich dann jetzt um Edith«, kündigte sie an.

»Mach das«, sagte Dorothea noch. »Und vielen Dank! Ich freue mich schon auf nachher.«

Clara lächelte ihr noch einmal zu, bevor sie durch die Terrassentür ins Haus ging. Es fühlte sich richtig an, den Schritt auf die Schwiegermutter zu getan zu haben. Doch nun würde sie erst einmal Edith holen und mit ihr spazieren gehen, um ihre Gedanken zu ordnen. Denn die Sorge, was durch Gustavs Verhalten auf sie zukommen könnte, wollte ihr so nicht mehr aus dem Kopf gehen.

3. Kapitel

So viele Jahre habe ich alles hingenommen und mich angepasst. Und heute weiß ich nicht einmal mehr, wer ich selbst bin.

Dorothea von Falkenbach

Kurz sah sie der Schwiegertochter nach, die nun durch die Terrassentür zurück ins Haus gegangen war. Dann richtete sie den Blick wieder auf die gepflegte Wiese, die hinter der gepflasterten Terrasse begann und bis zu den Hunderte Jahre alten Bäumen reichte. Es war ein herrlicher Blick, den sie immer gemocht und der ihr ein Gefühl von Sicherheit gegeben hatte.

Dorothea hatte schon ihr Leben lang besonders an dem Gefallen gefunden, das geordnet und sauber war, das Klarheit versprach. Sie war nicht gut darin, selbst für Ordnung sorgen zu müssen oder gar im Garten zu arbeiten. Dafür gab es nun einmal Personal.

Als sie vor siebenundfünfzig Jahren geboren worden war, hatte es in Deutschland noch einen Kaiser gegeben und Otto von Bismarck war Reichskanzler gewesen. Wenn sie nun darüber nachdachte, kam es ihr vor, als wären Hunderte Jahre seitdem vergangen.

Damals zählte es noch etwas, einem Adelsgeschlecht anzugehören, während heute von jedem Mann und jeder Frau, gleich welcher Herkunft, offenbar erwartet wurde, zu arbeiten. Sie war von ihrer Mutter und Großmutter so erzogen worden, dass ein gutes Aussehen, eine gerade Haltung und ein vorzeigbares Benehmen das Wichtigste waren, und es hatte zu keiner Zeit die Frage im Raum gestanden, ob sie jemals etwas anderes tun würde, als zu heiraten und adeligen Kindern das Leben zu schenken. Doch schon seit einigen Jahren hatte sie das Gefühl, aus der Zeit gefallen zu sein und dass das, was sie von Kindesbeinen an gelehrt bekommen hatte, einfach nicht mehr zählte.

Der Umstand, dass Paul-Friedrich von Falkenbach sich damals ihrer angenommen und sie umworben hatte, war die finanzielle Rettung ihrer eigenen Familie gewesen, denn Adelsgeschlecht hin oder her, war es ihnen nach dem Tode des Vaters nur noch schwer möglich gewesen, die Geschäfte der Familie am Laufen zu halten. Sie hatten große landwirtschaftliche Flächen verkaufen müssen, um weiter ihren Lebensstandard aufrechterhalten zu können. Und im Grunde musste sie wohl froh sein, dass noch vor ihrer Heirat erst ihre Großmutter und nur ein Jahr, nachdem sie nach Gut Falkenbach umgezogen war, auch ihre Mutter das Zeitliche gesegnet hatte, und Paul-Friedrich somit den Besitz ihrer Familie veräußern konnte. Wer weiß, wie lange er beziehungsweise Theodor, ihr Schwiegervater, noch in der Lage gewesen wären, die verbliebenen Ländereien und das Herrenhaus dort zu unterhalten.

Dorothea selbst hatte niemals infrage gestellt, ob ihre Entscheidung, Paul-Friedrich zu heiraten, die richtige gewesen war. Damals fragte man so was nicht. Zumindest nicht als Frau von Stand.

Sie konnte sich an kein einziges Thema erinnern, über das sie und Paul-Friedrich an dem Abend ihres Kennenlernens, das von ihren Eltern arrangiert worden war, gesprochen hatten. Kein Wunder, hatte sie doch während des ganzen Abends lediglich darauf geachtet, dass ihre Tischmanieren der Perfektion entsprachen, die ihre Mutter von ihr erwartete, ihre Haltung tadellos, ihr Haar entsprechend dem Anlass frisiert und ihre Konversation sowohl höflich als auch interessiert wirkte, ganz so, wie es ihr seit Jahren eingebläut worden war. Sie erinnerte sich noch daran, dass sie Paul-Friedrich als gut aussehend empfunden hatte und hierüber tatsächlich erleichtert gewesen war. Andere junge Frauen in ihren Kreisen, mit denen sie früher verkehrte, hatten da weit weniger Glück gehabt. Doch alles andere, beispielsweise, was Paul-Friedrich für ein Mensch war, welche Ansichten er hatte oder was ihm im Leben wichtig war, hatte sie nicht gefragt. Das hätte sie sich auch nie getraut, einfach weil sie damals der Überzeugung gewesen war, dass sie derart persönliche Fragen nicht zu stellen hatte. »Er muss dir nicht gefallen, er muss geeignet sein«, hatte ihre Mutter stets betont, und danach hatte Dorothea sich gerichtet. Doch tatsächlich hatte sie Paul-Friedrich von Anfang an gemocht und sich irgendwann sogar in ihn verliebt. Und sie war glücklich gewesen, als er ihr sagte, dass er froh war, sie als seine Frau zu haben. Sogar von Liebe hatte er das eine oder andere Mal während ihrer langjährigen Ehe gesprochen. Und anlässlich ihrer Silberhochzeit vor nunmehr zwölf Jahren hatte er sogar vor dem voll besetzten Saal verkündet, dass er dem Herrgott dankbar sei, ihm eine solche Frau geschenkt zu haben.

Dorothea erinnerte sich noch heute genau daran, dass sie eine Gänsehaut bekommen hatte, als sie während dieser Rede am Tisch gesessen und zu ihm hinaufgeschaut hatte. Denn mit seinen Worten hatte er ihr gegenüber eine Wertschätzung zum Ausdruck gebracht, von der sie nicht geahnt hatte, dass er sie empfand. Und das hatte sie glücklich gemacht.

Obwohl sie ihre Aufgabe als Ehefrau und Mutter, vor allem aber als standesgemäße Partie, stets nach bestem Wissen und erlerntem und anerzogenem Verhalten erfüllt hatte, war da nie zuvor das Gefühl gewesen, als Mensch wertgeschätzt zu werden. Dabei war Paul-Friedrich immer freundlich und zuvorkommend zu ihr gewesen, verständnisvoll und höflich. Seit einigen Jahren jedoch hatte sie feststellen müssen, dass Paul-Friedrich sich das eine oder andere Mal zu einer despektierlichen Äußerung ihr gegenüber hatte hinreißen lassen, wenngleich er schon kurz darauf wieder versuchte, die Wogen zu glätten.

Viele Männer ihrer Generation behandelten ihre Frauen so, genau genommen noch weit schlechter. Das war nichts, was sie ihm vorwerfen würde. Vielmehr haderte sie mit sich selbst, weshalb sie nicht die Größe besaß, über ein solches Verhalten hinwegsehen zu können. Schließlich war sie doch genau dazu erzogen worden. Vielleicht war es auch nicht das Verhalten ihres Mannes, sondern das ihrer Kinder, was sie wirklich störte. Denn dass sie mit ihrem Denken und Handeln bei diesen anstieß, machte ihr weit mehr aus.

Wie sehr hatte sie die Zeit genossen, als Gustav und Wilhelmine noch klein gewesen waren und zu ihr aufgeblickt hatten. Sie hatte ihren Kindern die Natur Gut Falkenbachs während ihrer gemeinsamen Spaziergänge nähergebracht, hatte ihnen die Namen der Blumen am Wegesrand genannt. Die beiden waren so wissbegierig gewesen, und Dorothea hatte es geliebt, wenn ihre Kinder ihre Aufmerksamkeit suchten und sich freuten, wenn sie Zeit mit ihnen verbrachte.

Auch hatte Dorothea Gefallen daran gehabt, ihre Kinder ergänzend zu den Lehrern im Rechnen, Lesen und Schreiben zu unterrichten. Wie stolz waren die beiden gewesen, wenn sie Aufgaben richtig gelöst hatten. Damals hatten ihre Kinder zu ihr aufgeblickt. Selbst jetzt fühlte es sich an wie eine warme Decke, die sie umhüllte, wenn sie nur daran dachte.

Doch irgendwann im Laufe der Jahre hatte sich alles verändert. Natürlich waren ihre Kinder groß geworden, und es war selbstverständlich, dass sie die Mutter nicht mehr so brauchten wie früher. Aber es schmerzte Dorothea, dass die beiden sie offenbar dafür verurteilten, sich nicht mit jedem Problem dieser Welt auseinanderzusetzen und gerade politische Zusammenhänge nicht so klug und informiert wie ihr Ehemann zu betrachten. Hatte sie vom Weltgeschehen Ahnung? Nein! Doch warum machte man ihr dies zum Vorwurf? Niemand hatte während ihrer Entwicklung jemals zu ihr gesagt, dass sie sich darum zu kümmern hätte. Ihre Aufgaben als Frau von Stand waren klar definiert gewesen, und Dorothea hatte diese nach bestem Wissen und Gewissen erfüllt. Warum also verurteilte man sie nun?

Über all die Jahre, die sie nun schon auf Gut Falkenbach lebte, hatte sie alles getan, um ihrer Stellung gerecht zu werden. Sie hatte das Personal beaufsichtigt, hatte Empfänge gegeben, hatte neben Paul-Friedrich gestanden und gemeinsam mit ihm das Gut repräsentiert. Sie hatte so viel Lob für ihre überaus gelungenen Feste bekommen und wahrlich mehr als einmal eingreifen müssen, damit die Gäste nicht mitbekamen, wenn das Personal sich gar zu dumm anstellte und etwas nicht lief wie geplant.

Nach außen hin war immer alles perfekt gewesen, dafür hatte sie Sorge getragen. Doch in der Zeit, in der sie lebten, waren auch die Empfänge und Gesellschaften hier auf Gut Falkenbach immer weniger geworden, und Dorothea hatte das Gefühl, nun auch in diesem Bereich nicht mehr zeigen zu können, wo ihre Stärken lagen.

Neben all der Unzufriedenheit und mancher Kränkung, die ihr durch das Verhalten anderer immer einmal wieder zuteilwurde, hatte ihr jedoch eine Sache in letzter Zeit einen besonders tiefen Stich versetzt: der geplante Empfang Ferdinand Lehmanns hier in ihrem großen Saal.

Früher waren solche Gesellschaften von ihr organisiert worden, und auch wenn es stets eine große Verantwortung und viel Arbeit mit sich brachte, hatte Dorothea diese Empfänge geliebt. Jeder Essensgang, den die Köche vorzubereiten hatten, war durch sie erdacht worden. Jede Tischdekoration, ja sogar besondere Getränke, die man reichte, waren ihren eigenen Ideen entsprungen, und wenn dann an diesen Abenden alles zu der vollsten Zufriedenheit und oft auch zur Überraschung ihrer Gäste verlaufen und sie hierfür im Übermaß gelobt worden war, so hatte hierdurch eine gewisse Leichtigkeit in ihr Leben Einzug gehalten, die Dorothea Schwung für die nächsten Monate verliehen hatte. Ja, sie war eitel. Und ja, sie liebte es, in dem Ruf zu stehen, eine ganz außergewöhnliche Gastgeberin zu sein, die stets zu überraschen wusste und von der es hieß, dass jede ihrer Festlichkeiten die vorherige übertraf. Genau so wollte sie gesehen werden. Denn dazu war sie erzogen worden, und es war das Einzige, das sie in Perfektion vorzuweisen hatte.

Dass nun lediglich der große Saal des Gutshauses zur Verfügung gestellt wurde, damit Ferdinand Lehmann hierin die Mächtigen des Reichs einladen und bewirten konnte, war für Dorothea ein Schlag ins Gesicht.

Anfangs hatte sie sich noch über die Anfrage Ferdinands gefreut, da für sie selbstverständlich gewesen war, ihn nicht nur zu unterstützen, sondern wie üblich die Organisation der Feierlichkeit in die Hand zu nehmen. Schließlich fand der Empfang auf Gut Falkenbach statt, und sie war die Frau an der Seite des Hausherrn.

Dass sich hier nun jedoch Elisabeth Lehmann, Ferdinands Frau, zuständig fühlte und sich nicht einmal Rat von Dorothea anhören geschweige denn deren Meinung einholen wollte, kränkte Dorothea mehr, als sie sich selbst erklären konnte. Sie fragte sich, wofür sie überhaupt noch gut war, wenn nicht einmal mehr dafür. Waren ihre und Paul-Friedrichs Zeiten vorbei, und gehörten sie zum alten Eisen? Nein, die bittere Erkenntnis war, dass ihr Ehemann mit einer großen Nonchalance die Rolle des Gastgebers an diesem Abend Ferdinand Lehmann überlassen würde und damit auch seine Großmut öffentlich machte, während Dorothea nur das alte Weib im Hintergrund war, das weder respektiert noch gebraucht wurde.

Alle zwei Wochen ließ sie sich beim Friseur die Haare färben, damit nur niemand einen grauen oder weißen Ansatz erahnen konnte.

Sie war anders als manch andere Frauen nicht dick geworden und hatte sich in Form gehalten. Gegen die Falten, die ihr Gesicht inzwischen zeichneten, halfen auch die vielen Cremes und Tinkturen nicht, die sie benutzte. Doch niemand würde ihr nachsagen können, nicht noch immer eine Erscheinung zu sein. Aber eine Erscheinung wofür, wenn doch niemand mehr hinsah und sie wahrnahm?

Dorothea spürte, wie sich eine Träne aus ihrem Auge löste und sie wischte diese eilig mit dem Handrücken ab. Es gehörte sich nicht, sich derart gehen zu lassen. Was auch immer im Leben geschah, als Frau in ihrer gesellschaftlichen Position hatte man Haltung zu bewahren und Würde auszustrahlen. Und da passten Tränen nicht ins Bild.

»Ach, hier bist du!«, hörte sie nun Paul-Friedrich sagen, der unbemerkt von ihr auf die Terrasse getreten war.

»Paul-Friedrich.« Sie setzte ein höfliches Lächeln auf. »Ihr seid also zurück. Hat Wilhelmine die erste Fahrt mit ihrem neuen Auto gefallen?«

»Und wie«, gab Paul-Friedrich mit Begeisterung in der Stimme zurück. »Unsere Entscheidung für dieses Auto war genau richtig, Dorothea. Wir haben unsere Tochter damit sehr glücklich gemacht. Sie hat mich hier abgesetzt und ist dann direkt weiter zu den Lehmanns gefahren, um ihnen ihr neues Auto vorzuführen.«

»Es ist reizend, dass du mich mit einbeziehen möchtest. Aber wir wissen doch beide, dass ich dagegen und du dafür warst und du dich wie immer durchgesetzt hast.«

Dorothea konnte ihrem Ehemann ansehen, dass dieser sich offenbar von ihrer Bemerkung genervt fühlte.

»Doch aus mir sprach wohl nur die Sorge einer Mutter, die ihr Kind in keinem so rasanten Fortbewegungsmittel sehen möchte«, fügte sie hinzu, weil sie glaubte, Paul-Friedrich würde wegen ihrer Bemerkung bereits wieder auf der Hacke kehrtmachen. Sie streckte ihm die Hand entgegen. »Und deshalb danke ich dir, dass du nicht auf mich gehört, sondern unserer Tochter diese Freude bereitet hast.«

»Dorothea.« Es klang ebenso überrascht wie anerkennend. »Es freut mich wirklich sehr, dass du nun diese Sichtweise an den Tag legst.«

»Nun ja, ich muss wohl umdenken, wenn ich mich nicht immer weiter von der Familie isolieren will«, stellte Dorothea fest.

Paul-Friedrich sah sie an, rückte sich dann den benachbarten Stuhl zurecht und setzte sich.

»Wie meinst du das?«, fragte er, und das ehrliche Interesse, das er ausstrahlte, gab Dorothea das Gefühl einer vagen Zuversicht.

»Nun ja«, sie senkte den Blick, um ihm nicht in die Augen sehen zu müssen, da sie spürte, dass ihr erneut die Tränen kamen.

»Ich habe in letzter Zeit viel nachgedacht, Paul-Friedrich.« Sie hob den Blick. In den Augen ihres Mannes lag die unausgesprochene Aufforderung, weiterzureden.

»Ich dachte immer, ich würde alles tun und hätte auch alles getan, was von mir als deiner Frau und Mutter deiner Kinder erwartet würde. Doch offenbar bin ich mit meinem Denken in der Vergangenheit verhaftet und habe es nicht geschafft, mich der neuen Zeit anzupassen.«

»Wie kommst du darauf?«, fragte Paul-Friedrich und kräuselte die Stirn.

»Ist das nicht offensichtlich? Meine Familie ist bestenfalls höflich zu mir, meistens jedoch nicht einmal das. Wenn ich etwas sage, wird es nicht ernst genommen. Befürchtungen, die ich äußere, werden in den Wind geschlagen. Und niemand käme auch nur auf die Idee, mich um meine Meinung zu etwas zu fragen.« Sie lächelte etwas gequält. »Ihr alle haltet mich für dumm, und wahrscheinlich liegt ihr damit gar nicht mal so verkehrt.«

»Aber Dorothea, niemand hier hält dich für dumm«, widersprach Paul-Friedrich. »Und es erschreckt mich ein wenig, dass ich dir offenbar wie alle anderen auch dieses Gefühl vermittelt habe. Wenn dies der Fall ist, so bitte ich dich um Verzeihung.«

»Um höfliche Verzeihung, nicht wahr?«, erwiderte Dorothea und blickte ihn an. Es war ein ganz eigenartiges Gefühl, das sie in sich aufsteigen spürte, eines, das sie so gar nicht kannte. Es hatte etwas Bitteres und barg darüber hinaus eine große Ehrlichkeit in sich. Wenn sie ihrem Ehemann sonst etwas entgegnet hatte, war dies stets aus dem Gefühl heraus geschehen, sich etwas zu verbitten oder aber darüber empören zu wollen. Nun jedoch ging es ihr nicht darum, etwas zur Schau zu tragen. Ihre Enttäuschung, ja Verzweiflung sogar, war echt, und sie wollte mit ihren Worten weder etwas bewirken noch herausfordern. Sie begehrte keine Entschuldigung, kein Einlenken oder eine Bemerkung ihres Mannes, die die Situation bereinigte. Nein, sie wollte ihm ehrlich und ohne Drumherumgerede ihre Gedanken mitteilen, ob dieser das nun gut fand oder nicht.

»Wie meinst du das?«, fragte Paul-Friedrich. »Natürlich, ja, ich bitte dich höflich um Verzeihung«, fügte er hinzu.

»Ja, wie du es immer tust. Du bist überaus höflich, und es ist sehr selten, dass du die Contenance verlierst und sich mir in einem solchen Moment dein wahres Denken offenbart.« Sie befeuchtete ihre Lippen. »So haben du und ich es immer gehandhabt, nicht wahr? Viele, viele Jahre lang.«

»Worauf willst du hinaus, Dorothea?«

Sie überlegte kurz, blickte über den sattgrünen Rasen und antwortete dann: »Was ist echt, Paul-Friedrich?«

»Echt in Bezug worauf?«

»In Bezug auf uns«, antwortete sie, und mit jedem Wort, das sie sprach, fühlte Dorothea sich ein wenig klarer, stärker sogar.

»Ich verstehe nicht ganz, was du mich damit fragen willst.« Paul-Friedrich legte den Kopf schräg. »Habe ich dich dadurch, dass ich dich bei der Entscheidung für Wilhelmines Auto übergangen habe, wirklich derart verletzt? Dann bedauere ich dies zutiefst.«

»Ich glaube dir«, gestand Dorothea zu. »Deshalb auch meine vorherige Bemerkung. Du wärst schlicht zu höflich, um so etwas bewusst zu tun.« Sie sah ihren Mann an, und irgendwie hatte sie den Eindruck, bei aller Vertrautheit, die über die vielen Jahre, die sie nun verheiratet waren, zwischen ihnen entstanden war, machte sich etwas Fremdes, etwas ganz Neues zwischen ihnen breit. Und dieses Fremde lag nicht an Paul-Friedrich, sondern an ihr. Sie konnte ihm ansehen, dass er ihre weitere Erklärung erwartete.

»Weißt du«, fuhr sie nun fort, »es liegt an mir, nicht an dir. Ich denke, ich habe mich verändert.«

»Verändert inwiefern?«, fragte ihr Ehemann.

»Verändert insofern, dass ich es nicht mehr ignorieren kann, wenn ich für einfältig gehalten werde.«

»Niemand hält dich für einfältig«, widersprach er, worauf Dorothea die Hand hob.

»Bitte, Paul-Friedrich, lass uns nur in diesem Moment einmal nicht höflich, sondern ehrlich zueinander sein«, bat sie. Es war ein ganz eigenartiges Gefühl in ihr, ein ruhiges, eines, das sie spüren ließ, eine gewisse Klarheit erlangt zu haben, während sie sonst von einem Nebel aus anerzogenem Verhalten und Benehmen umgeben war, der ihr den Blick auf die Realität versperrt hatte.

»Was ist denn los mit dir, Dorothea? Ich erkenne dich ja gar nicht wieder.«

Sie lächelte. »Eigenartig, nicht wahr? Ich stimme dir zu: Ich erkenne mich selbst auch nicht wieder.« Sie behielt ihr Lächeln bei. »Meine Aufgaben an deiner Seite waren immer sehr klar definiert, Paul-Friedrich. Ich war deine Ehefrau, hatte Kinder zu bekommen und das Bild einer Freifrau nach außen zu tragen, die sich ihrem Stand gemäß zu benehmen weiß und die Kinder ebenfalls dahingehend zu erziehen hat.«

»Aber du warst doch weit mehr als nur …«

Mit einer ablehnenden Handbewegung brachte sie ihren Ehemann zum Schweigen.

»Wenn du so freundlich wärst, mich meine Gedanken zu Ende formulieren zu lassen?«, bat sie.

»Selbstverständlich«, stimmte Paul-Friedrich zu, der sie fragend, ja geradezu kritisch ansah.

»Ich denke, ich habe die soeben genannten Aufgaben erfüllt. Ebenso, wie ich stets dafür gesorgt habe, dass sich unsere Gäste, die vor allem deine Geschäftspartner waren, in unserem Hause wohlfühlten und es ihnen an nichts fehlte.« Wieder blickte Dorothea an Paul-Friedrich vorbei über den gepflegten Rasen. »Ich habe alles so gemacht, wie ich es beigebracht bekommen habe. Schon als Kind wusste ich, welche Aufgaben ich später einmal zu erfüllen haben würde und habe mich darauf eingestellt.« Nun sah sie Paul-Friedrich wieder an. »Ich kann nicht das vorweisen, was eine Else oder Käthe geleistet haben. Sie haben allein die Fabriken ihrer Männer weitergeführt, während diese damals im Großen Krieg waren, und noch nebenher ihre Jungs großgezogen.« Sie machte eine ausladende Armbewegung über das Gelände. »Ich musste während dieser Zeit, in der auch du fort warst, lediglich als Schwiegertochter deines Vaters fungieren, mich um unsere Kinder kümmern und den Rest das Personal erledigen lassen.« Ihre Augen schweiften über den Rasen zum angrenzenden Wald. »Ich habe kein anstrengendes Leben gehabt, hatte nichts weiter auszustehen – da war lediglich die Angst, dass dir etwas zustoßen könnte, mit der ich umzugehen hatte. Für mich war das damals schwer genug, doch gewiss kann ich mich nicht mit anderen Frauen vergleichen, die so viel mehr haben kämpfen müssen, um überhaupt das nackte Überleben ihrer Familien zu sichern.«

»Worauf willst du hinaus, Dorothea?«

»Ich habe nicht genug geleistet«, stellte sie fest und hob abermals die Hand, da Paul-Friedrich erneut widersprechen wollte.

»Es geht mir hier nicht um Mitleid oder darum, von dir zu hören, dass ich genug getan habe. Denn ich selbst hatte immer das Gefühl, alles gegeben zu haben. Nur dass ich eben jetzt, so viele Jahre nach dieser Zeit, erkennen muss, dass es anscheinend nicht ausreichend war, um mir den Respekt meiner Familie verdient zu haben.«

Paul-Friedrich zögerte, offenbar nicht wissend, ob sie ihn ein weiteres Mal daran hindern wollte, etwas dazu zu sagen. Dann setzte er an: »Du hast vollkommen recht, Dorothea. Du hast alles getan, was man von dir erwartet hat. Also gräme dich bitte nicht, und sei stattdessen froh, dass dir manche Erfahrung, die andere Frauen machen mussten, erspart geblieben ist.«

»Das wäre ich, Paul-Friedrich. Doch während Else und Käthe noch immer wichtig für ihre Familien sind, bin ich es nicht mehr für die meine.«

»Aber das ist doch Unsinn.« Paul-Friedrich schüttelte heftig den Kopf.

»Ist es das?« Dorothea sah ihn an. »Wilhelmine fährt nach München und wird dort für eine Weile wohnen, obwohl ich strikt dagegen bin. Gustav hat seine eigene Familie und ist selbst Vater. Er hat seine Frau, die ihm beratend und klug zur Seite steht. Und seine kleine, wunderbare Tochter geht entweder zu Wilhelmine oder möchte zu dir, zu mir jedoch nicht. Es gibt niemanden, für den ich noch von Bedeutung bin, Paul-Friedrich. Und ich sage dies nicht, um dein Mitleid zu erheischen, sondern weil mir diese bittere Erkenntnis so deutlich und mit Macht bewusst geworden ist, dass ich nicht mehr darüber hinwegsehen kann.«

»Für mich bist du wichtig, Dorothea. Du bist meine Ehefrau und wirst es immer sein. Du bist die Seele Gut Falkenbachs.« Er lächelte sie an.

»Eigenartig«, antwortete sie. »Hättest du so etwas jemals zuvor zu mir gesagt, ich hätte mich einfach gefreut und es geglaubt. Doch ich habe wohl in letzter Zeit zu viel über alles hier nachgedacht, um deine gut gemeinte Lüge noch als wahr ansehen zu können.«

»Um Himmels willen, Dorothea, was ist denn nur in dich gefahren?«, begehrte Paul-Friedrich nun auf, und seine Stirn legte sich in Zornesfalten.

»Du verlierst die Geduld mit mir«, erkannte sie. »Es ist vermutlich besser, wenn wir unser Gespräch an dieser Stelle beenden. Bitte verzeih, wenn ich deine Zeit gestohlen habe.«

»Du bist heute wirklich nicht du selbst«, hielt Paul-Friedrich ihr nun vor. »Ist es wegen des Empfangs, den Ferdinand in unserem Festsaal gibt? Ich habe mitbekommen, dass Elisabeth darauf besteht, sich selbst darum zu kümmern.«

»Es trägt gewiss zu meinen Überlegungen bei«, gab Dorothea ihrem Mann recht.

»Dachte ich es mir doch.« Er rückte etwas vor, sodass er aufrechter in dem Terrassensessel saß. »Dieser Empfang ist enorm wichtig für Ferdinand«, erklärte Paul-Friedrich nun. »Und damit auch für uns alle hier auf Gut Falkenbach, da ranghohe Offiziere zugegen sein werden und wir alle hier die Gelegenheit bekommen, uns die Gunst des Führers zu sichern.«

»Sagtest du nicht noch vor ein paar Wochen, dass du das Gefühl hast, wir hätten die Gunst des Führers verloren?«

»Ja, allerdings. Genau deshalb ist es ja so wichtig, das Ruder herumzureißen«, erwiderte Paul-Friedrich.

»Und wozu?«, fragte Dorothea, die eine gewaltige Müdigkeit überkam. »Schließlich bist du doch mit dem, was im Land geschieht, alles andere als einverstanden.«

»Würdest du bitte nicht so laut sprechen?«, fuhr Paul-Friedrich sie an. »Ich muss dir doch wohl nicht sagen, was es für Folgen haben kann, wenn jemand uns hört.«

»Außer unserem Personal und den Familienmitgliedern ist niemand im Haus, Paul-Friedrich«, gab Dorothea zurück.

»Ja, genau«, zischte er. »Das Personal.«

»Aber alle sind uns treu ergeben«, hielt Dorothea gegen.

»Du bist wirklich naiv, wenn du das glaubst.« Paul-Friedrich schüttelte den Kopf. »In diesen Zeiten, Dorothea, ist niemand irgendjemandem treu ergeben, weil es immer wieder Situationen geben kann und wird, in denen die loyalsten Menschen Verrat begehen, wenn sie damit die schützen können, die sie lieben.«

Dorothea senkte den Blick. »Tja, da haben wir es. Ich bin eben wohl einfach zu dumm und verfüge nicht über genügend Weitblick.«

Paul-Friedrich zögerte, dann drückte er sich hoch und stand auf. »Ich denke, wir drehen uns im Kreis. Am besten ziehst du dich für eine Weile zurück, Dorothea. Oder du häkelst irgendetwas oder machst, was du eben gern machst. Ich habe noch etwas zu erledigen.«

»Wenn du nichts dagegen hast, werde ich einfach hier sitzen bleiben«, antwortete sie, blickte zu ihm hinauf und beschattete mit der Hand ihre Augen.

»Mach das. Und versuch nicht, so viel nachzudenken. Denn du verrennst dich da in etwas.«

»Sicher.« Dorothea hielt ihm die Wange hin, auf die ihr Ehemann einen Kuss hauchte. Dann verließ er die Terrasse und humpelte wieder ins Haus.

Dorothea atmete tief durch, während die Worte ihres Ehemannes noch in ihr nachhallten. Sie sollte versuchen, nicht so viel nachzudenken. Es stieß ihr auf wie bittere Galle, dass er damit genau das gesagt hatte, was sie so traurig stimmte: Man riet ihr ab, denken zu wollen. Denn was sollte schon bei jemand so Einfältigem wie ihr dabei herauskommen?

4. Kapitel

Ich muss wachsam sein, immer und überall. Selbst in meinem eigenen Haus.

Paul-Friedrich von Falkenbach

Nur kurz dachte er noch über das Gespräch mit seiner Frau nach, da er sich jetzt um deren Launen nicht kümmern konnte. Es hatte wirklich Spaß gemacht, die kleine Spritztour mit Wilhelmine zu unternehmen, und er war in Hochstimmung gewesen, als sie ihn zum Gutshaus zurückgebracht hatte, nur um sogleich weiter zu den Lehmanns zu fahren, damit sie auch ihnen ihr Auto vorführen konnte. Besonders Johannes wollte sie es zeigen, war dieser für seine Tochter doch zu einem überaus wichtigen Menschen geworden, fast so etwas wie ein zweiter großer Bruder.

Eigentlich hatte er nur kurz mit Dorothea sprechen wollen, um ihr zu versichern, dass die Entscheidung für Wilhelmines Auto genau die richtige gewesen war. Dass seine Frau dann in einer derart seltsamen Stimmung war und mit ihm auf eine Weise gesprochen hatte, die ihm richtiggehend fremd erschien, hatte ihm seine gute Laune verdorben. Fast ärgerte er sich, dass er überhaupt zu ihr auf die Terrasse gegangen war. Schließlich gab es auch in seinem Leben nicht mehr oft fröhliche und unbekümmerte Momente, in denen das Glück so spürbar war wie vorhin auf der Spritztour mit Wilhelmine. Dann so schnell und hart wieder auf dem Boden der Tatsachen aufzuschlagen, hätte er gern ein bisschen hinausgezögert.

Doch nun war es eben so, und er konnte sich genauso gut wieder den Problemen widmen, die es noch zu lösen galt, statt sich über seine Frau und deren eigenartige Anwandlungen zu ärgern.

Er ging hinüber zum Fenster und sah auf die Traubeneiche, die ihre Blätter über den Winter gehalten und diese erst im Frühjahr abgeworfen hatte. Inzwischen grünte sie wieder, und mit jedem Tag schien sie kräftiger zu werden, um sodann dem Herbst, der noch einige Monate auf sich warten ließ, zu widerstehen und bis zum nächsten Frühjahr dem Winter in ihrem grünen Kleid zu trotzen. Eine Weile blieb Paul-Friedrich so am Fenster stehen, dann spürte er ein Pochen in seinem Bein, ging zu seinem Schreibtischsessel hinüber, ließ sich etwas schwer hineinfallen und hob seinen Beinstumpf mit der Prothese daran auf den Schemel, der eigens hierfür bereitstand. Nur kurz blieb er sitzen, dann erhob er sich mühsam, ging zur Tür, schloss sie ab und machte die wenigen Schritte zum Bücherregal. Er zog den zweiten Band von links des *Deutschen Reichs-Gesetzbuches für Industrie, Handel, Gewerbe, einschließlich Handwerk und Landwirtschaft* hervor und klappte ihn auf. Insgesamt drei Röhrchen Pervitin lagen darin versteckt, von denen er nun eines nahm, eine der Pillen in seine Hand kullern und gleich danach in seinem Mund verschwinden ließ. Dann legte er das Röhrchen zurück, stellte das Buch wieder ins Regal und humpelte zurück zu seinem Schreibtischsessel.

Vor einigen Monaten noch hatte er darüber nachgedacht, ob er nicht versuchen sollte, ohne das Pervitin zurechtzukommen. Doch den Gedanken hatte er recht schnell wieder verworfen. Er war einige Male im Vertrauen von Clara angesprochen worden, die ihn beschwor, nie wieder irgendwelche Medikamente oder Substanzen einzunehmen, die ihm nicht von Gustav verschrieben worden waren, weil es, wie sie sagte, beim nächsten Mal nicht so glimpflich ausgehen könnte wie bei seinem Zusammenbruch im letzten Jahr. Natürlich hatte er ihr gegenüber beteuert, keinesfalls jemals wieder so etwas zu riskieren, doch er war nicht sicher, ob sie ihm das wirklich abgenommen hatte. Paul-Friedrich glaubte, dass Clara Menschen weit besser durchschauen und Lügen eher erkennen konnte als andere. Was Paul-Friedrich wiederum in seinen Überlegungen dahin führte, dass die Schwiegertochter nur deshalb so gut darin sein konnte, weil sie selbst das Lügen gewohnt war. Denn wenn er während seiner inzwischen einundsechzig Jahre – im September sogar zweiundsechzig – eines gelernt hatte, dann war es, dass die Menschen stets das vom anderen annahmen, was sie selbst taten. Wenn sich also Clara so gut mit dem Erkennen von Lügen auskannte, dann wohl aus dem Grund, weil sie selbst eine gute Lügnerin war. Paul-Friedrich fragte sich, worauf die Lügen der Schwiegertochter bezogen waren und ob diese in der Vergangenheit lagen oder noch heute Gültigkeit besaßen. Machte sie Gustav und allen hier auf Gut Falkenbach etwas vor? Konnte es sogar sein, dass sie heimlich Kontakte zur Regierung pflegte und es ihr Auftrag war, die Bewohner Gut Falkenbachs auszuspionieren? Eigentlich konnte er es sich nicht vorstellen, schien sie doch mit Gustav und vor allem der kleinen Edith ein glückliches Leben auf Gut Falkenbach zu führen, das sie keinesfalls gefährden wollte. Andererseits konnte ja auch der Plan dahinterstecken, ihn, Dorothea und Wilhelmine aus dem Weg zu räumen und so die Besitztümer Gut Falkenbachs für Gustav und vor allem sich selbst beanspruchen zu können. Doch diese Überlegung machte auch wieder keinen Sinn, da Clara und Gustav sich zu einer Zeit kennengelernt hatten, als die Macht der NSDAP zwar wuchs, jedoch nicht so allumfassend war wie heute. Dass Clara damals schon von den Nazis eingeschleust worden sein könnte, schloss Paul-Friedrich weitestgehend aus. Doch sie könnte natürlich nachträglich zur Spionin geworden sein. Aber schließlich müsste sie dann auch ihren Ehemann und damit den Vater ihrer Tochter über die Klinge springen lassen. War das wirklich denkbar?

Paul-Friedrich ließ die Gedanken eine Weile wie rasende Autos in seinem Kopf kreisen, immer darauf bedacht, ihnen noch irgendwie folgen zu können. Dann spielte er in Bezug auf Clara die Möglichkeiten noch einmal durch, überlegte, was logisch und wahrscheinlich war, und verwarf dann eine Option nach der anderen, bis er für sich zu der Erkenntnis kam, dass die Lügen der Schwiegertochter, so sie denn überhaupt vorhanden waren, nicht mit dem Regime und den derzeit waltenden Kräften im Lande zusammenhingen.

Und vielleicht sah er auch inzwischen einfach nur Gespenster und seine Schwiegertochter war weder eine gute Lügnerin noch hatte sie irgendetwas mit Hitlers Schergen zu tun. Tatsächlich erschien ihm diese Variante im Moment die wahrscheinlichste, wurden die Verhältnisse im Land und damit auch für ihn und seine Familie doch immer undurchsichtiger, sodass er inzwischen in jeder Ecke und hinter jedem Baum einen Spitzel wähnte. Selbst in der eigenen Familie.

Er rieb sich die Augen, trank einen Schluck von dem Wasser, das im noch halb gefüllten Glas auf seinem Schreibtisch stand. Hatte er dies wirklich heute Morgen dort abgestellt oder schon gestern? War hier bei ihm womöglich gar nicht sauber gemacht worden?

Er überlegte kurz, dann erinnerte er sich, das Glas heute in der Früh selbst dort hingestellt zu haben, bevor er zum Frühstück gegangen war. Wie hatte er das nicht mehr sofort parat haben können?

Es lag wohl daran, dass ihm gerade zu viel durch den Kopf ging, um sich mit derart banalen Gedanken aufzuhalten. Die letzten Wochen hatte er fieberhaft auf den heutigen Tag hingearbeitet, und er war erleichtert, dass das, was er befürchtet hatte, bisher nicht eingetreten war. Doch er hatte keine Zeit mehr zu verlieren. Wilhelmine musste Gut Falkenbach verlassen, und zwar schleunigst. Sein Gerede, dass sie das Gut repräsentieren, Kontakte knüpfen und so in die spätere Rolle der Gutsherrin hineinfinden sollte, war nur vorgeschoben gewesen. Doch keinesfalls durfte er ihr sagen, worum es in Wahrheit ging, wollte er nicht riskieren, dass sie in ihrer übermütigen und teils kopflosen Art am Ende alles verdarb.

Vor etwa zwei Monaten hatte er von Christian Weber ein neuerliches Kaufangebot erhalten, das sich dieses Mal nicht nur auf His Highness bezog, sondern auf noch zwei weitere Pferde aus seinem Gestüt. Weber hatte Paul-Friedrich das Angebot telefonisch unterbreitet, und irgendetwas an der Art, wie der NSDAP-Funktionär und Duzfreund Hitlers gesprochen hatte, hatte Paul-Friedrich argwöhnisch werden lassen. Es war, als machte er ihm das Angebot nur, um es ausgesprochen zu haben. Letztendlich jedoch schien er einen anderen Plan zu verfolgen, wie Paul-Friedrich vermutete. Aus diesem Grunde hatte er das Kaufangebot auch nicht rigoros abgelehnt, sondern sich Bedenkzeit ausgebeten.

Letzte Woche nun hatte Christian Weber sich erneut telefonisch gemeldet und Paul-Friedrich den Kauf sämtlicher Pferde Gut Falkenbachs angeboten. Mit der Summe, die der NSDAP-Funktionär hierfür zu zahlen bereit war, so teilte er Paul-Friedrich mit, hätte dieser ein für alle Mal ausgesorgt. Paul-Friedrich hatte ihm gedankt und war mit ihm übereingekommen, dass sie beim Empfang Ferdinands im Gutshaus Ende der nächsten Woche noch einmal persönlich über diese Angelegenheit sprechen und sodann eine Einigung erzielen wollten. Doch vor allem die Erweiterung des Angebots auf sämtliche Pferde des Gestüts hatte Paul-Friedrichs Verdacht, dass er in eine Falle gelockt werden sollte, nochmals erhärtet.

Nur kurze Zeit nachdem er aufgelegt und das Gespräch mit Weber hatte wirken lassen, rief Paul-Friedrich Constantin Trost an und teilte diesem vermeintlich gut gelaunt mit, dass er ein überaus lukratives Angebot für den Verkauf seiner Pferde von Christian Weber erhalten hätte, und bat den Freund, in den nächsten Tagen auf Gut Falkenbach vorbeizukommen, um darüber zu sprechen, ob auch die Pferde Trosts, die hier unterstanden, womöglich ebenfalls dem Pferdeliebhaber Weber angeboten werden sollten.

Schon am nächsten Tag war Constantin Trost nach Gut Falkenbach gekommen, und zusammen mit Wilhelm hatten die drei Männer darüber gesprochen, was das Angebot Webers zu bedeuten haben könnte. Die Meinung hierüber war eindeutig gewesen: Christian Weber war nichts als ein machthungriger, rücksichtsloser Kerl, der das Verlieren der Wette um His Highness nicht verkraftet hatte und seine Niederlage keinesfalls einfach so hinnehmen konnte oder wollte. Er musste in den Besitz dieses Pferdes kommen, ganz egal, wie. Und hierfür war ihm jedes Mittel recht.

Allein die Tatsache, dass er Paul-Friedrich das Angebot am Telefon gemacht hatte, zeugte für die drei davon, dass er wollte, dass die Großzügigkeit des Angebotes mitgehört werden konnte. Offenbar wollte er sich schon von vornherein absichern. Doch aus welchem Grund? Weber wollte nur His Highness in seinen Besitz bringen, das war klar. Doch wozu dann auch das Interesse an allen anderen Pferden bekunden und eine derart hohe Summe bieten? Es war Constantin gewesen, der Paul-Friedrich auf den, wie dieser vermutete, richtigen, mit Sicherheit aber wahrscheinlichsten Denkweg gebracht hatte. Constantin sagte, dass Christian Weber Pferde in ganz Deutschland für die

Kavallerie zum Einsatz an der Front zusammengezogen hatte und dass das Gerücht ging, dass von denjenigen Gestüten, die nicht verkaufen wollten, die Pferde mittels Einzugsverfügung der Regierung einfach beschlagnahmt worden waren. Da war bei Paul-Friedrich der Groschen gefallen.

Christian Weber hatte sein Anliegen telefonisch vorgebracht, damit diejenigen, die mithörten, bei einer späteren Beschwerde Paul-Friedrichs bezeugen könnten, dass ihm zuvor ein großzügiges Angebot zum Verkauf der Pferde gemacht worden war, das dieser jedoch abgelehnt hatte. Doch da die Kavallerie nun einmal Pferde an der Front brauchte, hätte Christian Weber keine andere Wahl gehabt, als die Beschlagnahme durchzusetzen – selbst bei einem in der Gunst des Führers stehenden Mann wie Paul-Friedrich von Falkenbach. Schließlich musste jeder seinen Anteil leisten, um den Endsieg herbeizuführen. Einfacher Soldat oder auch Gutsherr und Hitlerfreund – da konnte es keine Unterschiede geben. Und wie durch Zauberhand würde dann His Highness auf dem Weg zur Front durch irgendeinen mysteriösen Umstand in einer der privaten Stallungen Christian Webers landen. Natürlich ohne dass dieser hierfür noch etwas bezahlen müsste. Dieser verdammte Dreckskerl!

Nach diesem Gespräch zu dritt war Constantin noch zwei weitere Male auf Gut Falkenbach gewesen. Beim letzten Termin hatte er Paul-Friedrich dann berichten müssen, dass es aus den Kreisen Christian Webers das Gerücht gab, dieser würde nicht nur Pferde, sondern auch erfahrene Reiter des ganzen Landes zusammenziehen, um diese im Namen des Führers, sodass die Reiter nicht zu widersprechen wagten, auf privat organisierten Turnieren gegeneinander antreten zu lassen. Fast erinnerte das Prinzip Paul-Friedrich an die Sklavenkämpfe in den römischen Arenen. Wenn es Christian Weber also gelänge, His Highness irgendwie in seinen Besitz zu bringen, wäre womöglich sein nächster Schritt der, Wilhelmine zu diesen Turnieren zu beordern, da niemand so viel aus His Highness herauszuholen vermochte wie sie. Doch mit der Lösung, die Paul-Friedrich in aller Schnelle hatte organisieren können, waren sowohl Pferd als auch Reiterin nicht mehr auf Gut Falkenbach greifbar. Natürlich wäre es ein Leichtes für Weber, Wilhelmine in München aufzuspüren. Doch sie dort aus der Reitschule, in der sie angestellt war, ohne eine logische Erklärung herauszubekommen, wäre viel komplizierter, als sie hier auf Gut Falkenbach zu greifen. Auch aus diesem Grunde hatte Paul-Friedrich die vergangenen Wochen genutzt, um Wilhelmine eine vernünftige Wohnung mit einem langfristigen Mietvertrag zu beschaffen und vor allem auch direkt das gesellschaftliche Umfeld zu bereiten, sodass seine Tochter von Beginn an über diverse Kontakte zu hochrangigen Leuten verfügte. Zwar war sie damit noch immer nicht völlig vor dem Zugriff Webers geschützt, doch Paul-Friedrich hatte sie derart gut vernetzt, dass es für seinen Widersacher schwierig sein dürfte, sie mit glaubhafter Erklärung in seine Fänge zu bekommen.

Er lehnte sich in seinem Sessel zurück, genoss es, die Wirkung des Pervitins zu spüren. In Gedanken ging er jede Einzelheit noch einmal durch. Dieser Tag würde ihm einiges abverlangen, und er wusste, dass er alle Kraft sammeln musste, die er nur hatte. Heute wäre sein ganzer Scharfsinn gefragt, heute galt es, alles genau aufeinander abzustimmen und gelingen zu lassen. Es gab keine zweite Chance.

Wohl auch aus diesem Grunde hatte er die Fahrt mit Wilhelmine so sehr genossen und sich gefreut, ihre Unbekümmertheit noch mal erleben zu können. Denn auch wenn sie davon ausging, in einigen Wochen wieder dauerhaft hier auf Gut Falkenbach zu sein, war Paul-Friedrich sich da weit weniger sicher.

Er musste an Dorothea denken und daran, wie eigenartig sie sich vorhin benommen hatte. Was war nur plötzlich los mit ihr? Und weshalb kam es ihr mit ihren siebenundfünfzig Jahren nun plötzlich in den Sinn, mitreden und als besonders klug gelten zu wollen? Er konnte ja verstehen, dass sie sich an mancher despektierlichen Bemerkung Gustavs oder Wilhelmines störte. Und ja, er musste schon zugeben, dass er gerade in den letzten Monaten auch nicht immer nur höflich zu ihr gewesen war. Doch seine Frau war nun einmal eine einfältige Person, und zwar schon solange er sie kannte. Das hatte ihn nie gestört, zumal er stets das Gefühl gehabt hatte, klug und umsichtig für sie beide ihr Leben gelenkt zu haben. Er erinnerte sich noch daran, dass sein Vater, als dieser ihn damals mit der Absicht vertraut gemacht hatte, dass er Dorothea von Allsbergen kennenlernen und heiraten sollte, gesagt hatte, dass sie genau die Richtige sei. Alter Adel, im Laufe der Zeit jedoch verarmt, der Vater tot, die Besitztümer nur noch mehr schlecht als recht durch Mutter und Großmutter verwaltet. Vor allem aber war Dorothea jemand, mit dem er sich sehen lassen konnte und die an seiner Seite das repräsentierte, was für Gut Falkenbach wichtig war. Und Paul-Friedrich hatte nicht lange darüber nachgedacht, ob er das wollte oder nicht. Er hatte Dorothea kennengelernt und sich der Meinung seines Vaters angeschlossen, dass sie als Ehefrau geeignet war. Sie war eine hübsche junge Frau mit besten Manieren gewesen und einem guten Namen, also genau das, was er für sich brauchte. Und während der Jahre hatte er Dorothea noch immer mehr zu schätzen gelernt, und selbstverständlich hegte er auch Gefühle für sie. Natürlich waren es nicht solche von Leidenschaft geprägter Liebe. Und er war sicher, dass es sich bei Dorothea genauso oder zumindest ähnlich verhielt. Es war eben etwas anderes als bei den jungen Leuten heutzutage, die sich in jemanden verliebten und dann den Entschluss fassten, gemeinsam das Leben zu verbringen.

Er hatte seinem Sohn niemals reingeredet, wer für diesen als Ehefrau geeignet wäre. Vielleicht lag es auch daran, dass er

Gustav tatsächlich nie wirklich als seinen Nachfolger auf Gut Falkenbach gesehen hatte, der eines Tages das Gestüt repräsentierte. Während Wilhelmine schon als kleines Kind nicht von den Pferden wegzubekommen und die Leidenschaft zu den Tieren mit jedem ihrer Lebensjahre nur weiter gewachsen war, hatte Gustav sich nie wirklich dafür interessiert. Zwar hatte auch er reiten gelernt. Doch für ihn war es keine Passion. Gustav kannte nicht das Gefühl völliger Freiheit, wenn man auf dem Rücken eines Pferdes saß und die Ländereien entlangritt. Wie sehr vermisste Paul-Friedrich dieses Gefühl, das er – seitdem er sein Bein verloren hatte – nicht mehr gespürt hatte. Manchmal glaubte er, dass er bei all seiner Weitsicht und Intelligenz nach diesem Verlust niemals mehr ganz er selbst geworden war. Ein Teil von ihm war damals gestorben.

Nach Paul-Friedrichs Rückkehr aus dem Krieg und dem kurz darauf erfolgten Bau der Lehmann-Fabriken auf dem Gelände Gut Falkenbachs hatte Gustav mit seinen damals zehn Jahren vor allem mit Leopold und Ferdinand gespielt und die Jungs hatten Wilhelmine, weil sie eben erst sechs und außerdem ein Mädchen war, oftmals nicht ins Spiel einbezogen. Vielleicht hatte sie sich auch deshalb neben der Liebe, die sie für die Pferde empfand, diesen noch mehr zugewandt, einfach, weil sie sonst niemanden zum Spielen auf Gut Falkenbach gehabt hatte.

Paul-Friedrich hatte Wilhelmine das Reiten selbst beigebracht, ihren Sitz korrigiert und ihr gezeigt, wie man den Zügel richtig hielt, und sie auch gelehrt, mit einem Pferd umzugehen, das sich nicht einfach so zähmen lassen wollte. Noch immer hoffte er darauf, dass Wilhelmine einen geeigneten, vor allem klugen Mann fand, der in der Lage sein würde, die geschäftliche Seite des Gestüts zu verstehen und diese voranzubringen, während Wilhelmine selbst sich um die Pferde kümmerte. Doch sich über den Fortgang des Gestüts und dessen Entwicklung große Gedanken zu machen, stand derzeit nicht an. Erst einmal musste er Schaden von Gut Falkenbach und den Reittieren fernhalten, und er konnte nur hoffen, das Richtige zu tun, um am Ende nicht alles zu verlieren, was er sich über die Jahrzehnte aufgebaut hatte. Wenn doch nur diese elende Partei mit ihren widerlichen Kriegstreibern aufhören würde, das Land im Schwitzkasten zu halten. Da war ja die Monarchie zusammen mit der Reichskanzlerschaft weit fortschrittlicher, vor allem aber menschlicher gewesen, die Paul-Friedrich damals für absolut rückständig gehalten hatte. Wo sollte das alles nur enden?

Er sah auf die Uhr. Es war bereits kurz vor halb eins. In Kürze würde Hans kommen und ihm mitteilen, dass das Essen aufgetragen würde. Und danach würde es nicht mehr lange dauern, bis Wilhelmine in ihr neues Auto steigen und sich darin auf den Weg nach München machen würde, um dort einen neuen Lebensabschnitt zu beginnen. Dann verginge noch die Zeit bis zum Abendessen, die er irgendwie rumbringen musste, auch wenn er ausschließen konnte, sich während dieser Stunden auf seine Aufgaben zu konzentrieren. Und dann, wenn auch dieses Essen erledigt war, würde er Dorothea mitteilen, dass er mit Wilhelm telefoniert hätte und sich noch auf einen abendlichen Absacker mit diesem treffen wollte. Wilhelm würde Else das Gleiche sagen. Welche Ausrede Johannes erfinden würde, wusste Paul-Friedrich nicht. Nur, dass auf ihn genauso Verlass war wie auf Wilhelm, da war Paul-Friedrich sicher. Wilhelm, sein alter Freund. Wieder einmal würden sie zusammenhalten und etwas wagen müssen. Gewiss würde es nicht das letzte Mal sein. Ihm konnte er vertrauen wie keinem Zweiten. Hoffentlich würde alles gut gehen.

Es klopfte, und Paul-Friedrich sagte: »Herein!«

Hans öffnete die Tür. »Das Mittagessen wird in Kürze aufgetragen, gnädiger Herr«, vermeldete der Haushofmeister.

»Vielen Dank, Hans. Ich komme«, gab Paul-Friedrich zurück, hob sein Bein mit der Prothese vom Schemel und drückte sich hoch.

»Sehr wohl«, sagte Hans noch, dann ging er wieder und schloss die Tür.

Paul-Friedrich spürte ein Gefühl in sich aufsteigen, das er unbedingt zu unterdrücken suchte. Es war Trauer, dass gleich für lange Zeit das letzte private Essen mit Wilhelmine stattfinden würde. Und wenn sein Plan gelang, wer wusste dann schon, ob sie überhaupt je nach Gut Falkenbach zurückkehren würde?

Er atmete einige Male tief durch, dann setzte er sich langsam und auf seinen Gehstock gestützt in Bewegung. Eines Tages würden diese elenden Nazis aus dem Lande vertrieben sein und dann ruhigere Zeiten anbrechen. Eines Tages. Doch bis dahin musste er funktionieren wie ein Uhrwerk und ihnen stets einen Schritt voraus sein. Denn wenn nicht, bedeutete es den vollkommenen Verlust von allem, was ihm jemals etwas bedeutet hatte – vermutlich sogar den Verlust seines Lebens.

5. Kapitel

Es hat schon etwas Abenteuerliches an sich, was wir da vorhaben. Doch es ist nicht das erste Wagnis meines Lebens und wird hoffentlich auch nicht mein letztes sein.

Wilhelm Lehmann

»So, Else, ich gehe dann los.«

»Mach das, Wilhelm. Und frag doch Dorothea und Paul-Friedrich, ob wir uns in nächster Zeit mal auf eine Partie Rommé treffen wollen, ja?«

»Mache ich, Else, mache ich.«

»Du weißt ja, wie Dorothea ist. Sie hat das vor einiger Zeit vorgeschlagen, und ich habe schlicht vergessen, etwas Festes mit ihr abzumachen. Und nun meldet sie sich wieder so gar nicht mehr, weil sie wohl findet, dass etwas von uns kommen muss. Vergiss es also nicht, nein?«

»Nein, Else, ich vergesse es nicht«, sicherte Wilhelm zu, wohl wissend, Dorothea nicht einmal zu Gesicht zu bekommen.

»Und trink keinen Schnaps. Denk an deinen Blutdruck. Außerdem habe ich keine Lust, kein Auge zuzubekommen, weil du wieder so schnarchst. Und das machst du immer, wenn du Schnaps trinkst. Bier ist in Ordnung, aber kein Schnaps.«

»In Ordnung, Else. Keinen Schnaps heute Abend. Ist notiert.«

»Ach, und kannst du bei Dorothea nachfragen, ob sie in nächster Zeit die Schneiderin kommen lässt? Ich würde gern einige Kleider enger machen lassen. Die letzten Male, als ich sie selbst geändert habe, bin ich am Innenfutter gescheitert.«

Wilhelm blickte seine Frau schweigend und abwartend an, während sie weiter und immer weiter redete.

»Was denkst du, Else, kann ich jetzt gehen, oder willst du mir noch weitere Aufgaben mit auf den Weg geben?«

»Nun sei doch nicht schon wieder so brummelig, Wilhelm.« Else seufzte.

Wilhelm schmunzelte, machte einen Schritt vor, umarmte seine Frau und gab ihr einen Kuss. »Ich gehe dann jetzt, in Ordnung?«

Else nickte. »Ja, mach das. Und …« Sie hob den Zeigefinger, weil ihr offenbar noch etwas eingefallen war, brach dann aber ab. »Und habt einen schönen Abend.«

Wilhelm lächelte breit und schüttelte den Kopf. »Du bist schon ein Original, Else Lehmann.« Kurz berührte er ihre Wange, dann wandte er sich um und verließ das Haus. Es war kurz nach zwanzig Uhr und zu dieser Jahreszeit noch hell. Eigentlich wäre es besser, sie hätten sich später getroffen. Doch das hätte womöglich weitere Fragen Elses und Dorotheas nach sich gezogen, was sie im Vorhinein hatten vermeiden wollen, und abgesehen davon würde das, was sie vorhatten, einige Stunden dauern. So ging nun Else davon aus, dass Wilhelm zu Paul-Friedrich hinüberging, und Dorothea dachte es genau andersherum. Sie konnten ihren Frauen immer noch erklären, dass sie sich getroffen hatten, um spazieren zu gehen oder irgendetwas, wenn die Sprache darauf kam. Denn das, was sie wirklich taten, würden sie ihnen gewiss nicht erzählen. Auch nicht, wenn alles glatt gegangen war.

Wilhelm schlug den Weg in Richtung Gutshaus ein, blickte sich dann noch einmal um, falls Else womöglich vor die Tür getreten war und ihm nachsah, was jedoch nicht der Fall war. Dann beeilte er sich, abzubiegen und das kleine Stück über die Wiese abzukürzen, um so in die andere Richtung zu den Stallungen zu gelangen. Er verfiel sogar kurz in den Laufschritt, setzte dann aber seinen Weg in normalem Tempo fort. Es dauerte fast eine Viertelstunde, bis er die Pferdeställe erreichte, und als er die Tür öffnete, hörte er schon die Stimmen Paul-Friedrichs und Johannes', die sich gedämpft unterhielten.

»Guten Abend, ihr Verschwörer«, grüßte er und grinste. Dann ging er auf Paul-Friedrich zu, umarmte ihn und tat das Gleiche bei Johannes.

»'n Abend, Wilhelm«, gab Paul-Friedrich zurück, und auch Johannes grüßte ihn.

»Ist alles bereit?«, fragte Wilhelm.

Paul-Friedrich nickte. »Es wird eine Herausforderung für mich sein, mich selbst wieder in den Sattel zu schwingen. Doch es wird schon gehen.«

»Bist du sicher? Ich bin zwar kein guter Reiter, doch womöglich wäre es klüger, ich würde es versuchen, als dass du dich mit deiner Prothese quälst.«

»Eine Handvoll Male bin ich ja damit schon geritten«, wandte Paul-Friedrich ein. »Es ist mir nur unangenehm, weil es eben nicht mehr so geht wie früher.«

Wilhelm wusste, dass es nicht nur das war, weshalb Paul-Friedrich immer seltener versucht hatte, trotz seiner Prothese zu reiten. Der Freund hatte ihm mal erzählt, dass die Stelle an seinem Beinstumpf, an der die Prothese ansetzte, nach einem Ritt immer über Wochen so wund und entzündet gewesen war, dass er es jedes Mal bereut hatte. Doch Wilhelm verstand, dass Paul-Friedrich in diesem speziellen Fall selbst im Sattel sitzen wollte. Wenn seine Pferde, die er und auch Wilhelmine über alles liebten, Gut Falkenbach verließen, dann unter seiner Führung und seiner Aufsicht. Paul-Friedrich war wahrlich nicht gut darin, die Kontrolle abgeben zu müssen, ganz gleich, in welchem Bereich seines Lebens. Dass er sich nun dazu gezwungen sah, seine Pferde fortzuschaffen, die für ihn das Herz Gut Falkenbachs bedeuteten, musste ihn bis ins Mark erschüttern. Doch nur so hatte er wenigstens noch selbst kontrollieren können, was mit ihnen geschah, während ihm die Entscheidung in den nächsten Wochen oder womöglich auch nur Tagen vermutlich abgenommen worden wäre.

»Also gut«, stellte Wilhelm fest. »Dann lenke ich das Boot, und wir treffen uns am Anleger in Feldafing.«

»Ganz genau«, stimmte Johannes zu. »Ich bin zwar auch nicht gerade ein begnadeter Reiter, doch um mich im Sattel zu halten, wird es schon reichen.«

»Fall mir bloß nicht runter«, mahnte Paul-Friedrich. »Denn ich werde nicht in der Lage sein, dir dann zu helfen.«

»Keine Sorge«, gab Johannes mit einem Augenzwinkern zurück. »Ich halte mich einfach gut fest und lasse Damsey hinter dir und den anderen Pferden hertrotten. Das wird schon werden.«

Mit Johannes' Unterstützung sattelte Paul-Friedrich His Highness und auch Damsey. Den anderen acht Pferden legten sie lediglich Trensen an und befestigten dann zwei Longen mit je vier Pferden am Geschirr, sodass die Pferde genug Platz hatten, sowohl nebeneinander als auch hintereinander zu gehen, jedoch in jedem Fall miteinander verbunden waren. Dann führte Paul-Friedrich His Highness nach draußen, ließ sich von Wilhelm in den Sattel hieven und hiernach die eine der

Longen mit den vier Pferden daran reichen. Wilhelm konnte dem Freund, der nun das Reittier ein paar Schritte gehen ließ, damit auch Johannes aus dem Stall herauskommen konnte, ansehen, dass er es genoss, wieder auf einem Pferderücken zu sitzen.

Johannes führte Damsey heraus, und Wilhelm ging zurück in den Stall, um die weiteren vier Pferde zu holen. Nur die zwei Pferde, die Constantin Trost gehörten, sollten in ihren Boxen verbleiben. Constantin ging das Risiko ein, dass seine Tiere beschlagnahmt wurden, da ihm dies die Möglichkeit bot, eine Handhabe gegen Christian Weber und dessen Machenschaften zu bekommen. Ob die Überlegungen, die Paul-Friedrich, Constantin und Wilhelm selbst hierzu angestrengt hatten, am Ende fruchteten, müsste man sehen. Doch für den Moment, so hatten alle drei befunden, war es so die beste Lösung.

Wilhelm griff die Longe und ging ruhigen Schrittes mit den anderen vier Pferden hinaus. Johannes saß inzwischen auf Damsey und wartete. Dann übergab Wilhelm ihm die Longe, die die Pferde miteinander verband. Johannes schlang sich die lange Leine sogleich mehrere Male um seinen Bauch. Dann umklammerte er das Ende und den Zügel mit seiner Rechten. Es blieb zu hoffen, dass die Pferde nicht scheuten und einen Ausbruch versuchten. Denn dann würde Johannes im hohen Bogen von Damsey heruntergeschleudert und womöglich noch mitgeschleift werden.

Wilhelm blickte zu Paul-Friedrich, der seine Longe lediglich locker zusammen mit dem Zügel in der Hand hielt. Welche Methode die bessere oder sicherere war, hätte Wilhelm nicht sagen können. Er hoffte nur inständig, dass alles gut ging und der Plan gelang, vor allem aber, dass sie unentdeckt blieben. Denn sollten sie irgendwelchen Braunhemden begegnen und sich diesen erklären müssen, würde die Sache unweigerlich auffliegen und die Folgen, die dies für Paul-Friedrich, Johannes und genau genommen für sämtliche Mitglieder aller drei Familien haben könnte, wären nicht absehbar. Doch Wilhelm wollte diesen Gedanken gar nicht zu Ende führen. In diesen Zeiten hieß es, irgendwie einen Weg zu finden, zu überleben und mit welchen Tricks und Kniffen auch immer das zu retten und zu sichern, was man besaß.

»Ich wäre dann so weit«, verkündete Johannes.

»Also gut«, gab Paul-Friedrich zurück. »Dann los.« Er sah sich zu Wilhelm um, der ihm zunickte.

»Wir sehen uns am Anleger in Feldafing. Seid vorsichtig!«, mahnte Wilhelm, worauf die beiden sich verabschiedeten und die Pferde in Bewegung setzten. Kurz sah Wilhelm ihnen nach, wie sie sich nun langsam mit den insgesamt zehn Pferden ihren Weg bahnten und auf den Pfad zuhielten, von wo aus man auf direktem Weg das kleine Wäldchen erreichte, das zu dem früheren Liebermann-Grundstück führte. Dort würden sie ganz unten am Ufer des Sees die Pferde entlangführen, da oberhalb des Geländes in der früheren Villa und dem eigens hierfür errichteten Anbau die Waffenherstellung noch immer in Betrieb war. Da oben herrschte durch die vielen Menschen, die dort arbeiteten, ein einziges Kommen und Gehen, und es blieb zu hoffen, dass niemand sich im hinteren Bereich der Villa aufhielt, von wo aus man Paul-Friedrich und Johannes mit den Pferden vermutlich hätte ausmachen können. Vielleicht auch nicht, wenn die Büsche unten dicht genug gewachsen waren, da das Grundstück längst nicht mehr so gepflegt wurde wie früher, als die Familie Liebermann noch dort gelebt hatte. Wilhelm erinnerte sich noch gut an diese freundlichen, stets zurückgezogenen und überaus hilfsbereiten Menschen und an die prachtvolle Villa, bevor sie durch den hässlichen Anbau verschandelt worden war.

Die Liebermanns hatten schon dort gewohnt, als Heinrich und Wilhelm mitsamt ihren Familien und Fabriken nach Gut Falkenbach gezogen waren. Die Kinder der Liebermanns hatten mit Leopold, Ferdinand, Gustav und Wilhelmine gespielt. Man mochte und schätzte einander, lebte gern nachbarschaftlich zusammen. Zumindest so lange, bis sich die Lage im Land immer mehr verändert hatte und sich die Liebermanns, weil sie Juden waren, vor ein paar Jahren gezwungen gesehen hatten, alles zu verkaufen und Deutschland den Rücken zu kehren. Gerade noch rechtzeitig, wenn Wilhelm bedachte, wie inzwischen mit den jüdischen Mitbürgern umgegangen wurde und dass diese in Deutschland schlicht ihres Lebens nicht mehr sicher waren.

Wilhelm wusste nicht, was Paul-Friedrich seinem Nachbarn für dessen Anwesen bezahlt hatte. Nur, dass es ein angemessener Preis gewesen war, das hatte Paul-Friedrich ihm seinerzeit gesagt. Und Wilhelm bezweifelte dies auch nicht, da Paul-Friedrich für ihn ein Ehrenmann war, der ohne Frage niemals die verzweifelte Lage seiner Nachbarn ausgenutzt hätte.

Wenn Wilhelm nun so über die Liebermanns nachdachte, fragte er sich das erste Mal seit langer Zeit, was wohl aus ihnen geworden war. Waren sie in Sicherheit? Hatte es die gesamte Familie aus Deutschland rausgeschafft und lebte nun anderswo glücklich und zufrieden, während der Druck hier ständig zunahm? Und das nicht nur für die Juden, sondern für jeden in diesem Land, da die Wahnsinnigen, die die Regierung stellten, wahrscheinlich selbst nicht einmal mehr wussten, was sie wirklich erreichen wollten. Diese dämlichen gebrüllten Parolen, der ganze Hass, der Krieg … Wilhelm schüttelte den Kopf bei diesem Gedanken. Langsam machte er sich auf in Richtung Anleger, um dort das Boot zu nehmen und einmal ganz über den Starnberger See zu rudern bis nach Feldafing. Es war ein gutes Stück, und bestimmt würde er morgen schmerzhaft seine Arme spüren, war er doch eine solche körperliche Tätigkeit nicht gewohnt. Er konnte sich Zeit lassen, denn der Weg, den Paul-Friedrich und Johannes mit den Pferden am Ufer des Sees zurücklegen mussten, würde um einiges länger dauern.

Wilhelm blickte auf seinen rechten Arm und schlug kräftig mit der linken Hand zu, als er eine Mücke entdeckte, die ihn soeben gestochen und offenbar schon kräftig gesaugt hatte, war doch in der Innenfläche seiner linken Hand nun ein fetter Blutfleck zu sehen.

»Mistviecher«, schimpfte er, zog ein Taschentuch aus seiner Hosentasche und wischte sich damit die Hand ab, während er weiter in Richtung Anleger ging. Als er diesen erreichte, sah er noch einmal zu dem Wäldchen hinüber, durch das Paul-Friedrich und Johannes mussten. Die beiden waren nicht mehr zu sehen, und als Wilhelm auf den Steg trat und einen Moment lauschte, konnte er auch keine Geräusche vernehmen, die auf die beiden mit den Pferden hindeuteten. Zwar würde Paul-Friedrich sicher nicht riskieren, schneller als im Schritttempo zu reiten, schon um kein Aufsehen zu erregen. Vor allem aber würden die Pferde wahrscheinlich nur schwer zu kontrollieren sein, wenn er sie antraben ließ und diese dann womöglich nicht mehr, wie zuvor, ruhig hintereinanderher trotteten. Ach, Paul-Friedrich war ein Pferdenarr und konnte gewiss am besten einschätzen, wie er die Reittiere am sichersten zum Treffpunkt nach Feldafing brachte, um sie dort einem Kontaktmann zu übergeben, der für ihre Weiterreise an einen sicheren Ort sorgen würde. Das war nun wirklich nichts, worum Wilhelm sich Gedanken machen musste.

Er bückte sich auf dem Steg hinunter, tastete nach dem Haken, an dem das Seil mit dem Boot befestigt war, das unter den tief hängenden Weidenästen unterhalb der Uferböschung gar nicht zu sehen war. Wilhelm ertastete das Seil, löste es vom

Haken und zog dann langsam das Boot zu sich heran, das gleich darauf aus den Büschen heraus auf ihn zuglitt. Es war etwas her, seit er das letzte Mal mit dem Boot auf den See rausgefahren war, genau genommen konnte er sich gerade nicht einmal mehr daran erinnern, wann das gewesen war. In jedem Fall vor seinem Schlaganfall, den er vor fast vier Jahren gehabt und nach dem es einige Zeit gedauert hatte, bis er sich vollständig, nun ja, zumindest fast vollständig erholt hatte. Denn manches konnte er einfach nicht mehr wie zuvor. Doch er war gut darin, über seine Einschränkungen hinwegzutäuschen, wollte er doch auch Else gegenüber nicht zugeben, dass er nie wieder ganz der Alte sein würde.

Das Boot wackelte, als Wilhelm einen Fuß hineinsetzte, sodass er eilig den zweiten nachzog und sich dann noch am Steg festhielt, um dem Ganzen die nötige Stabilität zu geben. Er wartete einen Moment, bis das Schwanken nachgelassen hatte, setzte sich dann auf das in der Mitte angebrachte Brett, nahm die Riemen zur Hand, stieß das Boot vom Steg ab und ruderte los. Er tauchte mehrere Male die Ruder ein und zog sie kräftig durch, sodass das Boot gleichmäßig und still über den See glitt. Immer weiter entfernte er sich vom Ufer, und während er anfangs noch etwas ungleichmäßig ruderte, wurden seine Bewegungen nun immer harmonischer, und Wilhelm spürte, wie gut ihm sowohl das Rudern als auch das tiefe Einatmen der Abendluft tat.

Er lenkte das Boot etwas weiter zur Mitte, weil er von hier aus zumindest einen Teil seiner Topf- und Pfannenfabrik erkennen konnte. Der Rest war von Bäumen verdeckt, doch er konnte den Lichtschein ausmachen, der aus dem Innern des Gebäudes drang.

Wie glücklich war er damals gewesen, als die Arbeiten an der Fabrik abgeschlossen waren und der Teil des Inventars, der nicht neu angeschafft wurde, von Leipzig hierher nach Gut

Falkenbach gebracht worden war. Dieses neue, wunderschöne Gebäude, das ihm, seiner Familie und auch den Arbeitern, die den Aufbruch zusammen mit ihm gewagt hatten, eine Zukunft bieten sollte. Paul-Friedrichs Plan, sowohl die Topf- und Pfannenfabrik als auch Heinrichs Porzellanfabrik in Leipzig ein für alle Mal zu schließen und hier ganz neu aufzubauen und wiederzueröffnen, war aufgegangen. Wie wohl immer alle Pläne aufgingen, die Paul-Friedrich erdachte. Wilhelm hatte nie einen klügeren Kopf getroffen als diesen Mann, dem er weit mehr verbunden war als seinem Bruder Heinrich zu dessen Lebzeiten. Manches Mal hatte Wilhelm sich schon gefragt, wie sein weiteres Leben nach dem Krieg wohl verlaufen wäre, hätten Paul-Friedrich, Heinrich und er damals nicht den Coup gewagt und die Wertgegenstände, die die Bewohner des Ortes nahe Riga vor den Deutschen versteckt hatten, anderswo in Sicherheit gebracht und nach dem Krieg geholt. Sie waren als reiche Männer heimgekehrt, steinreich, um genau zu sein, nur dass sie dies niemanden hatten wissen lassen dürfen. Nicht einmal ihre eigenen Frauen durften davon erfahren, das hatten die drei Männer sich geschworen.

Wilhelm erinnerte sich noch daran, dass seit dem Fortschaffen und Verstecken des Diebesguts und Paul-Friedrichs Verletzung nur knapp zwei Wochen vergangen waren. Auch wusste er noch, dass Heinrich ihm damals gesagt hatte, er hätte Paul-Friedrich auf dem Schlachtfeld einfach liegen lassen und seinem Schicksal überlassen sollen. Mit dem abgeschossenen Bein hätte er gewiss nicht lange überlebt, und dann hätten sie nur noch durch zwei teilen müssen. Wilhelm schüttelte angeekelt den Kopf bei der Erinnerung daran. Sein Bruder war ein solcher Mistkerl gewesen, ein richtig widerlicher Mensch. Allein, dass er auf die Idee gekommen war, Paul-Friedrich krepieren zu lassen, hatte Wilhelm kurz aus der Fassung gebracht, und er hatte Heinrich für die Bemerkung einen Faustschlag mitten ins Gesicht verpasst. Wirklich beschwert hatte sich sein jüngerer Bruder darüber nicht, vermutlich aus Angst, dass Wilhelm erneut hätte zuschlagen können. Ja, Heinrich hatte ihn ganz gut einzuschätzen vermocht, denn nur ein weiteres Wort und Wilhelm hätte sich vergessen. Doch dazu war es nicht gekommen.

Paul-Friedrich war wegen seiner Verletzung letztendlich ein halbes Jahr vor Wilhelm und Heinrich aus dem Krieg heimgekehrt. Und als die Brüder nach Leipzig zurückgekommen waren, hatte dort schon ein Schreiben Paul-Friedrichs auf sie beide gewartet, mit der Bitte, sich zu melden, sobald sie zu Hause eingetroffen waren.

Danach war alles ganz schnell gegangen, und seit nunmehr über zweiundzwanzig Jahren lebten und arbeiteten die Lehmanns nun schon auf Gut Falkenbach. Wilhelm konnte sich beim besten Willen nicht mehr erinnern, wie es zuvor in Leipzig gewesen war. Genau genommen schwanden sogar seine Erinnerungen an Heinrich, obwohl dessen Todestag sich im November erst zum dritten Mal jährte. Wie konnte es sein, dass die Zeiten, die er mit seinem Bruder verbracht hatte, für ihn immer mehr in den Hintergrund gerieten? War es, weil die Umstände, unter denen Heinrich zu Tode gekommen war, so verabscheuungswürdig, so absolut widerlich gewesen waren, dass Wilhelm sich einfach nur für ihn schämen konnte?

Wilhelm hob die Riemen an und ließ das Boot für eine Weile nur mit dem restlichen Schwung über den See gleiten. Schon seit Jahren beobachtete er die Entwicklung im Land mit großer Sorge. Doch nachdem Hitler in Polen eingefallen war und damit erneut einen Krieg vom Zaun gebrochen hatte, war ihm eine Frage immer öfter durch den Kopf gegangen: Wann war es an der Zeit, Deutschland den Rücken zu kehren und anderswo ein neues Leben zu beginnen?

Er blickte über den See zum Grundstück Gut Falkenbachs, dann wandte er seinen Kopf nach rechts in Richtung des alten Liebermann-Anwesens. Es war früher so überaus akkurat, fast schon pedantisch gepflegt gewesen. Joachim Liebermann hätte nie zugelassen, dass der Garten derartig verwilderte. Paul-Friedrich war zwar inzwischen der Eigentümer, und während er sehr auf den Zustand der Ländereien von Gut Falkenbach achtete und diese überaus gepflegt waren, konnte man dem Nachbargrundstück ansehen, das dies im Grunde keine Bedeutung für Paul-Friedrich hatte. Der Freund hatte Wilhelm seinerzeit gesagt, dass er das Grundstück mit der Villa darauf nur gekauft hatte, um die Kontrolle hierüber zu haben und nicht zu riskieren, dass dies in wer weiß welche Hände fiel und er sich womöglich mit Nachbarn herumschlagen müsste, die ihm nicht in den Kram passten.

Wilhelm war es damals doch recht dekadent erschienen, ein solch stattliches Anwesen aus diesem profanen Grund in seinen Besitz zu bringen. Doch Paul-Friedrich war eben Paul-Friedrich. Eine mögliche Chance ausgelassen zu haben und hierdurch eine Kontrolle, die er hätte erlangen können, aus der Hand zu geben, war einfach nicht sein Stil. Nein, Paul-Friedrich war wirklich nicht der Mensch, der so etwas zulassen würde. Umso mehr hatte dieser mit der derzeitigen Situation im Lande zu kämpfen, in der vor allem Willkür herrschte und manche, wenn nicht sogar die meisten Entscheidungen, die gefällt wurden, jeglicher Logik entbehrten.

Von der ersten Sekunde an hatten Paul-Friedrich und Wilhelm den Eindruck gehabt, dass mit Hitler ein Wahnsinniger an die Macht gekommen war, dessen irrsinnige Ziele von niemandem durchschaut werden konnten. Vermutlich nicht einmal von ihm selbst.

Er ließ die Riemen wieder zu Wasser und ruderte eine Weile. Die Lichter Gut Falkenbachs verschwanden mehr und mehr hinter den Bäumen, und mit jedem Ruderschlag hatte Wilhelm das Gefühl, ruhiger zu werden. In den letzten paar Minuten war aus der beginnenden Dämmerung Dunkelheit geworden, und nur der Vollmond spendete noch Licht. Der Himmel war sternenklar, und Wilhelm nahm sich einen Moment, ließ seinen Kopf in den Nacken fallen und sah hinauf. Früher hatten Else und er es sich oft abends noch draußen bequem gemacht, waren in ihren Stühlen tiefer gerutscht und hatten in den Sternenhimmel hinaufgesehen. Dann hatten sie sich stundenlang unterhalten und manchmal sogar das Glück gehabt, auch die eine oder andere Sternschnuppe zu entdecken. Else hatte ihm dann von ihren Träumen erzählt und was sie sich vom Leben erhoffte. Dabei hatte sie eigentlich nie wirklich ihre eigenen Wünsche ausgesprochen, sondern stets solche, die sich um Wilhelms oder Leopolds Wohl drehten. Seine Frau hatte ihm einmal erzählt, dass sie und Käthe während der Zeit, als Heinrich und Wilhelm im Krieg gewesen waren, oft so draußen saßen, in den Sternenhimmel sahen und zu Gott beteten, dass ihre Männer unverletzt blieben und wohlbehalten aus dem Krieg heimkehren mögen. Ja, tatsächlich konnte er sich nicht an einen einzigen Wunsch seiner Frau erinnern, die diesen ausgesprochen hatte, der sich nicht um jemand anderen, sondern sie selbst gedreht hatte. Es passte zu ihr. Else war ein so warmherziger, guter Mensch, und noch dazu damals wie heute eine wunderschöne Frau. Ja, es hatte wahrlich genug Kerle gegeben, die Else nur zu gern für sich gewonnen hätten. Und Wilhelm konnte sich auch nach all den Jahren nicht erklären, was sie ausgerechnet an ihm gefunden hatte und noch heute fand, denn noch immer waren sie einander so zugewandt, dass Wilhelm sicher war, sie würden sich beide wieder für den anderen entscheiden, und das einen jeden Tag ihres Lebens. Doch wie würde Else darauf reagieren, wenn er ihr vorschlug, Deutschland verlassen zu wollen?

Wohl jedes Land hatte unrühmliche Zeiten erlebt, keine Frage. Und Wilhelm hätte nicht in der Haut mancher Regierenden stecken mögen, sich den Herausforderungen stellen zu müssen und Entscheidungen zu treffen, die für ein ganzes Volk die richtigen zu sein hatten. Doch das, was sich gerade in Deutschland abspielte, stand auf einem ganz anderen Blatt. Und sosehr Wilhelm grundsätzlich sein Leben auf Gut Falkenbach liebte, so oft war ihm in letzter Zeit der Gedanke gekommen, es nicht mehr lange hier auszuhalten. Was war denn noch übrig von dem, was sie seinerzeit hier aufgebaut hatten? Sowohl Heinrichs Porzellan- als auch Wilhelms Topf- und Pfannenfabrik produzierten längst nur noch Waffen und Munition. Es ging nicht mehr darum, etwas herzustellen, das die Menschen für ihr Leben brauchten, sondern nur noch um Zerstörung und Tod. Wollte Wilhelm wirklich weiter Teil hiervon sein? Sich diese Frage zu beantworten, fiel ihm leicht. Weit weniger leicht fiel ihm die Vorstellung, das, was sein Zuhause war, zurückzulassen.

Mit jedem Ruderschlag glitt das Boot weiter und immer weiter, und mit der Dunkelheit war auch die Stille über den See und die Landschaft gekommen, die in diesem Moment alles unendlich friedlich erscheinen ließ.

Wilhelm blickte zur Seite. Er war bereits auf der Höhe von Tutzing. Nicht mehr lange, dann würde er Feldafing erreichen. Es würde gewiss noch eine ganze Weile dauern, bis Paul-Friedrich und Johannes mit den Pferden, die ja im Schritttempo das gesamte Seeufer zurückzulegen hatten, ebenfalls dort eintreffen würden.

Also hob Wilhelm die Riemen aus dem Wasser und ließ sich abermals treiben. Wieder kam die Frage in ihm auf, ob er nicht zumindest einmal bei Else vorfühlen sollte, wie sie zu einem Weggang aus Deutschland stand. Natürlich würde es keinem von ihnen leichtfallen, alles zurückzulassen. Sie hatten

Jahrzehnte gebraucht, sich das zu erarbeiten, was sie hatten. Doch war es den Preis wert, den sie alle, und damit meinte Wilhelm jeden Deutschen, der sich wie ein Gefangener im eigenen Land fühlte, zu zahlen hatten? Mit jedem Tag, den Wilhelm zusah, wie in seiner ehemals schönen Fabrik Produkte für diese Tötungsmaschinerie hergestellt wurden, verging auch ein weiterer Tag seiner Lebenszeit. Er war jetzt dreiundsechzig Jahre alt, und auch wenn er sich von dem Schlaganfall besser erholt hatte, als es zu erwarten gewesen wäre, war da noch immer sein Herz, das ihm Sorgen machte. Er war eben kein junger Mann mehr, und obwohl er sich kräftig und gesund fühlte, so wusste er doch, dass dieser Zustand fragil war. Wie viele gute Jahre blieben ihm noch? Und wollte er die in diesem Nazi-Staat verbringen, in dem Hass, Folter und Tod an der Tagesordnung waren? Wie Paul-Friedrich wohl hierzu stand? Sie hatten in den vielen Gesprächen, die sie regelmäßig führten, zwar immer mal wieder das Thema angeschnitten, dass es wahrscheinlich die vernünftigste Entscheidung wäre, Deutschland den Rücken zu kehren. Doch zwischen den Worten und entsprechenden Taten lagen Welten. Und Wilhelm wusste, dass Gut Falkenbach seinem langjährigen Freund einfach alles bedeutete. Es zu verkaufen, würde er niemals über das Herz bringen, sodass Wilhelm sich höchstens vorstellen konnte, dass sie alle so lange im Ausland lebten, bis sich die Lage hier wieder beruhigt und diese elenden Nazis auf ganzer Strecke verloren hatten – den Krieg und auch ihre Macht. Doch wohin sollten sie gehen? Wo wären sie als Deutsche überhaupt noch willkommen? Und wovon sollten sie dort leben? Die Einnahmen aus den Fabriken konnten sie in jedem Fall vergessen, sobald sie dieses Land verließen. Zwar war noch Gold in der Höhle bei Innsbruck, das sie sich holen könnten und das für einen guten Neuanfang reichen würde. Schließlich bräuchten sie anderenorts ja nicht erneut etwas kaufen oder gar versuchen, wieder etwas Eigenes aufzubauen. Es ginge nur darum, zu überleben, irgendwie, und das möglichst zufrieden.

Wilhelm ließ seine Gedanken weiter schweifen, tauchte die Riemen wieder ins Wasser und ruderte erneut. Er glitt an Tutzing vorbei und kurze Zeit später an Garatshausen. Dann erreichte er Feldafing, steuerte das Boot zum Anleger, machte es fest und stieg aus. Wilhelm streckte sich einmal kräftig, waren doch seine Beine durch die Haltung auf dem Brett im Boot ein wenig steif geworden. Er sah sich um. Niemand war außer ihm hier, und kurz überlegte er, ob hier womöglich noch eine Gastwirtschaft geöffnet hatte, in die er gehen könnte, um sich die Wartezeit, bis die anderen beiden mit den Pferden ankamen, mit einem Bier zu verkürzen. Doch er entschied sich dagegen. Wer wusste schon, ob dort dann nicht womöglich irgendwelche Braunhemden waren, die auf ihn aufmerksam würden und Fragen stellten, wer er war und woher er kam. Nein, er wollte überhaupt nicht gesehen werden, sodass er lediglich einige Schritte vom Anleger hinaufging und dann ein Stück weit am Ufer entlang in die Richtung, aus der Paul-Friedrich und Johannes kommen würden. Wilhelm war froh, als er nach etwa hundert Metern auf eine Bank stieß, die in Ufernähe stand und die durch die Büsche und natürlich auch die Dunkelheit auf die Entfernung nahezu nicht zu erkennen war. Dort machte er es sich bequem und sah über den See.

Er musste eingeschlafen sein, denn Wilhelm erschrak, als er plötzlich etwas wahrnahm. Er stand auf, versuchte aber hinter den Büschen Sichtschutz zu finden und duckte den Kopf ein wenig, um auszumachen, wer sich der Bank näherte. Es dauerte nur wenige Sekunden, bis ihm klar wurde, dass das, was er gehört hatte, nichts anderes als das Schnaufen eines oder mehrerer Pferde gewesen war, worauf er sich aufrichtete, um besser erkennen zu können, ob es war, wie er hoffte. Dann gab er seine Deckung vollends auf, erleichtert, Paul-Friedrich auf His

Highness mit weiteren vier Pferden zu erblicken, direkt gefolgt von Johannes auf Damsey und den anderen Reittieren. Es war also alles gut gegangen.

»Ich bin hier«, machte sich Wilhelm bemerkbar, um die Ankommenden nicht zu erschrecken und auch die Pferde nicht scheuen zu lassen. Dann trat er noch einen Schritt weiter vor.

»Natürlich bist du hier«, gab Paul-Friedrich zurück. »Wie du immer genau dort bist, wo du mir hilfst, mein Freund.«

Täuschte sich Wilhelm, oder schwang Wehmut in Paul-Friedrichs Stimme mit?

»Gab es Schwierigkeiten unterwegs?«, fragte Wilhelm und sah zu Paul-Friedrich hinauf, der His Highness zum Stehen gebracht hatte.

»Nein, überhaupt nicht. Natürlich kann ich es nicht beschwören, doch ich glaube, dass uns niemand bemerkt hat«, antwortete Paul-Friedrich.

»Ich bin mir auch fast sicher«, bekräftigte Johannes, der nun von Damsey stieg und seinen Rücken streckte.

»Kann ich dir helfen?«, fragte Wilhelm an Paul-Friedrich gewandt.

»Könntest du dich hier herüberstellen?«, bat Paul-Friedrich, der nun mit der Hand seine Beinprothese aus dem Bügel befreite und dann sein rechtes, gesundes Bein über His Highness' Widerrist schwang, sodass er beide Beine auf einer Seite hatte und nur noch vom Pferd herunterzurutschen brauchte. Wilhelm konnte sich zwar denken, dass es seinem Freund unangenehm war, doch er streckte diesem dennoch die Arme entgegen und fasste an dessen Hüfte, während Paul-Friedrich sich so behände wie möglich aus dem Sattel gleiten ließ. Kurz fasste er um und packte nun Paul-Friedrichs Arm, da dieser strauchelte, als er wieder stand. Dann fand der Freund sein Gleichgewicht und bedeutete Wilhelm mit einem Kopfnicken, dass dieser ihn loslassen könne, was er sogleich tat.

Paul-Friedrich sah auf die Uhr. »Wir sind früher dran als gedacht«, stellte er fest.

»Wo wohnt dein Kontaktmann?«, fragte Johannes.

»Nicht weit von hier«, antwortete Paul-Friedrich und deutete mit dem ausgestreckten Arm. »Den Weg dort hinauf bis zum Kurzwarenladen an der Ecke und dahinter das erste Haus rechts.«

»Alles klar, dann gehe ich hin und hole ihn.«

Wilhelm trat an Johannes heran und ließ sich von diesem Longe und Zügel geben, damit er statt seiner Damsey halten konnte. Dann machte Johannes sich auf den Weg und war nur wenige Augenblicke später in der Dunkelheit verschwunden.

»Wie fühlst du dich?«, fragte Wilhelm und sah Paul-Friedrich an.

»Wahrscheinlich werde ich wochenlang kaum auftreten können«, mutmaßte dieser. »Doch das war es mir wert. Das Gestüt Gut Falkenbachs ist mein Leben. Und wenn jemand die Pferde in Sicherheit bringt, dann ich und niemand sonst.«

»Deine Stärke ist bewundernswert«, urteilte Wilhelm. »Ich kann dich gut verstehen. Wer wären wir noch, wenn wir es zuließen, anderen die Entscheidungsgewalt über uns zu überlassen?«

»Sollen sie doch alle zur Hölle fahren«, knurrte Paul-Friedrich. »Diese dämlichen Fatzken mit ihrem Sieg-Heil-Gebrüll.« Er spuckte auf den Boden, eine Geste, von der Wilhelm sich nicht erinnern konnte, sie jemals bei Paul-Friedrich erlebt zu haben. Auch hatte er ihn wohl nie so reden hören. »Lieber erschieße ich jedes einzelne meiner Pferde, als zuzulassen, dass diese in den Krieg getrieben werden und dort elendig krepieren. Was ist es für ein Wahnsinn, dass diese anmutigen Tiere für den Machthunger eines Mannes herhalten müssen? Wo ist die hochgelobte und gut ausgestattete Armee, wenn sie auf Pferde zurückgreifen muss?«

Wilhelm antwortete nichts. Das, was er bei Paul-Friedrich spüren konnte, war etwas zwischen Wut, Verzweiflung und tiefer Verachtung. Eine gefährliche Mischung, die, wenn er sie nicht unter Kontrolle zu bringen verstand, zu dieser Zeit und in diesem Land ein Todesurteil bedeuten könnte.

»Johannes kommt zurück«, stellte Wilhelm leise fest und deutete mit einer Kopfbewegung in die Richtung. Gleich darauf machte er den Mann hinter Johannes aus, der nun ebenfalls auf Paul-Friedrich und ihn zuhielt.

»Griaß eich«, grüßte der Mann und reichte erst Paul-Friedrich, dann Wilhelm die Hand.

»Guten Abend«, gab Paul-Friedrich zurück, während Wilhelm ein kurzes »Griaß di«, hören ließ.

»Wir sollten die Pferde zum Stall bringen, bevor wir noch Aufmerksamkeit erregen«, meinte Paul-Friedrich, worauf der Mann, er hieß Wasti Hinterhofer, ihnen bedeutete, ihm zu folgen. Johannes übernahm wieder Damsey, und Wilhelm ging an Paul-Friedrichs Seite, während sie schweigend Hinterhofer den Weg hinauf zu einem Hof folgten, dessen Scheunentor Hinterhofer nun öffnete und die drei mitsamt Pferden eintreten ließ. Wilhelm beobachtete, dass Hinterhofer sich noch einmal zu allen Seiten hin umsah, bevor er das Scheunentor schloss.

Paul-Friedrich machte sich sogleich daran, die Longe von den Pferdetrensen zu entknoten, und übergab ein Pferd nach dem anderen an Hinterhofer, der diesen die Trensen abnahm. Sofort begannen die Tiere das Heu zu fressen, das in Haufen zusammengeschoben für sie bereitlag.

»Lass mich dir mit dem Sattel helfen«, bot Wilhelm an, löste den Gurt, zog ihn dann von His Highness' Rücken herunter und hielt ihn fest.

»Danke, mein Freund.« Paul-Friedrich tätschelte den Hals des Lieblingspferdes seiner Tochter, und Wilhelm konnte sehen, wie schwer ihm der bevorstehende Abschied fiel.

Nachdem auch Damsey und die anderen vier Pferde sich auf die Scheune verteilt hatten, griff Paul-Friedrich in die Innentasche seiner Jacke.

»Hier.« Er hielt Hinterhofer ein Bündel Geldscheine hin. »Wie vereinbart, die Hälfte jetzt, die andere Hälfte, wenn ich die Bestätigung erhalte, dass die Pferde die jeweiligen Stallungen erreicht haben.«

Hinterhofer nahm das Geldbündel und nickte. »Dank' schön. Wir haben schon so viele Geschäfte miteinander gemacht. Auf mich können'S eahna verlassen, Herr von Falkenbach.«

»Ja, das weiß ich.« Paul-Friedrich ließ seinen Blick über die zehn Pferde schweifen. Wilhelm konnte nur erahnen, was gerade in ihm vorgehen mochte. Der Freund hatte in diesem Moment etwas Versonnenes, richtiggehend Abwesendes an sich. So, wie er das Gesicht verzog, schien ihm der Abschied von seinen geliebten Pferden körperliche Schmerzen zu bereiten. Dann machte er abrupt kehrt und verließ die Scheune. Wilhelm und Johannes, die die Sättel der Pferde hielten, tauschten einen Blick, dann verabschiedeten sie sich von Hinterhofer und folgten Paul-Friedrich schweigend hinaus.

»Geht es?«, fragte Wilhelm, als er ins Freie trat, wo Paul-Friedrich wartete.

Dieser nickte nur. »Wir sollten uns auf den Rückweg machen. Else und Dorothea warten bestimmt schon.«

Zu dritt machten sie sich auf den Weg zum Boot, und ganz selbstverständlich nahm Johannes den Platz des Ruderers ein, verstaute die beiden Sättel, ließ Wilhelm und Paul-Friedrich einsteigen und brachte sie mit mehreren kräftigen Ruderschlägen vom Anleger weg.

Die Rückfahrt verlief schweigend, und als das Boot wieder bei Bernried auf Gut Falkenbach anlegte, schien es Wilhelm im Licht des Mondes, als sei Paul-Friedrich in den letzten Stunden gealtert.

»Vielen Dank für eure Hilfe. Es tut gut zu wissen, dass es Menschen gibt, auf die man sich zu einhundert Prozent verlassen kann.«

»Du kannst immer auf mich zählen, Paul-Friedrich.« Johannes nickte ihm zu. »Ihr beide. Ganz gleich, worum es geht.«

»Das wissen wir, Johannes«, erwiderte Wilhelm. »Danke. Und du ebenso auf uns.«

Nun war es Johannes, der nickte. »Ja, ich weiß. Und dafür bin ich dankbar.« Er nahm seinen Sattel und blickte Wilhelm an. »Gib mir deinen Sattel auch her. Ich bringe sie noch in den Stall zurück.«

»Sicher?«

»Aber ja.« Johannes ließ sich den zweiten Sattel von Wilhelm obendrauf packen.

»Gute Nacht, ihr zwei. Wir sehen uns in den nächsten Tagen.«

»Gute Nacht, Johannes«, sagte Paul-Friedrich. »Und nochmals danke.«

Wilhelm verabschiedete sich ebenfalls von seinem Neffen, der die Sättel noch mal so umfasste, dass er sie besser tragen konnte, und nun in Richtung Stallungen davonging.

»Komm«, sagte Wilhelm dann und bot Paul-Friedrich seinen Arm. »Ich begleite dich noch zum Gutshaus.«

»Es ist schon spät, und wahrscheinlich solltest du lieber nach Hause zu deiner Frau gehen.«

»Ja«, sagte Wilhelm, »wahrscheinlich sollte ich das. Doch ich tu's nicht. Ebenso wenig wie ich den Schnaps ablehnen werde, mit dem wir uns gleich in dein Arbeitszimmer zurückziehen.«

Die beiden tauschten einen Blick, der tiefe Verbundenheit verriet. Ganz gleich, was auch immer kommen würde, sie hielten zusammen. Ohne Wenn und Aber!

6. Kapitel

Ich weiß, dass mein Vorhaben wahnsinnig ist. Doch ich kann nicht länger zuschauen.

Gustav von Falkenbach

Gustav war nervös. Wenn alles gut ging, würde er heute Abend mit dem Gefühl nach Gut Falkenbach fahren können, seinem Gewissen gefolgt zu sein und es geschafft zu haben. Wenn etwas schieflief, würde er wohl nie wieder nach Hause zurückkehren, sondern nach einem kurzen Prozess hingerichtet werden. Seine Chancen standen seiner Einschätzung nach fünfzig zu fünfzig.

Natürlich hatte er über die letzten Wochen und Monate alles immer wieder durchdacht, Pläne geschmiedet und wieder verworfen, neue Pläne gemacht und bis ins kleinste Detail durchgespielt, denn er hatte nur diesen einen Versuch.

Sorgfältig packte er seine Arzttasche, die er, obwohl natürlich alles in der Klinik vorhanden war, seit mehreren Wochen tagein, tagaus, bei sich trug. Alles musste so wirken wie immer, jede Abweichung von der Routine könnte Fragen aufwerfen und somit Verdacht erregen. Und das war das Letzte, was Gustav riskieren wollte.

Er öffnete das Päckchen und zog fünf Zigaretten heraus, damit die Verpackung angebrochen war, legte sie in die kleine Schale auf dem Schreibtisch seiner Wohnung in Eglfing-Haar, die er, obwohl er die meisten Tage der Woche hier vor Ort arbeitete, nur selten nutzte. Meistens gönnte er sich zum Schlafen einfach ein paar Stunden auf einer der Pritschen in der Klinik, und erst wenn er donnerstags nach Gut Falkenbach heimfuhr und dort die Zeit bis zum nächsten Montag verbrachte, schlief er in einem richtigen Bett und dann auch so tief und fest, dass er manchmal am liebsten einfach dort liegen bleiben würde.

Er nahm sich zwei Schachteln Zündhölzer, eine mit einem blauen Etikett und der Aufschrift *Welthölzer,* die andere mit einem gelben Etikett, auf dem ein Adler abgebildet und der Schriftzug *Haushaltsware* zu lesen war. Die blaue Schachtel legte er zusammen mit dem angefangenen Zigarettenpäckchen ganz unten in seine Arzttasche, außerdem noch sein Stethoskop, einiges an Verbandsmaterial sowie ein Fläschchen Wundreinigung für das Säubern offener Verletzungen. Zu guter Letzt verstaute er eine leere Spritze, deren Nadelspitze mit einem Tuch umhüllt war, sowie eine kleine Kanüle, um die eine Binde gewickelt war.

Gustav schloss den Arztkoffer, griff dann das zweite, gelbe Päckchen Streichhölzer und ließ es in seiner Hosentasche verschwinden. Hier in der Wohnung war es brütend heiß, und Gustav war froh, gleich in seinen Fiat steigen zu können und mit heruntergekurbelten Fenstern durch den Fahrtwind zumindest auf der Strecke bis zur Heil- und Pflegeanstalt ein wenig Abkühlung zu erfahren. Auf Gut Falkenbach würde er zu dieser Jahreszeit und bei ähnlichen Temperaturen vor allem ältere Männer in seinem Wartezimmer vorfinden, denen die Hitze das Atmen erschwerte und die oftmals Herzprobleme hatten. Oft reichte es schon aus, ihre Körpertemperatur mit Wadenwickeln herunterzukühlen und sie durch genügend Flüssigkeitszufuhr wieder aufzupäppeln. Was für herrlich banale, harmlose

Wehwehchen dies doch waren im Vergleich zu dem Leid, das er jeden Tag in der Heil- und Pflegeanstalt mitansehen musste.

Wie sehr hatte sich doch alles in diesem Land verändert, seitdem er seine Zulassung zum Arzt erhalten hatte. Nie wäre er während seines Studiums davon ausgegangen, sich mit etwas anderem beschäftigen zu müssen als damit, den Menschen zu helfen und diese wieder gesunden zu lassen. Die Welt, die er seinerzeit noch kennengelernt hatte, existierte einfach nicht mehr. Hitler und dessen Schergen hatten sie ein für alle Mal zerstört.

Gustav griff seine Arzttasche, öffnete die Tür, trat aus der Wohnung und blickte kurz zurück, um sich noch einmal darin umzusehen. Ob er die Gelegenheit bekäme, hierher zurückzukehren? Oder endete sein Leben heute, ohne dass er sich auch nur von Clara, seiner kleinen Edith, seinen Eltern, Wilhelmine und auch den Lehmanns verabschieden konnte? Würde er sein zweites Kind, das in gut zwei Monaten das Licht der Welt erblicken würde, niemals zu Gesicht bekommen? Kurz kamen ihm Zweifel, ob er das, was er plante, wirklich durchführen wollte. Andererseits war alles genau so abgesprochen, alles war geklärt. Felicitas und Benedikt Specht, die Eltern des kleinen Hans, hielten sich bereit und vertrauten darauf, dass Gustav sein Versprechen einlöste. Womöglich würden sie alle für das, was sie vorhatten, sterben müssen. Doch Gustav hatte schon zu viel Schrecken erlebt, zu viel Leid gesehen, das sich tief in sein Gedächtnis gebrannt hatte, um nun noch abbrechen zu können. Wenn er erwischt würde und heute dafür den Tod fand, so konnte er wenigstens mit dem letzten Gedanken aus dem Leben scheiden, dass er nicht einfach das Leid hingenommen, sondern wenigstens zu helfen versucht hatte. Auch wenn er sodann nichts hatte bewirken können.

Er fasste die Klinke, zog nun entschlossen die Tür zu und drehte den Schlüssel zweimal im Schloss herum. Dann ging er über den Korridor des Mehrfamilienhauses und die Treppe hinunter, wo er schließlich ins Freie trat.

Er sah sich auf der Straße um. Von den Spechts war nichts zu sehen, doch irgendwie glaubte Gustav, dass sie in der Nähe waren, um zu beobachten, dass er tat, was er mit ihnen besprochen hatte. Sie hatten sich in der letzten Zeit nur noch manches Mal vor der Klinik eingefunden, um die Wachen zu bitten, sie durchzulassen, damit sie ihren Sohn besuchen konnten. Es hatte Zeiten gegeben, da waren die Eltern von früh bis spät vor den Toren der Heil- und Pflegeanstalt gewesen und hatten den Namen ihres Sohnes gerufen in der Hoffnung, dass dieser im Innern ihre Stimmen hörte und so wüsste, dass sie ihn nicht vergessen hatten. Nach einer gewissen Zeit waren sie dann stets von den Wachen vertrieben worden, manchmal sogar mit Schlägen, nur um am nächsten oder spätestens übernächsten Tag erneut dort zu erscheinen und wieder von vorn zu beginnen.

In letzter Zeit nun hatten sie sich gelegentlich dort eingefunden und nach Hans gerufen, jedoch kein zu großes Aufhebens gemacht, um nicht zu riskieren, am Ende noch verhaftet zu werden. Doch sie sollten präsent sein. Alles musste sein wie immer, das hatte Gustav den Spechts ausdrücklich eingeimpft. Denn wenn sie plötzlich nicht mehr dort vorstellig wurden und man später eins und eins zusammenzählen würde, dann müsste offensichtlich werden, dass die Eltern nur deshalb nicht mehr gekommen waren, weil sie wussten, in Kürze die Gelegenheit zu erhalten, ihr Kind wieder in ihre Arme zu schließen und mit diesem das Land verlassen zu können.

Gustav stieg in seinen Fiat 1500 B, legte seine Arzttasche auf den Sitz neben sich, kurbelte sowohl das Fahrer- als auch das Beifahrerfenster herunter, startete den Motor und fuhr los. Der Fahrtwind verschaffte ihm nicht die erhoffte Kühlung, denn die Luft, die ihm entgegenschlug, war so warm, dass ihm das Atmen schwerfiel. Oder lag es an dem, was er vorhatte, und die Angst schnürte ihm die Kehle zu? Gustav verdrängte den Gedanken. Schluss damit! Er hatte sich dazu entschieden, und er war es gewesen, der die Spechts aufgesucht und ihnen Hoffnung gemacht hatte. Jetzt zurückrudern zu wollen, war ausgeschlossen. Er hatte etwas unternehmen wollen – nun musste er es auch durchziehen.

Gustav lenkte seinen Fiat aus dem Ortskern heraus in Richtung Heil- und Pflegeanstalt, und erst als das beeindruckende weiße Gebäude mit dem roten Dach, von dem man durch die davorstehenden Bäume nur einen Teil erkennen konnte, vor ihm auftauchte, nahm er seinen Fuß ein wenig vom Gaspedal. Von der Angst, die vorhin noch Besitz von ihm ergriffen hatte, war in diesem Moment nichts mehr zu spüren. Vielmehr war da die Wut auf das, was sich hinter den im Sonnenlicht spiegelnden Fenstern dieses Gebäudes abspielte, und die hieraus erwachsene Erkenntnis, dass er seinen Plan in die Tat umsetzen musste, wollte er je wieder in den Spiegel sehen. Entweder er hatte Erfolg, dann würde er weiterleben können und seine nächsten Schritte genau überlegen. Oder aber er starb bei dem Versuch, der Menschlichkeit zum Sieg zu verhelfen. Dann war es eben so. Letztlich hatte er ja auch jetzt schon nicht mehr das Gefühl, noch wirklich zu leben, weil die Bilder, die er sehen musste, jeden Tag Stück für Stück seine Seele sterben ließen.

Die Wachmänner, die rechts und links vor dem geschlossenen schmiedeeisernen Tor positioniert waren, traten auf den Wagen zu, als Gustav diesen zum Stehen brachte.

»Heil Hitler, Herr Doktor von Falkenbach!«, grüßte der eine.

»Heil Hitler«, gab Gustav zurück.

»Wenn Sie so freundlich wären?« Der Soldat hielt Gustav die geöffnete Hand entgegen, worauf dieser seinen Ausweis, der ihn als Klinikmitarbeiter bestätigte, hervorzog und ihm überreichte. Noch bevor der Wachmann ihn erneut auffordern konnte, hob Gustav seine Aktentasche an und reichte sie ihm ebenfalls durch das geöffnete Fenster hinaus.

Der Soldat gab Gustav zunächst den Ausweis zurück, dann ging er mit der Tasche zu der kleinen Ablage neben dem Tor, stellte sie darauf ab und nahm die Sachen, die darin verstaut waren, Stück für Stück heraus, betrachtete sie und legte sie wieder zurück. Die Zigaretten und die Zündhölzer, die Gustav ganz nach unten gelegt hatte, waren das Letzte, das er wieder hineinlegte.

»Vielen Dank, Herr Doktor von Falkenbach.« Er gab die Tasche durch das geöffnete Fenster Gustav zurück. »Wenn alle so einsichtig wären wie Sie, wäre unsere Aufgabe hier leichter.«

»Sie tun nur Ihre Pflicht. Wie jeder von uns«, stellte Gustav fest, drapierte die Tasche wieder neben sich auf dem Sitz und wartete, bis die Soldaten das Tor vollends geöffnet hatten. Dann nickte Gustav dankend und fuhr hindurch.

Wie sonst auch lenkte er seinen Fiat hinter das Gebäude, um ihn dort neben den Fahrzeugen der anderen Mitarbeiter abzustellen. Dann stieg er aus und sah kurz zu der Mauer hinüber, die auch hier im hinteren Bereich des Gebäudekomplexes die Begrenzung zur Außenwelt markierte. Dort patrouillierten mehrere Soldaten, Gustav zählte auf den ersten Blick sechs, obwohl es sonst meist acht waren. Ebenso standen zwei am Hintereingang, durch den Gustav nun das Gebäude betreten wollte.

Wie schon vorhin am Tor musste Gustav sich auch hier ausweisen und seine Tasche kontrollieren lassen. Erst danach durfte er das Klinikum betreten.

»Guten Morgen und Heil Hitler, Herr Doktor von Falkenbach«, grüßte Gesine, eine der Krankenschwestern, als Gustav die Treppe hinaufging und nun den oberen Flur erreichte.

»Heil Hitler, Schwester Gesine.«

»Na, heute noch und dann geht es wieder nach Hause?«, plauderte die Krankenschwester und ging nun neben ihm her.

»Ja, ich kann es kaum erwarten. Ich habe das Gefühl, dass unsere Edith in den wenigen Tagen, die ich nicht zu Hause bin, wächst und wächst. Bald geht sie mir bis hier, wenn ich mal ein Wochenende nicht genau hingucke«, gab er gut gelaunt zurück und deutete mit der Hand eine Markierung bis etwa in Höhe seines Bauchnabels an.

»Ach, keine Sorge, Herr Doktor. So schnell geht es nun auch wieder nicht«, erwiderte Gesine. »Aber es ist schon wirklich erstaunlich, wie schnell die Kleinen wachsen.«

»Apropos die Kleinen«, nahm Gustav die Bemerkung auf. »Was steht heute auf dem Programm?«

»Die Impfungen und die Untersuchungen der Fünf- bis Neunjährigen«, gab Gesine Auskunft.

»Ach, ja, richtig«, tat Gustav, als würde er sich erst jetzt daran erinnern. In Wahrheit hatte er genau auf diesen Tag gewartet und kannte den Plan, wann welche Maßnahmen durchgeführt werden sollten, nur allzu genau. Einzig von Impfungen zu sprechen, empfand Gustav als Hohn. Eine Impfung diente schließlich dazu, die Kinder vor einer möglichen Krankheit zu schützen. Doch diese sogenannten Impfungen hatten nicht das Geringste mit Schutz zu tun. Die Kinder waren nichts als Versuchsobjekte, und Gustav war derjenige, der heute dafür zuständig war, ihnen dieses Gift in die Adern zu jagen und dann zu sehen, wie sie hierauf reagierten. Wie sehr ihn das alles doch anwiderte.

»Sind denn alle bisher so weit in einem guten Zustand?«, fragte er nun an Gesine gewandt. »Nicht, dass es noch mal zu einem so unerfreulichen Zwischenfall wie letzte Woche kommt.«

Die Krankenschwester schauderte. »Erinnern Sie mich lieber nicht daran, Herr Doktor«, entgegnete sie, und hätte Gustav nicht schon erlebt, wie kaltherzig sie in der Vergangenheit auf das reagiert hatte, was den Kindern hier angetan wurde, hätte er ihre Reaktion als Betroffenheit gewertet. Doch vermutlich war es auch gar nicht das Leid des Jugendlichen, das sie schockiert hatte, sondern die Tatsache, dass dieser sich, nachdem ihm als vermeintliche Therapie Elektroschocks verabreicht worden waren und er noch dazu ein Medikament gespritzt bekommen hatte, das darauf getestet werden sollte, welche Wirkung es beispielsweise bei der Vergabe hiermit versetzten Wassers für den Feind haben könnte, plötzlich losgemacht und dann selbst die eigenen Haare ausgerissen hatte, um schließlich als Finale mit einem gellenden Schrei aus dem Fenster des zweiten Stocks zu springen. Gustav war fast erleichtert gewesen, zu sehen, dass er sofort tot gewesen war. Was hätte den Jungen erwartet, wenn er doch noch hätte gerettet werden können?

»Dann gehen wir doch am besten die Spritzen holen, was?«, schlug er vor.

»Ach, ich mache das schon, Herr Doktor«, sagte die Krankenschwester, doch Gustav ging weiter neben ihr her, hielt auf den Behandlungsraum mit den darin befindlichen Medikamenten und Injektionen zu und öffnete die Tür.

»Wie viele Patienten haben wir?«, fragte er dann.

»Zweiundzwanzig für diese Impfung, Herr Doktor.« Gesine trat vor ihm ein.

»Na also. Dann schlage ich vor, jeder von uns zieht elf Spritzen auf. So geht es schneller.« Er zwinkerte ihr zu.

»Ach, Sie sind immer so nett und hilfsbereit, Doktor von Falkenbach.« Es klang schwärmerisch.

Gustav lächelte sie an. »Nun ja, ich bin nicht ganz uneigennützig«, räumte er ein. »Denn die Zeit, die wir einsparen, können wir doch auf eine gemeinsame Zigarette verwenden«, schlug er vor, »und Sie können mir ein bisschen was von sich erzählen. Sie wissen, dass ich Frau und Tochter habe. Doch ich weiß von Ihnen eigentlich gar nichts, obwohl wir jeden Tag zusammenarbeiten.« Gustav stellte seine Arzttasche ab und holte das Zigarettenpäckchen und die Streichhölzer hervor. Dass hier in der Klinik geraucht wurde, war nicht ungewöhnlich. Gerade die Ärzte zündeten sich oft auch während der Visite eine Zigarette an. Gustav hatte sein Leben lang nicht geraucht und für sein heutiges Vorhaben eigens damit angefangen, damit die Kollegen ihn als Raucher wahrnahmen und er so keinen Verdacht erregte.

Er hielt Schwester Gesine das Päckchen hin und bot ihr eine Zigarette an, als die Tür geöffnet wurde und Gustav Eidam, der Leiter der Kinderfachabteilung, den Raum betrat.

»Kollege Eidam, Heil Hitler«, grüßte Gustav und hielt nun auch ihm die Zigaretten entgegen. »Ich habe Schwester Gesine gerade zu einer kurzen Pause verführen wollen, bevor wir mit der Arbeit beginnen.«

»Heil Hitler«, grüßte nun Eidam und zog eine Zigarette heraus. »Danke«, sagte er.

Gustav nahm die Zündhölzer zur Hand und gab erst Schwester Gesine, dann Eidam Feuer. Für sich selbst zog er ein neues Zündholz hervor und sog tief den Rauch ein, als seine Zigarette aufglimmte.

»Die neuen Patienten scheinen sich gut zu machen«, begann Eidam das Gespräch. »Womöglich ist die Fehlbildung bei ihnen doch nicht so ausgeprägt wie gedacht, sodass wir sie zumindest mit einem Gewehr an die Front schicken können, damit sie ihrem Land dienen und den Feind ablenken, während die richtigen Truppen vorrücken.«

»Das wäre wirklich überaus wünschenswert«, pflichtete Gustav ihm bei. »Doch wir müssen sie zumindest so lange prüfen, um sicher sein zu können, dass sie nicht womöglich die Waffen gegen unsere Soldaten einsetzen.«

»Ja, Kollege, da bin ich ganz bei Ihnen. Schließlich wollen wir nicht am Ende den Tod unserer eigenen Leute verantworten müssen.«

Gustav wandte sich an Gesine. »Wie schätzen Sie das ein, Schwester Gesine?«

»Ich?« Die Krankenschwester wirkte überrascht. »Ich bin ja kein Arzt.«

»Nein, aber Sie sind schon lange hier. Länger als wir beide.« Gustav deutete erst auf Eidam und dann auf sich. »Und Sie sind eine kluge Frau mit einer guten Beobachtungsgabe. Denken Sie, wir werden die jungen Leute mit den Medikamenten so weit in die Spur bringen, dass wir sie auf den Gegner loslassen können?«

Der Krankenschwester war anzusehen, dass sie sich durch das Lob Gustavs geschmeichelt fühlte. »Ach, wissen Sie, ich glaube fast, dass es darauf kaum ankommt.«

»Wie meinen Sie das?«, fragte Eidam.

»Nun ja, als wir hier begonnen haben, ging es darum, zu beobachten, worin die Schwierigkeiten der einzelnen Kinder bestanden und ob wir in der Lage sein würden, Medikamente zu entwickeln, die diese seelischen Krankheiten heilen können«, gab sie nachdenklich Auskunft. »Doch ich bin nicht mehr sicher, dass es wirklich noch hierum geht.«

»Zweifeln Sie etwa die Sache des Führers an?«, fragte Eidam, worauf Schwester Gesine heftig den Kopf schüttelte.

»Um Himmels willen, nein, wo denken Sie hin?« Sie war rot angelaufen. »Ich denke nur, dass wir in einer Zeit leben, in der es einfach nicht möglich ist, alle Probleme gleichzeitig zu beheben und hierbei auch noch dafür Sorge zu tragen, dass Krankheiten, die noch zu wenig erforscht sind, geheilt werden, damit eine bessere, gesündere Gesellschaft heranwachsen kann.«

»Eine sehr kluge Überlegung«, lobte Gustav und sah dann Eidam an. »Doch wir werden es trotzdem versuchen, nicht wahr, Kollege?«

Eidam nickte und aschte in die kleine Schale, die Gustav hierfür bereitgestellt hatte.

»Ja«, stimmte Eidam zu. »Denn wenn es jemand schaffen kann, dann wir Deutschen. Und sollten wir eine Krankheit nicht heilen können, so können wir sie dennoch ausmerzen, stimmt es, Kollege?«

Gustav nahm noch einen Zug von seiner Zigarette und drückte diese dann aus.

»Genau das. Dann wollen wir mal loslegen, nicht wahr?«

Auch die anderen beiden drückten ihre Zigaretten in die Schale, dann ging Eidam zum Medikamentenschrank, schloss ihn auf und holte etwas daraus hervor.

»Sie können ihn gleich offen lassen, Kollege«, sagte Gustav. »Schwester Gesine und ich müssen ohnehin die Kanülen für die Impfungen vorbereiten.«

»In Ordnung.« Eidam blickte von Gesine zu Gustav. »Dann einen erfolgreichen Tag.«

»Ebenso, Kollege.«

»Heil Hitler«, sagte Gesine eilig, und Gustav konnte ihr ansehen, dass sie ihren spontan ausgesprochenen Gedanken offenbar bereute. Denn allein der bloße Verdacht, jemand könnte die Sache des Führers infrage stellen, reichte vollkommen aus, um abgeführt zu werden, mit wer weiß welchen Folgen.

Eidam verließ den Raum, und Gustav legte seine Hand auf Schwester Gesines Schulter. »Machen Sie sich keine Gedanken. Ich weiß, wie Sie's gemeint haben und würde das auch immer aussagen. Ganz abgesehen davon«, Gustav deutete auf die Tür, durch die Eidam soeben hinausgegangen war. »Der Kollege gehört nicht zu denen, die immer und überall einen Verrat am Führer vermuten.«

»Es war wirklich nicht als Kritik gedacht«, versicherte sie.

»Kommen Sie, lassen Sie uns anfangen.« Gustav nahm die Schale mit den ausgedrückten Zigaretten und stellte sie auf die Fensterbank, um genügend Platz für das Aufziehen der Spritzen zu haben.

Schwester Gesine ging zum Schrank, holte die dort gelagerten Kanülen hervor und legte diese auf der Arbeitsfläche ab. Dann tat sie das Gleiche mit den Spritzen, worauf Gustav sogleich begann, die ersten hiervon in die Kanülen zu stechen und so die darin befindliche Flüssigkeit in die Spritze zu ziehen.

Schwester Gesine trat an seine Seite und tat es ihm gleich. Als Gustav zählte, dass insgesamt neunzehn Spritzen vorbereitet dort lagen, sagte er zu Schwester Gesine:

»Sie können schon gehen und die Kinder holen. Ich mache das hier fertig und komme dann in Raum 3.«

»Wollen Sie denn wirklich alle Kinder auf einmal dort haben?«, fragte sie.

»Na, sicher. Sonst müssten wir ja immer hin und her und würden damit nur Zeit verlieren.«

»Und ich soll Ihnen hier wirklich nicht mehr helfen?«

»Ich bitte Sie, Schwester Gesine. Ich bin durchaus in der Lage, diese paar Spritzen allein aufzuziehen.« Er lächelte.

»Danke, Herr Doktor. Dann hole ich jetzt die Kinder.«

»Ja, machen Sie das.« Er nickte und zog die zwanzigste Spritze auf. »Ich komme dann hiermit rüber.«

Die Krankenschwester erwiderte sein Lächeln, dann verließ sie den Raum. Eilig nahm Gustav eine der leeren Spritzen, griff in seine Aktentasche und tauschte sie gegen die, die er mitgebracht hatte. Auf den ersten Blick waren die beiden so gut wie gar nicht zu unterscheiden. Doch Gustav hatte die, die er präpariert hatte, markiert, und er konnte nur hoffen, diese gleich während der Impfungen nicht mit einer anderen zu verwechseln. Eilig holte er die Kanüle hervor, die er ebenfalls mitgebracht hatte, und zog die Spritze auf. Dann nahm er eine der anderen Kanülen und legte sie stattdessen in seine Tasche.

Er schob die markierte Spritze ein wenig beiseite, um diese auch so von den anderen zu trennen, zog die restlichen beiden Spritzen auf, holte dann die Zündhölzer aus seiner Hosentasche hervor und nahm sich eine Zigarette. Er griff eines der Zündhölzer und schob es ein Stück weit in die Zigarette, sodass der Tabak vorn ein wenig herausfiel, den er eilig vom Boden aufhob. Dann steckte er das Zündholz mit der Zigarette daran wieder in die Schachtel und klemmte es so ein, dass die Zigarette ein Stück weit daraus hervorragte. Zu guter Letzt wickelte er eine Mullbinde um die Schachtel und schob alles hinten ins das Regal, in dem die Ethanol-Flaschen aufbewahrt wurden. Dann griff er sich etwa die Hälfte der Spritzen, verließ den Raum und ging hinüber in Zimmer 3, wo er die Spritzen offen auf den Tisch legte. Er wartete kurz. Als er dann Stimmengewirr vernahm, trat er in den Korridor, in dem ihm Schwester Gesine mit den Kindern entgegenkam. Ganz am Ende folgten zwei Wachleute.

»Da sind Sie ja schon«, sagte Gustav zu Schwester Gesine und machte ihr den Weg frei. »Ich hole noch die restlichen Spritzen, dann können wir beginnen.«

»Jawohl, Herr Doktor«, stimmte sie zu, dann bedeutete sie den Kindern, in Zimmer 3 zu gehen.

Gustav eilte wieder hinüber in den Behandlungsraum, zog die Streichhölzer aus seiner Aktentasche und streifte eines schwungvoll an der Reibefläche entlang. Das Zündholz brach in der Mitte durch und fiel zu Boden. Gustav spürte Übelkeit in sich aufsteigen, hob es eilig auf und zog ein weiteres hervor, das er ebenfalls an der Reibefläche zu entzünden versuchte. Diesmal gelang es, und er hielt es, solange er konnte, an das vordere

Ende der Zigarette im Ethanolfach, hoffend, dass diese zu glühen begann. Doch er brauchte noch zwei weitere Hölzer und musste mehrmals kräftig pusten, bis die Zigarette ausreichend entflammt war.

Gustav war schweißgebadet, als er das Zigarettenpäckchen in seiner Tasche verstaute und die Spritzen griff, um hiermit den Raum zu verlassen.

»Kann ich Ihnen helfen?« Der Soldat, der nun durch die offene Tür eintrat, deutete auf die Spritzen in seiner Hand.

Gustav glaubte, gleich nicht mehr atmen zu können und jeden Moment das Bewusstsein zu verlieren. Er sah Clara vor sich, wie sie ihn mahnend ansah.

»Ja«, brachte er dann hervor und war selbst überrascht, seine Stimme zu hören.

»Könnten Sie mir das hier abnehmen und rübertragen in Zimmer 3?« Gustav überreichte ihm die Spritzen und drehte sich dann noch mal um. »Habe ich jetzt alles, oder habe ich noch etwas vergessen?«, fragte er nun, obwohl er selbst nicht sicher war, hiermit womöglich zu weit gegangen zu sein. Doch er wollte den Soldaten, wo er nun schon hier war, dazu bringen, sich ebenfalls im Raum umzusehen und so später bestätigen zu können, dass zu dem Zeitpunkt, als Gustav den Behandlungsraum verlassen hatte, alles in Ordnung gewesen war. Der Soldat trat ein und sah sich um. »Ihre Tasche haben Sie ja. Und Spritzen liegen auch nicht mehr rum.«

»Gut«, befand Gustav. »Dann habe ich wohl alles und kann abschließen.«

Der Soldat nickte, trat dann hinaus, und Gustav folgte ihm. Wie lange würde es wohl dauern, bis die Zigarette herunterglühte und das Zündholz entflammte? Und würde es überhaupt funktionieren? Nicht, dass die Zigarette ausging, weil sie dort hinten im Regal zu wenig Sauerstoff ziehen konnte.

Gustav rann der Schweiß von der Stirn.

»Das ist aber auch warm heute«, sagte Gustav und schloss die Tür zweimal ab. Ein Grollen war zu hören, und Gustav sah den Soldaten überrascht an.

»Das wird heute noch knallen«, meinte dieser. »Draußen braut sich ein Unwetter zusammen. Es war aber auch zu warm die Tage. Ich bin froh, wenn es sich ein bisschen abkühlt.«

Erst jetzt bemerkte Gustav, dass es dunkler auf dem Flur geworden war und durch die Fenster am Ende weit weniger Licht einfiel als noch zuvor.

Er antwortete nicht auf die Bemerkung des Soldaten, beeilte sich nur, in Zimmer 3 hinüberzukommen, wo ihn Schwester Gesine mit den Kindern, die in einer Reihe standen, bereits erwartete.

»Na, dann wollen wir mal«, sagte Gustav. »Legen Sie die Spritzen einfach dort dazu«, wandte sich Gustav an den Soldaten, der seiner Aufforderung auch sofort Folge leistete.

»Schalten Sie doch bitte das Licht an«, bat Gustav dann.

»Es hat sich jetzt aber auch in wenigen Minuten so zugezogen«, stellte Schwester Gesine fest und deutete zu den Fenstern. »Richtig dunkel ist es geworden.«

Gustav kam kurz der Gedanke, ob es gut oder schlecht für ihn sei, dass das Wetter in so kurzer Zeit so heftig umgeschlagen war. Noch kam er zu keinem Urteil.

Er warf einen Blick auf die Kinder. Hans stand als Fünfter in der Reihe. Dann trat Gustav an den Tisch mit den Spritzen und tat, als wollte er diese nur ordentlich nebeneinanderlegen. Die von ihm markierte konnte er sogleich erkennen. Er stellte sich so hin, dass Schwester Gesine von ihrer Position aus nicht sehen konnte, was er machte. Dann rollte Gustav die Spritzen zurecht und legte die von ihm markierte an die fünfte Position von links.

»Alles hübsch in einer Reihe, wie es sich gehört.« Er lächelte Schwester Gesine an.

»Können wir noch was tun?«, fragte der Soldat, der ihm soeben beim Tragen geholfen hatte.

»Es wäre gut, wenn Sie und ein Kollege hierblieben. Man kann ja nie wissen.«

»Ist gut, Herr Doktor.« Die Wachmänner positionierten sich vor der Tür.

Gustav nahm die erste Spritze, ließ sich durch Schwester Gesine das Kind herüberholen, lächelte es an und führte die Spritze an dessen Arm ein. Gustav sprach eine stille Entschuldigung an das unschuldige Kind, dann war das nächste an der Reihe.

Ein erneutes Donnergrollen war zu hören, und im nächsten Moment zuckten alle im Raum zusammen, und einige der Kinder schrien auf, als es laut krachte und erst ein Blitz zu sehen war und das Licht dann flackerte. Gustav sah zur Tür. War das der Knall gewesen, den er erwartete?

Der Soldat, der die Spritzen mit herübergetragen hatte, sah ihn an. »Keine Sorge, Herr Doktor. Ich bin hier aufgewachsen. Das ist völlig normal. In dieser Gegend hier prallen die Wolken besonders heftig aufeinander.«

Gustav nickte nur, versuchte seine Atmung zu beruhigen.

»Bei uns zu Hause hat mal der Blitz eingeschlagen«, log er, da er sich nicht erinnern konnte, dass dies tatsächlich mal der Fall gewesen war. »Seitdem bin ich da etwas empfindlich.« Er setzte die nächste Spritze und drückte die Flüssigkeit in den Arm des kleinen Jungen.

Wieder donnerte es, dieses Mal so laut, dass Gustav glaubte, das Haus würde wackeln. Schwester Gesine lächelte ihn etwas unsicher an, während Gustav weiter die Spritzen injizierte.

Als Hans vor ihm stand und er in das Gesicht des kleinen Jungen sah, den er noch als glückliches Kind kennengelernt hatte und der nun geradezu weggetreten und apathisch wirkte, nahm Gustav die markierte Spritze zur Hand und zögerte nicht, dem

Sechsjährigen die Substanz in den Arm zu drücken. Gustav verbot es sich, erneut zur Tür zu blicken. Warum verdammt noch mal tat sich nichts? Wieder donnerte es, doch das ausschließlich vom Gewitter. Was sollte er tun, wenn die Zigarette einfach ausgegangen war, die Konstruktion nun dort im Ethanolfach stand und unweigerlich entdeckt werden würde, wenn jemand etwas aus dem Regal nahm?

Gustav fasste den Knoten seines Schlipses und lockerte ihn.

»Schwester Gesine, würden Sie bitte das Fenster öffnen. Die Luft hier drinnen ist ja zum Ersticken.«

»Sicher, Herr Doktor.«

Gustav zog sein Taschentuch hervor und wischte sich den Schweiß von der Stirn, während Gesine das Fenster öffnete, als es erneut laut donnerte.

»Gleich kommt der Regen und damit die Abkühlung«, meinte sie. Dann führte sie ihm das nächste Kind zu, das Gustav nun impfte, danach folgten zwei weitere.

Draußen blitzte und donnerte es, und zwei der Kinder, die zuvor noch in der Reihe gestanden hatten, huschten erschrocken in die Ecke, als wollten sie dort Schutz suchen.

»He, da! Ab zurück in die Reihe, wird's bald?«, forderte der andere Wachmann an der Tür und zog auch sofort den Knüppel hervor, den jede der Wachen stets bei sich trug.

Gustav wollte eingreifen, da sah er, dass die Substanz bereits wirkte, denn Hans verdrehte die Augen und fiel einfach um. Gustav eilte hinüber, und wieder donnerte und blitzte es draußen, dann gab es einen so lauten Knall und eine Druckwelle, dass das ganze Gebäude zu erzittern schien und alle im Raum zu Boden geschleudert wurden. Gustav war hart auf der Schulter gelandet und hob nun am Boden liegend den Kopf. Die Tür war aus dem Rahmen gesprengt worden, und vom Flur her waren Flammen zu erkennen.

»Raus! Alle raus!«, brüllte Gustav und zog Schwester Gesine in die Höhe, die ebenfalls am Boden lag und offenbar zu begreifen versuchte, was geschehen war. Einige der Kinder weinten, und Gustav eilte zu dem Wachmann, der zuvor zu den beiden Kindern in die Ecke gegangen war, um sie wieder in die Reihe zu bringen. Er lebte, und Gustav schlug ihm rechts und links ins Gesicht, damit er wieder zu sich kam. Der Rauch breitete sich vom Flur aus, und ein Krachen war zu hören, dann laute Schreie. Der Wachmann, den Gustav soeben geohrfeigt hatte, war wieder bei Besinnung, sodass Gustav nun zu dem anderen eilte, der die herausgesprengte Tür abbekommen hatte. Gustav schob sie von ihm herunter, und ein Stöhnen verriet, dass auch der Mann noch am Leben war.

»Wir müssen die Kinder rausbringen. Los, schnell!«, forderte Gustav, griff sich Hans und befahl den anderen, die sich gerade aufrappelten, ihm zu folgen.

Der Rauch war so dicht, dass Gustav kaum etwas erkennen konnte.

»Bleibt hinter mir!«, brüllte er den Kindern zu.

Überall hörte er Menschen husten, schreien und um Hilfe rufen. Von unten strömten Soldaten die Treppe herauf, und Gustav wies sie an, die Kinder aus dem Raum herauszuholen. Dann lief er mit Hans auf dem Arm nach unten und brachte ihn ins Freie. Die Kinder, die laufen konnten, waren ihm gefolgt. Gustav blickte zu der Mauer, an der vorhin noch Soldaten patrouilliert hatten. Die Soldaten waren offenbar ins Gebäude geeilt, um zu helfen.

Hinter ihm kamen mehr und mehr Leute heraus, die meisten legten Kinder oder auch erwachsene Verletzte ab. Gustav sah jemanden von der hinteren Mauer aus auf ihn zueilen. In der Schwesterntracht, die sie anhatte, hätte er Felicitas Specht kaum erkannt. Gustav sah sich um, ob jemand außer ihm wahrnahm, was vor sich ging. Doch es war ein heilloses Durcheinander, die

Menschen brüllten vor Angst und Schmerz. Gustav hoffte, dass keiner ernsthaft verletzt war, hatte es doch gewiss nicht in seiner Absicht gelegen, jemandem Leid zuzufügen.

Die Frau in der Krankenschwesterntracht hatte ihn erreicht, und sie hatte Tränen in den Augen, als Gustav ihr Hans auf den Arm gab.

»Er ist ohnmächtig geworden, Schwester. Kümmern Sie sich um ihn«, sagte Gustav befehlsgewohnt.

Felicitas Specht nickte nur, unfähig, ein Wort hervorzubringen. Mit ihren Lippen formte sie ein lautloses »Danke«.

Gustav nickte ihr zu, dann machte er kehrt und lief zurück ins Gebäude. Die Ärzte und Schwestern kamen ihm teils mit Patienten auf dem Arm oder diese stützend entgegen, manche jedoch versuchten auch nur ihre eigene Haut zu retten.

Als er den oberen Flur wieder erreichte, waren bereits einige der Soldaten mit dem Löschen des Brandes beschäftigt, während um sie herum ein heilloses Chaos herrschte. Der Rauch war so dicht, dass man die Hand vor den Augen nicht sehen konnte. Das Feuer breitete sich über den Flur weiter aus.

»Wir brauchen die Feuerschutzpolizei!«, hörte er jemanden rufen. »Allein schaffen wir es nicht.«

Gustav schlug sich bis zum Zimmer 3 durch, in dem noch immer einige Kinder teils am Boden kauerten, teils wie erstarrt dasaßen und keinerlei Reaktion zeigten.

Gustav hob eines der Kinder auf seinen Arm und fasste die Hand eines anderen. Einige Soldaten kamen herein, um zu helfen, und Gustav packte kräftig zu, weil manche der Kinder so verängstigt waren, dass sie sich weigerten, mitzugehen. Erst als Gustav einen etwa Achtjährigen, der sich in die hinterste Ecke gekauert hatte, auf den Arm nahm und sich noch einmal umsah, konnte er sicher sein, dass niemand mehr hier drinnen war.

»Das ist das letzte Kind. Hier ist niemand mehr!«, brüllte Gustav unter einem anschwellenden Hustenanfall einem der Soldaten zu, der hierauf kehrtmachte und seinerseits den anderen zurief: »Hier sind alle raus!«

Gustav hielt den Jungen auf seinem Arm fest an sich gedrückt und ließ diesen auch noch nicht los, als er mit ihm über den Hintereingang ins Freie trat. Kurz sah er sich um, ließ seinen Blick über die hustenden und teils weinenden Menschen schweifen. Die vermeintliche Krankenschwester, der er den kleinen Hans übergeben hatte, war nirgendwo zu sehen, und es deutete auch nichts darauf hin, dass die Soldaten womöglich versucht hatten, sie aufzuhalten. Von Hans und ihr fehlte schlicht jede Spur.

Gustav blickte zur Mauer, und er hoffte inständig, dass Felicitas Specht nun zusammen mit ihrem Mann und ihrem kleinen Sohn im Auto saß und sich Meter um Meter weiter von diesem höllischen, Verderben bringenden Ort entfernte. Er spürte die Tränen über sein Gesicht laufen, und als er den Jungen, den er hinausgetragen hatte, zu Boden gleiten ließ, war auch er einer Ohnmacht nahe. Er war erschöpft und erleichtert zugleich. Es hatte geklappt. Das war sein letzter Gedanke, bevor er das Bewusstsein verlor und es schwarz um ihn wurde.

7. Kapitel

Es gibt Tage, da fällt es mir schwer, mit all dem fertigzuwerden, was diese Zeit uns abverlangt.

Else Lehmann

»Ja, Dorothea, das machen wir. Und sag deinem Gustav, dass er sich bloß ausruhen soll. Mein Gott, nicht auszudenken, was ihm hätte geschehen können.« Else blickte Wilhelm an, der aus dem Wohnzimmer heraus in den Flur getreten war und nun zuhörte. Sie bedeutete ihrem Mann mit der Hand, dass er ins Wohnzimmer zurückgehen solle. Doch Wilhelm blieb stehen und wies auf den Hörer.

»Clara kümmert sich um ihn«, hörte sie Dorothea am anderen Ende der Leitung sagen.

»Moment mal eben, Dorothea«, bat sie schließlich und hielt die Muschel zu, nachdem Wilhelm keine Anstalten machte, sich abzuwenden.

»Was ist passiert?«, fragte er und zog die Stirn in Falten.

»Ich komme gleich und erzähle es dir«, versuchte Else ihn abzuwimmeln.

»Ist jemand verletzt?«, fragte er nach.

Else schüttelte den Kopf. »Nein, nichts Ernstes. Ich erzähle es dir gleich«, wiederholte sie. »Und nun lass mich bitte in Ruhe mit Dorothea telefonieren.«

Wilhelm kräuselte die Stirn noch mehr, sodass die Falten tiefer wurden und seine Augenbrauen nun einen Teil seiner Augen überdeckten. Schließlich tat er jedoch wie geheißen, machte kehrt und ging zurück ins Wohnzimmer.

»So, Dorothea, da bin ich wieder. Wilhelm wollte nur wissen, was los ist.«

»Ich wollte dir auch nur eben Bescheid geben, damit du auf dem Laufenden bist«, fuhr Dorothea fort. »Ich muss ja sagen, ich fand es wirklich sehr aufmerksam von Herrn Doktor Pfannmüller, dass er Gustav hierher nach Gut Falkenbach hat bringen lassen und sogar noch einen weiteren Mann abgestellt hat, der seinen Wagen herfuhr. Das ist wirklich nicht selbstverständlich.«

Else hatte kein so gutes Bild von Gustavs Chef in der Klinik, seit sie und Wilhelm Gustav im letzten Jahr über Stunden hinweg versorgt hatten, da er einfach wegen Schlafmangels und einem Übermaß an Arbeit zusammengebrochen war. Doch das sagte sie Dorothea natürlich nicht, weil weder sie noch sonst jemand der Falkenbachs hiervon etwas wusste.

»Wirklich, sehr aufmerksam«, pflichtete sie stattdessen bei. »Und wann muss Gustav nun wieder zum Dienst?«

»Erst mal müssen sie dort nach dem Brand wieder alles in Ordnung bringen. So lange wird dort zumindest auf der Etage, wo das Feuer gewütet hat, niemand arbeiten können. Vermutlich wird Gustav für eine Weile hierbleiben.«

»Dann hat das Ganze ja zumindest ein Gutes«, stellte Else fest.

»Ja, das stimmt. Ich habe mir überlegt, dass wir ja vielleicht am Sonntag mal wieder alle bei uns essen könnten«, schlug

Dorothea nun vor. »Ich meine jetzt, da Gustav nicht sofort wieder losmuss.«

»Was für eine schöne Idee«, stimmte Else zu. »Und lass uns auch unbedingt mal wieder auf eine Partie Rommé treffen, ja?« Else lachte auf. »Lass mich raten, Wilhelm hat das vorgestern Abend nicht ausgerichtet, oder?«

»Vorgestern Abend?«, erwiderte Dorothea irritiert. »Da habe ich Wilhelm ja gar nicht gesehen.«

»Wie, du hast ihn nicht gesehen? Er war doch drüben bei euch.«

»Ja, das schon. Doch als Paul-Friedrich und Wilhelm herkamen und noch im Arbeitszimmer waren, lag ich bereits im Bett.«

»Hm«, wunderte sich Else. »Aber Wilhelm ist doch schon um vor acht bei euch gewesen?«

»Nein, Paul-Friedrich hat schon um halb acht das Haus verlassen«, entgegnete Dorothea. »Ich dachte, er wäre zu euch rübergegangen.«

»Und ich dachte Wilhelm wäre bei euch gewesen«, sagte Else. »Na, da haben die beiden sich wohl in der Mitte getroffen«, resümierte sie, obwohl ihr das Ganze eigenartig vorkam.

»Nun ja, den Schluss des Abends haben sie auf jeden Fall bei uns verbracht«, teilte Dorothea nun mit. »Die beiden wurden dort unten im Arbeitszimmer immer lauter. Ich befürchtete schon, sie würden die kleine Edith wecken. Zumindest ich konnte sie zu späterer Stunde bis ins Schlafzimmer hören.«

Else seufzte. »Ja, der Zustand, in dem mein Mann nach Hause kam, lässt mich ahnen, was bei euch losgewesen sein muss.«

»Moment mal, Else«, bat Dorothea nun, und Else konnte hören, dass sich im Hintergrund etwas tat. Else wartete einen Augenblick.

»Du, Else, ich muss da mal eben raus. Wenn ich es richtig verstanden habe, kommen hier neue Pferde an, und Paul-Friedrich ist gerade nicht da. Ach, irgendetwas ist hier aber auch immer los.«

»Kaum ist Wilhelmine nicht mehr da, bist du auch noch für die Pferde zuständig«, stellte Else ein wenig amüsiert fest. »Dann bis spätestens übermorgen, Dorothea. Ich freue mich!«

»Ja, ich mich auch. Auf Wiederhören, Else.«

»Auf Wiederhören«, verabschiedete sich auch Else, doch das Klicken in der Leitung verriet ihr, dass Dorothea bereits aufgelegt hatte. Also legte auch sie den Hörer auf die Gabel und ging dann ins Wohnzimmer.

Wilhelm saß in seinem Sessel an der Terrassentür, durch die kaum ein Lüftchen hereinkam. Es war schon seit Tagen fürchterlich schwül und drückend, und die Mücken waren geradezu eine Plage geworden. Tags wie nachts gab es keine Abkühlung, und nur in den frühen Morgenstunden, so hatte Else das Gefühl, konnte sie wirklich tief atmen. Und Wilhelm ging es ebenso; er wirkte völlig ermattet, und sein hochroter Kopf verriet, dass er durchaus mit der Hitze zu kämpfen hatte. Nicht umsonst war er, kaum dass er dort gewesen war, wieder aus der Fabrik nach Hause gekommen und hatte Walter Leschner, seinem Vorarbeiter, für den Rest des Tages die Leitung übergeben. Leschner war ein zuverlässiger Mann, und Else hoffte, dass Wilhelm durch ihn in Zukunft mehr Entlastung erfuhr. Schließlich war es nicht absehbar, wann dieser elende Krieg vorbei sein würde, Leopold heimkam und die Geschäfte in der Fabrik übernehmen konnte. Daran, dass dies womöglich nie geschehen würde, mochte Else nicht einmal denken.

»Also, was ist geschehen?«, fragte Wilhelm und setzte sich aufrecht hin.

»In der Heil- und Pflegeanstalt, in der Gustav arbeitet, hat es einen Brand gegeben.«

»Ist der Junge verletzt?«

Else schüttelte den Kopf. »Nicht ernstlich. Wie die Soldaten, die ihn hergefahren haben, Dorothea sagten, hat er wie wohl alle an dem Tag Rauch eingeatmet und einige Kratzer davongetragen. Doch im Großen und Ganzen geht es ihm gut.«

»Und wie kam es zu dem Brand?«

»Das weiß ich nicht. Aber das werden wir bestimmt am Sonntag erfahren. Wir sind nämlich im Gutshaus zum Mittagessen eingeladen«, erzählte Else und setzte sich dann in den Sessel neben dem ihres Mannes. »Hattest du am Mittwoch eigentlich Dorothea gefragt, ob wir mal wieder Rommé spielen wollen?«, erkundigte sich Else und vermied es, Wilhelm bei dieser Frage anzusehen. Wilhelm kannte sie zu gut, als dass sie ihn darüber hätte hinwegtäuschen können, dass sie ihm eine Falle stellte.

»Nein, hab ich nicht. Ich habe Dorothea am Mittwoch gar nicht zu Gesicht bekommen.«

»Wie, du hast sie nicht zu Gesicht bekommen? Du warst doch den ganzen Abend drüben bei Paul-Friedrich im Gutshaus«, tat Else unwissend.

»Nein, war ich nicht. Ich bin rübergegangen, das stimmt. Doch Paul-Friedrich kam mir schon auf halbem Weg entgegen. Er dachte, wir wären bei uns hier verabredet, und ich dachte es genau andersherum. Wir haben dann einen Spaziergang gemacht und waren noch unten am See. Erst später sind wir zu ihm gegangen. Doch da war im Haus schon niemand mehr auf«, erklärte Wilhelm.

Fast ärgerte es Else, hatte sie doch vermutet, ihren Ehemann bei einer Flunkerei erwischt zu haben. Doch das, was er sagte, klang absolut plausibel. Sie schüttelte innerlich den Kopf über ihr Verhalten. Was hatte sie denn erwartet? Dass ihr Wilhelm sie belog? Und wenn ja, weshalb? Bestimmt nicht, weil er sie hinterging. Ach, manchmal wunderte sie sich über sich selbst.

So ein Unsinn aber auch, anzunehmen, dass er etwas vor ihr verheimlichte.

»Was ist?«, fragte Wilhelm und sah Else an.

»Ach, nichts. Gar nichts«, gab sie zurück. »Ich dachte kurz …« Sie brach ab. »Ach, vergiss es.«

Wilhelm zuckte nur die Achseln.

Es klingelte an der Tür, und Else konnte Sieglindes Schritte im Flur hallen hören und dann, dass gleich darauf die Tür wieder geschlossen wurde.

»Es war nur die Post«, meldete Sieglinde und kam dann mit zwei Briefen und einer Zeitung zu Else und Wilhelm herüber, die sie sogleich Wilhelm reichte.

»Wieso dieser Briefträger immer klingelt, weiß der Geier«, beschwerte sich Wilhelm, legte die Zeitung auf seinem Schoß ab und las die Absender der Briefe. Fast erschrocken sah er Else an.

»Was ist?«, fragte sie beunruhigt.

»Der Brief hier ist von Leopold«, stellte Wilhelm mit hörbarer Überraschung fest, worauf Else das Gefühl hatte, ihr würde jeden Moment das Herz stehen bleiben.

»Von ihm selbst?« Sie griff nach dem Kuvert und betrachtete es, dann gab sie den Umschlag an Wilhelm zurück.

»Lies du ihn vor«, forderte sie ihren Mann auf, und sie spürte, dass ihr richtig übel wurde.

Wilhelm fuhr mit dem Finger an der Kante entlang, sodass er das Kuvert etwas unsauber aufriss.

»Was steht denn da?«, fragte Else ungeduldig, noch bevor Wilhelm den Brief überhaupt entfaltet hatte.

Es waren zwei Seiten, die Wilhelm nun aufklappte. Else linste hinüber und konnte sofort erkennen, dass es Leopolds Handschrift war. Es hatte also niemand für ihn und in seinem Namen diesen Brief geschrieben, was Else erleichterte.

»Was steht da denn nun?«, begehrte sie abermals zu erfahren.

»Du kannst ihn auch selbst lesen, wenn dir das lieber ist.«

»Ja, gib her«, sagte sie und griff nach dem Brief, schüttelte aber sogleich den Kopf und gab ihn Wilhelm wieder zurück. »Nein, lieber doch nicht. Wenn etwas Schreckliches drinsteht, möchte ich es lieber von dir erfahren, als es selbst lesen zu müssen.« Sie spürte, dass ihr die Tränen kamen.

»Immer mit der Ruhe, Else«, bat Wilhelm und legte kurz seine Hand auf ihre.

»Ich kann nicht ruhig bleiben«, gab sie etwas unwirsch zurück. »Er ist mein Sohn.«

»Meiner auch, Else. Also, dann fange ich mal an«, sagte Wilhelm und räusperte sich.

»*Warschau, 23. Mai 1941. Liebe Mutter, lieber Vater*«, begann Wilhelm mit sonorer Stimme zu lesen.

»*Bestimmt hättet Ihr nicht damit gerechnet, einen Brief von mir zu erhalten, nicht wahr? Da ich mir vorstellen kann, wie gerade Du, Mutter, angespannt dasitzt, schicke ich gleich vorweg, dass es mir gut geht und ich nicht verwundet bin. Der einzige Grund, warum ich Euch schreibe, ist der, dass ich von mir hören lassen will. Das überrascht Euch, nicht wahr? Nun, mich selbst auch. Keine Sorge, ich will Euch nicht vormachen, durch den Krieg vom Saulus zum Paulus geworden zu sein, doch tatsächlich hat mich das, was ich in den letzten Wochen und Monaten erlebt habe, nachdenklich gestimmt.*

Wir, und damit meine ich meinen Freund Hinrich Wolter und mich, sind derzeit noch in Warschau stationiert, ein Teil unserer Einheit wurde jedoch schon abkommandiert. Und vermutlich werden wir auch nicht mehr lange hierbleiben. Es gibt Gerüchte, dass Truppen zusammengezogen werden, die angeblich gen Russland ziehen sollen und zu deren Unterstützung wir stoßen. Doch es gibt auch andere Gerüchte, die genau entgegen lauten. Was stimmt, weiß niemand so genau, wahrscheinlich nicht einmal unsere Offiziere. Deshalb kann ich Euch auch nicht sagen, wohin Ihr einen Brief schicken könntet, solltet Ihr mir antworten wollen. Meine Annahme, dass es überhaupt Euer Wunsch ist, mag dreist und wohl auch ein wenig vermessen sein, so, wie ich mich all die Jahre benommen habe. Und doch glaube ich es, will es auch glauben, wahrscheinlich weil mir klar geworden ist, wie kostbar es ist, Menschen zu haben, die einen lieben, die mich lieben, auch wenn ich es gar nicht verdient habe.«

Wilhelm sah Else an. Die Verwunderung darüber, was er soeben vorgelesen hatte, stand ihm ins Gesicht geschrieben.

»Lies weiter«, forderte Else, die in diesem Moment keine Bemerkung ihres Mannes hören wollte. Natürlich wusste sie, was Leopold für ein Mensch war und dass dieser Brief, in dem er so viel Einsicht bekundete, gar nicht zu ihm passte. Leopold schrieb es ja sogar selbst. Schon deshalb wollte Else jetzt nichts, aber auch gar nichts von Wilhelm darüber hören, was ihrer beider Sohn bewogen haben könnte, diese Zeilen zu verfassen. Sie wollte einfach nur hören, was er weiter geschrieben hatte.

»Nun lies schon«, gab sie ungehalten von sich, worauf Wilhelm den Brief wieder anhob und kurz überflog, um die Stelle zu finden, wo er gewesen war.

»Also, *die mich lieben, auch wenn ich es gar nicht verdient habe«*, wiederholte er.

»Es ist uns untersagt, über Dinge zu schreiben, die direkt mit unserem Einsatz zu tun haben, und ich möchte natürlich nicht riskieren, dass Euch dieser Brief nun, da ich endlich einmal schreibe, nicht erreicht. Ich hoffe, dass es auch Euch gut und zu Hause alles seinen gewohnten Gang geht. Es ist schon eigenartig, wie sehr man Dinge zu schätzen lernt, wenn man sie nicht mehr hat. Denn tatsächlich fehlt mir die Arbeit in der Fabrik, das tägliche Einerlei, die gemeinsamen Essen bei uns zu Hause, und ich vermisse Irma und die Kinder. Habt Ihr noch Kontakt? Ist sie womöglich heimgekehrt? Diese Frage stelle ich mir jeden Tag, und ich möchte sie auch hier stellen, auch wenn ich weiß, dass ich keine Antwort bekommen kann. Zumindest noch nicht, denn sobald ich erfahre, wo wir stationiert werden, melde ich mich und bitte Euch jetzt schon von Herzen, mir dann zu schreiben. Ich habe keine Ahnung, ob Ihr es überhaupt wisst, doch ich bin in der 298. Division unter Befehl von Adalbert Henke, einem Mann, der große Erfolge für das Reich verzeichnen kann und der sich überaus verdient gemacht hat. Ich bereue, Euch nicht früher geschrieben zu haben, denn die anderen Soldaten hier haben schon einige Briefe von zu Hause erhalten, und ich bin immer wieder erstaunt, wie gut die Wehrmacht die Feldpost organisiert hat. Manche, viele sogar, haben auch Päckchen bekommen, in denen neben Zigaretten auch mal die eine oder andere Schokolade war.

Ihr glaubt nicht, wie begehrt hier so etwas ist. Wenn Ihr mir eines Tages auch wieder schreiben könnt und ein Päckchen schickt, so bitte ich Euch auch um Schokolade oder irgendetwas anderes Schönes. Ich hoffe, Ihr denkt jetzt nicht, dass ich Euch nur deshalb schreibe, weil ich wie immer nur daran denke, hieraus meinen Vorteil ziehen zu können. Eigenartig, dass mir ein solcher Gedanke kommt, den ich zu früheren Zeiten ganz sicher nicht gehabt hätte. Und vor allem, dass ich selbst zu dieser Einsicht gekommen bin.

Ich will Euch nichts versprechen, das ich nicht halten kann. Doch eines kann ich sagen: Ich bin nicht mehr der Gleiche. Der Krieg und meine Zeit hier haben mich demütig werden lassen, und ich weiß das, was ich hatte und womöglich für immer verloren habe, jetzt vollkommen anders zu schätzen. Ja, die Erkenntnis kommt spät, doch Ihr sollt wissen, dass ich sie habe. Ich werde alles tun, um zu bestehen und eines Tages wieder nach Hause kommen zu können. Und dann, so hoffe ich, kann alles doch noch gut werden. Ja, das hoffe ich wirklich!

Ich schließe nun, die Seiten sind voll. Das Papier habe ich von Hinni bekommen, meinem Freund, den ich anfangs erwähnte. Er wohnt mit seiner Familie in Pöcking, also gar nicht so weit entfernt. Wenn das alles vorbei ist, lade ich ihn zu uns nach Hause ein, damit Ihr ihn kennenlernen könnt.

Vater, Mutter, bleibt gesund und passt auf Euch auf. Ich werde das Gleiche tun.

In Liebe, Euer Sohn Leopold.«

Elses Hand zitterte, als sie Wilhelm diese wortlos entgegenhielt, um den Brief von ihm zu erhalten. Während er vorgelesen hatte, waren ihr die Tränen nur so über das Gesicht gelaufen. Hätte sie nicht die Handschrift ihres Sohnes erkannt, sie würde nicht glauben können, dass er ihn geschrieben hatte.

Wilhelm reichte ihr die Blätter herüber, und Else hielt sie in ihren zitternden Händen und drückte sie dann an sich. Ein Gefühl von Schmerz und Verzweiflung kam in ihr auf.

»Wollte er sich damit von uns verabschieden?«, sprach sie schluchzend ihren Gedanken aus.

Wilhelm antwortete nicht, stand nur auf und bedeutete ihr, sich ebenfalls zu erheben. Dann umarmte er Else und hielt sie. Else brach vollends in Tränen aus und weinte bitterlich, während Wilhelm ihr beruhigend über den Rücken strich.

»Er hat Angst«, antwortete Wilhelm. »Das ist deutlich herauszulesen. Und das ist gut, Else. Nur ein Dummkopf hat keine Angst, wenn er sich im Krieg befindet.«

Else wusste nicht, was sie hierauf erwidern sollte. Sie konnte nur noch schluchzen und hatte das Gefühl, jeden Augenblick zusammenzubrechen, wenn Wilhelm sie nicht gehalten hätte. Es dauerte eine Weile, bis sie einigermaßen die Fassung zurückgewann und sich von Wilhelm löste. Dieser zog ein Taschentuch hervor, gab es ihr und nahm ihr den Brief ab, damit sie sich die Tränen abwischen und die Nase schnäuzen konnte.

»Ihm wird doch nichts geschehen, Wilhelm, nicht wahr?«

»Du weißt, dass ich dir nichts versprechen kann, meine Else. Aber überleg doch mal: Unser Sohn hat es doch stets verstanden, überall mit heiler Haut wieder rauszukommen. Er ist kein Schwächling und dennoch nicht so dumm, als Erster nach vorn zu stürmen. Leopold kann auf sich aufpassen. Und du hast es doch gehört: Er hat dort einen Freund gefunden, auf den offenbar Verlass ist. So etwas ist Gold wert. Ich hatte damals Heinrich und habe im Krieg Paul-Friedrich kennengelernt.

Und wir alle wissen, dass dies ein großer Gewinn für uns alle war. An der Front jemanden zu haben, auf den man zählen kann, ist unschätzbar wertvoll.« Er fasste ihre Schultern und suchte ihren Blick. »Leopold wird wieder nach Hause kommen, Else. Und er wird ein anderer Mensch sein. Wer weiß, womöglich überzeugt er sogar Irma, wieder heimzukommen, und dann wird alles gut.«

»Ich kann deiner Stimme anhören, wenn du etwas sagst, das du selbst nicht glaubst«, gab Else zurück, auch wenn sie ihrem Mann dankbar war, dass er sie zu trösten versuchte.

»Du irrst nicht oft, Else, doch in diesem Fall schon. Wenn Leopold uns beide so überraschen kann, wie er es mit diesem Brief getan hat, dann bin ich sicher, dass auch eine Versöhnung mit Irma möglich ist. Alles ist möglich, Else, solange wir atmen. Alles.«

Else sah ihren Mann an und ließ sich dann wieder in seine Arme fallen. Mehr noch als zuvor schluchzte sie. Es war ein Gefühl der Verzweiflung und Hoffnung zugleich, und Else hätte nicht sagen können, was von beiden überwog. Wie sehr sie sich wünschte, dass Wilhelm recht behielt und alles sich zum Guten wenden könnte. Sie wollte daran glauben, wollte sich an diesem Gedanken festklammern. Womöglich hatte alles so kommen und Leopold diese Erfahrung machen müssen, damit aus ihm ein anderer, ein besserer Mensch werden konnte. Wieder löste sie sich aus Wilhelms Umarmung. Ihr war so schrecklich heiß, dass sie das Gefühl hatte, nicht mehr atmen zu können.

»Gehen wir an die Luft?«, fragte sie unvermittelt. »Ich, ich halte es hier gerade nicht mehr aus.«

»Ja, Else. Lass uns spazieren gehen«, stimmte Wilhelm zu und nickte. Sorgfältig faltete er den Brief zusammen, steckte ihn wieder in den Umschlag zurück und legte ihn dann auf dem Tischchen ab. Dann gingen die beiden in Richtung Tür.

»Ich bitte um Verzeihung«, sprach Sieglinde sie an. Offenbar hatte die Haushälterin gewartet, bis Else und Wilhelm aus dem Wohnzimmer gekommen waren.

»Ist mit Herrn Leopold alles in Ordnung?« Sie deutete mit einer Kopfbewegung in Richtung des Wohnzimmers, als wollte sie auf den Brief verweisen, den sie ihnen übergeben hatte.

»Ja, Sieglinde, es geht ihm gut«, gab Wilhelm Auskunft, worauf die Haushälterin erleichtert ausatmete.

»Gott sei Dank!«, entfuhr es ihr.

»Wir werden ein wenig spazieren gehen«, sagte Else nun.

Sieglinde nickte, und Else konnte ihr ansehen, dass auch ihr Tränen in die Augen traten.

»Ich bin dann wieder in der Küche«, vermeldete die Haushälterin nun eilig und drehte sich sogleich um.

Else und Wilhelm tauschten einen Blick, dann verließen sie zusammen das Haus. Und Else spürte, dass da tatsächlich die Hoffnung in ihr war, dass alles gut würde. Eines Tages, irgendwann. Ja, irgendwann würde alles gut. Sie musste nur fest genug daran glauben.

8. Kapitel

Früher war mir die Rolle, die ich zu erfüllen hatte, klarer. Doch heute habe ich das Gefühl, dass es mehr als je zuvor mein eigenes Leben ist, das ich führe.

Käthe Lehmann

Ihre Armbewegungen waren kraftvoll und gleichmäßig, als Käthe langsam durch das Wasser glitt und sich weiter und immer weiter vom Anlegesteg entfernte.

Sie war in letzter Zeit täglich hier herunter zum See gekommen und hinausgeschwommen, anfangs nur am frühen Morgen, nun jedoch auch zu den fortgeschritteneren Stunden des Tages.

Seit geraumer Zeit tat sie einiges, um sich abzulenken und nicht in Versuchung zu geraten, sich erneut einzumischen und womöglich abermals ihrem Ferdinand ins Handwerk zu pfuschen. Also hatte sie es sich zur Gewohnheit gemacht, wieder regelmäßig schwimmen zu gehen, was bei den derzeit herrschenden Temperaturen ohnehin eine der besten Beschäftigungen war, der man nachgehen konnte.

Es war schon seit Tagen, nein, seit Wochen, brütend heiß, und das tags wie nachts. Am Tage ließ sie die Fenster lieber verschlossen und zog noch die Vorhänge vor, damit die Hitze nur nicht zu sehr ins Haus drang. Lediglich in den Stunden ab drei Uhr in der Früh wurde es immer ein bisschen kühler, sodass Käthe dann oftmals aufgestanden war, um die Fenster zu öffnen, und zwar alle im ganzen Haus bis auf die in den Schlafzimmern Jojos, Johannes', Elisabeths und Ferdinands, die zu der Zeit darin schliefen. Doch Käthe selbst kam bei diesen Temperaturen einfach nicht zur Ruhe.

Zum Teil sicherlich wegen der Hitze, zum anderen aber auch, weil für sie jeder Tag zu einer Herausforderung geworden war und sie nachts wach lag, die Hände hinter dem Kopf verschränkt und an die Decke starrend, während sich die Gedanken im Kreis drehten und sie nicht einmal mehr zu hoffen wagte, doch noch einschlafen zu können.

Jahre, sogar Jahrzehnte über, hatte sie gehofft, dass ihr ältester Sohn noch lebte und sie diesen eines Tages wiedersehen würde, so unwahrscheinlich es auch gewesen war. Doch tief in sich hatte sie wohl immer gespürt, dass er eben nicht gestorben war, und die Hoffnung, ihn irgendwann wieder in ihre Arme schließen zu können, nie aufgegeben. Käthe war dankbar dafür, wieder unter einem Dach mit ihm leben zu dürfen, und fand das Zusammensein mit ihrem ältesten Sohn unendlich bereichernd. Er war wirklich einer der besten Menschen, die sie kannte, und seine moralischen Werte und Vorstellungen glichen den ihren wie ein Ei dem anderen. Ja, es war schön mit ihm. Und auch wenn sie es nicht laut aussprach, so war sie schlicht erleichtert, dass Heinrich tot war. Denn sonst hätte sie Johannes nicht wieder in ihrem Leben.

Doch Käthe betrübte, wie sich ihr Verhältnis zu Elisabeth verschlechtert hatte. Früher war sie für Käthe wie eine Tochter gewesen. Oft hatte Käthe sich gefragt, ob es an ihr selbst lag, war aber zu dem Schluss gekommen, dass Elisabeth sich mit der Zeit verändert hatte. Sie wirkte auf Käthe stets unzufrieden und gereizt. Die Beziehung zwischen Elisabeth und Ferdinand, die früher so voller Liebe und Zuneigung gewesen war, wirkte auf Käthe völlig abgekühlt. Es war, als hätten sie irgendwo auf ihrem gemeinsamen Weg ihre Liebe verloren. Dabei konnte Käthe sich beim besten Willen nicht erklären, weshalb. Ihrem Empfinden nach war Ferdinand noch immer bemüht um seine Frau, nett, zuvorkommend und höflich. Und vor allem, wenn er mit seinem Sohn zusammen war, stand ihm das Glück ins Gesicht geschrieben, und Käthe hatte die beiden manches Mal still beobachtet und in den Augen ihres Sohnes lesen können, wie sehr er den kleinen Jojo liebte.

Schon deswegen konnte Käthe nicht verstehen, warum Elisabeth so unzufrieden, ja geradezu grantig war, und sie hatte sich schon einige Male zusammenreißen müssen, der Schwiegertochter nicht gewaltig über den Mund zu fahren, wenn diese sich wieder einmal in ihrer inzwischen zur Gewohnheit gewordenen abschätzigen Art Johannes gegenüber geäußert hatte. Was fiel dieser Frau nur ein, sich derart aufzuführen? Ja, die ganze Familie hatte für eine Weile in Angst leben müssen. Wenn jemand darauf gekommen wäre, wer Johannes in Wahrheit war, hätte dies für alle fürchterliche Konsequenzen gehabt. Dass hierdurch eine gewisse Disharmonie entstanden war, konnte Käthe nachvollziehen. Doch das alles war ausgestanden, Johannes inzwischen als entfernter Verwandter überall bekannt. Er unterstützte Ferdinand auch bei der Arbeit in der Fabrik und entlastete ihn somit. Vor allem aber ärgerte es Käthe maßlos, dass Elisabeth so tat, als wäre sie etwas Besseres, und Johannes das Gefühl gab, als wäre er eine irgendwie geartete Belastung für die Familie. Denn das war nun wirklich vollkommener Unsinn.

Elisabeth verachtete Johannes offenkundig für seine damalige Fahnenflucht. Sie brachte die Parolen des Führers inzwischen mit einer solchen Inbrunst hervor und gefiel sich so dermaßen als Frau an der Seite des Hauptmanns Ferdinand

Lehmann, dass es Käthe geradezu übel wurde. Hierbei schien Elisabeth geflissentlich zu vergessen, damals ein behindertes Kind zur Welt gebracht zu haben und es nur Gustav und Paul-Friedrich zu verdanken war, dass dies nicht ans Licht gekommen war und insoweit keine Folgen für sie und Ferdinand gehabt hatte. Natürlich würde sie die Schwiegertochter niemals darauf ansprechen, schließlich hatte ihr diese im Vertrauen von ihrem Geheimnis erzählt. Nicht einmal Ferdinand wusste davon, wie Käthe meinte. Es war ja auch nicht Elisabeths Schuld gewesen, und allein die Tatsache, dass sie mit schrecklichen Folgen zu rechnen gehabt hätte, würde jemand hiervon erfahren, war vollkommen irrsinnig in Käthes Augen. Doch sie störte sich daran, dass Elisabeth ihrem Schwager das Gefühl vermittelte, nicht erwünscht zu sein, da er dem Staat und damit dem Führer selbst zuwidergehandelt hatte, während sie selbst in deren Augen nicht frei von Schuld war, sich jedoch zur Richterin aufspielte.

Gerade in letzter Zeit machte Elisabeth sie schlicht wahnsinnig, da es für sie nur noch ein einziges Thema gab, über das sie sogar ihren Sohn zu vergessen schien: den Empfang Ende der nächsten Woche im Gutshaus der von Falkenbachs, zu dem Ferdinand geladen hatte und anlässlich dessen die hochrangigsten Vertreter der NSDAP, Funktionäre und wer weiß nicht noch alles kommen würden.

Käthe konnte nur den Kopf darüber schütteln, wie sehr Elisabeth sich in der Rolle der Gastgeberin gefiel und sich aufspielte. Hatte sie doch sogar das Angebot Dorotheas, die immerhin in dem Gutshaus lebte und über Jahre hinweg die Empfänge dort aufs Vortrefflichste organisiert hatte, ihr helfen zu können, in den Wind geschlagen. Und das, wie Käthe fand, auf eine absolut ungehörige Weise.

Ja, sie gab es zu: Sie schämte sich für ihre Schwiegertochter. Was war nur aus der gut gelaunten, für Hilfe und Ratschläge dankbaren jungen Frau geworden, die für Ferdinand und dessen Zeichnungen geschwärmt hatte und der Käthe hatte ansehen können, wie verliebt sie in ihn gewesen war. Vielleicht hing es wirklich mit der damaligen Totgeburt zusammen, vielleicht gab es aber auch einen vollkommen anderen Grund. In jedem Fall war für Käthe das Leben in einem Haus mit der Schwiegertochter zu einer Herausforderung geworden, weil sie spürte, selbst geradezu auf das zu lauern, was Elisabeth als Nächstes tat.

Nur wenn sie wie jetzt in gleichmäßigen Bewegungen durch den See glitt, spürte Käthe eine Art von Leichtigkeit, fast schien es ihr so, als würde sie den Sorgen davonschwimmen.

Sie atmete tief ein und wieder aus, sah zum Ufer hinüber, um zu prüfen, wie weit sie sich bereits davon entfernt hatte, und entschied sich dann, kehrtzumachen. Zwar hatte sie keine Erledigungen vor sich an diesem Freitag, wie sie so oft kaum noch wusste, was sie mit ihrer Zeit anfangen sollte. Doch da Elisabeth so sehr mit der Vorbereitung des Empfangs beschäftigt war, könnte Käthe sich des kleinen Jojos annehmen und mit diesem spielen. Mit seinen zweieinhalb Jahren war er noch ein bisschen zu jung, um schwimmen zu lernen, obwohl Käthe der Überzeugung war, dass man gar nicht früh genug damit beginnen könnte. Im nächsten Jahr würde sie ihn, sofern seine Eltern es erlaubten, mit hier zum See nehmen und erste Versuche wagen, ihn spielerisch an das Wasser zu gewöhnen. Käthe freute sich schon jetzt darauf.

Langsam schwamm sie zurück in Richtung Steg. Die Sonne schimmerte auf dem Wasser, und Käthe blinzelte, weil sie glaubte, jemanden auf dem Steg stehen zu sehen. Je näher sie heranschwamm, desto sicherer war sie, dass es Else und Wilhelm waren, die sie offenbar entdeckt hatten und nun dort erwarteten. Else winkte ihr zu, und auch Käthe hob grüßend den Arm aus dem Wasser. Kurz dachte sie, dass es womöglich ein wenig peinlich wäre, wenn sie beim Steg ankam und aus dem Wasser stieg, denn obwohl sie schlank war, war sie doch nicht mehr so in Form wie früher. Doch schnell verwarf sie den Gedanken, welchen Eindruck sie machen musste. Schließlich waren das dort Else und Wilhelm. Und auch wenn Wilhelm ein Mann war, musste Käthe sich nicht scheuen, diesem, nur mit Badeanzug bekleidet, gegenüberzutreten. Wilhelm war so überaus korrekt und dazu derart desinteressiert an Käthe als Frau, dass es vollkommen egal war. Wilhelm war Wilhelm, ihr Schwager, auf den sie sich immer verlassen konnte. Er war Freund und Ratgeber, vor allem aber Elses Ehemann. Und wenn es einen Menschen gab, für den Käthe ihre Hand ins Feuer gelegt hätte bei der Frage, ob er treu war, dann war das Wilhelm. Es gab wohl niemanden, der seine Frau auf die ihm eigene Art so liebte und verehrte wie Wilhelm seine Else. Für Käthe waren die beiden ein Gespann, wie es das kein zweites Mal gab. Voller Liebe und Respekt füreinander, und wenn Else mal wieder mit ihrem Wilhelm schimpfte, weil er ihr, wie sie sagte, wieder einmal nicht zugehört hatte, so genügte doch ein Blick Wilhelms in die Richtung seiner Frau, dass diese schon wieder lächeln musste. Ob es auch bei anderen Paaren so war wie bei den beiden? Käthe hatte sie immer um ihre Beziehung zueinander beneidet. Wie mochte es wohl sein, einen Menschen geheiratet zu haben, der gleichermaßen der beste Freund war, den man sich nur wünschen konnte? Nun, Käthe hatte es nie und würde es nie erfahren. Doch inzwischen war auch der Wunsch nicht mehr da. Sie wollte einfach nur in Ruhe leben können und hoffte, dass sich auch die Beziehung zu ihrer Schwiegertochter wieder bessern würde. Das würde Käthe vollkommen ausreichen, um wieder glücklicher zu sein.

»Schwimmst du immer so weit raus?«, hörte sie Wilhelm rufen, kurz bevor sie den Steg erreichte.

»Manchmal sogar noch weiter«, erwiderte Käthe und stieg die Sprossen hinauf, die am Ende des Stegs am Querbalken festgemacht waren.

Else hatte das Handtuch, das Käthe auf dem Steg abgelegt hatte, hochgehoben und kam hiermit auf sie zu.

»Danke schön«, sagte Käthe und dann: »Guten Morgen, ihr zwei. Was macht ihr denn hier?«

»Wir sind ein wenig spazieren gegangen«, gab Else sogleich Auskunft. »Denn«, sie legte sich die Hand auf die Brust, »stell dir nur vor, wir haben einen Brief von Leopold bekommen.«

»Von Leopold?«, echote Käthe. »Geht es ihm gut?« Käthe spürte ein ungutes Gefühl in sich aufsteigen. Wenn Leopold sich bei seinen Eltern meldete, konnte dies doch eigentlich nichts Gutes bedeuten.

»Ja.« Else nickte glücklich. »Du weißt ja, wie er ist. Deshalb waren wir vollkommen überrascht. Doch er wollte sich nur melden, um uns mitzuteilen, dass er wohlauf ist.«

»Donnerwetter!«, entfuhr es Käthe.

Else nickte. »Ich war vorhin so aufgelöst, dass ich mir unbedingt die Beine vertreten musste. Und so sind Wilhelm und ich spazieren gegangen und haben dich schließlich dort schwimmen sehen.«

»Und das schon, als wir vorhin hier vorbeikamen«, brachte sich Wilhelm nun ein. »Ich muss schon sagen, du traust dich was, Käthe. Das sind ja einige Kilometer, die du so zurücklegst.«

»Das Schwimmen tut mir gut«, meinte sie und schlang sich das Handtuch um ihren Körper. »Ich weiß gar nicht, warum ich je damit aufgehört habe.«

»Ich schon. Weil du zu viel zu tun hattest«, gab Else freundlich zurück. »Wie lange bist du denn schon hier?«

»Einige Stunden«, antwortete Käthe. »Weshalb?«

»Dann hat Dorothea dich noch gar nicht erreicht, oder?«

»Nein.« Käthe schüttelte den Kopf und versuchte dann, das Wasser aus ihrem rechten Ohr laufen zu lassen, das sich richtiggehend dumpf anfühlte. »Warum? Ist was passiert?«

»Ja, allerdings. Gustav kam gestern ganz spät noch auf Gut Falkenbach an. Genau genommen, wurde er gebracht. In der Heil- und Pflegeanstalt war ein Feuer ausgebrochen, und Gustav wird für eine Weile hier auf Gut Falkenbach bleiben können, weil dort erst alles wieder hergerichtet werden muss.«

»Ein Feuer?« Käthe sah von Else zu Wilhelm. »Um Himmels willen. Wurde jemand verletzt?«

Else schien kurz zu überlegen. »Ich bin gerade nicht sicher, ob Dorothea so etwas erwähnt hat. Ich war so erleichtert, dass Gustav nichts geschehen ist, dass ich gar nicht nachgefragt habe.«

»Hm«, machte Käthe, »ich werde Dorothea nachher mal anrufen und mich erkundigen.«

»Ja, mach das. Sie wollte sich aber auch ohnehin noch bei dir melden, weil sie für Sonntag ein gemeinsames Essen drüben im Gutshaus vorgeschlagen hat, jetzt, wo Gustav endlich mal wieder für ein paar Tage da ist«, fuhr Else fort. »Es wäre ihm zu wünschen, dass die Aufräumarbeiten und Reparaturen eine gewisse Zeit in Anspruch nehmen. Schließlich kann er solange hierbleiben.«

»Ich würde es ihm wünschen«, sagte Käthe. »Dann hat er auch endlich mal ein bisschen was von der kleinen Edith.«

»Ist denn bei euch drüben alles in Ordnung?«, fragte Else. »Deine Jungs haben ja immer so viel Arbeit, dass man sie überhaupt nicht mehr zu Gesicht bekommt.«

»Na ja, Johannes doch schon«, gab Käthe zurück.

»Wieso?«, fragte Else.

»Na, Johannes war doch am Mittwoch bei euch. Das hat er mir zumindest gesagt, als er an jenem Abend das Haus verlassen hat.«

Else drehte sich zu Wilhelm um. »Am Mittwoch?« Sie wandte sich wieder Käthe zu. »Das kann nicht sein. Am Mittwoch war Wilhelm bei Paul-Friedrich, und ich war allein zu Hause. Also, Sieglinde war natürlich da, aber sonst war ich allein«, korrigierte sie sich.

»Johannes war bei dem Treffen mit Paul-Friedrich dabei«, erklärte Wilhelm nun, worauf Else ihn erneut ansah.

»Wie, er war dabei?«

»Na, genau das, was ich eben sagte: Er war dabei. Warum? Darf ich mich nicht mit meinem Neffen und meinem Freund treffen?«

»Natürlich darfst du das«, entgegnete Else ungehalten. »Aber du hast das mir gegenüber mit keinem Wort erwähnt.«

Käthe blickte zwischen beiden hin und her. Gerade bereute sie, etwas gesagt zu haben. Andererseits musste sie Else zustimmen, dass es überraschend war, dass Wilhelm die Anwesenheit Johannes' seiner Frau gegenüber offenbar unerwähnt gelassen hatte.

»Ich dachte nicht, dass ich Auskunft darüber zu geben habe«, grummelte Wilhelm.

»Aber darum geht es doch überhaupt nicht«, begann Else nun hörbar ärgerlich zu werden.

»Es ist ja auch nicht so wichtig«, versuchte Käthe dazwischenzugehen, doch sie konnte Else anmerken, dass für diese die Angelegenheit alles andere als erledigt war.

»O doch, es ist wichtig. Immer erfahre ich nur die Hälfte von dem, was geschieht«, empörte sich Else nun und stemmte die Hände in die Hüften. »Warum bitte hast du mir nichts davon gesagt? Und wie kam es überhaupt zu dieser Verabredung? Ich kann mich nicht erinnern, dass du und Paul-Friedrich bei euren Treffen jemals schon Johannes dabeigehabt hättet? Was führt ihr also im Schilde?«

»Du siehst Gespenster, wo keine sind«, erwiderte Wilhelm gereizt. »Was denkst du denn, was wir im Schilde führen?«

»Das weiß ich eben nicht.« Else schüttelte den Kopf. »Paul-Friedrich, Johannes und du«, überlegte sie laut. »Wilhelm, sag mir sofort, dass ihr nichts plant, das sich gegen die NSDAP oder den Führer selbst richtet. Sofort!«, wiederholte sie und hob den Zeigefinger.

»Else, du siehst wirklich Gespenster. Um Himmels willen. Andere Frauen finden ihre Männer bei deren Geliebten oder müssen sie aus irgendwelchen Bordellen nach Hause schleifen. Ich hingegen treffe mich mit meinem ältesten Freund und meinem Neffen und muss mich deshalb einem Verhör unterziehen. Was kommt als Nächstes?« Er verdrehte die Augen.

»Lenk nicht ab, Wilhelm Lehmann. Ich sehe, wenn du lügst. Mir kam das vorhin schon komisch vor, als Dorothea mir sagte, du wärst gar nicht dort gewesen. Und nun willst du mir einreden, ihr wärt zwar miteinander verabredet gewesen, habt euch aber alle beim Treffpunkt geirrt und seid dann stundenlang spazieren gegangen.« Sie schüttelte heftig den Kopf. »Kein Wort glaube ich, Wilhelm Lehmann. Und ich empfinde es als Beleidigung, dass du mir so dreist ins Gesicht lügst.«

»Aber Else, es kann doch sein, dass die drei …«, versuchte Käthe, die Schwägerin zu beschwichtigen.

»Nein, nein, nein, Käthe, ich kenne meinen Mann. Und ich weiß, wenn er mir nicht die Wahrheit sagt.«

»Was denkst du denn Else, dass wir alle drei eine Geliebte haben und uns wechselseitig Alibis geben?« Wilhelm verdrehte die Augen.

»Oh, nein, Wilhelm Lehmann, damit kriegst du mich nicht. Nicht mit einem solchen Unfug.« Else machte noch einen Schritt auf ihn zu, sodass sie nun direkt vor ihrem Mann stand, zu diesem aufblickte und mit dem Finger vor seinem Gesicht fuchtelte. »Keine Geliebte, nicht solch ein Unsinn, mein Lieber.

Ihr drei habt eines gemeinsam, den Zorn auf die Regierung und die Verabscheuung derer Methoden.«

»Brüll doch noch lauter, Else«, schnaubte Wilhelm. »Hinten im Arbeitslager hat man wahrscheinlich noch nicht jedes deiner Worte gehört.«

»Bitte, ihr zwei, ich denke wirklich nicht, dass wir das weiter hier besprechen sollten.« Käthe zog das Handtuch noch enger um ihren Leib. Unwohler als in diesem Augenblick hätte sie sich nicht fühlen können.

»Wenigstens eine hier ist vernünftig«, stellte Wilhelm fest. »Und ich habe überhaupt keine Lust mehr, mir Vorhaltungen machen zu lassen für etwas, das ich nicht getan habe.« Er sah über Else hinweg zu Käthe.

»Es war schön, dich zu treffen, Käthe. Vielleicht können wir ja am Sonntag mal wieder in Ruhe miteinander sprechen, sofern meine Frau sich bis dahin wieder abgeregt hat und mich lässt.«

»Das Thema ist noch nicht erledigt, das sage ich dir.« Else fuchtelte noch immer mit dem Finger vor Wilhelms Gesicht.

»Ach, nun wird es mir aber zu bunt.« Wilhelm wandte sich ab. »Mach's gut, Käthe! Wir sehen uns.« Damit verließ er den Steg und stapfte über den Weg zurück in Richtung seines Hauses.

»Willst du ihm nicht lieber nachgehen?«, fragte Käthe.

»O nein, der soll mal ruhig ein bisschen nachdenken«, antwortete Else, sah noch kurz Wilhelm hinterher, der sich immer weiter entfernte, und wandte sich dann an Käthe.

»Ich kenne meinen Mann. Und ich sage dir, da ist was im Busch.«

»Aber was soll denn sein?«, fragte Käthe und schüttelte den Kopf. Dann spürte sie jedoch, wie auch in ihr Unruhe aufstieg. »Oder denkst du wirklich, die drei könnten etwas aushecken?« Erst jetzt wurde Käthe sich bewusst, dass ja dann auch Johannes in etwas verwickelt war, das womöglich gefährlich für ihn werden könnte. »Die werden doch keinen Leichtsinn begehen?«

»Ich weiß es nicht.« Else trug einen Gesichtsausdruck zur Schau, als überlegte sie fieberhaft, was es wohl sein könnte. »Doch ich sage dir, an der Sache bleibe ich dran.« Sie senkte die Stimme und deutete dann mit dem ausgestreckten Arm in Richtung ihres Hauses.

»Ich weiß ja, wie Wilhelm sich immer aufregt, wenn er auch nur die Zeitung liest. Und wenn dann Nachrichten im Rundfunk gesendet werden und dort von den Erfolgen des Führers und seiner Truppen die Rede ist, dann bekommt er einen richtig roten Kopf vor Wut.« Sie sah Käthe an. »Glaub mir Käthe, was andere Frauen angeht, da lege ich meine Hand für meinen Wilhelm ins Feuer. Doch das andere …«, sie ließ den Satz unvollendet.

»Ich mache mir Sorgen«, sagte nun auch Käthe. »Nicht, dass Paul-Friedrich und Wilhelm meinen Johannes da in etwas Gefährliches hineinziehen.« Sie spürte sogleich wieder das Angstgefühl, das ihr während der Zeit, in der Johannes sich noch im Hause verstecken musste, ihr ständiger Begleiter gewesen war. Es durfte einfach nicht sein, dass er etwas riskierte. Doch sie gab Else recht: Das Bindeglied der drei Männer war neben den Familien und der Freundschaft vor allem die Verachtung derer, die in Deutschland zurzeit das Sagen hatten. Und dass sie offenbar ein Geheimnis aus ihrem Treffen gemacht hatten, verhieß für Käthe nichts Gutes.

»Ich werde herausfinden, was da im Busch ist. Und wehe meinem Wilhelm, wenn er etwas gemacht hat, mit dem ich nicht einverstanden bin!« Wie schon vorhin hob Else den Zeigefinger und fuchtelte damit herum.

Obwohl ihr Badeanzug noch nass war, griff Käthe nun ihre Kleidung und zog sie über.

»Und ich werde mir jetzt direkt Johannes zur Brust nehmen«, kündigte sie Else gegenüber an.

Else nickte nur und wartete, bis Käthe wieder vollständig bekleidet war. Dann raffte Käthe das Handtuch und die restlichen Sachen zusammen, und die beiden Frauen machten sich zusammen auf den Rückweg zu ihren Häusern. Sie verabschiedeten sich voneinander, als sie Wilhelms und Elses Haus erreichten, und Käthe beeilte sich, zu ihrem eigenen, genau genommen, Ferdinands Haus zu kommen, dem dies nach Heinrichs Tod überschrieben worden war.

»Johannes!«, rief Käthe laut, kaum dass sie das Haus betreten hatte. Sie spürte, dass aus ihrer anfänglichen Beunruhigung auf dem Weg hierher echte Sorge geworden war. Was, wenn ihr Sohn sich zu einer Dummheit hatte hinreißen lassen und damit sich und auch alle anderen in Gefahr gebracht hatte. Oh – wenn da wirklich etwas dran sein sollte und Paul-Friedrich und Wilhelm ihren Sohn dazu verführt hatten, dann würden die beiden sich etwas von ihr anhören können!

»Johannes!«, rief sie erneut nach oben, worauf Alma mit einem Trockentuch in den Händen eilig aus Richtung der Küche herbeikam.

»Frau Lehmann? Ist etwas geschehen?«, fragte die Haushälterin mit Sorge in der Stimme.

»Ich suche meinen …«, Käthe schüttelte den Kopf. Sie musste es sich dringend abgewöhnen, Johannes vor anderen als ihren Sohn zu bezeichnen. Bei Alma war es einerlei, kannte sie doch die Wahrheit. Doch die Gefahr, dass es Käthe auch dann herausrutschen konnte, wenn jemand anwesend war, der nicht involviert war, war entschieden zu groß.

»Ich suche Johannes«, korrigierte Käthe sich nun.

»Herr Berninger«, Alma betonte den Namen, als wollte sie Käthe gegenüber damit zum Ausdruck bringen, sich an die ihr gemachten Vorgaben zu halten, »ist noch in der Fabrik, soweit ich weiß. Doch lange wird es wahrscheinlich nicht mehr dauern, bis er kommt«, gab sie Auskunft. »Übrigens hat vorhin Dorothea von Falkenbach für Sie angerufen, Frau Lehmann. Ich habe ihr gesagt, dass Sie gerade nicht zugegen sind und ihr versprochen, es auszurichten«, fügte sie hinzu.

»Ja, gut, ich rufe sie an«, erwiderte Käthe. Else hatte ja bereits angekündigt, dass Dorothea sich auch noch bei ihr melden wollte. Sie würde Dorothea später zurückrufen, erst wollte sie die Sache mit Johannes klären. Gerade als sie noch etwas zu Alma sagen wollte, wurde die Vordertür geöffnet und Johannes betrat das Haus.

»Oh, hallo«, grüßte er freundlich, war aber sichtlich überrascht, Käthe und Alma im Flur stehen zu sehen.

»Johannes, ich möchte mit dir sprechen. Sofort!«, kündigte Käthe an und deutete in Richtung Wohnzimmer.

»Sicher«, antwortete Johannes nur, und Käthe entging nicht, dass ihr Sohn Alma einen fragenden Blick zuwarf, worauf diese nur die Achseln zuckte.

»Danke, Alma«, sagte Käthe, dann ging sie zusammen mit Johannes ins Wohnzimmer und schloss hinter sich die Tür.

»Was ist denn los?«, fragte Johannes.

Käthe sah ihn an. Die Wut, die vorhin Else auf Wilhelm gehabt hatte, schien auf sie übergesprungen zu sein. Denn sie begann das Gespräch mit den Worten:

»Eines sage ich dir gleich, Johannes.« Sie hob den Zeigefinger, wie es zuvor auch Else bei Wilhelm gemacht hatte. »Egal, was du antwortest, wage es ja nicht, mich anzulügen. Sonst lernst du mich kennen.«

9. Kapitel

Ich will doch nur das Leben eines jeden hier sichern. Warum verdammt noch mal, wird es mir so schwer gemacht?

Ferdinand Lehmann

»Was ist denn da drinnen los?«, fragte Ferdinand an Alma gewandt, kurz nachdem er das Haus betreten hatte. Die sich überschlagende Stimme seiner Mutter drang durch die geschlossene Wohnzimmertür bis in den Flur.

»Ich weiß es nicht«, antwortete die Haushälterin kleinlaut und mit einem Gesichtsausdruck, als fürchte sie, dass etwas Schreckliches geschehen sein könnte.

»Ich gehe mal nachsehen«, kündigte Ferdinand mit ruhiger Stimme an, weil er es sich zur Gewohnheit hatte werden lassen, seine wahren Gefühle zu verbergen und eine mögliche Beunruhigung nicht nach außen dringen zu lassen.

»Jawohl, Herr Lehmann«, gab Alma zurück und beeilte sich dann, wieder in die Küche zu kommen.

Ferdinand klopfte nur einmal an und ging dann sofort hinein.

»Alles in Ordnung hier?«, fragte er.

Seine Mutter und sein Bruder standen sich direkt gegenüber, und erst in dem Moment, da Ferdinand sich bemerkbar gemacht hatte, wich seine Mutter einen Schritt zurück.

»Es ist weiter nichts«, antwortete Johannes ihm.

Ferdinand drückte die Tür hinter sich zu. »Das hörte sich vom Flur aus aber ganz anders an«, bemerkte er.

»Johannes hat recht«, sagte seine Mutter nun. »Es ist weiter nichts.«

Ferdinand legte den Kopf schräg. »Na, in dem Punkt, mich nicht einbeziehen zu wollen, scheint ihr euch ja zumindest einig zu sein.«

Käthe atmete geräuschvoll aus. »Wir können ein andermal weitersprechen«, meinte sie dann an Johannes gewandt und presste die Lippen aufeinander.

»Ich kann auch wieder gehen«, bot Ferdinand an, dann kam ihm jedoch ein Gedanke, der ihn in der Bewegung innehalten ließ.

»Moment«, sagte er. »Du hast doch hoffentlich nicht wieder den Samariter vom See gegeben, oder?« Er sah seinen Bruder an. »Du hattest versprochen, es nicht mehr zu tun. Weißt du eigentlich, wie gefährlich es ist, wenn du …«, weiter kam er nicht, weil Johannes die Hand hob und ihn unterbrach.

»Nein, ich habe nichts dergleichen getan«, verteidigte sich Johannes. »Ich habe überhaupt nichts getan, was in irgendeiner Form gesetzeswidrig ist. Auch wenn Mutter das nicht glauben will.«

Ferdinand sah zu Käthe. »Und worum geht es dann?«

»Es war ein Missverständnis«, wich diese aus.

»Nein, nein, so nicht«, widersprach Ferdinand. »Ich will jetzt wissen, was hier los ist. Und zwar auf der Stelle. Denn irgendwie habe ich das Gefühl, dass am Ende wieder ich derjenige sein werde, der alles zu bereinigen hat.«

»Verdammt noch mal«, schimpfte nun Johannes los, was Ferdinand erstaunte, hatte er doch noch nie erlebt, dass sein Bruder laut wurde.

»Ich habe einfach nichts Verbotenes getan«, wiederholte er. »Mutter wirft mir vor, dass etwas dahinterstecken müsste, weil ich mich mit Wilhelm und Paul-Friedrich getroffen habe. Sie will mir nicht glauben, dass nichts an der Sache dran ist«, erklärte er Ferdinand gegenüber.

»Ich kann euch nicht folgen.« Ferdinand sah von seinem Bruder zu seiner Mutter. »Du regst dich auf, weil Johannes Kontakt zu den beiden hat? Warum das?«

»Aber darum geht es doch gar nicht«, wehrte Käthe ab. »Ich habe Else und Wilhelm unten am See getroffen, und Else hat mir davon erzählt, dass wir alle am Sonntag bei Dorothea und Paul-Friedrich eingeladen sind.«

»Warum? Gibt es etwas zu feiern?«

»Nicht direkt. Es hat einen Brand in der Klinik gegeben, und Gustav ist länger zu Hause«, begann sie zu erzählen, was Ferdinand noch weniger verstehen ließ, worum es ging.

»Also natürlich ist der Brand kein glückliches Ereignis. Aber Gustav ist deshalb mal länger als ein paar Tage da, und Dorothea will die Gelegenheit für ein gemeinsames Essen nutzen«, fasste Käthe nun zusammen.

»Und was hat das mit Johannes zu tun?«, fragte Ferdinand verwirrt und sah diesen dann an. »Du hast doch keinen Brand gelegt, oder?«

»Nun hör aber auf!«, gab Johannes wütend zurück. »Das wird ja immer schöner hier.«

Ferdinand schüttelte den Kopf. Seine Frage war unsinnig gewesen, das merkte er selbst. Doch er wollte einfach nur begreifen, was los war.

»Nein, Johannes hat natürlich nichts mit dem Brand zu tun«, sagte Käthe nun. »Das habe ich ja nur erwähnt, weil Else und Wilhelm es mir erzählt haben«, versuchte sie zu erklären, doch Ferdinand hatte noch immer nicht verstanden, worauf seine Mutter hinauswollte.

»Doch bei der Gelegenheit hat Else die Bemerkung gemacht, dass sie sich auf das Essen freuen würde, und zwar auch deshalb, weil sie euch beide so lange nicht gesehen hat.«

»Und?«, fragte Ferdinand.

»Nun, und da habe ich mich gewundert, weil Johannes vorgestern Abend angeblich bei Wilhelm war. Zumindest hat er mir das gesagt.«

»Also wirklich, Mutter. Johannes ist ein erwachsener Mann von dreiundvierzig Jahren und muss weder vor dir noch sonst jemandem Rechenschaft ablegen, wo er seine Abende verbringt.«

»Das habe ich auch nicht gesagt, Ferdinand. Und ich wäre dir sehr dankbar, wenn du mir gegenüber diesen überheblichen, zurechtweisenden Tonfall unterlassen würdest.«

»Bitte entschuldige, Mutter, so war es nicht gemeint«, ruderte Ferdinand etwas kleinlaut zurück. Seine Mutter war wirklich in Fahrt, und er kannte sie gut genug, um zu wissen, dass sie ungemütlich werden konnte. Käthe war eine sehr belesene, kluge Frau und konnte sich in Sachen Rhetorik durchaus mit einem Paul-Friedrich messen, auch wenn sie dies nicht zur Schau stellte. Bei einer verbalen Auseinandersetzung würden sowohl Johannes als auch er selbst in jedem Fall den Kürzeren ziehen, weil Käthe stets noch ein Argument zu haben schien.

Käthe atmete laut aus. »Johannes kann seine Abende verbringen, wie immer er will«, machte sie deutlich. »Es geht nur darum, dass Johannes mir sagte, er wäre bei Wilhelm gewesen, von Else weiß ich aber, dass er eben nicht dort war, Wilhelm, Paul-Friedrich und Johannes aber dennoch an dem Abend zusammen waren.« Sie sah Johannes an. »Doch ihr drei habt euch anscheinend nicht darüber abgesprochen, bei wem dieses angebliche Treffen gewesen sein soll.«

»Ich verstehe noch immer nicht, was du Johannes zum Vorwurf machst«, sagte Ferdinand.

»Ganz einfach«, meinte Käthe. »Die drei zusammen.« Sie hielt kurz inne und funkelte Johannes an. »Else hat mich überhaupt erst darauf gebracht«, fuhr sie dann fort. »Paul-Friedrich, Wilhelm und unser Johannes haben sich getroffen und offenbar irgendetwas zusammen unternommen, was niemand wissen soll. Und was denkst du, könnte das bei den Ansichten der drei gewesen sein?« Käthe richtete ihren Blick auf Johannes, dann sah sie Ferdinand an.

»Was habt ihr getan?«, fragte Ferdinand nun, dem in diesem Moment klar geworden war, worauf seine Mutter hinauswollte.

»Wir haben gar nichts getan«, antwortete Johannes und blickte zwischen seiner Mutter und Ferdinand hin und her. »Nun gut, wir haben etwas getan, aber ganz sicher nichts Verbotenes.«

»Und das wäre?«

»Ich bin nicht bereit, euch detailliert Auskunft zu geben.« Johannes verschränkte die Arme vor der Brust.

»Also habt ihr doch etwas gemacht«, beharrte nun Käthe.

»Merkt ihr eigentlich, was hier los ist?«, fragte Johannes nun. »Ich verbringe einen Abend mit meinem Onkel und seinem besten Freund, und ihr verhört mich hier in der Art eines Tribunals und lauert geradezu darauf, dass ich mich verplappere und ihr mich einer Lüge überführen könnt. Ist das wirklich euer Ernst? Ist es das, was du von deinen SS-Leuten und Parteifreunden gelernt hast? Ein Klima des Misstrauens zu schüren und hinter jedem Treffen sogleich eine Verschwörung zu vermuten?« Johannes war erneut laut geworden.

Ferdinand wartete, ob der Bruder ihm noch weitere Vorhaltungen zu machen gedachte. Dann entgegnete er ebenso laut: »Du wirst mir wohl verzeihen müssen. Doch du warst derjenige, der unsere Familie durch sein Verhalten in Gefahr gebracht hat, während ich krampfhaft bemüht bin, alles irgendwie zusammenzuhalten. Ich bin es so leid, mich jeden Tag vor euch und allen erklären zu müssen, während ich doch nur versuche, diese Familie verdammt noch mal zu beschützen!« Ferdinand drehte sich um, als er hinter sich eine Bewegung wahrnahm. Elisabeth war von ihm unbemerkt eingetreten.

»Was ist hier los?«, fragte sie.

Ferdinand atmete durch. »Eine Meinungsverschiedenheit, nichts weiter«, wiegelte er ab.

»O nein, damit lasse ich mich nicht abwimmeln«, wütete Elisabeth los. »Ich sehe doch, dass etwas vorgefallen ist. Und was ich gerade so mitbekommen habe, bist es bestimmt wieder du gewesen, nicht wahr?« Sie hielt auf Johannes zu.

»Was hast du nun wieder gemacht? Irgendwelchen Juden geholfen oder einen Hetzbrief geschrieben, oder was war es? Seit du hier bist, leben wir jeden einzelnen Tag in Angst. Und doch machst du einfach weiter und …«

»Elisabeth, das reicht jetzt!«, schnauzte Ferdinand sie an, worauf seine Frau herumfuhr.

»Ach, sieh an, und schon nimmst du ihn wieder in Schutz! Wie du ja ohnehin immer ihn und auch deine Mutter über mich und meine Bedürfnisse stellst.«

»Es reicht, sagte ich.« Ferdinand hätte seiner Frau am liebsten die Hand auf den Mund gelegt, damit sie nicht weitersprach. Es war so unglaublich schwierig mit ihr geworden und von dem, was sie einst gehabt hatten, schien überhaupt nichts mehr übrig zu sein.

»Es reicht also?« Sie funkelte ihn wütend an. »Ich versuche alles, um dich irgendwie weiter voranzubringen, damit du in der Gunst des Führers aufsteigen kannst und wir ein besseres Leben haben. Doch du schlägst dich ja immer auf die Seite von dem dort«, keifte sie und wies mit dem Finger auf Johannes. »Ist dir denn dieser Vaterlandsverräter wirklich wichtiger als deine eigene Frau?« Sie schnaubte vor Wut.

»Elisabeth, geh mir aus den Augen«, sagte nun Käthe mit leiser Stimme, in der etwas Gefährliches mitschwang.

»Dass du auf seiner Seite bist, ist ja klar. Seit er hier im Haus ist, gibt es ja sonst nichts für dich!«, fuhr Elisabeth nun Käthe an. »Es war früher so schön hier. Doch nun.«

»Es ist wohl besser, wenn ich verschwinde«, sagte Johannes, der erblasst war, worauf Käthe ihn sogleich am Arm fasste.

»Einen Teufel wirst du tun! Wir haben dieses Haus hier gebaut, Heinrich und ich. Wir haben die Grundlage für alles geschaffen. Ihr seid beide meine Söhne.« Käthe sah Elisabeth an. »Und eine Weile warst du für mich wie eine Tochter. Was ist nur aus dir geworden?«

»Mutter, bitte«, versuchte nun Ferdinand, die Situation nicht weiter eskalieren zu lassen.

»Du weißt, dass ich recht habe«, antwortete Käthe harsch und sah Ferdinand an. »Wenn Johannes aufgrund des Verhaltens deiner Frau dieses Haus verlässt, werde auch ich gehen.«

»Verdammt noch mal!«, schnauzte Ferdinand nun los. »Hier wird überhaupt niemand gehen.« Er sah Elisabeth an. »Du wirst dich jetzt sofort bei Johannes entschuldigen, bei Johannes und auch bei meiner Mutter. Dein Verhalten ist inakzeptabel, und ich werde derartiges nicht länger dulden.«

»Du versteckst einen Verräter in deinem Haus und spuckst damit unserem Führer geradezu ins Gesicht. Wie kannst du es wagen, mir Vorschriften machen zu wollen und mein Verhalten als inakzeptabel zu bezeichnen? Ein Wort von mir an die richtigen Leute gewandt, und alles das, was hier über Jahre aufgebaut wurde, wird niedergewalzt.«

Käthe machte einige eilige Schritte auf Elisabeth zu.

»Das sagst ausgerechnet du? Du drohst deinem Mann und uns allen mit den Behörden?« Käthe funkelte Elisabeth an.

»Geh doch und mach Meldung. Und dann kannst du auch gleich dableiben.«

Elisabeth schnappte nach Luft.

»Dass ausgerechnet du dich erdreistest, den Richterstab über uns brechen zu wollen, ist der blanke Hohn.«

»Was hat das zu bedeuten?«, fragte Ferdinand und sah von seiner Mutter zu Elisabeth, die kreidebleich geworden war.

»Deine Frau hat mich verstanden«, entgegnete Käthe. »Und ich verachte dich dafür, Elisabeth, dass du mich gezwungen hast, das eben gesagt zu haben.« Sie schüttelte den Kopf. »Ich erkenne dich einfach nicht mehr wieder.«

Elisabeth schluchzte auf und hielt sich die Hände vors Gesicht.

»Was meinst du damit, Mutter?«, begehrte Ferdinand nun zu erfahren. Hier lag irgendetwas in der Luft, das nicht ausgesprochen worden war.

Käthe hielt den Blick auf Elisabeth gerichtet.

»Johannes erwartet deine Entschuldigung«, sagte sie nun mit einer Kälte in der Stimme, die Ferdinand so noch nie an ihr wahrgenommen hatte.

»Bitte, das ist doch nicht nötig. Streit gibt es in jeder Familie, und Elisabeth hat ja recht, wenn sie sagt, dass es schwierig für euch war, seit ich hier bin«, versuchte nun Johannes das Verhalten seiner Schwägerin zu rechtfertigen.

»Es tut mir leid«, brachte Elisabeth stockend hervor und wischte sich, um Fassung bemüht, die Tränen von den Wangen. »Bitte verzeih, Schwiegermutter, und du ebenfalls, Johannes. Ich habe mich gehen lassen.«

Käthe hob den Kopf, sagte aber nichts.

»Mir tut es leid.« Johannes ging auf Elisabeth zu. »Ich habe nie gewollt, dass irgendjemand meinetwegen Angst haben muss. Ich war wohl einfach so glücklich, meine Familie wiederzuhaben, dass ich gar nicht bemerkte, was ich euch damit angetan habe.«

Elisabeth senkte den Blick.

Einen Moment lang sagte niemand etwas, aber Ferdinand bemerkte, dass Johannes kurz den Arm der Mutter berührte. Seine Geste verriet, dass er sie auffordern wollte, ebenfalls ein versöhnliches Wort an Elisabeth zu richten.

Ferdinand wartete, doch Käthe rührte sich nicht von der Stelle.

»Ich denke, es wurde vieles gesagt, was so nicht gemeint war«, versuchte Ferdinand nun, die Situation zu klären.

»Ja, das denke ich auch«, stimmte Johannes zu.

Käthe jedoch blieb stumm.

»Und am Ende des Tages sind wir schließlich eine Familie wie jede andere auch. Natürlich kommt es da auch mal zum Streit.« Er sah Käthe an. »Möchtest du nicht auch etwas dazu sagen, Mutter?«

Käthe schien zu überlegen, dann nickte sie. »Ja, ich möchte etwas sagen«, kündigte sie an und hielt den Blick starr auf Elisabeth gerichtet. »So oft in meinem Leben hat es mich schockiert, das wahre Wesen eines Menschen sehen zu müssen, das ein vollkommen anderes ist, als ich dachte. So war es früher, so war es bei meinem Ehemann, und heute ist es nun wieder so.«

Elisabeth schluchzte erneut auf.

»Ich werde dir verzeihen, womit du gedroht hast, Elisabeth, doch ich werde es nicht vergessen. Und sei gewiss, dass ich alles tun werde, um mein eigen Fleisch und Blut zu schützen.«

»Mutter, bitte«, presste Ferdinand hervor.

Käthe sah ihn an. »Ich bin nur ehrlich, mein Sohn. Ich werde nicht heucheln und an dieser Stelle sagen, dass alles vergeben und vergessen ist. Es ist das eine, sich bereit zu zeigen, zu verzeihen. Doch es wäre gelogen, würde ich behaupten, noch zu empfinden wie zuvor.«

»Es tut mir so leid«, entschuldigte sich Elisabeth nun mit Tränen in den Augen, worauf Käthe sie ansah.

»Das glaube ich dir.« Käthe nickte. »Doch du und ich haben einen langen Weg vor uns, um dorthin zurückzukehren, wo wir einmal waren.« Käthe ging in Richtung Tür. Dann wandte sie sich noch einmal um: »Bitte sagt Alma, dass mir unwohl ist und ich auf das Essen verzichte.«

»Das werden wir«, bestätigte Johannes. Dann ging Käthe hinaus und schloss lautlos die Tür hinter sich.

Ferdinand sah Elisabeth an. »Was hat meine Mutter damit gemeint?«, fragte er.

»Dieses Gespräch solltet ihr besser allein führen«, sagte Johannes und eilte nun ebenfalls zur Tür, drehte sich dann dort aber noch mal um. »Elisabeth«, sprach er Ferdinands Ehefrau nun an, worauf diese den Kopf hob.

»Ja?«

»Ich verspreche dir, dass ich von meiner Seite aus alles tun werde, damit du siehst, dich auf mich verlassen zu können. Vielleicht gelingt es dir dann sogar, mich irgendwann als deinen Freund zu betrachten. Wir bekommen das hin.«

Elisabeth nickte nur und senkte dann wieder den Blick, während Johannes den Raum verließ.

»Also, was hat meine Mutter gemeint?«, begehrte Ferdinand zu erfahren.

»Ich weiß es nicht«, gab Elisabeth zurück, und Ferdinand spürte Wut in sich aufsteigen. Er packte sie an den Schultern.

»Was hat sie gemeint?«, wiederholte er und machte zwischen jedem der ausgesprochenen Worte eine Pause.

Elisabeth schüttelte den Kopf.

»Was hast du getan, Elisabeth? Raus damit! Was hast du getan?« Er war in Versuchung, grober zuzufassen, doch der Anstand verbot es ihm. Er war keiner dieser Männer, die etwas aus ihren Frauen herausprügelten.

»Elisabeth, ich muss es wissen«, beharrte er. »Ich kann dich sonst nicht schützen, sollte es irgendwann ans Tageslicht kommen.«

Elisabeth hob den Kopf. »Es wird nichts ans Tageslicht kommen. Es ist tot und begraben.«

»Was willst du damit sagen?«

Elisabeth begann zu zittern, und kurz glaubte Ferdinand, dass sie womöglich das Bewusstsein verlieren würde. Dann schien es, als ginge ein Ruck durch sie.

»Du wirst mich verachten«, brachte sie hervor. »Du wirst mich verachten und fortscheuchen, weil ich es nicht wert bin. Ich bin unwürdig, deine Frau zu sein.« Sie brach abermals in Tränen aus. »Ich versuche doch alles, um gut genug zu sein. Ich will, dass alles perfekt ist, und ich bin so stolz, an deiner Seite sein zu dürfen, obwohl ich doch weiß, es nicht wert zu sein.« Sie weinte bitterlich. »Ich bin es nicht wert und war es nie wert, und ich lebe jeden einzelnen Tag mit der Angst, dass dir klar wird, wie verachtungswürdig ich bin.«

»Elisabeth.« Er zog sie an sich. »Um Himmels willen, Elisabeth, du warst mal einer der liebevollsten und besten Menschen, denen ich je begegnet bin.« Ferdinand bereute sogleich, in der Vergangenheit gesprochen zu haben. Doch genau das brachte sein Denken auf den Punkt. Seine Frau war mal eine nette Person gewesen. Doch schon seit langer Zeit schien nichts mehr hiervon übrig zu sein.

»Du wirst mich fortjagen und mir Jojo wegnehmen. Und dann werden sie mich einsperren und …« Sie brach ab.

»Nichts von alledem wird geschehen, Elisabeth. Sprich doch mit mir.« Er suchte ihren Blick. »Sieh mich an, Elisabeth. Sieh in meine Augen. Wir sind noch immer wir. Wir sind noch immer die beiden, die sich damals in dem kleinen Laden kennenlernten, als du die Karten zur Hand nahmst, die ich gezeichnet hatte. Das sind noch immer wir. Wir müssen es nur zulassen.«

Ein Lächeln der Erinnerung huschte über Elisabeths Gesicht.

»Das war eine schöne Zeit damals«, sagte sie mit entrücktem Blick.

»Ja, das war es. Und so kann es wieder sein.«

Sie sah ihn an, und in ihren Augen lag etwas so unglaublich Trauriges, Erschöpftes, dass Ferdinand sie abermals an sich zog und eine Weile hielt.

»Du kannst es mir sagen, Elisabeth. Was ist es?«

Sie legte ihren Kopf an seine Brust. »Unser erstes Kind«, begann sie dann mit brechender Stimme. Es war nicht gesund. Es war verkrüppelt, missgebildet. Wäre es gemeldet worden, hätte man dafür gesorgt, dass ich nie wieder ein Kind bekommen könnte.«

Ferdinand ließ die Worte wirken. Er war schockiert über das Gehörte, versuchte aber vor allem, es sich zu erklären.

»Aber wie kann das sein?«, fragte er dann. »Ich meine, ich habe das Kind gesehen. Es war nicht missgebildet.«

»Das Kind, das wir zu Grabe getragen haben, war nicht unseres«, antwortete sie matt, weiter fest an seine Brust gepresst.

»Gustav«, stieß sie hervor. »Er hat sich um alles gekümmert. Er und Paul-Friedrich.«

»Also hatte Gauleiter Langenmüller damals recht«, sagte Ferdinand tonlos.

»Ja«, hauchte Elisabeth. »Er hatte recht. Er hatte mit allem recht.«

»Und doch wurde er für verrückt erklärt und eingesperrt«, erinnerte Ferdinand.

»Ja, und alles ist meine Schuld. Weil ich krank bin und nicht in der Lage, gesunden Kindern das Leben zu schenken.«

»So ein Unsinn«, meinte Ferdinand nun und schob sie ein Stück von sich, um seine Frau ansehen zu können. »Jojo ist ein kerngesunder kleiner Kerl. Natürlich bist du imstande, gesunde Kinder zu bekommen.«

»Ach ja, richtig«, sagte Elisabeth, doch es lag etwas in ihrem Blick, das Ferdinand nicht zu deuten wusste.

»Und du hast meiner Mutter von dem behinderten Kind erzählt?«

»Ja«, hauchte Elisabeth. »Die Last, es weiter für mich zu behalten, wog zu schwer.«

»Du hättest es mir sagen sollen«, urteilte Ferdinand. »Für mich hätte sich nichts geändert und wird sich auch jetzt nichts ändern. Du bist meine Frau, und ich liebe dich.«

»Ich liebe dich auch.«

»Aber ich muss dich das fragen: Woher stammte das Kind, das wir zu Grabe getragen haben?«

Elisabeth zuckte die Achseln.

»Und was ist mit unserem Kind geschehen, mit dem missgebildeten?«

Wieder blieb Elisabeth die Antwort schuldig und hob abermals nur die Schultern.

»Gustav hat sich darum gekümmert«, war alles, was sie als Erklärung bieten konnte.

»Ich verstehe«, sagte Ferdinand. Tausend Gedanken rauschten durch seinen Kopf, und er hatte das Gefühl, so viele Fragen auf einmal zu haben, dass er Mühe hatte, diese zu sortieren.

»Ich hatte solche Angst, es dir zu sagen«, brachte Elisabeth nun hervor.

»Ich verstehe dich«, bekräftigte Ferdinand, wenngleich dies nur die halbe Wahrheit war. Wenn schon Elisabeth nicht in der Lage gewesen war, ihm gegenüber reinen Tisch zu machen, so hätte er sich dies doch zumindest von Gustav erwartet, mit dem er schließlich aufgewachsen war. Noch wusste er nicht, wie er auf diesen reagieren sollte, wenn er ihn das nächste Mal sah. Vielleicht wäre es klüger, nichts von dem zu erwähnen, was er heute erfahren hatte. Schließlich lag das nun schon mehr als drei Jahre zurück, und Ferdinand erinnerte sich noch immer daran, wie furchtbar die damalige Zeit für Elisabeth und ihn, aber auch für alle anderen Familienmitglieder gewesen war. Es wäre wohl klug, die Toten ruhen zu lassen. Doch da war vorhin noch etwas anderes gewesen, was ihn hatte stutzen lassen. Es war die Art gewesen, wie Elisabeth gesagt hatte, nicht in der Lage zu sein, gesunde Kinder zu bekommen. Fast schien es Ferdinand, als hätte er seine Frau daran erinnern müssen, schließlich Jojo das Leben geschenkt zu haben.

Er zog Elisabeth an sich und küsste sie. Dann hielt er sie ein Stück von sich und sagte: »Ab jetzt gibt es keine Geheimnisse mehr zwischen uns, in Ordnung?«

Elisabeth nickte. »Keine Geheimnisse mehr«, bestätigte sie, doch ihm entging nicht, dass sie sogleich seinem Blick auswich.

Ihm lag die Frage auf den Lippen, ob es noch etwas gab, das seine Frau ihm verschwiegen hatte. Doch er stellte sie nicht. Denn irgendetwas tief in ihm schien ihn zu mahnen, die Antwort hierauf nicht hören zu wollen.

10. Kapitel

Ich bin nicht glücklich damit, Wilhelmine etwas verheimlichen zu müssen, und kann nur hoffen, dass unsere Freundschaft nicht darunter leidet.

Clara von Falkenbach

»Ich habe ihr nichts gesagt«, berichtete Clara an Paul-Friedrich gewandt, als sie den Telefonhörer zurück auf die Gabel legte.

»Gut«, meinte ihr Schwiegervater nur. »Sie wird noch früh genug erfahren, dass die Pferde weg sind.«

Clara nickte, auch wenn sie alles andere als einverstanden mit der Weisung Paul-Friedrichs gewesen war, Wilhelmine zu verschweigen, dass deren Lieblingspferde nicht mehr auf Gut Falkenbach waren. Sie hatte nicht viel von ihrem Schwiegervater erfahren, nur, dass die Pferde an einem sicheren Ort waren. Mehr müsste sie nicht wissen, hatte er ihr gegenüber erklärt und damit das Gespräch beendet.

Clara war nicht sicher, ob Paul-Friedrich vorhatte, die Pferde in absehbarer Zeit wieder hierher zurückzuholen. Auch hatte sie keine Ahnung, weshalb sie überhaupt fort waren.

Am gestrigen Freitag hatte ihre Schwiegermutter sie hinzugerufen, als ein Transport mit insgesamt zehn Pferden gekommen war, die allesamt auf Gut Falkenbach hatten unterkommen sollen. Paul-Friedrich war zu dem Zeitpunkt nicht da gewesen, und Clara hatte an eine Verwechslung geglaubt, waren doch ihres Wissens nach die zwölf Boxen, die es in den Stallungen gab, besetzt. Doch der Mann, der die Pferde brachte, hatte sich beharrlich gezeigt und sich lediglich entschuldigt, da er eigentlich erst am Nachmittag die Tiere hatte liefern sollen. Jedoch sei alles mit Paul-Friedrich von Falkenbach abgesprochen, wie er vermeldete, sodass Clara ihn schließlich bis zu den Stallungen begleitet hatte und zu ihrer Überraschung feststellen musste, dass tatsächlich nur zwei Pferde dort in den Boxen standen. Zwar hatte sie sich nie zuvor dafür interessiert, welche Pferde dort untergebracht waren. Aber Wilhelmines Lieblingspferd, His Highness, kannte sie, sodass sie auch sofort bemerkte, dass der Hengst nicht mehr da war.

Als schließlich ihr Schwiegervater wieder nach Hause gekommen war, hatte sie ihn sogleich über die neuen Pferde informiert, und Paul-Friedrich war kurz verschnupft gewesen, weshalb diese entgegen der Absprache schon am Vormittag gebracht worden waren, als er selbst noch unterwegs gewesen war. Wenn Clara es richtig deutete, dann ärgerte sich der Schwiegervater vor allem darüber, dass sie und auch Dorothea hiervon etwas mitbekommen hatten. Doch warum diese Heimlichtuerei?

Clara hatte keine Zeit gehabt, länger darüber nachzudenken, weil in diesem Augenblick Gustav nach unten gekommen war, der, seit er am späten Donnerstagabend von den Soldaten heimgebracht worden und wie tot ins Bett gefallen war, die Nacht und einen Großteil des Vormittags durchgeschlafen hatte. Und so war es Clara in dem Moment weit wichtiger erschienen, sich in Ruhe alles von ihrem Mann erzählen zu lassen, was geschehen war, statt sich weiter mit ihrem Schwiegervater über dessen Pferde zu unterhalten. Schließlich hatte sie am Abend zuvor von den Soldaten, die Gustav nach Hause gebracht hatten, nur eine sehr knappe Zusammenfassung erhalten, was in Eglfing-Haar vorgefallen war. Gustav selbst hatte zu diesem Zeitpunkt so kraftlos und müde auf sie gewirkt, dass dieser ihr kaum Auskunft geben konnte.

Es war wirklich eine aufregende Zeit, und Clara machte es nervös, dass sich immer irgendetwas zu ereignen schien und sie hierdurch das Gefühl bekam, sich ständig auf neue, noch unbekannte Situationen einstellen zu müssen. Vielleicht lag es auch einfach an ihrer Schwangerschaft, dass sie ein wenig dünnhäutig auf manches reagierte, und sobald das Kind auf der Welt war, würde sie wieder ganz die Alte sein. Aber nein, sie machte sich nichts vor – sie war längst nicht mehr so gut im Improvisieren wie früher. Seinerzeit in Berlin hatte sie noch weit besser auf Unvorhergesehenes zu reagieren gewusst. Zudem war sie stets wachsam gewesen. Doch hier auf Gut Falkenbach war sie zur Ruhe gekommen, hatte sich das erste Mal seit vielen Jahren, vielleicht sogar das erste Mal in ihrem Leben, in Sicherheit gefühlt. Inzwischen fragte sie sich jedoch, ob sie hierdurch unachtsam geworden sein könnte und sie wieder lernen musste, auf der Hut zu sein. Denn letztendlich lauerten doch immer irgendwelche Gefahren, gerade in dieser Zeit, in der keiner keinem zu trauen schien und jeder darauf bedacht war, nur nichts Falsches zu sagen, das negativ ausgelegt werden und ihm zum Nachteil gereichen könnte.

Doch es war nicht nur das Misstrauen, das überall um sich zu greifen schien. Es war vor allem auch eine Zeit der Veränderungen, und nicht jede dieser Veränderungen empfand Clara als gut. Denn obwohl Wilhelmine vor gerade mal drei Tagen nach München aufgebrochen war, fehlte sie Clara schon jetzt weit mehr, als diese es erwartet hätte. Ja, Wilhelmine war ihr zur Freundin geworden, zur wirklich guten Freundin, und neben dem Gefühl, dass die Person, mit der sie über fast alles hatte reden können, nun nicht mehr hier in ihrer Nähe war, spürte Clara auch die Sorge, wie es ihrer Schwägerin in München wohl ergehen würde. Zwar hatte Paul-Friedrich dafür gesorgt, dass Wilhelmine dort gut untergebracht war und es auch genügend Leute gab, die vom ersten Tag an für sie da waren. Doch Clara kannte ihre Schwägerin inzwischen gut genug, um zu wissen, dass diese ihren ganz eigenen Kopf hatte und sich gewiss nicht nur in den Kreisen bewegen würde, die Paul-Friedrich für sie vorgesehen hatte.

Vor allem war Clara in Sorge, weil Wilhelmine ihr seinerzeit anvertraut hatte, aus der Zeit, während der sie mit Martin zusammen gewesen war, noch einige Kontakte zu Kommunisten und zum Widerstand zu haben, der auch und gerade in München eine beachtliche, wenn auch geheime Anhängerschaft besaß. Und Clara fürchtete, dass Wilhelmine dem Reiz nicht würde widerstehen können und womöglich an Treffen der Regimegegner teilnahm, wenn sie denn die Gelegenheit hierzu bekäme. Claras Hoffnung war, dass dort, wo noch zu Martins Zeiten die Versammlungen stattgefunden hatten, keine mehr abgehalten wurden und Wilhelmine die neuen Treffpunkte nicht in Erfahrung bringen konnte. In jedem Fall wollte Clara den engen Kontakt zu Wilhelmine halten und sofort selbst nach München fahren, wenn bei ihr aufgrund einer Äußerung Wilhelmines auch nur der leiseste Verdacht aufkam, dass diese sich auf etwas Gefährliches einlassen wollte.

Nun hatte Wilhelmine eben angerufen, einfach, um von sich hören zu lassen, und Clara und sie hatten trotz der hohen Verbindungskosten fast eine Viertelstunde lang telefoniert.

Ihre Schwägerin hatte ihr berichtet, dass seit ihrer Ankunft alles reibungslos geklappt hatte, sie inzwischen ein Bankkonto in München besaß, ihre Lebensmittelvorräte aufgefüllt und sogar schon mehrere Reitstunden gegeben hatte. Außerdem hatte sie einige Geschäftspartner Paul-Friedrichs in München getroffen und Clara auch davon berichtet, dass es dort einen jungen Reitlehrer gab, der sie für den Abend eingeladen hatte, um ihr die Stadt zu zeigen. Clara hatte Wilhelmine gemahnt, sich nur nicht gar zu schnell auf irgendetwas einzulassen. Schließlich konnte man nie wissen, ob derjenige auch der war, für den er sich ausgab. Sie hatte nicht offen ansprechen wollen, dass der junge Mann ebenso gut ein Spitzel sein könnte, der versuchen würde, etwas über die von Falkenbachs herauszufinden. Schon deshalb nicht, weil sie durch Paul-Friedrich wusste, dass die Telefonate Gut Falkenbachs mitgehört wurden und man insoweit sehr genau überlegen musste, welche Informationen man über den Fernsprecher tauschte.

Wilhelmine hatte ihr versichert, gar nicht so besonders interessiert an dem jungen Mann zu sein, und Clara glaubte ihr, dass es ihrer Freundin weit mehr darum ging, nicht allein in ihrer Wohnung zu hocken, während alle anderen sich am Abend zu amüsieren wussten.

Dann hatte Clara ihr noch kurz davon erzählt, was sich bei Gustav in Eglfing-Haar ereignet hatte und dass dieser nun für eine gewisse Zeit auf Gut Falkenbach bleiben würde. Wilhelmine hatte sich für Clara gefreut, wusste sie doch, wie sehr Gustav ihr und auch der kleinen Edith oftmals fehlte. Dann hatte Wilhelmine noch zugesagt, zum Empfang Ende nächster Woche nach Hause zu kommen, was Clara für eine ganz ausgezeichnete Idee hielt. Es war wichtig, bei dieser Gelegenheit Einigkeit zu demonstrieren und zu zeigen, dass die Familien zusammenhielten. Zumindest hatte Paul-Friedrich das betont, und auch wenn Clara nicht genau zu sagen wusste, was er hiermit bewirken wollte, so verstand sie doch, dass es auf irgendeine Weise von Bedeutung zu sein schien.

Als die beiden Frauen sich soeben verabschiedeten und ihr Telefonat beendeten, war gerade Paul-Friedrich über den Flur gekommen und hatte sich von Clara bestätigen lassen, dass Wilhelmine bisher nichts vom Abtransport ihres Lieblingspferdes ahnte. Gleich darauf war er wieder in seinem Arbeitszimmer verschwunden. Clara konnte spüren, dass ihr Schwiegervater angespannt war, und hoffte inständig, dass es ihn nicht womöglich verleiten würde, sich wieder Drogen zu besorgen. Denn wohin er gestern zu der Zeit, als die Pferde gebracht worden waren, mit seinem Maybach unterwegs gewesen war, wusste Clara nicht. Doch wäre sie nie so dreist gewesen, ihn hiernach zu fragen. Es war ohnehin schon ein Balanceakt für sie, zwischen dem Kümmern um ihn und dem Einhalten einer gewissen Distanz, damit es nicht übergriffig auf ihren Schwiegervater wirkte, das richtige Maß zu finden. Und das wurde für sie, je mehr ihr Schwiegervater offenbar um die Ohren hatte, nicht eben einfacher.

»Ich habe dich telefonieren hören«, bemerkte Dorothea, die nun aus dem Wohnzimmer trat und auf sie zukam. »Wer war es denn?«

»Wilhelmine«, gab Clara Auskunft, und erst in diesem Moment fiel ihr auf, dass sie die Schwägerin gar nicht gefragt hatte, ob diese auch ihre Mutter hätte sprechen wollen.

»Sie hatte nicht viel Zeit«, beeilte sich Clara hinzuzufügen, »wollte aber hören, ob hier alles in Ordnung ist. Sie lässt dich herzlich grüßen.«

»Danke schön. Ach, ich hätte auch gern ihre Stimme gehört.«

»Ja, sie wollte dich auch noch sprechen, aber gerade, als ich dir Bescheid sagen wollte, musste sie Schluss machen, weil ihr nächster Reitschüler verfrüht gekommen war«, log Clara einfach drauflos.

»Also geht es ihr gut, und sie ist glücklich?«, vergewisserte sich Dorothea.

»Ja. Sie wird am nächsten Freitag nach Hause kommen und auch beim Empfang dabei sein«, fuhr Clara fort. »Dann kann sie uns alles in Ruhe erzählen.«

»Es ist aber auch eine ganz andere Welt, in der man heute lebt. Zu meiner Zeit war es nicht so einfach, nur mal eben zu Hause anzurufen und zu plaudern.« Dorothea schüttelte den Kopf. »Da konnte man höchstens nach ein paar Wochen auf einen Brief hoffen.«

»Der Fortschritt lässt sich nicht aufhalten«, gab Clara lächelnd zurück, als es in diesem Moment laut an der Tür klopfte. Noch bevor sie sich dorthin auf den Weg machen konnte, kam Hans eilig herbei und öffnete.

»Guten Tag«, vernahm sie nun eine vertraute Stimme. »Ist Clara …« mehr sagte Eva nicht, weil Hans die Tür so weit öffnete, dass die Besucherin in die Eingangshalle und damit auf Clara blicken konnte.

»Eva!«, rief Clara fröhlich. »Na, das ist ja eine Überraschung. Komm rein.«

Eva Spiller, die sich hier in Bernried als Freundin Claras ausgab, obwohl sie in Wahrheit ihre Schwester war, betrat das Gutshaus.

»Guten Tag, Frau von Falkenbach. Hallo Clara«, grüßte sie.

»Ach, Fräulein Eva, ich habe Ihnen doch schon mehrfach gesagt, dass Sie mich einfach Dorothea nennen sollen.«

»Das ist wirklich sehr nett. Vielen Dank, Dorothea.« Eva ging auf sie zu und knickste. Dann umarmte sie Clara und scherzte: »Dich zu umarmen wird auch immer schwerer.«

Clara lachte. »Und ich habe noch gute zwei Monate vor mir. Aber es ist schön, dass du gekommen bist. Musst du gar nicht arbeiten?«, fragte Clara.

Eva schüttelte den Kopf. »Ich habe für den Rest des Tages frei, weil es in der Schneiderei so warm ist, dass wir mit unseren feuchten Händen die Stoffe beschmutzen würden«, erklärte sie.

»Deshalb arbeiten wir vor allem frühmorgens, wenn es noch gut auszuhalten ist.«

»Das ist aber auch eine Hitze zurzeit«, stimmte Clara zu. »Wollen wir auf die Terrasse gehen?«, fragte Clara nun.

»Ja, gern.«

»Kommst du auch mit, Schwiegermama?«

Dorothea schüttelte den Kopf. »Nein. Ihr jungen Frauen solltet euch in aller Ruhe unterhalten können. Außerdem ist es mir draußen selbst im Schatten zu heiß.«

»Was darf ich zu trinken bringen lassen?«, fragte nun Hans, der das Gespräch der Frauen aus einiger Entfernung verfolgt hatte.

»Vielleicht eine Zitronenlimonade?«, schlug Clara vor. »Die erfrischt.«

»Ja, sehr gern«, stimmte Eva zu.

»Zitronenlimonade kommt sofort«, sagte Hans und machte sich sogleich in Richtung Küche auf.

»Komm.« Clara hakte sich bei Eva unter, und gemeinsam gingen sie durch das Wohnzimmer hinaus auf die Terrasse, wo sie sich die Stühle in den Schatten zogen und Platz nahmen.

»Wie geht es dir?« Clara sah ihre Schwester an und lächelte.

»Wunderbar«, schwärmte Eva sogleich, dann streckte sie ihre linke Hand vor, an der ein Ring mit einem geschliffenen Stein prangte. »Gernot hat mir einen Antrag gemacht«, vermeldete sie. »Ich bin verlobt!«

»Was?« Clara drückte sich hoch, und auch Eva erhob sich eilig. Die beiden fielen sich in die Arme und bewegten sich im Wiegeschritt hin und her. »Na endlich!«, entfuhr es Clara. »Ich dachte schon, das würde überhaupt nicht mehr passieren.«

Die beiden umarmten sich erneut, dann setzten sie sich wieder, weil in diesem Moment eines der Dienstmädchen mit der Limonade kam.

»Danke schön, Lene«, sagte Clara, worauf das Dienstmädchen knickste und sogleich wieder ging. Sie war noch recht neu im Hause der von Falkenbachs, weil die Aufgaben, die Resi inzwischen als Kindermädchen für Edith übernahm, mehr geworden waren.

Clara erhob ihr Glas und ließ es gegen Evas klingen. »Auf eure Verlobung!«

»Auf unsere Verlobung«, gab Eva breit lächelnd zurück. Das Glück stand ihr geradezu ins Gesicht geschrieben.

»Wie lange seid ihr nun schon ein Paar gewesen?«, fragte Clara. »Zwei Jahre doch bestimmt, oder?«

»Mehr sogar. Wir haben uns im April vor drei Jahren kennengelernt.«

»Na, dann wurde es aber auch wirklich langsam Zeit.« Clara trank noch einen Schluck.

»Nun ja, das lag zum Großteil an mir«, gestand Eva ein. »Du weißt ja, dass Gernot es mal weit bringen will. Stell dir vor, er ist gerade zum Rottenführer befördert worden.«

Clara hätte am liebsten die Augen verdreht, dass ihre eigene Schwester auch noch stolz darauf war, dass deren Verlobter nicht nur in der SS aufging, sondern auch noch darin aufgestiegen war. Doch das sagte sie nicht.

»Wie schön für ihn«, brachte Clara nur hervor und bemühte sich um ein Lächeln.

»Ja, nicht wahr? Und er will noch weiterkommen, am liebsten in die direkte Nähe des Führers«, fuhr Eva mit Begeisterung in der Stimme fort. »Doch genau da ist das Problem.«

»Welches Problem?«, fragte Clara.

»Gernot möchte natürlich sichergehen, dass der Stammbaum meiner Familie einwandfrei ist. Er will keine Überraschungen erleben, wie manch anderer es schon hatte. Nicht, dass da womöglich doch einige Generationen zuvor bei mir jüdisches Blut im Spiel war.«

Clara spürte Nervosität in sich aufsteigen.

»Aber du kannst ihm einen solchen Stammbaum nicht liefern.« Sie beugte sich weiter vor und flüsterte: »Du weißt genau, dass die Geburtsurkunden genau wie unsere Pässe gefälscht sind. Sie werden bei einer Trauung als echt durchgehen, genau wie bei mir damals. Doch wenn jemand tiefer gräbt, fliegen wir auf.«

»Ja, ich weiß.« Eva knetete nervös ihre Finger und blickte zu Boden. »Und deshalb habe ich mir auch überlegt, Gernot die Wahrheit zu sagen.«

»Was? Bist du wahnsinnig?«

Eva traten Tränen in die Augen. »Ich dachte mir schon, dass du so reagierst. Doch ich habe ja gar keine andere Wahl. Und ich bin sicher, er wird es verstehen. Es ging doch nur darum, uns vor Gisbert zu schützen und …«

»Nenn nie wieder diesen Namen!«, zischte Clara die Schwester an. »Niemals, hörst du? Wir kennen keinen Gisbert Leinemann und haben ihn nie gekannt. Und es gibt weder Annemarie noch Hildchen Leinemann, hast du mich verstanden?« Clara hatte das Gefühl, das Blut in ihren Adern pulsieren zu spüren.

Eva senkte den Blick, und es lösten sich ein paar Tränen aus ihren Augen.

»Und keinesfalls darfst du jemals irgendjemandem davon erzählen.«

»Aber Gernot würde es doch verstehen«, wagte Eva erneut einen schwachen Einwand.

»Gernot ist genau der Letzte, der es verstehen würde«, gab Clara zurück und sah kurz zur Terrassentür, weil sie fürchtete, jemand könnte sie hören.

»Warum sagst du das? Du kennst ihn doch überhaupt nicht.«

»Es geht nicht um Gernot selbst, sondern um das, was er vertritt«, entgegnete Clara so leise es ihr möglich war.

»Aber ihm geht es doch nur darum, ob es wirklich nirgendwo einen Juden in unserer Abstammung gibt und ...«

»Mein Gott, Eva! Ich habe getötet, um uns ein für alle Mal von diesem Widerling zu befreien. Ich habe einen Mann auf dem Gewissen und muss jeden Tag meines Lebens damit zurechtkommen. Und du jammerst mir hier etwas vor von wegen jüdischer Abstammung. Außerdem haben wir doch reines Blut. Bist du noch ganz bei Trost? Ich könnte hingerichtet werden für das, was ich getan habe.« Wieder sah Clara besorgt in Richtung Tür, doch dort war niemand, der ihnen zuhören konnte.

Eva hatte die Hände vors Gesicht geschlagen und weinte nun bitterlich.

»Und was soll ich ihm sagen? Wenn ich ihm den Beweis nicht bringe, wird er mich nicht heiraten.«

»Dann muss er es eben lassen«, gab Clara gereizt zurück.

»Aber ich will ihn heiraten«, widersprach Eva. »Ich will unbedingt seine Frau werden. Ich liebe ihn.«

»Und wenn er dich genauso liebt, dann nimmt er dich so, wie du bist«, hielt Clara dagegen.

Wieder schlug Eva die Hände vors Gesicht und schluchzte. »Ich habe dich damals nicht darum gebeten, einen neuen Namen zu bekommen und von Berlin wegzugehen. Du warst es, die alles entschieden hat, wie du immer alles für mich mitentschieden hast.«

»Wie bitte? Willst du mir unterstellen, dass ich nicht auch das Beste für dich getan hätte? Das ist jetzt hoffentlich nicht dein Ernst! Was hätten wir tun sollen? Warten, bis dieser Dreckskerl aus dem Gefängnis kommt und sich wieder eine von uns greift?«

»Wir hätten uns Hilfe holen können. Wir hätten …« Eva brach ab.

Eine Weile sagte keine von ihnen etwas. Clara war um Fassung bemüht und darum, das Gemisch aus Angst und Wut, das ihren Körper wie eine Welle ergriffen hatte, zu unterdrücken. Wie dumm konnte ihre Schwester nur sein, für diesen Gernot alles riskieren zu wollen, was Clara in jahrelanger Vorbereitung so mühsam für sie beide aufgebaut hatte. Clara atmete tief durch, dann sagte sie:

»Wenn du dich dazu hinreißen lässt, ihm die Wahrheit zu sagen, zerstörst du nicht nur dein, sondern auch mein Leben.«

»Aber das will ich doch nicht. Ich will doch nur glücklich sein, genau wie du es bist.« Eva sah sie mit Tränen in den Augen an. »Habe ich nicht auch das Recht auf Glück? Habe ich nicht auch das Recht, zu heiraten, Kinder zu bekommen und eine Familie zu haben?« Eva deutete über den Rasen. »Du hast hier alles. Du hast einen Mann, eine Tochter, du hast deine Schwiegereltern und Wilhelmine. Und ich habe nur Gernot und die paar Kolleginnen, mit denen ich mich manchmal treffe. Ich lebe allein in dieser kleinen Wohnung, und würde mir so sehr wünschen, auch ein kleines Häuschen zu haben und vor allem Kinder, die ich versorgen kann.« Eva rückte auf dem Stuhl nach vorn und fasste Claras Hände. »Ich will doch einfach nur glücklich sein. Verstehst du das denn nicht?«

»Doch, das verstehe ich«, antwortete Clara mit brüchiger Stimme. »Ich verstehe es sogar sehr gut. Aber findest du wirklich, dass du das Recht hast, mein Leben zu vernichten, in der Hoffnung, deines dann führen zu können?«

»Aber das wird doch gar nicht geschehen. Ich sage Gernot die Wahrheit, und er wird verstehen, warum wir Berlin den Rücken gekehrt und die falschen Namen angenommen haben.

Er wird es begreifen, ganz bestimmt. Und er wird uns nicht verraten. Schließlich liebt er mich doch.«

»Und die Tatsache, dass Gisbert tot ist?« Clara spürte bittere Galle in sich aufsteigen bei der Nennung dieses Namens. Wie sehr hatte sie gehofft, ihn niemals wieder aussprechen zu müssen.

»Das muss Gernot doch gar nicht erfahren«, antwortete Eva sofort. »Wir können ihm das mit den Namen sagen und mehr nicht. Und wenn er dann nachforschen will, dann wird er nur darauf stoßen, dass wir keinerlei jüdische Vorfahren haben.«

»Und du glaubst allen Ernstes, dass Gernot, wenn er unsere richtigen Namen kennt, nicht eins und eins zusammenzählt? Bist du wirklich so naiv?«

Eva antwortete nicht.

»Es gab hier in diesem kleinen Ort in den letzten Jahren genau einen mysteriösen Todesfall, einen Toten im See, der als ein Mann aus Berlin identifiziert wurde, der offenbar keinerlei Bezug zu jemandem hier hatte. Und nun willst du deinem SS-Verlobten unsere Nachnamen nennen, die rein zufällig mit dem des Toten übereinstimmen?« Clara schüttelte den Kopf. »Dann kannst du auch gleich ein Erschießungskommando für mich nach Gut Falkenbach bestellen.« Clara konnte nicht verhindern, dass trotz der Wärme eine Gänsehaut über ihren gesamten Körper lief und sie unkontrolliert zu zittern begann.

Wieder entstand eine Pause, und beide hingen ihren Gedanken nach. Eva berührte mit der rechten Hand ihren Verlobungsring und strich einige Male zärtlich darüber. Dann wischte sie ihre Tränen fort und blickte Clara an.

»Du hast recht«, erkannte Eva dann. »Ich werde Gernot sagen, dass wir niemals Juden in unserer Familie hatten. Und entweder, er glaubt es mir, und will mich auch ohne Nachweis heiraten, oder er ist wohl nicht der Richtige für mich.«

Clara stieß geräuschvoll die Luft aus. »Danke«, brachte sie dann hervor. »Danke, Eva.« Sie beugte sich, soweit es ihr Bauch zuließ, hinüber und umarmte ihre Schwester, die starr sitzen blieb. »Danke«, sagte sie erneut.

Eva bewegte sich einen Moment nicht, dann löste sie sich von Clara und stand auf. »Ich will dann mal wieder los. Gib Edith einen Kuss von mir.«

»Das mache ich. Sie ist oben bei Gustav. Willst du sie noch kurz sehen?«

Eva schüttelte den Kopf. »Nein, lass nur. Ich, ich möchte einfach jetzt fahren.«

»Verstehe«, sagte Clara, die fürchtete, dass sich soeben etwas an der Verbundenheit zwischen ihnen verändert hatte. Schweigend gingen sie durch die Terrassentür wieder hinein. Clara war erleichtert, dass auch Dorothea nicht im Wohnzimmer gesessen hatte, sodass wirklich niemand ihr Gespräch hatte mithören können.

Sie begleitete Eva hinaus, und als sie die Tür hinter ihr geschlossen hatte, blieb sie noch kurz daran angelehnt stehen. Clara war übel, und zwar so sehr, dass sie das Gefühl hatte, sich übergeben zu müssen. Sie schloss kurz die Augen und atmete mehrere Male tief durch. Erst dann machte sie sich auf den Weg nach oben, um mit Gustav und Edith zusammen zu sein. Eigentlich hatte sie nur das Telefonat führen und dann direkt wieder hinaufkommen wollen. Ob sie Gustav erzählen sollte, dass Eva da war und ihr von ihrer Verlobung berichtet hatte? Wenn es nun wegen der Umstände doch nicht zu einer Hochzeit kam, würde Gustav wahrscheinlich nach dem Warum fragen. Doch andererseits hatte auch Dorothea mitbekommen, dass Eva zu Besuch gewesen war, und es würde auf Gustav womöglich eigenartig wirken, wenn Clara ihm nichts sagte. Also entschied sie sich, ihn zu informieren. Dass Verlobungen gelöst wurden, war nun wirklich nichts so Besonderes. Und im Gegensatz zu allem anderen, was sie ihm verschwieg, war eine Erklärung hierfür zu finden nun wirklich ein Kinderspiel.

11. Kapitel

Früher war es für mich selbstverständlich, ehrlich zu sein. Denn niemals hätte ich geglaubt, dass Ehrlichkeit den Tod bedeuten könnte.

Gustav von Falkenbach

Gustav schloss nachdenklich das Fenster mit der linken Hand, während er auf seinem rechten Arm die kleine Edith hielt. Die Gedanken rauschten nur so durch seinen Kopf und noch immer versuchte er zu verstehen, was er soeben gehört hatte.

Er nahm Schritte auf dem Flur wahr, und kurz darauf öffnete Clara die Tür und kam ihnen lächelnd entgegen. »Da seid ihr ja«, stellte sie fest, breitete die Arme aus und nahm ihm Edith ab, der sie sogleich einen Kuss auf die Stirn gab.

»Wilhelmine hat angerufen. Ich soll dich herzlich grüßen. Und gerade kam überraschend Eva zu Besuch. Gernot hat ihr einen Antrag gemacht«, berichtete Clara sogleich.

Gustav nickte nur nachdenklich.

»Ist was mit dir?«, fragte Clara.

Gustav überlegte, wie er sich verhalten sollte. Sollte er seiner Frau sagen, dass er oben am Fenster gestanden und einiges von dem mitbekommen hatte, das Eva und sie unten auf der Terrasse besprochen hatten?

»Mit mir? Nein, überhaupt nichts.« Er hustete. »Ist wohl nur wegen des Rauchs, den ich bei dem Brand eingeatmet habe.«

Clara blickte ihn an, und er konnte sehen, dass sie ihm nicht glaubte. Einen Moment standen sie voreinander, ohne dass einer von ihnen etwas sagte. Dann fasste Gustav einen Entschluss: »Ich muss mit dir sprechen«, kündigte er an. »Wollen wir spazieren gehen?«

»Warum sprechen wir nicht hier?«, fragte Clara.

»Einfach so«, antwortete Gustav nur, nahm Clara die gemeinsame Tochter ab und ging aus dem Zimmer. Clara folgte ihm schweigend, und als sie die Treppe hinuntergestiegen waren, übergab Gustav dort Edith an Resi und teilte dieser mit, dass Clara und er für eine Weile unterwegs seien. Dann nahm er die Hand seiner Frau und die beiden verließen das Haus.

Sie schlugen zusammen den Weg in Richtung See ein, sprachen aber nicht, sondern gingen einfach nur nebeneinanderher. Es lag eine unangenehme Spannung in der Luft, und Gustav versuchte die richtigen Worte zu finden, um mit seiner Frau zu reden.

»Du hast uns gehört, oder?«, kam Clara ihm zuvor. Ihre Stimme klang rau, und sie vermied es, ihn anzusehen.

»Ja, das habe ich«, bestätigte Gustav, ohne ihre Hand loszulassen. Er war unsicher, wie er sich verhalten sollte. Es war ihm wichtig, dass sie spürte, ihm vertrauen zu können. Er war hier an ihrer Seite, ganz gleich, was sie getan hatte. Sie war seine Frau, und er würde zu ihr halten, auch wenn er noch nicht wirklich einschätzen konnte, was er von dem, das vom Gespräch zwischen Clara und Eva zu ihm heraufgedrungen war, halten sollte. Doch er hatte die Verzweiflung in Claras Stimme wahrnehmen können, als diese mit Eva gesprochen hatte. Verzweiflung und Angst.

»Was genau hast du gehört?«, fragte Clara tonlos und sah ihn kurz von der Seite an, nur um sogleich wieder wegzusehen, als er ihren Blick erwiderte.

»Fragst du, damit du weißt, inwieweit du weiter lügen musst, um dich zu rechtfertigen?«

Clara zog die Hand weg, blieb stehen und schlug sich die Hände vors Gesicht. Sie atmete mehrere Male tief durch, dann ließ sie die Hände wieder sinken.

»Ich werde Gut Falkenbach noch heute verlassen«, kündigte sie an. Gustav konnte sehen, dass sie gegen die aufsteigenden Tränen anzukämpfen hatte. »Es tut mir leid, dich belogen zu haben, und ich verstehe, wenn du mich den Behörden meldest. Doch sei so gut, und gib mir einen Vorsprung.« Sie hob den Kopf. »Edith werde ich mitnehmen. Da du mich belauscht hast, weißt du, wozu ich fähig bin. Wenn du versuchen solltest, mir meine Tochter zu nehmen, werde ich dich töten.« In Claras Blick lag etwas, das er noch nie zuvor darin gesehen hatte. Doch Gustav schreckte es nicht, denn mehr als Kälte spiegelte sich auch endlose Verzweiflung darin. Es war ganz eigenartig, doch trotz ihrer harten Worte fühlte er sich nicht angegriffen. Vielmehr spürte er, dass er jetzt da sein musste, für Clara, für sie beide. Und damit auch für ihre gemeinsame Tochter.

»Nein«, sagte er und schüttelte den Kopf, und es klang weder zurückweisend noch ärgerlich. Vielmehr hatte er etwas sehr Sanftes in seiner Stimme.

»Nein, du wirst Gut Falkenbach nicht verlassen, denn hier ist dein Zuhause. Deines, Ediths und das unseres ungeborenen Kindes.« Er machte noch einen Schritt auf sie zu und umarmte sie. Clara blieb stocksteif stehen. »Vertrau mir, Liebling. Vertrau mir, und wir werden einen Weg finden, wie ich dich schützen kann.«

Einen Moment rührte Clara sich nicht, dann bemerkte Gustav, wie ihre Schultern zu zucken begannen. Er zog seine Frau noch fester an sich und legte seine Hand auf ihren Hinterkopf, genau so, wie er es auch bei Edith tat, wenn diese weinte. So hielt er Clara, die nun ihre Arme um ihn schlang und bitterlich zu schluchzen begann. Es war, als fiele in diesem Augenblick so vieles von ihr ab, und auch wenn Gustav noch nicht abschätzen konnte, was genau dahintersteckte, so ahnte er doch in diesem Moment, dass es etwas Furchtbares sein musste, das seine Frau über viele Jahre mit sich herumgetragen hatte.

Gustav wusste nicht, wie lange sie so dastanden. Als sie ihre Umarmung lösten, sah er Clara an, nahm ihr Gesicht in seine Hände und küsste erst ihr linkes, dann ihr rechtes Auge und auch ihre Wangen. Zärtlich wischte er mit den Daumen die Tränen beiseite, dann zog er sein Taschentuch hervor und reichte es ihr. Behutsam führte er seine Frau zu der Bank, die nahe dem Anlegersteg schon seit vielen Jahren dort stand, und sie setzten sich. Clara weinte noch immer, nun jedoch still, und sie trocknete wieder und wieder ihre nicht enden wollenden Tränen mit seinem Tuch.

Gustav hatte die ganze Zeit seinen Arm um ihre Schulter gelegt, und als er spürte, dass sie sich einigermaßen beruhigte, beugte er sich zu ihr vor und gab ihr einen Kuss. Dann ließ er sich gegen die Rückenlehne sinken, und seine Frau rutschte noch näher heran und lehnte ihren Kopf an seine Brust. Wieder verging einige Zeit, in der keiner von ihnen beiden etwas sagte. Sie blickten einfach nur über den See.

»Mein richtiger Name ist Annemarie Leinemann. Und Eva Spiller heißt eigentlich Hildchen und ist meine Schwester«, begann Clara dann flüsternd.

»Ihr habt gar keine Ähnlichkeit, finde ich«, bemerkte Gustav ruhig.

»Wir haben die gleiche Mutter, aber verschiedene Väter«, gab Clara knapp Auskunft und fuhr dann fort:

»Mein Stiefvater hat mich über Jahre hinweg vergewaltigt, mich und Hildchen ebenso. Und er hat meine Mutter im Streit erschlagen und wurde zu vielen Jahren Haft verurteilt, weil Hildchen und ich vor Gericht gegen ihn ausgesagt haben.« Claras Stimme klang vollkommen tonlos.

»Er hat uns damals Rache geschworen, und ich wusste, dass es keine leere Drohung war. Deshalb habe ich, als ich das Geld dafür zusammenhatte, neue Geburtsurkunden und Pässe anfertigen lassen, und wir sind aus Berlin fortgegangen, um hier ein neues, ein sicheres Leben zu beginnen.«

»Deshalb wolltest du damals also schnell heiraten«, erkannte Gustav.

»Ja, das stimmt. Wären wir in Berlin geblieben, hätte er uns eines Tages gefunden.«

»Ich verstehe«, antwortete Gustav und scheute sich, die nächste Frage zu stellen. Doch er musste es tun, wollte er überhaupt über eine Zukunft mit Clara nachdenken.

»Also hast du mir nur etwas vorgemacht, ja?«, fragte er.

»Ja«, antwortete Clara. »Ich habe mich nur auf dich eingelassen, weil ich mitbekommen habe, dass du nicht aus Berlin kommst und nach deinem Studium hierher zurückkehren wolltest. Bernried und Berlin sind ein gutes Stück voneinander entfernt. Das schien mir ideal.«

»Ich verstehe«, sagte Gustav erneut, weil er nicht wusste, wie er auf dieses Bekenntnis reagieren sollte.

»Ich wollte mich nie in dich verlieben. Nach allem, was ich erlebt hatte, war ich sicher, niemals jemanden lieben zu können«, fuhr Clara fort. Dann lehnte sie ihren Kopf noch fester an ihn. »Doch dann ist etwas geschehen, was ich nie eingeplant habe und womit ich nicht rechnen konnte: Ich habe mich in dich verliebt.« Sie hob den Kopf ein wenig und sah ihn an. »Ich habe mich über die Maßen in dich verliebt, Gustav. Und ich konnte selbst nicht einmal damit umgehen, war sogar unfreundlich und teils gemein zu dir, weil ich es nicht wahrhaben wollte, weil ich niemals geglaubt hätte, etwas, so etwas fühlen zu können.« Sie lehnte den Kopf wieder an. »Richtig wütend hat es mich gemacht«, fügte sie hinzu und schüttelte den Kopf. »Ich habe dich von Anfang an belogen, und ich verstehe nur zu gut, wenn du mich dafür nun, da ich es dir gestehe, hassen musst. Doch ich habe keine Lust mehr zu lügen. Ich bin es einfach leid.« Sie atmete seufzend aus.

»Also sind deine Gefühle für mich heute echt?«

»Ja, Gustav, das sind sie«, antwortete Clara sogleich. »Ich liebe dich über alles. Dich und unsere Edith. Und ich liebe schon jetzt unser weiteres Kind, das ich in mir trage.« Sie suchte seinen Blick. Ein schwaches Lächeln huschte über ihre Lippen. »Doch ich habe nicht nur in Bezug auf meinen Namen und meine damaligen Gefühle dir gegenüber gelogen«, sagte sie nun und lehnte sich wieder an. »Ich habe etwas weit Schlimmeres getan«, kündigte sie an und starrte auf den See. »Ich habe ihn getötet, Gustav.«

Gustav schluckte. »Wen hast du getötet?« Eine Gänsehaut überlief seinen Körper, doch das wollte er Clara nicht spüren lassen.

»Ihn. Meinen Stiefvater.« Sie hob die Hand und deutete auf den See. »Erinnerst du dich, dass man vor drei oder dreieinhalb Jahren eine Leiche aus dem See geborgen hat?«

Gustav nickte nur.

»Das war er. Gisbert Leinemann.«

Gustav versuchte das Gehörte zu verstehen. »Moment«, bat er. »Du sagtest doch, er wäre im Gefängnis?«

»Ja, das stimmt. Doch er wurde entlassen.« Clara schüttelte den Kopf. »Ich weiß bis heute nicht, wie er Hildchen und mich hier aufgespürt hat. Doch eines Tages war er wieder da.«

»Hat er dich hier auch …« Gustav brach ab.

»Nein.« Clara schüttelte den Kopf. »So weit ist es nicht gekommen. Er hat mir aufgelauert und mich beobachtet.« Wieder sah sie ihn an. »Erinnerst du dich noch an das Sommerfest am See? Bei dem Martin, du, Wilhelmine, Elisabeth, Eva und ich waren?«

Gustav nickte. »Natürlich. An dem Abend hat mein Vater das Foto von uns gemacht, auf der Treppe im Gutshaus, das im Album ist.«

»Genau«, stimmte Clara zu. »Davor war es nur ein Gefühl gewesen. Doch an dem Abend habe ich ihn gesehen. Mein Stiefvater hat ein Stück entfernt gestanden, doch er hat mir genau ins Gesicht gesehen. Da wusste ich, dass ich mich die Zeit zuvor nicht geirrt hatte, sondern dass er wieder da war.« Sie schluckte. »Und ich wusste, dass er mich umbringen würde, wenn er die Gelegenheit dazu bekäme. Mich und Hildchen ebenso.«

Gustav zog sie noch fester an sich. »Es tut mir so leid, was du durchmachen musstest.« Er hielt sie im Arm. »Willst du mir erzählen, was danach geschehen ist?«

Clara nahm das Taschentuch und wischte die letzten Tränen ab. Dann veränderte sie ihre Position. Eben noch an Gustav gelehnt, setzte sie sich nun gerade hin, ließ ihre Augen über den See schweifen, beugte sich dann vor und legte ihre Ellbogen auf die Oberschenkel, während sie ihre Hände wie zum Gebet ineinander verschlang.

»Es wäre wahrscheinlich angebracht, ab jetzt wieder zu lügen«, begann sie. »Einfach, damit du nicht das Bild von mir bekommst, das du unweigerlich bekommen wirst.« Sie drehte sich zu ihm um, blickte dann aber wieder geradeaus.

Gustav antwortete nicht, ließ ihr einfach nur die Zeit, die sie brauchte. Es war schon eigenartig, denn bei all dem Schrecken und den Lügen, von denen seine Frau ihm berichtete, kam es ihm vor, als wären sie sich nie zuvor so nah gewesen wie in diesem Augenblick. Nicht einmal, als er die gemeinsame Tochter auf die Welt geholt hatte. Denn das hier war nichts, was mit Gefühl zu tun hatte, sondern der ehrliche Umgang zweier erwachsener Menschen mit einer Verzweiflung, die vielleicht wirklich nur dann zu tragen und zu ertragen war, wenn man sie teilte.

Gustav setzte sich genau wie Clara weiter vor, doch statt seine Hände genau wie sie die ihren zu verschränken, legte er seinen Arm wieder um ihre Schultern.

»Ich hatte es geplant«, gestand Clara nun mit rauer Stimme. »Ich habe mich absichtlich während meiner Pausen dort unten am Steg aufgehalten, weil ich wollte, dass er sich mir dort eines Tages zu erkennen gibt, wenn er glaubt, unbeobachtet zu sein.«

Gustav überkam erneut eine Gänsehaut.

»Und so war es dann auch?«

Clara nickte. »Ich saß dort unten auf dem Steg, als er sich an mich heranschlich. Es war ganz eigenartig. Denn obwohl ich damit gerechnet habe, hat er es dennoch geschafft, mich zu überraschen.«

»Und was ist dann geschehen?«

»Er kam von hinten. Als ich seiner gewahr wurde, habe ich ihm gedroht, dass, wenn er nicht geht und Hildchen und mich ein für alle Mal in Ruhe ließe, ich ihn umbringen würde.«

»Doch er ging nicht, richtig?«

Clara schüttelte den Kopf. »Nein.« Sie sah Gustav an. »Ich hatte eine Spritze dabei.« Sie sah ihn von der Seite an. »Mit zwanzig Milliliter Curare darin.«

»Curare?«, echote Gustav und spürte, dass ihm trotz der sommerlichen Temperaturen eiskalt wurde. »Woher hattest du …?«, er brachte die Frage nicht zu Ende, denn er konnte es sich in diesem Moment selbst denken. Clara hatte sich das Nervengift über eines seiner Rezepte besorgt. Kurz war da das Gefühl, dass sie damit auch ihn in Gefahr gebracht hatte, war Curare doch nichts, was man in der Praxis vorrätig hatte wie Penicillin. Doch da das alles nun Jahre zurücklag und niemand deshalb bei ihm vorstellig geworden war, um ihn zur Rechenschaft zu ziehen, machte es keinen Sinn, Clara im Nachhinein noch Vorhaltungen deswegen zu machen. Vielmehr war das gerade erst neu geschaffene Vertrauen zwischen ihnen noch überaus fragil, und Gustav wollte nicht riskieren, jetzt etwas zu sagen, was dies zunichtemachen könnte.

»Was ist dann geschehen?«, fragte er nun.

»Er hat mich ausgelacht«, antwortete Clara, und Gustav sah, wie sich die Härchen an ihren Armen aufstellten. Sie schüttelte sich. »Er hat gesagt, dass wir uns doch noch angemessen voneinander verabschieden müssten.« Wieder schüttelte sie sich.

»Er wollte dich erneut vergewaltigen?«

Clara nickte. »Er hat mich gepackt und meine Hand verdreht, sodass mir die Spritze heruntergefallen ist. Dann hat er meine Bluse zerrissen, seine Lippen auf meinen Mund gepresst und mich vom Steg hinunter in Richtung Büsche gedrängt.«

»Mein Gott!«, entfuhr es Gustav. »Konntest du die Spritze noch greifen?«

Clara schüttelte den Kopf. »Nein. Doch Irma kam mir zu Hilfe.«

»Irma?«, fragte Gustav überrascht. »Irma war da?«

Clara nickte. »Sie und auch Elisabeth.« Clara starrte wieder auf den See.

»Sie haben mir zu helfen versucht, doch Gisbert hat Elisabeth und mich gepackt und zum See gezerrt. Er hat uns beide unter Wasser gedrückt.«

Gustav spürte ein Gemisch aus Angst und Wut in sich aufsteigen. Er kannte noch nicht das Ende der Geschichte, und aufgrund dessen, dass alle drei Frauen gesund und am Leben waren und Clara ihm bereits gesagt hatte, dass ihr Stiefvater tot war, wusste er im Grunde, was geschehen war. Doch Claras Schilderung hatte ihn bis ins Mark erschüttert, und fast konnte er die Angst, die die Frauen gehabt haben mussten, selbst körperlich spüren.

»Und dann?«

»Er hat uns losgelassen, Elisabeth und mich, und wir sind wieder an die Oberfläche gekommen. Ich sah, wie er taumelte, und war zunächst selbst nicht sicher, was geschehen war. Dann sah ich die Spritze in Irmas Hand. Sie hatte ihm das gesamte Curare in den Hals gespritzt.« Clara wischte sich über die Augen. »Ich sehe noch heute Irmas Blick vor mir, wie sie mich angesehen hat, als könne sie selbst nicht verstehen, was sie soeben getan hatte.«

»Also hat sie die Spritze aufgehoben und ihm in den Hals gestoßen?«

Clara nickte. »Doch ich allein bin für seinen Tod verantwortlich. Ich und niemand sonst.«

Gustav räusperte sich. »Er allein ist für seinen Tod verantwortlich«, stellte er fest und nahm selbst wahr, dass etwas Kaltes, Fremdes in seiner Stimme lag. Einen solchen Hass, wie er in diesem Moment empfand, hatte er noch nie in sich verspürt. Und wie er nun Claras Schilderungen lauschte, war da einzig das Gefühl des Bedauerns, dass er nicht selbst da gewesen war, um diesen Kerl mit seinen Fäusten totzuprügeln.

»Es tut mir so leid, was du durchmachen musstest«, sagte er sanft zu Clara, worauf sie ihn ansah.

»Das ist alles, was du dazu sagst, dass ich vorsätzlich einen Menschen ermordet habe?«

»Ja, das sage ich dazu. Und dass ich froh bin, dass er tot ist und dir nie wieder Leid zufügen kann.«

Clara ließ ihren Blick auf ihm ruhen, dann blickte sie wieder über den See.

»Wir haben ihn dann mit dem Boot rausgebracht und ins Wasser geworfen. Und einige Monate später wurde er in Tutzing angespült.«

Gustav zog Clara an sich. »Es tut mir unendlich leid.« Er strich ihr zärtlich über den Rücken. »Und Irma und Elisabeth? Haben sie keine Fragen gestellt, wer er war?«

»Irma wusste, wer er war«, antwortete Clara tonlos. »Ich habe es ihr gesagt. Auch, dass er mir auflauert. Doch sie dachte nur, dass ich ihn zur Rede stellen wollte und ihn überraschen, indem ich ihn damit konfrontierte, mir nachzustellen. Bis dann alles kam, wie es kam.«

»Und Elisabeth?«

Clara schüttelte den Kopf. »Sie weiß nicht, wer er war. Sie denkt wohl bis heute, dass er irgendein Landstreicher war, der mich überfallen hat und mir Gewalt antun wollte, bis Irma und sie mir zu Hilfe kamen.«

»Bei Irma wundert es mich nicht, dass sie dir geholfen und alles für sich behalten hat«, erwiderte Gustav nun. »Du weißt, wie verbunden wir einander einmal waren. Ich hoffe, du fasst es nicht falsch auf, wenn ich dir sage, dass sie ein ganz außergewöhnlich guter Mensch ist und es in ihrem Wesen liegt, sich für andere einzusetzen.«

»Keine Sorge«, gab Clara zurück. »Ich bin nicht eifersüchtig, wenn du so von ihr sprichst.« Sie sah Gustav an. »Ich habe ihr mehr zu verdanken als irgendjemandem sonst auf dieser Welt. Es gibt nichts Gutes, was du über sie sagen kannst, das ich nicht unterschreiben würde. Sie hat was Besseres verdient als Leopold. Sie hätte dich verdient. Doch ich bin froh, dass sie sich damals falsch und damit gegen dich entschieden hat.«

»Ich auch«, gab Gustav liebevoll zurück und strich Clara zärtlich über die Wange. »Denn ich würde keine andere Frau wollen als dich.«

Clara lächelte schwach. »Trotz meiner Lügen und allem, was ich dir nun erzählt habe?«

»Na, sicher. Du hast mir vertraut, und ich glaube sogar, dass wir uns dadurch noch einmal nähergekommen sind.«

Clara kamen erneut die Tränen. Gustav schien es, als fiele eine schier unendlich schwere Last von ihren Schultern, als sie sich an ihn lehnte und still weinte.

»Ich muss dir auch etwas sagen«, sprach er nach einer Weile aus, worauf Clara ihn fragend ansah.

»Ach ja?«

»Ja.« Gustav nickte. »Der Brand in der Klinik, das war ich.«

»Was meinst du damit, das warst du?«, fragte Clara und legte den Kopf schräg.

»Ich habe das Feuer gelegt, weil ich für Ablenkung sorgen wollte, um Hans seinen Eltern zurückzugeben.«

Clara kniff die Augen zusammen. »Wie meinst du das, um ihn seinen Eltern zurückzugeben?«

»Vertrauen gegen Vertrauen, Clara. So sollten wir es in Zukunft handhaben«, stellte er fest und begann dann das zu erzählen, was er seit Wochen in Eglfing-Haar vorbereitet hatte. Und es tat ihm unendlich gut, alles rauslassen zu können und sein Geheimnis nicht länger nur für sich behalten zu müssen. Doch nicht nur das. Er wollte, dass sie wusste, was er getan hatte, denn auch wenn ihn genau diese Tat den Kopf kosten könnte, war er doch sicher, dass sie genau eines war: das einzig Richtige, was er hatte tun können.

12. Kapitel

Es ist ein Stück Freiheit, dass ich hier in München leben kann. Doch ich weiß, dass das Eis, auf dem ich mich zu bewegen versuche, sehr dünn ist.

Wilhelmine von Falkenbach

Wilhelmine sah in den Spiegel, nahm ihre Bürste und fuhr damit noch einige Male durch ihre blonden Locken. Sie würde in den nächsten Tagen hier in München zu einem Friseur gehen und ihre Haare noch kürzer schneiden lassen. Anders als so viele Frauen ihres Alters, die ihre Haare lang wachsen ließen und diese dann oft streng nach hinten banden, hatte Wilhelmine auf eine solche Frisur überhaupt keine Lust. Sie trug auch keine Kleider, sondern Hosen und legte keinen Schmuck an. Wilhelmine hatte kein Vorbild wie beispielsweise eine Schauspielerin oder eine andere Berühmtheit, der sie nachzueifern versuchte. Sie war einfach nur Wilhelmine, die sich nicht darum scherte, wie andere ihre Haare trugen, sich ausdrückten oder welche Vorstellungen diese von einem Mann oder ihrem künftigen Leben hatten. Es war schon eigenartig, doch in dieser herausfordernden, ja, brutalen und rücksichtslosen Zeit hatte Wilhelmine vor allem eines gelernt: sie selbst zu sein. Ja, sie war mit ihren sechsundzwanzig

Jahren bei sich selbst angekommen. Und darüber war sie froh. Einzig musste sie fürchten, ob ihre Weigerung, sich den bestehenden Regeln zu fügen, sie nicht in Schwierigkeiten brachte. Doch sie spürte, dass für sie eine Zeit des Aufbruchs gekommen war und ein Umkehren keine Option.

Nach dem Telefonat vorhin mit ihrer Schwägerin, das sie vom unteren Flur aus geführt hatte, da sich dort der einzige Telefonapparat des Hauses befand, war sie wieder in ihre Wohnung gegangen und hatte nicht recht etwas mit sich anzufangen gewusst.

Wäre sie zu Hause auf Gut Falkenbach, hätte sie um diese Zeit bereits mehrere Stunden Ausritt hinter sich, doch hier in München war einfach alles anders. Das Haus, in dem sie wohnte, war vielleicht halb so groß wie das Gutshaus von Falkenbach und bestand dennoch aus vier Wohnungen. Im Erdgeschoss lebte ihre Vermieterin Frau Oberbauer, eine Witwe, deren Mann ebenso wie ihr Sohn im Großen Krieg geblieben war, und in der weiteren Wohnung auf der Ebene Frau Reidel zusammen mit deren erwachsenem Sohn, der offenbar recht krank zu sein schien. Woran er litt, wusste Wilhelmine nicht, und sie hätte auch nie danach gefragt, einfach weil es sie nichts anging. Im Obergeschoss hatte auf der rechten Seite, wenn man die Treppe heraufkam, Wilhelmine ihre Unterkunft. Ihr gegenüber wohnte ein kinderloses Ehepaar, Mechthild und Oskar Warneck, die Wilhelmine beide etwa auf Ende dreißig schätzte. Weshalb Oskar Warneck keinen Kriegsdienst leisten musste, entzog sich Wilhelmines Kenntnis. Sie hatte sich den beiden lediglich bei ihrem Einzug kurz vorgestellt, und Wilhelmine hatte den abschätzigen Blick der Frau bemerkt, als sie gesagt hatte, dass sie allein in der Wohnung leben würde. Noch vor ein oder zwei Jahren hätte sich Wilhelmine wegen der unfreundlichen Art, mit der ihre neue Nachbarin sie behandelt hatte, vermutlich Gedanken gemacht. Doch das war heute anders. Was scherte es sie, ob Mechthild Warneck nun eifersüchtig war, weil sie fürchtete, ihr Mann, der Wilhelmine überaus freundlich begrüßt hatte, wäre womöglich an dieser interessiert oder ob sie einfach fand, junge Frauen sollten nicht allein leben und damit die Ansicht Dorotheas teilte. All dies war Wilhelmine einerlei. Sollte sie doch denken, was sie wollte. Sie hatte ohnehin nicht vor, hier in München Wurzeln zu schlagen, und freute sich schon jetzt, wenn sie Ende nächster Woche mit ihrem neuen Auto nach Hause fahren und wenigstens wieder einige Tage auf Gut Falkenbach verbringen würde. Denn sosehr sie auch frei sein wollte und sich früher durchaus hätte vorstellen können, Gut Falkenbach zumindest für längere Zeit den Rücken zu kehren, solange sie wusste, dass ihre Pferde auch ohne sie gut versorgt waren, hatte sich diese Überzeugung in den gerade mal drei Tagen, die sie nun hier war, bereits geändert. Wilhelmine spürte mit jeder Faser ihres Körpers, dass es keinen anderen Ort auf der Welt gab, den sie jemals als ihr Zuhause bezeichnen könnte, als Gut Falkenbach. Auch wenn sie es im Alltäglichen nicht immer wahrnahm, so liebte sie doch alles dort so sehr, dass sie das Gefühl hatte, nur auf Gut Falkenbach wirklich richtig leben zu können. Sie war genauso mit diesem Stückchen Erde verwurzelt wie die jahrhundertealten Bäume, deren Wurzelwerk sich unter der Erde über das gesamte Areal erstreckten und so den Bäumen die Kraft zum Wachsen gaben. Es war ihre Heimat, es war ihr Zuhause, und auch wenn sie sich zumindest zurzeit nicht vorstellen konnte, eines Tages einem Mann zu begegnen, den sie heiraten und mit ihm Kinder bekommen wollte, so wusste sie doch, dass auf Gut Falkenbach ihre Familie sein würde. Und wenn es auch so kommen sollte, dass sie irgendwann alt und grau und noch immer unverheiratet war und ihre kleine Nichte Edith diejenige sein würde, die den Fortbestand Gut Falkenbachs sicherte, Wilhelmine würde dort ihr Leben verbringen. Schon jetzt freute sie sich darauf, wenn sie ihre Sachen packen und wieder dorthin zurückziehen würde, und das mit dem Gefühl, in der kurzen Zeit hier in München viel über sich selbst gelernt zu haben.

Am liebsten wäre sie sogar noch heute dorthin aufgebrochen, um zumindest das Wochenende dort verbringen zu können, doch das wäre ihr albern vorgekommen. Schließlich würde sie am Montagmorgen wieder in der Reitschule antreten müssen. Außerdem war sie heute mit Wolfgang, der von allen nur Wolfi genannt wurde, verabredet, der ebenfalls als Reitlehrer tätig war und der ihr ein wenig München zeigen wollte. Es war keine romantische Verabredung, zumindest nicht von ihrer Seite aus. Wolfgang war ein netter Kollege, mehr jedoch nicht. Doch er brachte ihr ein wenig Ablenkung, worüber sie froh war, hatte sie doch im Grunde heute, da sie nicht arbeiten musste, so gar keine Beschäftigung gehabt. Genau genommen hatte sie bis auf das Telefonat mit Clara heute noch mit niemandem richtig gesprochen. Auch das war etwas, was sie nicht kannte. Auf Gut Falkenbach war immer irgendjemand. Deshalb hatte sie vorhin ihre Vermieterin Frau Oberbauer gefragt, ob sie das Telefon benutzen dürfte, worauf diese sogleich zugestimmt hatte mit der Bemerkung, dass Wilhelmines Vater ihr versichert hatte, für alles aufzukommen, was seine Tochter in München brauchte. Von Privatsphäre hielt Frau Oberbauer jedoch nichts, hatte Wilhelmine doch bemerkt, dass diese ihre Wohnungstür geöffnet hatte und hinter der angelehnten Tür stehen geblieben war, um zu lauschen, was gesprochen wurde.

Im Grunde konnte es Wilhelmine egal sein, hätte sie doch mit Clara ohnehin keine Geheimnisse am Telefon ausgetauscht. Und das schon deshalb nicht, weil ihr Vater ihr schon vor einer Weile gesagt hatte, sicher zu sein, dass die Telefone Gut Falkenbachs abgehört wurden. Wilhelmine hatte es erschreckt, mit welchem Gleichmut Paul-Friedrich es ihr gegenüber erwähnt hatte, war sie doch stets davon ausgegangen, dass dieser sich etwas Derartiges nicht bieten lassen würde. Doch letztendlich war Wilhelmine klar geworden, dass unter diesem Regime immer mit Übergriffen zu rechnen war. Sie alle waren Gefangene in ihrem eigenen Land und lebten unter dem Joch eines Wahnsinnigen, dessen Anhänger keine Grenzen kannten. Und wenn Wilhelmine es richtig einschätzte, dann glaubte sie, dass auch ihr Vater schon vor einer ganzen Weile umgedacht hatte und letztendlich nur die Fäden für sich und seine Familie spann, jedoch in seinem tiefsten Innern Hitler und seinesgleichen genauso verachtete wie sie oder auch Martin es getan hatte. Ihr Vater ging nur mit sehr viel mehr Bedacht und Klugheit vor. Diese Erkenntnis hatte Wilhelmines Bindung zum Vater noch einmal verstärkt, und sie glaubte, dass dieser sich genau wie sie auf den Tag freute, wenn in Deutschland endlich Demokratie herrschte und diese lebens- und menschenverachtende Nazi-Diktatur endete, die nichts als Unterdrückung, Demütigung und Tod brachte.

Wilhelmine sah auf die Uhr – noch immer nicht halb acht. Sie seufzte. So etwas wie Langeweile hatte sie auf Gut Falkenbach nicht gekannt, ganz im Gegenteil schien dort immer schon die nächste Aufgabe auf sie zu warten, wenn sie mit der vorherigen noch nicht einmal fertig war.

Sie öffnete das Fenster und setzte sich in den Rahmen, um das Treiben auf der Straße zu beobachten, und dachte an das Telefonat mit Clara und daran, was diese ihr von Gustav und dem Brand erzählt hatte, der sich in der Klinik in Eglfing-Haar ereignet hatte. Soweit Gustav es Clara geschildert hatte, gab es wohl einige, die zu viel Rauch eingeatmet hatten, doch ernsthaft verletzt worden war offenbar niemand. Ein Glück, wie Wilhelmine fand, mochte sie doch nicht einmal darüber nachdenken, was Gustav und den vielen Patienten in der Klinik und natürlich auch dem anderen Personal hätte geschehen können, wenn das Feuer nicht rechtzeitig entdeckt worden wäre oder nicht schnell genug hätte gelöscht werden können. So war jedoch lediglich ein erheblicher Sachschaden entstanden, wie Clara ihr sagte, die Menschen dort jedoch waren bis auf einige kleinere Blessuren unverletzt geblieben.

Ausgerechnet jetzt musste so etwas geschehen, wo sie hier in München und nicht zu Hause war. Wie schön wäre es gewesen, wenn sie mehr Zeit mit Gustav hätte verbringen können als stets nur die kurzen Momente, wenn er spät am Donnerstagabend, manchmal auch erst in der Nacht von Donnerstag auf Freitag heimkam und am Montagmorgen, noch bevor der Rest des Hauses erwachte, wieder fuhr. Erneut seufzte Wilhelmine, dann mahnte sie sich zur Ordnung. Was war nur los mit ihr, dass sie hier so herumsaß und offenbar gar nichts mit sich anzufangen wusste?

Ein Pfiff ertönte, und sie sah hinunter auf die Straße. Wolfgang stand dort unten und blickte zu ihr herauf.

»Oh«, machte Wilhelmine und klopfte auf ihre Uhr, weil sie glaubte, dass diese womöglich stehen geblieben war.

»Soll ich noch dreimal um den Block gehen, oder hast du auch jetzt schon Zeit?«, rief Wolfgang zu ihr herauf.

Wilhelmine lachte. »Ich habe auch jetzt schon Zeit!«, rief sie zurück. »Ich komme runter.«

Wolfgang lächelte und nickte, worauf Wilhelmine eilig das Fenster schloss, ihre Strickjacke griff, einen letzten Blick in den Spiegel warf und dann hinausging. Sie drehte den Schlüssel zweimal im Schloss, hob den Papierschnipsel auf, der unten vor der Tür lag, und steckte diesen zwischen Tür und Rahmen. Das hatte sie von Anfang an gemacht, weil sie sichergehen wollte, dass niemand sich Zutritt zu ihrer Wohnung verschaffte, wenn sie nicht da war. Oder wenn doch, dann wollte sie es zumindest wissen.

»Da bin ich«, stellte sie fest, als sie vor das Haus trat, und ließ sich von Wolfgang einen angedeuteten Kuss auf die Wange geben.

»Ja, da bist du«, lachte er auf. »Ich weiß, es wirkt nicht gerade besonders lässig, dass ich vor deinem Haus auf und ab gehe, bis es endlich Zeit für unser Treffen ist. Doch ich hatte nichts mehr zu tun, also bin ich einfach losmarschiert. Nicht gerade das, was ein junger Mann einem Fräulein gestehen sollte, was?«

»Also ich habe heute den ganzen Tag so gut wie nichts zu erledigen gehabt und mich darauf gefreut, wenn es endlich so weit ist und du mich abholen kannst«, gab Wilhelmine zurück. »Dann bin ich wohl ebenso wenig lässig wie du, was?«

Die beiden lachten sich an.

»Also dann, Fräulein von Falkenbach«, sagte Wolfgang und hielt ihr den Arm hin, sodass sie sich bei ihm einhakte. »Ihre Führung der schönsten Orte Münchens beginnt genau in diesem Augenblick.«

»Herzlichen Dank, Herr Roth«, erwiderte Wilhelmine und nickte ihm zu. »Ich freue mich sehr auf die Stadtführung.«

Wieder lachten beide, und Wilhelmine spürte ein warmes Gefühl in sich aufsteigen. Wolfgang Roth mochte nicht der Typ Mann sein, der ihr gefiel. Doch was seinen Humor anging, da schien er ein Volltreffer für sie zu sein. Und sie freute sich nun noch mehr als zuvor auf die gemeinsamen Stunden, die sie an diesem Abend zusammen verbringen würden.

Von Wilhelmines Wohnung aus, die sich in der Adalbertstraße befand, ließen sie die Ludwig-Maximilians-Universität rechts liegen und querten die Ludwigstraße. Danach spazierten sie durch den Englischen Garten bis zum bekannten Chinesischen Turm. Von dort aus gingen sie in südwestlicher Richtung durch den Englischen Garten bis zum Hofgarten und besuchten dort den Dianatempel, ein schöner, mit acht offenen und vier geschlossenen Rundbogenarkaden versehener Pavillon. Sodann führte Wolfgang sie zu einem der berühmtesten Wahrzeichen Münchens, der Frauenkirche mit ihren zwei Türmen und den markanten Hauben. Schließlich schlenderten sie durch die umliegende Altstadt bis zum *Hofbräuhaus.* Währenddessen plauderten sie, und als sie das Wirtshaus erreichten, fragte Wolfgang, ob er Wilhelmine zum Essen einladen dürfte.

»Das wäre ganz wunderbar«, stimmte Wilhelmine zu. »Aber wir können die Rechnung auch teilen. Schließlich weiß ich, was du in der Reitschule verdienst.«

»Fräulein von Falkenbach«, begann Wolfgang in ernstem Tonfall. »Sie mögen ja dem alten Adel dieses Landes angehören, und mein bescheidenes Salär aus der Reitschule dürfte weit unter Ihrem Niveau sein. Doch keinesfalls würde ich zulassen, dass Sie diejenige sind, die ein einfaches Mahl zu bezahlen hat. Welch eine Beleidigung! Lieber wasche ich die Teller.«

Wilhelmine lachte heiter auf. »Nun gut, Herr Roth, da ich Sie natürlich keinesfalls beleidigen möchte«, spielte Wilhelmine in gleichem Tonfall mit, »erlaube ich Ihnen, mich für heute einzuladen. Doch beim nächsten Mal bezahle ich. Sonst muss ich leider eine weitere Verabredung ablehnen.«

»Beim nächsten Mal? Wir gehen noch mal zusammen aus?« Er strahlte sie an. »Also wenn das die Bedingung ist, dann lass ich dich gern die Rechnung übernehmen.«

»Gut«, meinte Wilhelmine und hakte sich noch fester unter. »Dann heute du und nächstes Mal ich«, entschied sie.

Sie betraten das Restaurant, und Wolfgang bat um einen Tisch für zwei Personen, worauf der Kellner nur sagte, sie sollten sich einfach hinsetzen, wo Platz ist.

»Und hinten im Biergarten?«, fragte Wolfgang.

»Setzt euch hin, wo ihr wollt«, gab der Kellner schulterzuckend zurück und bahnte sich dann seinen Weg zu den hinteren Tischen.

Wolfgang sah Wilhelmine kurz an, nahm dann ihre Hand und zog sie hinter sich durch den Mittelgang nach draußen, wo fast alle Tische besetzt waren.

»Dort hinten?«, fragte Wolfgang und deutete auf einen Sechsertisch in der Nähe der Hecken, die den Bereich zum Nachbargrundstück begrenzten. Wilhelmine nickte lächelnd, dann folgte sie Wolfgang in den Innenhof.

»Es ist schön hier«, stellte sie fest, als sie sich gesetzt hatten.

»Ich bin öfter mal hier«, sagte Wolfgang. »Man muss zwar nicht damit rechnen, dass die Kellner einem mit überbordender Freundlichkeit begegnen, doch es ist nett, und das Essen schmeckt gut.«

Wilhelmine sah sich noch einmal um, dann kam bereits eine Bedienung an den Tisch.

»Grüß Gott, was darf ich bringen?«

»Trinkst du Bier?«, fragte Wolfgang, worauf Wilhelmine den Kopf schüttelte.

»Eine Weinschorle wäre gut«, meinte sie.

»In Ordnung. Also ein Dunkles, eine Schorle und Semmelknödel?«

Wolfgang sah Wilhelmine fragend an, die sogleich nickte. Zwar fand sie es eigenartig, nur Semmelknödel zu bestellen, da sie diese nur als Beilage kannte, doch das wollte sie Wolfgang nicht sagen. Sie wusste ja, dass sie durch das exklusive Leben, das sie führte, und die Kreise, in denen sie aufgewachsen war und verkehrte, nicht gerade dem Durchschnitt der Bevölkerung entsprach. Und sie hatte einen riesigen Spaß daran, auf diese Weise mit dem Strom zu schwimmen und endlich mal all die Sachen machen zu können, von denen sie in Bernried so unglaublich weit entfernt zu sein schien.

»Also, die Getränke und zweimal Semmelknödel«, bestellte Wolfgang, worauf die Kellnerin nur »Passt« sagte und sogleich davonging.

Wilhelmine sah Wolfgang an, in dessen Blick nun etwas Eigenartiges lag.

»Was ist?«, fragte sie.

»Ach nichts«, antwortete er.

Sie sah ihn prüfend an. »Du hast doch was?«

»Ich habe mich seit vorgestern, als wir uns in der Reitschule wiedergetroffen haben, gefragt, ob du dich überhaupt noch an mich erinnerst.«

»Ich mich an dich erinnern?«, fragte Wilhelmine und legte ihre Stirn in Falten. »Wieso, sind wir uns denn schon mal begegnet?«

»Ja, sind wir«, erwiderte Wolfgang.

»Hm«, überlegte Wilhelmine. »Und wo?«

»Denk noch mal nach«, forderte Wolfgang sie auf.

Wilhelmine sah ihn an, versuchte sich zu erinnern, doch ihr wollte nichts einfallen.

»Warst du vielleicht dabei, als ich im vergangenen Winter zum Springreiten mit His Highness hier in München war? Saßt du im Publikum?«

»Nein, da war ich an der Front«, antwortete Wolfgang. »Doch ich habe von dem Springreiten gehört. Du sollst in fantastischer Form gewesen sein. Darüber wird in der Reitschule noch immer gesprochen.« Er beugte sich weiter vor und flüsterte schmunzelnd: »Natürlich nur inoffiziell. Es ist ja nicht gerade ratsam, deinen Triumph offen zu feiern und damit auch die Schmach, die du dem Präsidenten des Bezirksverbands von Oberbayern bereitet hast.«

Wilhelmine zuckte die Achseln. »Christian Weber hätte eben keine Wette mit meinem Vater abschließen sollen«, gab sie gleichmütig von sich. »Weber hat darauf bestanden, nicht mein Vater, nur um das klarzustellen.«

Wolfgang grinste breit. »Ich habe laut gelacht, als ich davon hörte. Dieser aufgeblasene Gockel hat es nicht anders verdient.«

Wilhelmine musste lachen, legte aber sogleich ihren Zeigefinger auf die Lippen. »Nicht so laut«, mahnte sie. »Wer weiß, wer uns hören kann und das nicht so lustig findet.«

»Du hast recht«, pflichtete Wolfgang ihr bei und beugte sich weiter vor. »Sag mal, stimmt es, dass dein Gegner, dieser Lochner, vorher bei euch gearbeitet hat?«

Wilhelmine nickte, obgleich ihr nicht ganz wohl war bei der Art, wie genau Wolfgang alles von ihr zu erfahren versuchte. War er womöglich ein Spitzel der Gestapo, den man auf die Tochter Paul-Friedrich von Falkenbachs angesetzt hatte?

»Ja, das ist richtig. Heinz war früher Bereiter auf Gut Falkenbach. Doch seit er eingezogen wurde, hatte ich nichts mehr von ihm gehört.« Wilhelmine versuchte die Enttäuschung, die sie noch immer ihrem früheren Bereiter gegenüber empfand, aus ihrer Stimme zu vertreiben. Sie zuckte die Achseln. »Na ja, er ist ein guter Reiter, und es war klug von Christian Weber, Heinz gegen mich antreten zu lassen. Wenn jemand eine Chance gehabt hätte, dann er, weil er His Highness gut kennt. Doch letztendlich habe ich gewonnen, also sei es drum. Ich grolle Heinz nicht.«

»Na ja, das wäre ja auch im Nachhinein nicht unbedingt ein netter Charakterzug«, meinte Wolfgang.

Wieder zuckte Wilhelmine die Achseln. »Er ist mir gleichgültig«, sagte Wilhelmine. »Wozu sollte ich noch über ihn nachdenken?«

»Auch wieder wahr«, gab Wolfgang ihr recht. »Ich dachte nur …«

»Was dachtest du?« Wilhelmine spürte, dass sich immer mehr Widerstand in ihr regte. Worauf wollte Wolfgang hinaus?

Wollte er sie sagen hören, dass sie Heinz dafür verachtete, His Highness' einzig wahre Schwäche, den Wassergraben, an Christian Weber verraten zu haben?

»Na ja«, fuhr Wolfgang fort. »Ich dachte, jetzt, wo er tot ist, hättest du dir doch noch so deine Gedanken dazu gemacht. Immerhin war er doch mal eurer Berei…«

»Was sagst du da?« Wilhelmine beugte sich weiter vor. »Heinz Lochner ist tot?«

Wolfgang stand die Überraschung ins Gesicht geschrieben. »Das wusstest du nicht?«

»Nein.« Wilhelmine schüttelte den Kopf. »Wie ist das passiert? An der Front?«

»Nein. Offiziell heißt es, er wurde überfallen und hierbei getötet. Doch hinter vorgehaltener Hand wird gemunkelt, dass es jemandem nicht gefallen haben könnte, wie der Wettbewerb ausgegangen ist, und Lochner für sein Versagen bestrafen wollte.« Wolfgang sah sie einen Moment lang an, als prüfe er, was diese Nachricht mit ihr machte.

Wilhelmine wurde trotz der sommerlichen Hitze eiskalt, und sie rieb sich die Arme, als ein Schauer über ihren Körper kam. Heinz war tot? Tot, weil er das Springen gegen sie verloren hatte? Konnte das wirklich sein? Sie blickte Wolfgang an, die Gedanken jagten nur so durch ihren Kopf.

»Es ist wohl ein ziemlicher Schock für dich, was?«

Wilhelmine nickte stumm.

»So, eine Weinschorle und ein Dunkles.«

Wilhelmine zuckte zusammen, als die Bedienung an den Tisch trat und die Getränke vor ihnen abstellte.

»Danke«, sagte Wolfgang, während Wilhelmine sich noch immer nicht rührte.

»Es ist nicht deine Schuld«, stellte Wolfgang nach einer Weile fest und beugte sich dann noch weiter über den Tisch.

»Es ist die Schuld dieser faschistischen Nazi-Regierung, für die Menschenleben nicht zählen«, flüsterte er.

Wilhelmine sah ihn noch immer nur an, unfähig, einen klaren Gedanken zu fassen.

»Ich möchte lieber gehen«, war das Einzige, was sie nun hervorbrachte.

»Aber wir haben doch noch gar nicht gegessen«, wandte Wolfgang ein, doch Wilhelmine war bereits aufgestanden.

Wolfgang nahm einen eiligen Schluck seines Bieres und stellte dies dann auf den Tisch, während Wilhelmine sich bereits wie in Trance in Bewegung setzte. Als sie die Schwemme betrat, kam ihr die Bedienung mit zwei Tellern in Händen entgegen.

»Was ist mit den Knödeln?«, fragte sie, doch Wilhelmine antwortete nicht.

»Geben Sie sie jemand anderem«, hörte sie Wolfgangs Stimme hinter sich. »Hier. Der Rest ist für Sie.«

Wilhelmine durchquerte das Lokal und hielt auf den Ausgang zu, dann trat sie wieder ins Freie.

»Wilhelmine, nun warte doch mal!«, vernahm sie Wolfgang hinter sich, doch sie ging einfach weiter.

Heinz war tot. Heinz war tot, weil sie ihn besiegt hatte. Für sie war es ein Springreiten gewesen um den Preis des Verbleibs von His Highness auf Gut Falkenbach. Für Heinz war es ein Wettkampf um sein Leben gewesen, und er hatte ihn verloren.

Wilhelmine überkam plötzlich eine gewaltige Übelkeit, und sie musste sich an der Hauswand abstützen. Sie machte noch ein paar Schritte, dann konnte sie es nicht mehr verhindern und übergab sich würgend mitten auf den Gehweg.

Sie spürte, dass sie von hinten gehalten wurde, als sie drohte, das Gleichgewicht zu verlieren und vornüberzufallen.

»Alles gut, Wilhelmine. Ich hab dich. Alles in Ordnung.«

»Unmöglich so was!«, empörte sich eine Frau, die soeben an ihr vorbeiging. »Wenn's 's Bier net vertragen, dann sollten's es lassen!«, schimpfte sie.

»Komm«, sagte Wolfgang mit sanfter Stimme und umfasste ihre Taille. »Komm weg von hier.«

Sie gingen ein Stück weiter, dann rebellierte Wilhelmines Magen erneut. Sie löste sich von Wolfgang und lehnte sich wieder mit dem Rücken gegen die Hauswand. Dort schloss sie die Augen und versuchte, gegen die immer weiter aufsteigende Übelkeit anzukämpfen.

»Atme tief ein und aus«, riet Wolfgang. »Das hilft. Tief atmen, hörst du?«

Wilhelmine stand mit geschlossenen Augen da und atmete tief, bis sie merkte, dass die Übelkeit ein wenig nachließ. Dann öffnete sie wieder die Augen.

Wolfgang stand vor ihr und lächelte schwach.

»Geht es wieder?«

Wilhelmine schüttelte den Kopf. »Das habe ich nicht gewollt. Ich wollte gewinnen. Doch ich hätte nie gedacht, dass Heinz …« Sie brachte den Satz nicht zu Ende.

»Dich trifft überhaupt keine Schuld«, sagte Wolfgang.

Wilhelmine senkte den Blick. Ihr Kopf fühlte sich leer an, und von einem Moment auf den anderen war sie unglaublich müde.

»Kannst du mich nach Hause bringen?«, bat sie.

»Sicher.« Wolfgang trat an ihre Seite und umfasste wieder ihre Taille. Dann gingen sie schweigend nebeneinanderher. War ihr der Weg von ihrer Wohnung in der Adalbertstraße vorhin noch wie ein Katzensprung erschienen, hatte sie nun das Gefühl, dass dieser sich geradezu endlos zog.

»Es tut mir leid, dich damit so überfallen zu haben«, sagte Wolfgang nach einer Weile. »Ich dachte wirklich, dass du es wüsstest.«

»Nein.« Wilhelmine schüttelte den Kopf. »Ich hatte keine Ahnung.«

Wieder gingen sie eine Weile schweigend nebeneinanderher, während die Gedanken in Wilhelmines Kopf nur so kreisten.

»Wo sind wir uns schon mal begegnet?«, fragte sie dann unvermittelt, weil sie sich an das erinnerte, was Wolfgang sagte, bevor er ihr von dem, was mit Heinz Lochner geschehen war, erzählt hatte.

»Was?«

»Du sagtest vorhin, dass wir uns schon mal begegnet seien«, rief sie ihm ins Gedächtnis. »Wo?«

»In Bernried«, gab Wolfgang tonlos Auskunft.

Sie blickte ihn fragend von der Seite an und richtete sich nun wieder mehr auf, sodass Wolfgang den Griff um ihre Taille löste.

»Wann?«

»Vor etwas über drei Jahren.«

Wilhelmine versuchte sich zu erinnern, doch sosehr sie auch grübelte, wollte ihr nicht einfallen, Wolfgangs Gesicht jemals gesehen zu haben.

»Ich war zusammen mit Kurt in Bernried. Mit ihm und auch Werner«, erklärte er dann und Wilhelmine nahm wahr, dass er so leise mit ihr sprach, dass sie sonst niemand hören konnte.

»Ich kenne keinen Kurt«, antwortete Wilhelmine, obwohl sie das Gefühl hatte, dass etwas in ihrem Hinterkopf ihr das Gegenteil zu sagen versuchte. Doch sie konnte sich wirklich nicht erinnern, in welchem Zusammenhang sie den Namen schon gehört hatte.

»Kurt war der Kontakt, den Martin zur Münchner Gruppe hatte«, flüsterte Wolfgang, worauf Wilhelmine abrupt stehen blieb und ihn ansah. Sie schluckte.

»Ich kenne auch keinen Martin. Der einzige Martin, den ich kannte, war ein früherer Freund meines Bruders in Berlin, der uns mal besucht hat. Doch es hat sich herausgestellt, dass er Kommunist war. Ich habe nichts mit ihm zu tun.«

In Wolfgangs Blick lag etwas Bedauerndes, und er machte einen Schritt auf Wilhelmine zu.

»Du kannst damit aufhören. Ich gehöre nicht zu denen.«

»Ich weiß nicht, wovon du sprichst«, stellte sie entschieden fest.

»Ich war damals zusammen mit Kurt bei der Villa deines Vaters, in der ihr Martin Unterschlupf gewährt habt«, sagte er in ruhigem Tonfall.

Wilhelmine schluckte. »Wir haben keinem Kommunisten Unterschlupf gewährt, damit das klar ist«, empörte sie sich. »Er hat sich widerrechtlich dort Zutritt verschafft, und meine Familie hatte nicht die geringste Ahnung davon. Wir haben erst später davon erfahren.«

Wolfgang sah sie mitleidig an. »Komm, ich bring dich nach Hause«, meinte er dann.

»Nein, danke. Ich kann allein gehen.«

Wolfgang beugte sich vor und brachte seinen Mund direkt neben ihr Ohr. »Ich bin Mitglied der Münchner Gruppe«, flüsterte er. Dann richtete er sich auf und sah ihr direkt in die Augen. »Wenn du willst, kannst du zu einem unserer Treffen mitkommen. Und wenn nicht, dann eben nicht. Es ist dir überlassen.«

»Ich kann dich den Behörden melden«, drohte Wilhelmine. »Es wäre sogar meine Pflicht.«

»Doch das wirst du nicht«, entgegnete Wolfgang. »Denn ich weiß, wie du wirklich bist.« Er lächelte schwach. »Ich verstehe deine Angst, Wilhelmine. Wir alle haben Angst, selbst die, die folgsam ihren Dienst tun.« Er nahm ihre Hand. »Keiner vertraut mehr jemandem, und alle fürchten sich vor Repressalien oder Schlimmerem. Doch wir sind nicht allein, Wilhelmine. Und wenn du dich unserer Bewegung anschließen oder auch nur erst mal hören willst, was wir zu sagen haben, dann gib mir Bescheid. Und wenn nicht, dann lasse ich dich einfach damit in Ruhe, und dieses Gespräch hat nie stattgefunden.«

Wilhelmine überlegte, doch sie konnte keinen klaren Gedanken fassen.

»Ich möchte einfach nur zurück in meine Wohnung«, antwortete sie.

»Ist gut.« Er nahm ihre Hand und legte sie in seine Armbeuge. »Dann komm. Ich bringe dich nach Hause.«

13. Kapitel

Ich beobachte mehr. Und ich urteile. Vor allem darüber, wie andere mit mir umgehen.

Dorothea von Falkenbach

Dorotheas Wangen glühten, als sie ihren Blick über den festlich gedeckten Tisch mit der weißen Leinendecke darauf und den pompösen Kerzenhaltern schweifen ließ, an dem sich an diesem Sonntag die Lehmanns und die von Falkenbachs eingefunden hatten. Sie hatte sich die Mühe gemacht, selbst Blumen zu pflücken, die sie als Dekoration zwischen den Kerzenleuchtern und um jeden Teller herum verteilt hatte, sodass es dem Ganzen einen fröhlichen, sommerlichen Aspekt gab, wie sie fand. Auch wenn sie sich früher zahlreicher bei einem solchen gemeinsamen Essen um diesen Tisch versammelt hatten, war Dorothea doch froh, dass sie wenigstens für die insgesamt zehn Menschen hatte auftragen lassen dürfen. Um Jojo und Edith kümmerte sich Resi, wenngleich Clara den Vorschlag gemacht hatte, dass die Kinder doch ruhig bei dem Essen dabei sein könnten. Aber Dorothea hatte die Schwiegertochter darum gebeten, während des Essens auf die Anwesenheit der Kinder zu verzichten, wogegen diese nichts mehr gesagt hatte. Offenbar hatte Clara gemerkt, wie wichtig es Dorothea war, dass an diesem Tag alles so ablief, wie sie es sich vorgestellt hatte, und nicht womöglich etwas durch ein unachtsames Verhalten, wie es von Kindern zu erwarten war, verschüttet wurde oder Ähnliches. Und Dorothea war Clara dankbar, dass diese Rücksicht auf sie genommen und ihrer Bitte entsprochen hatte. Denn zumindest für ihre Schwiegertochter schien das, was Dorothea wünschte, noch eine Rolle zu spielen, wenn sie sonst schon den Eindruck hatte, dass ihre Existenz im Grunde für die anderen Familienmitglieder ohne Belang war. Doch die Aufgabe, dieses Essen für die drei Familien organisieren und vorbereiten zu können, hatte sie aus ihrer sentimentalen, ja fast schon trübsinnigen Stimmung herausgerissen und auf eine gewisse Weise wieder ins Leben zurückgeholt.

Das Essen war bereits aufgetragen, und Paul-Friedrich ließ seine Gabel einige Male gegen sein Weinglas klingen, worauf sich die Blicke der Anwesenden auf den Hausherrn richteten, der sich jedoch nicht, wie sonst eigentlich immer, erhob, sondern sitzen blieb.

»Meine Lieben«, begann er. »Ich freue mich wirklich sehr, dass wir uns heute endlich einmal wieder zu einem gemeinsamen Essen eingefunden haben.« Er hob den Blick, dann sah er Dorothea an. »Ich weiß, meine Liebe, dass die Organisation eines Essens für zehn Leute weit unter deinen Möglichkeiten liegt.« Er lächelte sie an. »Doch lass mich dir sagen, wie dankbar ich dir bin, dass du das hier für uns alle wieder so wunderbar vorbereitet hast.« Er nickte Dorothea zu, und sie spürte ein warmes Gefühl in sich aufsteigen, wenngleich dies dadurch ein wenig getrübt war, dass sie meinte, ihr Mann würde nur deshalb so voll des Lobes sein, weil er sehr genau bemerkt hatte, welche Zweifel in letzter Zeit an ihr nagten. Nun nickte sie ihm zu und lächelte.

»Mit euch gemeinsam in diesen Zeiten zu tafeln«, fuhr Paul-Friedrich fort, »bedeutet mir viel, und wenn wir hier so zusammenkommen an diesem reich gedeckten Tisch, könnte man fast vergessen, dass wir uns im Krieg befinden.« Er hob sein Glas. »Lasst uns auf einen raschen Sieg trinken und darauf, dass diejenigen, die heute nicht hier bei uns sein können, schnell und gesund heimkehren.«

»Gut gesprochen!«, befand Wilhelm und hob genau wie alle anderen sein Glas. Dann prosteten sie sich zu, tranken und begannen zu essen.

Dorothea nahm sich wie üblich nur eine sehr kleine Portion, weil sie nicht gern in größerer Runde aß. Außerdem hatte sie von klein auf gelernt, dass eine gute Gastgeberin vor allem zuzuhören und sich an den Gesprächen interessiert zu zeigen hatte. Und natürlich hatte sie auf das Gesagte einzugehen und mit Fragen die Unterhaltung im Fluss zu halten, was mit vollem Mund nicht möglich war.

»Wirklich, meine Liebe«, wandte sich Paul-Friedrich ihr zu, »ich finde das Detail mit den Sommerblumen sehr hübsch. Du verstehst es, unseren Gästen das Gefühl zu geben, überaus willkommen zu sein.«

Sie lächelte ihn an. »Du bist zu freundlich, Paul-Friedrich. Ich danke dir.«

Er nickte ihr zu und sah dann über den Tisch. »Elisabeth«, sprach Paul-Friedrich diese nun an, worauf Käthes Schwiegertochter zu ihnen herübersah.

»Wenn du noch Hilfe bei den Vorbereitungen des Empfangs am kommenden Samstag brauchst, rate ich dir an, dich an Dorothea zu wenden. Jahrelange Erfahrung und ein eleganter Stil können nur eine Bereicherung sein.«

Elisabeth, die auf Dorothea einen fahrigen, fast schon gehetzten Eindruck machte, blickte kurz zu Ferdinand, dann setzte sie ein Lächeln auf, dem Dorothea anmerken konnte, dass es nicht echt war.

»Ja, danke sehr, Paul-Friedrich. Sollte ich Bedarf haben, werde ich mich gern melden.«

»Du solltest das Angebot annehmen«, riet Ferdinand freundlich. »Ich habe hier schon viele Empfänge erlebt, und jeder war dank Dorothea bis ins Letzte gelungen.«

»Ich sagte doch, wenn ich Hilfe brauche, werde ich danach fragen«, gab Elisabeth nun gereizt zurück. »Oder traust du es mir nicht zu? Dann kann ich selbstverständlich direkt die Organisation an Dorothea abgeben«, legte Elisabeth nach, schien aber in diesem Moment selbst ihren unangebrachten Tonfall zu bemerken.

»Also, das richtet sich natürlich keinesfalls gegen dich, liebe Dorothea«, beeilte Elisabeth sich nun zu versichern. »Es wird nur schon schwer genug, in deine Fußstapfen zu treten, und ich scheine ein wenig übernervös, was das Ganze angeht.«

Dorothea lächelte. »Selbstverständlich fasse ich es nicht als gegen mich gerichtet auf«, beteuerte sie, obwohl sie Elisabeth in diesem Augenblick am liebsten zurechtgewiesen hätte. Aber das war nun einmal nicht ihre Art. Sie hatte Haltung zu bewahren, wie es sich für eine Frau von Stand gehörte. Und das tat sie. In letzter Zeit hatte sie ohnehin genug mit sich auszumachen. Da war es nur gut, wenn sie die Worte Elisabeths nicht wirklich an sich heranließ.

Dorothea bemerkte, dass Ferdinand seiner Frau einen mahnenden Blick zuwarf, und sah kurz zu Käthe, die ebenso verärgert zu sein schien. Elisabeth senkte den Kopf. Täuschte es Dorothea, oder herrschte unabhängig von Elisabeths kurzem Ausbruch eine gewisse Spannung in Käthes Familie?

»Ich bin sicher, dass am Samstag alles perfekt sein wird«, sagte nun Johannes und nickte Elisabeth zu.

»Danke«, gab diese zurück und senkte erneut den Kopf. Wenn Dorothea es richtig sah, waren Elisabeth Tränen in die Augen getreten, und auch die anderen am Tisch schienen es mitbekommen zu haben, denn es trat eine unangenehme Stille ein.

»Ich muss euch allen etwas erzählen«, kündigte Else nun an und unterbrach so das Schweigen. »Leopold hat geschrieben.«

»Wirklich?«, fragte Gustav überrascht. »Also damit hätte ich nicht gerechnet.«

»Keiner von uns«, sagte Wilhelm. »Als der Brief kam, war Elses und mein erster Gedanke, dass er schwer verletzt sein muss und es wahrscheinlich seine letzten Zeilen sind.«

»Wilhelm!«, empörte sich Else.

»Aber es stimmt doch«, entgegnete dieser ungerührt und steckte sich ein Stück Fleisch in den Mund, kaute kurz und fuhr dann fort: »Du und ich haben das Gleiche gedacht, als wir den Brief erhalten haben, aber keiner wollte es aussprechen.«

Else seufzte. »Na ja, in dieser Runde hier kann ich ja zugeben, dass es stimmt«, lenkte sie ein. »Als Sieglinde uns den Brief übergab und ich Leopolds Handschrift erkannte, hätte ich beinahe einen Herzinfarkt bekommen.«

»Zum Glück ist es nicht so weit gekommen«, meinte Gustav. »Und? Was schreibt er so?«

»Im Grunde nur Oberflächliches, dass es ihm gut geht und seine Einheit gerade im Aufbruch befindlich war. Er wusste noch nicht, wohin sie beordert wird«, gab Else Auskunft.

»Das klingt doch erst mal erfreulich«, brachte sich nun Ferdinand ein. »Die Soldaten dürfen in ihren Briefen auch nichts darüber verlauten lassen, was genau sich an der Front ereignet.«

»Zu dem Zeitpunkt, als er den Brief geschrieben hat, war er noch nicht an der eigentlichen Front«, erläuterte Wilhelm. »Er war in Warschau, und das offenbar eine ganze Zeit, so wie ich es verstanden habe.«

»In Warschau?«, wiederholte Ferdinand. »Dann ist es kein Wunder, dass er und seine Einheit abgezogen wurde. Der

Kampf dort ist gewonnen. Nun gilt es, den Russen zu zeigen, wer der Stärkere ist.«

Dorothea sah kurz zu ihrem Ehemann, dem anzusehen war, dass ihn Ferdinands Worte schlucken ließen.

»Und dann?«, fragte Paul-Friedrich nun. »Ich meine, glaubst du, dass es möglich sein wird, immer weiter in andere Länder vorzudringen, diese zu erobern und ihnen unseren Willen aufzuzwingen?«

Dorothea legte Paul-Friedrich die Hand auf den Unterarm.

»Bitte, wir wollen doch nicht politisch werden. Lasst uns einfach das Essen genießen«, bat sie.

»Wenn du erlaubst, Dorothea«, antwortete nun Ferdinand. »In der Zeit, in der wir leben, ist alles politisch, und ich würde gern auf die Frage Paul-Friedrichs antworten.«

Dorothea spürte ein Unwohlsein, doch sie lächelte Ferdinand an, worauf dieser weitersprach:

»Denken wir an die großen deutschen Herrscher, Kaiser und Könige, die wussten, wie überlegen unser Volk ist, und es als ihre Pflicht erachteten, ihr Licht mit den schwächeren Völkern zu teilen, indem sie sie beherrschten«, holte Ferdinand aus. »Überleg nur, in wie viele Länder sie einmarschiert sind und sie sich untertan gemacht haben.«

»Und bedenke du nur, wie kurz die Zeit war, die sie sich letztendlich in den Ländern halten konnten, bis die einheimische Bevölkerung zurückschlug«, widersprach Paul-Friedrich. »Ob du nun Jahrhunderte oder Jahrzehnte zurückgehst. Der menschliche Drang nach Freiheit lässt sich nicht unterdrücken, und er wird immer stärker sein als die Maßnahmen derer, die ihn zu ersticken versuchen.«

»Und dennoch hat sich die Kultur der großen Herrscher danach weit verbreitet, und vieles von ihnen ist geblieben«, wandte Ferdinand ein.

Paul-Friedrich sah erst Wilhelm an, dann machte er eine Handbewegung. »Ist noch jemand außer uns hier, von dem ich nicht weiß und der deine Worte hören soll, oder ist das tatsächlich deine ehrliche Meinung, Ferdinand?«

Ferdinand ließ das Besteck sinken und überlegte einen Moment. »Wie jeder von uns hier möchte auch ich keinen Krieg und wünsche, dieser möge bald ein Ende finden. Doch wir müssen ehrlich sein, was die Lage im Land nach dem Ende des Großen Krieges betrifft. Die Arbeitslosenzahlen waren hoch, das Leid der Bevölkerung groß. Es fehlte an Struktur und Ordnung, und es musste eine Lösung her.«

»Und diese Lösung soll sein, Menschen zu erschießen, um die eigenen Landesgrenzen auszudehnen, damit man mit dem, was man den Überfallenen raubt, diesen Wahnsinn finanziert?« Wilhelm schlug mit der flachen Hand auf den Tisch. »Ferdinand Lehmann, du …«, weiter kam Wilhelm nicht.

»Natürlich ist dein Argument nicht von der Hand zu weisen«, mischte sich Paul-Friedrich in das Wortgefecht ein. »Doch denkst du wirklich, dass es die Mittel rechtfertigt?«

Ferdinand sah seinen Onkel an, und Dorothea fürchtete, was Ferdinand als Nächstes sagte, da Wilhelms Kopf bereits feuerrot vor Zorn war und jeder um dessen angegriffenes Herz wusste. Dann schüttelte Ferdinand den Kopf.

»Bitte entschuldigt«, bat er. »Ihr habt ja recht. Wahrscheinlich vernebelt mein Hirn langsam, weil ich Tag für Tag von all dem umgeben bin und die Führerverehrung und die Reden hierüber ständig um mich habe.« Ferdinand atmete tief ein und stieß geräuschvoll die Luft wieder aus. »Ich versuche wohl, mein Verhalten vor mir selbst zu rechtfertigen.«

»Ich finde nicht, dass du dich rechtfertigen musst«, sprang Elisabeth nun ihrem Mann bei und wirkte dabei auf Dorothea überaus aufgebracht.

»Ich meine, wenn wir mal ehrlich sind«, sie senkte die Stimme und sprach im Flüsterton weiter, »werden doch hier im Haus und innerhalb dieses Kreises oftmals geradezu lästerliche Reden gehalten, die sogar eine Anzeige nach sich ziehen könnten. Ohne jemandem zu nahe treten zu wollen, müssen wir doch wohl festhalten, dass Ferdinand der Einzige am Tisch ist, der führungstreu seine Pflicht erfüllt.« Sie sah nun direkt Ferdinand an. »Und es gibt keinen Grund, dass du dich dafür schämst. Du hast bei allem, was du getan hast und noch tun wirst, nur das Wohl unserer Familien, unseres Landes im Sinn.« Elisabeth sah in die Runde. »Ich bitte darum, mir meine Offenheit zu verzeihen, doch das musste einmal gesagt werden.«

Dorothea bemerkte, dass Paul-Friedrich und Wilhelm einen Blick tauschten, während die anderen am Tisch bis auf Käthe beschämt nach unten sahen.

»Was hast du getan?«, fragte Wilhelm nun und sah Ferdinand an.

»Ich meinte das ganz allgemein«, widersprach Elisabeth sogleich.

Wilhelm schüttelte den Kopf. »Nein«, stellte er ruhig fest, »das meintest du nicht. Es hat offenbar einen Vorfall gegeben, und da ich dein Onkel bin, wüsste ich gern darüber Bescheid.«

Ferdinand schien sich sammeln zu müssen, dann hob er den Blick und sah Wilhelm an. »Es gab den Verdacht, dass in der Fabrik Ausschuss produziert und untaugliche Munition herausgegeben wurde. Die Juden, die hierfür verantwortlich waren, konnten ermittelt werden und wurden bereits an die Behörden überstellt.«

»Sie wurden an die Behörden überstellt, soll das heißen, dass du sie denunziert hast?«, fragte Wilhelm nach, und in seiner Stimme lag etwas Gefährliches.

»Eberhard Kleingans und ich, ja«, bestätigte Ferdinand.

»Und das war auch das einzig Richtige«, urteilte Elisabeth.

Wilhelm sah Ferdinand weiter an, während dieser den Blick erneut senkte. Dann bemerkte Dorothea, dass Wilhelm und Paul-Friedrich sich erneut einen Moment lang ansahen und ihr Ehemann seinem langjährigen Freund fast unmerklich zunickte.

»Deine Frau hat recht«, bestätigte Paul-Friedrich nun laut vernehmlich. »Niemand hat diese Juden gezwungen, die Munition unschädlich zu machen. Sie arbeiten bei dir unter guten Bedingungen und haben es weit besser als anderswo. Es dir so zu danken, ist unverzeihlich. Ganz abgesehen davon, dass die fehlerhafte Munition jeden einzelnen unserer Soldaten schwächt. Stell dir vor, Leopold würde sich im Kampf verteidigen müssen und seine Waffe würde versagen. Hättest du nicht eingegriffen, Ferdinand, wärst du mitverantwortlich für den Tod unserer eigenen Leute.«

»Genau so sehe ich das auch«, stimmte Elisabeth eifrig zu.

Ferdinand sah Paul-Friedrich an, und in seinem Blick lag etwas ebenso Ungläubiges, Zweifelndes wie ebenso ein Hauch von Dankbarkeit.

»Es ist, wie Paul-Friedrich sagt«, lenkte nun auch Wilhelm ein. »Ich mag mir nicht ausmalen, wenn unserem Leopold etwas zustoßen würde, weil die Munition, die er erhält, nicht funktioniert.«

»Danke«, antwortete Ferdinand. »Es bedeutet mir wirklich viel, von euch diesen Zuspruch zu bekommen.«

Dorothea atmete erleichtert aus. »Aber ihr esst ja gar nicht«, stellte sie fest. »Können wir nicht das Thema wechseln«, schlug sie sodann vor.

»Ein guter Gedanke«, meldete sich Clara nun das erste Mal zu Wort. »Ich habe gestern mit Wilhelmine telefoniert. Sie schien mir ganz begeistert von ihrer Wohnung und der Arbeit in der Reitschule. Sie lässt euch alle grüßen.«

»Ich könnte mir das gar nicht vorstellen, so allein zu leben«, erwiderte Elisabeth. »Aber vielleicht bin ich dafür auch einfach nicht gemacht. Hast du damals in Berlin auch allein gewohnt oder bei deinen Eltern?«, fragte Elisabeth nun an Clara gewandt.

»Allein«, antwortete Clara lächelnd. »Und ich habe es auch sehr genossen.«

»Bis ich dann in ihr Leben kam«, brachte sich nun Gustav ein. »Von da an war ich die meiste Zeit bei ihr, sodass sie mich immer abwimmeln musste, um überhaupt noch mal ein bisschen Zeit ohne mich zu haben.« Gustav zwinkerte Clara zu, was auch Dorothea ein kurzes Lächeln ins Gesicht zauberte. Ihr Sohn und ihre Schwiegertochter schienen einander so nah zu sein wie noch nie. Dorothea hatte mitbekommen, dass sie gestern länger zusammen spazieren waren, und sie fragte sich, ob und wann Paul-Friedrich und sie auch mal einen gemeinsamen Spaziergang unternommen hatten, damals, als sie noch jung gewesen waren und ihr Mann noch beide Beine gehabt hatte. Sie konnte sich beim besten Willen nicht daran erinnern. Doch Clara und Gustav waren offenbar so sehr am jeweils anderen interessiert, dass sie sich genau diese Zeit füreinander nahmen.

»Ach«, meinte Clara nun, »ich wollte dich gar nicht *abwimmeln,* wie du es nennst.« Es klang herzlich. »Aber ich muss schon zugeben, dass ich es schön fand, meine eigene Wohnung zu haben, zumindest damals. Ich kann Wilhelmine gut verstehen. Doch wenn ich es richtig herausgehört habe, fehlt ihr Gut Falkenbach.«

»Aber zum Empfang am nächsten Samstag kommt sie doch, nicht wahr?«, fragte Elisabeth nach.

»Ja, sie kommt rechtzeitig zurück«, antwortete Clara und sah kurz Paul-Friedrich an. Dorothea ahnte, dass ihre Schwiegertochter ein schlechtes Gewissen plagte, weil Wilhelmine bisher keine Ahnung davon hatte, dass ihr

Lieblingspferd verkauft worden war. Dorothea konnte ihren Mann in dieser Hinsicht nicht verstehen. Sie selbst hatte es nur am Rande mitbekommen, genau genommen nur, weil neue Pferde gebracht worden waren, als Paul-Friedrich gerade mit seinem Maybach fortgefahren war. Er hatte, wie er ihr sagte, irgendetwas in Bernried zu erledigen gehabt. Was, danach hatte sie ihren Mann nicht gefragt. Wie sie ihn solche Dinge nie fragte. Warum er sich jedoch hatte hinreißen lassen, ausgerechnet His Highness zusammen mit noch anderen Pferden zu verkaufen, war ihr schleierhaft. Fast fürchtete sie sich vor dem Moment, wenn Wilhelmine davon erfuhr, was ihr Vater getan hatte. Denn Wilhelmine hatte Temperament, und wie. Und wenn sie wütend wurde, dann war es ratsam, nicht in direkter Nähe zu sein.

»Gut«, sagte Elisabeth. »Ich finde es wichtig, dass beim Empfang möglichst alle Familienmitglieder dabei sind.«

»Auf den Zusammenhalt hier war immer Verlass«, meinte nun Käthe. »Hier steht einer für den anderen ein.« Sie sah ihre Schwiegertochter an, während sie dies sagte, und Dorothea hatte das Gefühl, dass sie erneut eine gewisse Spannung zwischen Käthe und Elisabeth wahrnahm.

»Sag mal, Käthe«, sprach Gustav diese nun an. »Du bist doch so eine gute Schwimmerin. Wann denkst du, wäre es richtig, bei Edith damit zu beginnen?« Für Dorothea war es offensichtlich, dass ihr Sohn das Thema zu wechseln versuchte. Sobald die Rede auf den Empfang und auf Elisabeth kam, schien die Stimmung zum Zerreißen gespannt.

»Nun ja, noch ist sie wirklich zu klein«, gab Käthe zurück. »Selbst Jojo ist noch nicht so weit«, fügte sie hinzu. »Doch ich denke, mit drei Jahren kann man ein Kind durchaus an das Wasser gewöhnen. Je früher Kinder damit vertraut gemacht werden, desto besser.«

»Ja, so sehe ich das auch«, antwortete Gustav. »Und unsere Edith ist ja bereits jetzt so, dass es sie zum Wasser zieht, wenn wir auch nur am Wochenende mit ihr spazieren gehen.«

»Wirklich«, bekräftigte Clara nun die Aussage ihres Mannes. »Sie ist ganz verrückt nach dem See. Ich sehe es genau wie Gustav, dass sie, sobald es irgend geht, das Schwimmen lernen sollte. Natürlich würde ich sie nicht unbeobachtet lassen, doch ich mag mir nicht vorstellen, was geschehen kann, wenn ich womöglich einmal abgelenkt bin und Edith schon richtig laufen kann.«

»Ich weiß noch, wie es bei Sophia und Charlotte war«, erinnerte sich Else. »Gerade Charlotte war ja kaum zu bändigen. Und mit dem See direkt in der Nähe ist es nun wirklich besser, den Kindern das Schwimmen beizeiten beizubringen, als darauf zu hoffen, dass sie auf keine dummen Ideen kommen.«

»Denn darauf kommen sie sowieso, oder?«, meinte Gustav und sah Ferdinand an. »Weißt du noch, welchen Unfug du, Leopold und ich früher ausgeheckt haben?« Er sah Dorothea an. »Wir müssen euch Eltern doch in den Wahnsinn getrieben haben, oder?«

»Ja, ihr wart eine Herausforderung«, gab Dorothea lächelnd zurück, in der bei der Erinnerung an die Zeit eine gewisse Wehmut aufstieg. »Doch am meisten Sorge hatte ich eigentlich um Wilhelmine. Und zwar nicht, weil sie ein Mädchen war, sondern ihr sie oft ausgeschlossen habt und sie deshalb wohl das Gefühl hatte, noch mehr beweisen zu müssen, dass sie bei euch mithalten kann.« Dorothea schüttelte den Kopf. »Leopold war der Draufgänger von euch dreien, doch Wilhelmine war unberechenbar.« Dorothea legte die Hand auf ihre Brust, um deutlich zu machen, wie groß ihre Angst um die Tochter manchmal gewesen war.

Gustav lachte auf. »Ach was, wir haben Mine doch nicht ausgeschlossen.«

»Na sicher habt ihr das«, stimmte nun auch Else Dorothea zu. »Wir Mütter haben es doch mitbekommen, wenn ihr sie einfach stehen gelassen habt.«

»So waren wir nicht, oder Ferdinand?« Gustav blickte ihn an, und Dorothea hatte das Gefühl, dass durch das Erinnern an die glücklichen, unbeschwerten Kindheitstage eine gewisse Vertrautheit Einzug hielt, die die Stimmung bei Tisch sogleich belebte.

Ferdinand schmunzelte. »Ehrlich gesagt, hatte ich immer das Gefühl, dass du und Leo eher mich ausgeschlossen habt«, gab er an Gustav zurück. »Oder genau genommen uns beide. Denn ich weiß noch, dass ich oft mit Wilhelmine auf dem Steg saß und gezeichnet habe, während ihr beide irgendetwas angestellt habt.«

»Ich habe nie etwas angestellt«, gab Gustav mit gespielter Empörung zurück. »Ich war immer nur ein überaus wohlerzogener, netter Junge, nicht wahr, Mutter?«

»Wohlerzogen sicher«, antwortete Paul-Friedrich und legte seine Hand auf Dorotheas. »Dafür hat meine liebe Frau bestens gesorgt. Doch dass du nie etwas angestellt hast, ist eine glatte Lüge.«

»Verleumdung!«, rief Gustav und hob zum Scherz drohend die Gabel.

»Mein lieber Sohn«, sagte nun Dorothea schmunzelnd. »Du glaubst wohl, dass ich es nicht mitbekommen habe, wenn du zu Else gerannt bist und dir eine Hose von Leopold hast geben lassen, weil deine mal wieder so verdreckt war, dass du damit nicht nach Hause kommen wolltest. Nur weil ich nicht geschimpft habe, heißt das nicht, dass ich es nicht wusste.«

»Sie hat uns erwischt«, lachte Else herzlich auf, und auch die anderen am Tisch stimmten ein.

In dieser heiteren Stimmung saßen sie dann noch mehrere Stunden zusammen, und wohl jeder am Tisch genoss es, die eine oder andere Anekdote zum Besten zu geben und so unbeschwert die Zeit mit den anderen zu verbringen. Und Dorothea hatte das Gefühl, dass es ein Stück heile Welt war, die sie hier gemeinsam erlebten, während dort draußen der Wahnsinn tobte und so vieles von dem, was die Familien verband, sie dort trennte. Dorotheas Gefühle wechselten zwischen Hoffen und Bangen, und als sie sich später von Else und Wilhelm verabschiedeten, die die Letzten waren, die gingen, hätte Dorothea nicht sagen können, was überwog: die Hoffnung, dass am Ende doch alles gut würde und die Familien weit mehr verband als trennte, oder aber die Verzweiflung, weil sie ahnte, dass manch gute Zeit für immer der Vergangenheit angehörte. Doch zumindest meinte sie für den Augenblick, eine gewisse Zuversicht zurückgewonnen zu haben. Aber ob sie diese würde bewahren können, das war nicht vorherzusehen. Denn die Furcht vor dem, was kommen könnte, war größer als der Mut, diesem entgegenzutreten.

14. Kapitel

Wenn die Grenzen zwischen Freund und Feind verschwimmen, fällt Gewissheit schwer.

Paul-Friedrich von Falkenbach

»Da bist du ja, meine Wilhelmine!« Paul-Friedrich war zusammen mit Dorothea und gefolgt von Gustav und Clara vor die Tür getreten, als er das laute Hupen vor dem Gutshaus hörte. Sie waren gerade im Esszimmer zusammengekommen, da Hans vermeldet hatte, dass gleich aufgetragen würde. Nun war der Haushofmeister in die Küche geeilt, offenbar um Bescheid zu geben, dass ein weiteres Gedeck gebracht werden und das Essen noch etwas warm gehalten werden solle, weil die Tochter des Hauses soeben vorgefahren war.

Wilhelmine schlug die Autotür zu, kam fröhlich die Stufen heraufgerannt und umarmte erst ihre Eltern, dann Clara und schließlich Gustav.

»Es ist so schön, wieder hier zu sein!«, brachte sie atemlos hervor, als sie Gustav ein zweites Mal umarmte.

»Kaum bin ich weg, da bist du wieder hier zu Hause«, sagte Wilhelmine mit gespielter Empörung. »Das könnte ich fast persönlich nehmen.«

»Kaum komme ich für länger nach Hause, da machst du dich aus dem Staub«, hielt Gustav dagegen. »*Ich*«, er tippte mit dem Finger gegen seine Brust, »sollte das persönlich nehmen.«

»Na, los doch, rein mit euch!«, ordnete Paul-Friedrich an. »Du kommst genau rechtzeitig zum Essen.«

»Ach herrlich!«, entfuhr es Wilhelmine. »Ihr könnt euch gar nicht vorstellen, wie sehr mir das alles hier gefehlt hat. Und dabei waren es nur neun Tage, die ich weg war.«

»Mir kam es länger vor«, meinte Clara.

»Geht es dir denn gut?«, fragte Wilhelmine und deutete auf Claras Bauch, worauf diese nickte. »Alles wunderbar.«

»Und wo ist denn eigentlich Edith?«, fragte Wilhelmine nun.

»Ich habe sie gerade hingelegt. Wir sind davon ausgegangen, dass du erst heute Abend heimkommst«, antwortete Clara.

»Ach, schade, ich habe den kleinen Engel so sehr vermisst.« Wilhelmine klang ein wenig enttäuscht.

»Du siehst sie ja nachher«, sagte Clara. »Doch nun komm erst mal richtig rein.«

Die fünf betraten das Esszimmer, wo wie von Zauberhand bereits ein weiteres Gedeck aufgelegt war, was Paul-Friedrich zufrieden zur Kenntnis nahm.

»Wenn ich mir die Bemerkung erlauben darf«, meinte Hans, der nun ebenfalls eintrat und Wilhelmine den Stuhl zurechtrückte, »es ist beglückend, dass Sie heimgekehrt sind, Fräulein Wilhelmine. Ohne Sie ist Gut Falkenbach einfach nicht dasselbe.«

»Vielen Dank, Hans«, erwiderte Wilhelmine erfreut. »Ich freue mich auch wirklich, wieder hier zu sein.«

Hans verbeugte sich, und auf ein Kopfnicken von ihm traten nun Resi und Lene mit gefüllten Schalen und einer Fleischplatte auf ihren Tabletts ein. Wortlos trugen sie auf und verschwanden ebenso leise, wie sie hereingekommen waren.

»Den Herrschaften einen guten Appetit«, wünschte Hans und schloss dann die Tür von außen.

»Da hat sich unser Hans ja eben zu einem richtigen Gefühlsausbruch hinreißen lassen«, spottete Gustav und fuhr mit verstellter Stimme fort: *»Es ist beglückend, dass Sie heimgekehrt sind, Fräulein Wilhelmine. Ohne Sie ist Gut Falkenbach einfach nicht dasselbe.«*

Wilhelmine lachte glockenklar auf. »Mach dich nicht über ihn lustig. Er hat es nett gemeint.«

»Ja, zweifellos. Zu mir hat er nichts dergleichen gesagt, seit ich wieder hier bin«, unkte Gustav.

»Nun erzähl mal«, forderte Clara. »Wie ist München?«

Wilhelmine blähte ihre Wangen auf und stieß dann die Luft aus. »Groß, laut, schnell und …«, sie zögerte, »völlig anders als alles hier.«

»Aber es gefällt dir?«, fragte Paul-Friedrich.

»Ja, Vater, es gefällt mir. Die Wohnung, die du für mich angemietet hast, ist wirklich schön. Und ich bin bereits bei allen vorstellig geworden, die du mir auf die Liste geschrieben hast.«

»Wirklich? In dieser kurzen Zeit?«

»Ja, und Lorscheid und Kampner haben auch schon zugesagt, Gut Falkenbach besuchen und sich die Pferde ansehen zu wollen, die ihre Stuten decken könnten.«

»Schön«, sagte Paul-Friedrich nur darauf, da er das Thema jetzt keinesfalls vertiefen wollte. Er würde Wilhelmine nach dem Essen beiseitenehmen und hoffte sehr darauf, dass sie sein Vorgehen verstand. Begeistert sein würde sie sicher nicht, doch das stand auf einem anderen Blatt.

Er spürte, dass Clara ihn auf Wilhelmines Bemerkung hin ansah, ganz so, als erwartete sie, dass er direkt jetzt darüber sprechen würde, dass die Pferde nicht mehr hier waren.

»Und das gesellschaftliche Leben dort?«, fragte er stattdessen. »Ich meine, du wirst ja wohl hoffentlich nicht jeden Abend allein in deiner Wohnung gesessen haben?«

»Nein, natürlich nicht«, antwortete Wilhelmine, doch in ihrem Gesicht spiegelte sich etwas, das Paul-Friedrich nicht einzuschätzen wusste.

»Ist etwas vorgefallen?«

»Nein«, antwortete Wilhelmine. »Oder doch«, entschied sie sich gleich darauf, ehrlich zu sein. »Es ist etwas vorgefallen, doch ich wollte es euch eigentlich erst später erzählen und nicht gleich zu Beginn.« Sie sah einen nach dem anderen an. »Heinz Lochner«, sagte sie dann, »ist tot. Ich habe es von jemandem erfahren, der genau wie ich an der Reitschule unterrichtet, um sich etwas dazuzuverdienen. Er ist eigentlich Student und wurde zur Fortsetzung seines Studiums für eine Weile von der Front freigestellt«, fuhr sie fort. »Wolfgang«, nannte sie nun auch dessen Namen. »Er dachte wohl, ich wüsste es.«

»Heinz Lochner? Der Bereiter, der früher hier gearbeitet hat?«, fragte Gustav.

»Heinz Lochner, der für Christian Weber bei dem Wettspringen gegen mich angetreten ist, ja.« Wilhelmine sah Paul-Friedrich prüfend an.

»Wusstest du davon, Vater?«

»Ich hörte Gerüchte, doch nichts Genaues«, wich Paul-Friedrich aus.

»Nun, es stimmt«, meinte Wilhelmine. »Und es ist nicht, wie man in dieser Zeit vermuten würde, an der Front geschehen. Er wurde wohl überfallen und ist hierbei zu Tode gekommen.«

»Furchtbar so was«, entsetzte sich Dorothea. »Die Menschen besitzen einfach keinen Anstand und kein Gewissen mehr.«

»Essen wir erst einmal«, beendete Paul-Friedrich das Thema. »Und dann erzählst du ein bisschen von München, ja?«

»Ja, sicher.« Wilhelmine nickte, dann aßen sie, und währenddessen schilderte sie alles, was sie in München bereits erkundet hatte. Dann ließ sie sich von Gustav berichten, was in Eglfing-Haar geschehen war.

»Und wie lange wird die Renovierung der Station dauern?«, fragte Wilhelmine nach. »Ich meine, wie lange kannst du noch hierbleiben?«

»Genau weiß ich das noch gar nicht«, gab Gustav Auskunft, nachdem er den Bissen in seinem Mund hinuntergeschluckt hatte. »Bestimmt noch eine Weile. Das Feuer hat einiges zerstört. Ein paar Wochen also mit Sicherheit.«

»Na ja«, meinte Wilhelmine und zuckte die Achseln, »so kannst du dich hier erholen und mal eine Zeit lang wieder du selbst werden.«

»Ich habe das Gefühl, in der einen Woche, seit ich von dort zurück bin, mehr geschlafen zu haben als die letzten Monate zuvor zusammen. Es tut einfach nur gut, wieder hier sein zu können, bei meiner Familie, und die Ruhe Gut Falkenbachs zu genießen.«

»Das habe ich die letzten Tage auch gedacht«, meinte Wilhelmine, »wie unglaublich ruhig es hier zu Hause ist. In München lärmt immer irgendetwas, Autos fahren vorbei, Fahrräder klingeln, man hört die Stimmen der Leute, die unter dem Fenster entlanggehen und sich unterhalten. Selbst wenn ich ganz allein in meiner Wohnung bin«, sie sah zu Dorothea, »was ich übrigens jeden Tag ausschließlich war«, betonte sie, »sind da doch immer irgendwelche Geräusche. Manchmal auch von dem Nachbarehepaar, das sich gern mal lautstark in die Haare kriegt und immer dann, wenn unsere Vermieterin raufkommt und fragt, was los ist, behauptet, sie hätten nur den Rundfunkempfänger zu laut eingeschaltet gehabt.« Wilhelmine tippte sich gegen die Stirn. »Rundfunkempfänger. So ein Blödsinn.«

»Soll ich mal mit deiner Vermieterin darüber sprechen, was da nebenan geschieht?«, fragte Paul-Friedrich.

»Nein, auf keinen Fall«, widersprach Wilhelmine sofort. »Von mir aus können die sich ruhig die Köpfe einhauen. Ist ja ihre Sache, wenn sie sich ständig streiten wollen.«

»Wenn du meinst. Doch wenn es dich zu sehr stören sollte, dann gib mir Bescheid«, sagte Paul-Friedrich. »Es ist ja schließlich kein Zustand, dass sich Menschen so benehmen.«

»Danke. Ich warte das erst mal ab«, meinte Wilhelmine. »Und wie macht sich der neue Bereiter so?«, wechselte Wilhelmine dann das Thema. »Ich könnte mir vorstellen, dass His Highness es ihm nicht gerade leichtmacht.«

»Ach, der Josef macht sich gut«, gab Paul-Friedrich betont gleichmütig zurück. »Doch ich würde gleich nach dem Essen gern mal eben mit dir in meinem Arbeitszimmer sprechen, Wilhelmine.«

»Warum, was ist los? Geht es um His Highness? Ist er krank?«

»Nein, er ist nicht krank«, beruhigte Paul-Friedrich. »Er ist kerngesund, genau wie alle anderen Pferde auch.«

»Puh!« Wilhelmine atmete auf. »Ich dachte schon, es wäre etwas mit ihm.«

»Aber nein.« Paul-Friedrich schüttelte den Kopf, doch er bemerkte, wie Clara den Blick senkte. Seiner Schwiegertochter war deutlich anzusehen, wie unwohl sie sich fühlte, Wilhelmine die Wahrheit verschwiegen zu haben.

»Wie lange wirst du eigentlich bleiben?«, fragte Paul-Friedrich nun. »Bis Sonntag doch auf jeden Fall, nicht wahr?«

»Ich hätte sogar Zeit bis Dienstag, weil ich erst ab Mittwoch wieder arbeiten muss.« Sie lächelte. »Es gibt mehr Reitlehrer, als gebraucht werden, sodass wir immer mal wieder durchtauschen. Jeder ist froh, noch die eine oder andere Stunde zusätzlich geben zu können, weil wir nur danach bezahlt werden«, klärte Wilhelmine auf. »Und nun ja, bei mir ist es ja nicht so dringend, das Geld zu verdienen wie bei anderen.«

»Du sprachst vorhin von einem Reitlehrer, der eigentlich an der Front sein müsste?«, erinnerte sich Paul-Friedrich. »Wie ist denn so was geregelt?«

»Ja, das stimmt. Wolfgang hat seinen Fronturlaub genommen, und zusätzlich steht ihm eine bestimmte Zeit zu, während der er sein Studium fortsetzen kann.« Sie sah Gustav an. »Er studiert Medizin an der Ludwig-Maximilians-Universität.«

»Oh, ein Kollege«, meinte Gustav.

»Noch nicht, aber er ist klug und wird es schon hinbekommen. Und während der Zeit, die er fernab der Front ist, bessert er sein Einkommen auf, indem er Reitstunden gibt.«

»Er scheint ein strebsamer junger Mann zu sein«, befand Dorothea.

»Ja, das ist er. Er ist nett, wirklich. Und er zeigt mir ein bisschen die Stadt.«

»Du kannst ihn ja mal mitbringen, wenn du nach Hause kommst und er gerade frei hat«, schlug Dorothea vor.

»Ja, mal sehen. Also, er ist nicht *so* ein Freund«, nahm Wilhelmine der Mutter gleich den Wind aus den Segeln. »Wir verstehen uns gut, das ist alles.«

»Was nicht ist, kann ja noch werden«, entgegnete Dorothea, worauf Wilhelmine kurz die Augen verdrehte.

Sie plauderten noch ein wenig, bis sie die Runde schließlich auflösten und Paul-Friedrich zusammen mit Wilhelmine in sein Arbeitszimmer ging.

»Also, Papa, was ist los?«, fragte sie sogleich und ließ sich in den Sessel seiner Sitzgarnitur fallen, während er an seinem Schreibtisch Platz nahm.

»Möchtest du etwas trinken?«

»Nein, möchte ich nicht. Ich möchte lieber, dass du mir geradeheraus sagst, was dieser Josef mit unseren Pferden gemacht hat. Und wehe ihm, wenn ich herausfinde, dass er sie geschlagen hat.«

»Josef hat nichts dergleichen getan. Er geht überaus sorgsam mit den Tieren um.«

»Gut. Vor allem gut für ihn.« Wilhelmine lächelte ihren Vater an. »Also, raus mit der Sprache. Was ist? Ich habe beim Essen extra nicht weiter nachgefragt, doch ich konnte es dir ansehen und Clara ebenso, dass irgendetwas im Busch ist. Was gibt es also?«

»Du versprichst mir, bis zum Ende zuzuhören und nicht aufzuspringen und rauszurennen, sobald ich die ersten Sätze ausgesprochen habe?«

»Jetzt machst du mir Angst! Ist His Highness wirklich nicht krank? Oder Damsey? Oder was ist mit …«

»Keines der Pferde ist krank, Wilhelmine«, fiel Paul-Friedrich der Tochter ins Wort. »Sie sind alle gesund, genau wie ich sagte. Doch sie sind nicht mehr hier.«

Wilhelmine sah ihn an, als hätte sie nicht verstanden, was er soeben sagte.

»Was?«

»Ich musste sie fortbringen, weil man sie uns weggenommen hätte«, erklärte er. »Wie du weißt, verfüge ich über recht gute Kontakte zu den Behörden. Christian Weber«, sprach er den Namen nun aus. »Wie du weißt, ist er ganz versessen darauf, His Highness in seine dickknorpeligen Finger zu bekommen. Und wie es scheint, hat er einen Weg gefunden.«

Wilhelmine wurde bleich. »Welchen?«

»Er lässt die Pferde durch entsprechende Verfügungen für die Kavallerie beschlagnahmen«, gab Paul-Friedrich Auskunft. »Hitler hat sich nun entschieden, sein Machtgebiet nach Osten auszudehnen. Es wird Millionen Pferde brauchen, die die Armee bis vor die Tore Moskaus bringen sollen. Und wenn dann wie durch Zauberhand das eine oder andere der beschlagnahmten

Pferde in Webers eigener Zucht landet, so fragt doch niemand weiter nach.«

»Was für ein Widerling!« Wilhelmine ballte die Hand zur Faust. »Er konnte mich nicht besiegen und holt sich His Highness nun auf diesem Wege?«

»Gar nichts kriegt dieser Drecksack!« Paul-Friedrich sah den überraschten Gesichtsausdruck seiner Tochter, da er sonst solche Worte höchst selten, ihr gegenüber jedoch nie benutzte. Wenn ihm mal eine solche Unflätigkeit herausrutschte, dann im Gespräch mit Wilhelm, bei dem er sich durchaus zu einer gröberen Sprache hinreißen ließ.

»Wie meinst du das, er bekommt nichts?«, fragte Wilhelmine.

»Nun, His Highness und auch die anderen Zuchttiere sind nicht mehr hier. Wir haben lediglich noch die beiden Stuten von Constantin Weber im Stall und außerdem zehn Altmärkische Kaltblüter.« Paul-Friedrich grinste breit.

Wilhelmine sah ihn fragend an. »Wir haben Altmärkische Kaltblüter als Zuchttiere?«

Paul-Friedrich lachte kurz auf. »Nach außen hin, ja!«, bestätigte er. »Sie sind schließlich das, was unser Land jetzt braucht, oder nicht? Sie sind robust, haben ein ruhiges Wesen und sind gute Arbeitstiere. Wer braucht schon Vollblüter, wenn man einen Krieg zu gewinnen hat?«

»Moment«, bat Wilhelmine und schüttelte den Kopf. »Ich verstehe höchstens die Hälfte. Wo ist His Highness, Papa?«

Paul-Friedrich rutschte vor und legte seine Hand auf ihre.

»Ich habe ihn und Damsey mit dem Zug zu Otto Meyer nach Innsbruck bringen lassen, ihrem Züchter. Dort sind sie in Sicherheit und vor dem Zugriff Webers geschützt.«

Wilhelmine schluckte, dann sprang sie auf und umarmte ihn stürmisch. Paul-Friedrich spürte, dass sie schluchzte.

»Na, na, meine Kleine. Es ist doch alles gut.« Er tätschelte ihren Rücken. Wilhelmine verharrte einen Moment so, dann setzte sie sich wieder hin und wischte mit dem Handrücken die Tränen von ihren Wangen.

»Ich danke dir so sehr«, stieß sie erleichtert hervor.

»Ich hätte doch nie zugelassen, dass dieser Kerl hier aufmarschiert und uns die Pferde wegnimmt. Vor allem nicht His Highness«, stellte Paul-Friedrich klar.

»Ich weiß wirklich nicht, was ich dann getan hätte«, brachte Wilhelmine kopfschüttelnd hervor.

»Du musst mir nur versprechen, dass du keinem einzigen Menschen auf der Welt davon erzählst«, forderte Paul-Friedrich. »Ich meine es ernst, Wilhelmine. Dafür kann ich schwer bestraft werden, hörst du? Und niemand außer dir, mir und Otto Meyer weiß, wo die Pferde sind. Und genau dabei muss es auch bleiben.«

»Das verspreche ich dir, Vater.« Sie nickte bekräftigend.

»Ich bin letzte Woche extra nach Bernried gefahren, um von dort aus bei Otto anzurufen. Du weißt ja, dass bei den Telefonaten hier vermutlich immer mehr als nur zwei Leute einander zuhören.«

»Ja, ich weiß«, erwiderte Wilhelmine ernst.

»Ich habe sogar einen falschen Namen genannt und auch nicht von Pferden gesprochen. Und Otto ebenfalls nicht, nur für den Fall, dass auch hierbei jemand in der Leitung gewesen wäre.«

»Weber kann also wirklich nicht wissen, wo sie sind?«

»Nein.« Paul-Friedrich schüttelte den Kopf. »Und auch die anderen Pferde habe ich so untergebracht, dass niemand auf die Idee käme, dort nach ihnen zu suchen.«

»Ich bewundere dich dafür, dass du immer alles so mit Weitsicht und Bedacht handhabst«, sagte Wilhelmine. »Aber macht es dir nicht auch zu schaffen, in welcher Welt wir inzwischen leben?«

»Noch habe ich keine Angst, da bei diesem wahnsinnigen Streben nach Macht noch immer ein gewisses taktisches Vorgehen notwendig ist, was es mir ermöglicht, ihre Schritte vorauszusehen. Vielmehr fürchte ich die Zeit, wenn Hitler und auch allen anderen klar wird, dass der Krieg verloren ist und die Willkür, die nun schon allerorts zu beobachten ist, in vollkommenen, verzweifelten Wahnsinn umschlägt.«

»Und du denkst, dass es so weit kommen wird?«

»So gern ich dir etwas anderes sagen würde«, meinte Paul-Friedrich mit Bedauern in der Stimme, »ja, mein Schatz, so wird es kommen.« Paul-Friedrich lag auf der Zunge, dass die einzige Möglichkeit, den Untergang Deutschlands zu verhindern, seiner Meinung nach die wäre, Hitler zu stürzen und loyale, kluge Männer an die Spitze zu setzen, die Friedensverhandlungen aufnehmen und das Land wieder in kluge Bahnen lenken. Und durch seinen Kontakt zu Constantin Trost wusste Paul-Friedrich, dass er nicht allein so dachte, sondern es weit mehr aus den Kreisen der Adligen und auch der ranghohen Offiziere gab, die den Sturz Hitlers lieber heute als morgen herbeigeführt hätten. Natürlich waren sie mit dieser Ansicht weit in der Minderzahl, doch allein, dass nicht nur Paul-Friedrich den Wahnsinn erkannte, gab ihm Hoffnung. Doch es war eben nicht nur damit getan, sondern es musste einen Plan für die Zeit danach geben. Wie sollte es nach dem Zusammenbruch der Diktatur weitergehen? Dies genau zu planen, war fast noch wichtiger, als für Hitlers Tod zu sorgen, da ein Land, das ohne Führung dastand, doch unweigerlich Gefahr lief, dem Nächstbesten zu folgen, der nachkam, selbst wenn die Bevölkerung damit vom Regen in die Traufe geraten würde.

»Papa, ich habe Angst.« Wilhelmines Augen füllten sich mit Tränen.

»Solange ich atme, mein Schatz, werde ich niemals zulassen, dass dir etwas geschieht.«

»Das weiß ich.« Sie schlug die Hände vors Gesicht. »Das weiß ich ganz genau. Aber wir können doch nicht einfach nur so zusehen, wie immer weiter Krieg geführt wird und unser Land vor die Hunde geht. Jemand muss doch etwas unternehmen.«

»Ja, jemand muss etwas unternehmen«, wiederholte Paul-Friedrich. »Doch dieser jemand bist nicht du, hast du gehört?« Ein eigenartiges Gefühl beschlich ihn. »Oder hast du mir etwas zu sagen, Wilhelmine?«

Sie sah ihn an, dann schüttelte sie den Kopf.

»Nein«, sagte sie schließlich.

»Das klang nicht gerade überzeugend«, stellte Paul-Friedrich fest, und er beugte sich weiter vor. »Wilhelmine, es ist lebenswichtig, dass du dich nicht zu irgendetwas Dummem hinreißen lässt, hörst du?«

Sie presste ihre Lippen aufeinander. Dann schüttelte sie erneut den Kopf. »Ich mache nichts, Papa.«

»Versprich es mir.«

»Ich verspreche es dir«, sagte sie und sah ihm dabei fest in die Augen.

»Gut. Also, wir beide haben jetzt ein Geheimnis, Wilhelmine. Du weißt nichts darüber, an wen ich His Highness verkauft habe, und wenn dich jemand fragt, dann bist du mir böse, hörst du? Weil ich hinter deinem Rücken dein Lieblingspferd verscherbelt habe.«

»Ist gut.« Wilhelmine nickte folgsam.

»Und damit meine ich auch, dass du Gustav und auch Clara nichts sagst, so eng ihr auch miteinander seid.«

»Das werde ich nicht. Du kannst dich auf mich verlassen.«

»In Ordnung. Und falls morgen beim Empfang das Gespräch darauf kommt, kannst du gern in einem gefälligen Rahmen eine

Bemerkung fallen lassen, die deinem Gesprächspartner verrät, dass du und ich im Streit liegen wegen der Pferde, hörst du?«

Sie nickte, dann schmunzelte sie. »Wird denn Weber auch zum Empfang kommen?«

»Ich gehe fest davon aus. Ihm gegenüber sag bitte nichts, und gehe einem Gespräch mit ihm aus dem Weg, ja? Ich möchte unbedingt sein Gesicht sehen, wenn er begreift, dass die Vollblüter weg sind.«

»Übertreib es nicht mit ihm«, warnte Wilhelmine. »Wer weiß, wozu er fähig ist.« Sie zögerte, dann blickte sie auf.

»Wusstest du, dass Heinz Lochner tot ist? Ich meine, schon vorher, bevor ich es erzählt habe?«

Paul-Friedrich zögerte, dann nickte er.

»Ja. Ich habe es von Constantin Trost erfahren, wenige Tage nach eurem Springreiten.«

»Danke, dass du ehrlich zu mir bist.« Wilhelmine legte den Kopf schräg. »Glaubst du, dass Weber ihn hat umbringen lassen, weil er gegen mich verloren und Weber deshalb His Highness nicht bekommen hat?«

Paul-Friedrich sah in die traurigen Augen seiner Tochter, und im ersten Moment wollte er lügen, schon um sie vor der Wahrheit zu schützen. Doch dann hörte er sich selbst sagen:

»Ja, ich bin davon überzeugt. Deshalb habe ich es dir nicht gesagt, als ich davon erfuhr. Doch inzwischen glaube ich, dass du damit umgehen kannst.« Er deutete zum Fenster. »Du bist nicht mehr das kleine Mädchen, Wilhelmine. Du bist eine junge kluge Frau, und es wird an deiner Generation sein, das Land wieder aufzubauen, wenn all das vorbei ist. Und möge der Herrgott geben, dass ihr klüger seid und es besser macht als wir, die einen Krieg auf den anderen folgen ließen und scheinbar nicht das Geringste gelernt haben.«

»Du machst mir Angst, wenn du so sprichst, Papa. Es klingt, als würdest du dich verabschieden.«

Paul-Friedrich lag die Erwiderung auf den Lippen, dass er nicht wissen konnte, was kam. Doch er wollte seiner Tochter keine Last auf die Schultern laden, unter der sie womöglich nicht mehr gerade würde stehen können.

»Nein, es ist kein Abschied. Eher der Versuch eines Aufbruchs, den dann du, dein Bruder und jene von euch in die Zukunft tragen müssen, die nicht vom braunen Virus infiziert sind.«

»Ich hab dich lieb, Papa.«

»Ich habe dich auch lieb, mein Schatz. Und nun wäre ich dir dankbar, wenn du aufstehen würdest, die Tür hinter dir ins Schloss werfen und eine noch vertretbare Beleidigung ausrufen würdest. Irgendetwas, dass du mir das niemals verzeihen würdest, laut genug, damit das Personal es hört. Du verstehst schon.« Er lächelte sie an und strich ihr zärtlich über die Wange.

»Du bist der beste Mensch der Welt.« Sie beugte sich vor, stand auf und wandte sich in Richtung Tür.

»Ach, und Wilhelmine, Otto Meyer, du weißt schon …«

Sie drehte sich um und sah ihn fragend an. »Nein, ich weiß nicht, von wem du sprichst. Ich kenne keinen Otto Meyer.« Sie lächelte ihn an, und er erwiderte ihr Lächeln. Dann ging sie zur Tür und öffnete sie.

»Das werde ich dir niemals verzeihen. Niemals!«, rief sie laut, zwinkerte ihm zu, trat hinaus und knallte die Tür ins Schloss, dass es nur so schepperte. Dann hörte er ihre schnellen Schritte auf dem Flur. Sie war so sehr sein eigen Fleisch und Blut, war ihm so ähnlich, dass es ihn mit grenzenlosem Stolz erfüllte. Er hatte keinen Zweifel, dass sie ihre Sache gut machen würde, ganz gleich, was diese auch war.

15. Kapitel

Wenn ich meine Sache gut mache, werde ich hoffentlich endlich wahrgenommen.

Elisabeth Lehmann

Sie war so nervös, dass sie beim Frühstück keinen Bissen runterbrachte und kaum in der Lage war, ihre Teetasse zu halten, ohne etwas zu verschütten.

»Es wird schon alles gut gehen«, versuchte Ferdinand ihr Mut zuzusprechen. »Und wenn irgendetwas nicht so laufen sollte wie geplant, ist das auch kein Beinbruch. Schließlich ist es nur ein Empfang von vielen. Also mach dich nicht verrückt.«

Elisabeth spürte, dass ihre Wangen glühten.

»Nur ein Empfang von vielen?«, wiederholte sie seine Worte und schüttelte geradezu fassungslos den Kopf. »Hörst du dich eigentlich selbst reden, Ferdinand?« Elisabeths Stimme überschlug sich. »Fast alle Wichtigen des Landes werden da sein, und womöglich schafft er es doch noch und der Führer selbst gewährt uns die Ehre.«

»Ich sagte dir schon, dass er nicht dabei sein wird«, gab Ferdinand fast gelangweilt von sich und gähnte dann herzhaft.

»Wie kannst du nur so gleichgültig sein?«, hielt sie ihm vor.

»Ich bin nicht gleichgültig, sondern todmüde«, stellte Ferdinand klar und gähnte abermals. »Denn während du dich außer Stande sahst, heute Nacht aufzustehen und Jojo zu helfen, habe ich seinen Kopf gehalten, während er sich wieder und wieder übergeben hat.«

»Ich habe dir gesagt, dass du das dem Personal überlassen sollst«, entgegnete Elisabeth. »Schließlich könnte das Kind etwas Ansteckendes haben. Nicht auszudenken, wenn wir uns auch etwas am Magen holen und einem von uns später übel wird.« Sie legte ihren Handrücken an die Stirn. »Um Himmels willen, ich glaube, ich habe es auch. Meine Stirn glüht.«

»Deine Stirn glüht, weil du dich so aufregst, das ist alles«, erwiderte Ferdinand. »Jojo hat sich den Magen verdorben, weil er aus dem offenen Einmachglas die ganzen Kirschen herausgefischt hat.«

»Das kannst du mir nicht zum Vorwurf machen«, verteidigte sich Elisabeth. »Ich kann ihn nicht jede Minute im Auge behalten. Ich war froh, dass er endlich einmal Ruhe gab.«

»Wenn sie ruhig sind, machen sie Unsinn«, stellte Käthe beim Hereinkommen fest. »Guten Morgen ihr zwei.«

»Guten Morgen, Schwiegermutter«, sagte Elisabeth.

»Guten Morgen, Mutter«, grüßte nun auch Ferdinand, stand auf und griff über den Tisch, um sich die Kaffeekanne zu nehmen.

»Und? Wie geht es Jojo jetzt?«, fragte Käthe.

»Er schläft ruhig und friedlich. Bis um vier Uhr in der Früh hat er noch mit dem Magen zu kämpfen gehabt, doch dann hörten die Krämpfe auf, und er ist sofort eingeschlafen«, berichtete Ferdinand.

»Ich kann mich um ihn kümmern, wenn er wach wird«, bot Käthe an und schenkte sich ebenfalls einen Kaffee ein.

»Bärbel kann das übernehmen«, entschied Elisabeth. »Ach, nein, die ist ja drüben im Gutshaus«, fiel ihr dann ein.

»Mach dir keine Gedanken. Ich beschäftige mich gern mit eurem Jungen«, sagte Käthe. »Er ist so ein reizender kleiner Kerl, und er liebt es, wenn ich ihm Geschichten vorlese.«

»Aber später kommst du doch auch zum Empfang?«, fragte Elisabeth und spürte sofort wieder Unruhe in sich aufsteigen. »Schließlich würde es kein gutes Bild abgeben, wenn …«

»Wenn nicht alle vollzählig wären und damit ihre Ergebenheit dem Führer gegenüber bekunden«, brachte Käthe den Satz zu Ende. »Wirklich, Elisabeth, das sagst du inzwischen mindestens fünfmal am Tag. Du kannst dich darauf verlassen, dass ich da sein werde. Zumindest, wenn noch jemand vom Personal nicht drüben im Gutshaus ist, um dort zu helfen, sondern sich hier um Jojo kümmern kann.«

»Natürlich wird jemand hier sein.« Elisabeth musste sich zusammenreißen, um wegen der Bemerkung ihrer Schwiegermutter nicht aus der Haut zu fahren. Warum nur konnte denn niemand hier verstehen, wie wichtig dieser Empfang war?

»Bärbel hilft ja lediglich beim Vorbereiten«, fuhr Elisabeth fort und bemühte sich um einen höflichen Tonfall, auch wenn es ihr schwerfiel. »Sobald alles fertig ist, wird das Personal vom Gutshaus übernehmen und zusätzlich die Kellner, die ich eigens hierfür angefordert habe.«

»Na bitte«, sagte Käthe. »Dann passt es ja.« Ihre Schwiegermutter sah sie an.

»Du machst dir zu viele Sorgen, Elisabeth. Du glühst richtiggehend. Wenn du so nervös bist, wird schon deshalb etwas schiefgehen.«

»Ich glühe, weil Jojo mich mit irgendetwas angesteckt hat.« Elisabeth schloss kurz ihre Augen, um sich zu sammeln.

»Ich dachte, er hätte sich den Magen mit den eingemachten Kirschen verdorben?« Käthe sah erst Elisabeth, dann Ferdinand fragend an.

»Hat er auch«, bestätigte dieser, und Elisabeth bemerkte, dass ihr Ehemann die Augen verdrehte.

»Das habe ich gesehen, Ferdinand. Und ich möchte dich dringend auffordern, derart abfälliges Verhalten mir gegenüber zu unterlassen.« Elisabeth spürte, dass ihr Tränen in die Augen stiegen.

»Aber Elisabeth, es war doch nicht …«, begann Ferdinand, doch in diesem Moment wollte Elisabeth ein Taschentuch hervorziehen, stieß hierbei jedoch ihre Tasse um, sodass der Tee sich auf ihr Kleid ergoss und die Tasse beim Aufschlagen auf dem Boden zersprang. Elisabeth schrie auf.

»Nun siehst du, was du angerichtet hast!«, brüllte sie Ferdinand an, bückte sich dann eilig hinunter, kam hierbei aber zu nah an den Tisch, sodass sie auch noch den Teller herunterriss, der ebenfalls sofort auf dem Boden zerbrach.

Elisabeth schluchzte auf.

»Hast du dich verletzt?« Ferdinand war aufgesprungen und eilte um den Tisch herum, um ihr zu helfen.

»Lass mich!«, brüllte sie ihn an. »Das ist alles deine Schuld.«

»Sei so nett, und hole einen Eimer, Feger und Schaufel, Ferdinand«, bat Käthe ruhig und fasste Elisabeths Arm.

»Komm hoch, Liebes«, sagte sie dann in mütterlichem Tonfall, was bei Elisabeth einen regelrechten Weinkrampf auslöste. Es war alles so ungerecht. Nichts von dem, was sie tat, wurde wirklich gewürdigt. Sie hockte am Boden, und ihr ganzer Körper schien zu beben.

»Komm, Elisabeth, komm«, forderte Käthe abermals, dann half sie Elisabeth auf.

»Setz dich einfach dort auf den Stuhl, und beruhige dich. Ich bringe das hier wieder in Ordnung«, sagte die Schwiegermutter mitfühlend.

Elisabeth ließ sich von Käthe zum Stuhl führen. Nachdem sie Platz genommen hatte, schlug sie die Hände vors Gesicht und ließ ihren Tränen freien Lauf.

»Ja, so ist gut. Lass jetzt erst mal alles raus, und danach sieht die Welt schon wieder ganz anders aus«, redete Käthe beruhigend auf sie ein.

Elisabeth schluchzte, weinte und konnte sich minutenlang nicht mehr beruhigen.

»Gib mir das«, bat Käthe an Ferdinand gewandt, der gerade mit einem Feger, einer Kehrschaufel und einem Eimer zurückgekommen war.

Elisabeth sah der Schwiegermutter zu, wie diese die Scherben auffegte und schließlich in den Eimer warf.

»Der ganze Teppich ist ruiniert.« Elisabeth konnte nicht verhindern, dass sie abermals laut zu schluchzen begann.

»Meine Güte, Elisabeth, das ist doch nun wirklich nicht so wild«, meinte Ferdinand, und Elisabeth konnte deutlich hören, dass ihr Ehemann ihr Verhalten offenbar lachhaft fand.

»Für dich vielleicht nicht«, entgegnete sie gereizt. »Aber für dich ist ja scheinbar überhaupt nichts so wichtig«, fuhr sie anklagend fort. Elisabeth spürte selbst, dass es besser wäre, jetzt den Mund zu halten. Doch sie fühlte sich derart unter Druck gesetzt und schlicht ungerecht behandelt, da Ferdinand scheinbar überhaupt nicht anerkennen konnte, wie viel sie die letzte Zeit geleistet hatte, damit nur ja heute beim Empfang alles perfekt war. Sie hätte am liebsten laut schreien mögen.

»Meine Güte!«, gab Ferdinand nun in harschem Ton zurück. »Hätte ich auch nur geahnt, was für ein Theater es würde, dich einen solchen Empfang organisieren zu lassen, hätte ich es definitiv gelassen. Das ist ja unerträglich.«

»Ferdinand, bitte«, mischte sich nun Käthe ein, die die Scherben weggebracht hatte und nun mit einem Tuch den Teppich tupfte. »Das hilft jetzt gerade niemandem hier weiter.«

Elisabeth musste wieder gegen die Tränen ankämpfen.

»Das mag ja sein, Mutter. Doch irgendwann ist es auch mal genug. Es ist ein Empfang, Herrgott noch mal. Es gibt Trinken und Essen, und man kommt in einem Saal zusammen, das ist alles. Wenn ich mich bei dem, was täglich von mir erwartet wird, auch nur im Ansatz dermaßen anstellen würde, könnten wir hier gleich alles verkaufen und uns in die Schlange der Bettler einreihen.«

»Ferdinand!«, herrschte Käthe ihren Sohn an.

»Ist doch wahr«, echauffierte sich Ferdinand weiter. »Seit Wochen schon dieser Zirkus. Wenn du dich der Aufgabe nicht gewachsen fühlst, Elisabeth, dann solltest du es einfach sagen. Beim nächsten Mal bitte ich wohl besser Dorothea. Die weiß wenigstens, was sie tut, doch deren Hilfe wolltest du ja nicht.«

Käthe richtete sich wieder auf und wollte etwas erwidern, doch Elisabeth kam ihr zuvor.

»Gut, ich verstehe. Da ich ja wohl überhaupt nichts richtig machen kann, werde ich mich am besten von dem Empfang fernhalten.«

»Ist vielleicht wirklich das Beste«, erwiderte Ferdinand, worauf Elisabeth erneut in Tränen ausbrach.

»Jetzt ist hier aber Schluss«, schimpfte Käthe.

»Ferdinand, du bist undankbar und wirst dich bei Elisabeth entschuldigen.«

»Ich werde bestimmt nicht …«, Ferdinand brach ab, als Käthe den Zeigefinger direkt vor sein Gesicht hielt.

»Und zwar wirst du dich sofort entschuldigen.« Sie drehte sich zu Elisabeth um.

»Und du, Elisabeth, reißt dich jetzt zusammen und benimmst dich wie eine erwachsene Frau und Mutter. Keiner von euch beiden sollte es jetzt wagen, mir zu widersprechen, das sage ich euch. Keinen einzigen Mucks will ich hören. Genug ist genug.« Sie drehte sich wieder Ferdinand zu. »Also?«

Ferdinand atmete tief ein und blähte die Wangen kurz auf.

»Entschuldige bitte, Elisabeth, dass ich in einem derart unangebrachten Ton mit dir gesprochen habe. Wahrscheinlich habe ich den Aufwand, den eine solche Feier mit sich bringt, unterschätzt. Es war nicht meine Absicht, deine Arbeit herabzumindern oder dich gar zu verletzen.« Er trat auf sie zu. »Bitte nimm meine Entschuldigung an, die aufrichtig gemeint ist und die ich nicht deshalb vorbringe, weil meine Mutter sie einfordert.« Er streckte ihr seine Hände entgegen, die Elisabeth nach kurzem Zögern ergriff und sich nun von Ferdinand in die Höhe ziehen ließ.

»Es tut mir auch sehr leid, Ferdinand.« Sie schluchzte noch einmal. »Ich möchte einfach, dass alles perfekt wird, und habe vollkommen die Kontrolle verloren. Ich würde dir gern beweisen, dass ich dir eine gute Ehefrau und Unterstützerin deiner Sache sein kann, und hoffe, dass du mir die Gelegenheit hierzu gibst.«

Ferdinand kam noch näher, legte seinen Zeigefinger unter ihr Kinn, hob es und gab ihr einen Kuss.

»Na, also«, stellte Käthe erleichtert fest, »so schwer war das ja nun nicht.« Sie sah Elisabeth an. »Seid so nett, und geht beide zum Gutshaus hinüber, um zu überprüfen, ob noch etwas zu veranlassen ist. Ich bleibe hier und kümmere mich um Jojo, sobald er wach werden sollte.« Sie sah sich um. »Schläft Johannes noch?«

»Nein.« Ferdinand schüttelte den Kopf. »Er ist bereits drüben in der Fabrik und wollte auch noch beim Außenlager vorbei, um einen letzten Blick auf die Produktionszahlen zu werfen. Nur um gewappnet zu sein, wenn sich während des Empfangs Fragen zu den Auslieferungsmengen ergeben.«

»Ich verstehe«, sagte Käthe nur. »Also gut, raus mit euch. Ich werde den Teppich reinigen und auf Jojo aufpassen. Und eines noch«, kündigte Käthe an.

»Dieser Empfang kann in die eine wie die andere Richtung für euch beide gehen. Ich schlage vor, ihr betrachtet ihn als etwas Gemeinsames, um so zum Gelingen beizutragen. Es wäre also ratsam, wenn ihr einander unterstützen würdet, statt euch gegenseitig zu zerfleischen.«

Elisabeth nickte, während Ferdinand nun seine Mutter anlächelte, ihr einen Kuss auf die Wange gab und sagte: »Es ist gut, dass du uns den Kopf zurechtgerückt hast. Danke.«

»Immer gern ihr zwei«, gab Käthe zurück. »Wenn ich euch noch eines mit auf den Weg geben darf«, fügte sie hinzu, »dann, dass ihr auf eure Liebe achtgeben solltet. Auch wenn ihr denkt, im Recht zu sein und das Verhalten des anderen mal nicht verstehen könnt, so ist es doch klug, nicht jeden Gedanken auszusprechen. Denn was nützt es euch, eine Diskussion zu gewinnen, wenn ihr beide eure Liebe hierüber verliert?«

Ferdinand sah Elisabeth an, und einen kurzen Moment war da das Gefühl der Verbundenheit, das Elisabeth in den letzten Monaten, womöglich sogar schon länger, so sehr vermisst hatte. Auch wenn sie versuchte, als Ehefrau und Mutter alles richtig zu machen, so hatte sie doch oft, eigentlich sogar immer das Gefühl, dass eben genau dies nicht gelang und es einfach nicht genügte, was sie zu leisten imstande war. Doch in diesem Augenblick spürte sie, dass da zwischen ihnen noch immer etwas war, für das es sich zu kämpfen lohnte.

Elisabeth lächelte und hielt Ferdinand die Hand entgegen, die dieser sogleich in seine nahm und einen Kuss darauf hauchte.

»Ach, ihr jungen Leute«, seufzte Käthe. »Und nun fort mit euch, bevor der Tee im Teppich eintrocknet und ich ihn nicht mehr rausbekomme.«

»Vielen Dank«, sagte Ferdinand nun auch noch mal an seine Mutter gewandt, und Elisabeth war in diesem Augenblick so glücklich, dass sie Käthe kurz drückte. Dann verließ sie zusammen mit ihrem Mann das Haus, und fühlte sich geradezu beseelt, Hand in Hand mit ihm das Stück bis zum Gutshaus zurückzulegen, in der Hoffnung, dass sie sich wieder einander annähern könnten und ihr Verhältnis zueinander besser würde.

»Hoffentlich kühlt es sich bis zum Empfang ein wenig ab«, begann Ferdinand nun ein Gespräch. »Bei dieser Hitze hat man in Uniform das Gefühl, in seinem eigenen Saft zu schmoren.«

»Da haben wir Frauen es in unseren Sommerkleidern wirklich besser.«

»Und es sieht auch noch hübscher aus«, gab Ferdinand charmant zurück.

»Also ich finde dich überaus ansehnlich in deiner Uniform«, bekräftigte Elisabeth, und einen Moment sahen sie sich verliebt an, während sie nebeneinanderher gingen.

»Und bitte entschuldige noch mal mein Verhalten in den letzten Wochen«, bat Elisabeth.

»Ich war auch nicht gerade das, was man einen rücksichtsvollen Ehemann nennt«, gab Ferdinand zurück. Er sah Elisabeth von der Seite an. »Wann haben wir uns so voneinander entfernt?«, fragte er. »Oder denkst du, es liegt an den Umständen?«

»An welchen Umständen?«, fragte Elisabeth.

»Meine Arbeit im Außenlager, die Anspannung seinerzeit wegen Johannes und der Druck, der auf uns lastet. Ich meine, überleg nur, unter welchen Bedingungen du unserem Jojo das Leben geschenkt hast, dann der Tod meines Vaters«, führte er aus. »Ich finde, da hat sich in den Jahren doch einiges ereignet, das erst einmal verdaut gehört.«

»Meine Fehlgeburt nicht zu vergessen«, fügte Elisabeth leise hinzu, und es fühlte sich wie ein kleines Stück Befreiung für sie an, es so offen ausgesprochen zu haben.

»Das wollte ich gar nicht mehr erwähnen, um keine Wunden aufzureißen.«

»Die Wunde wird sowieso niemals geschlossen werden können«, erwiderte Elisabeth, und ihr war, als erkannte sie es in diesem Moment das erste Mal selbst. Sie hatte sich so dafür geschämt, kein gesundes Kind bekommen zu haben, dass ihr bei der bloßen Erwähnung oft übel geworden war. Doch nun, da sie Ferdinand vor Kurzem anvertraut hatte, dass das Kind außerdem behindert gewesen war, hatte sich etwas in ihr gelöst. Sie hatte all die Lügen einfach satt. In den letzten Jahren hatten sich so viele Geheimnisse aufgetürmt, dass sie ständig übernervös gewesen war, weil sie befürchtete, dass ihr jemand auf die Schliche kam. Zwar wusste Ferdinand noch immer nicht alles, was sie getan hatte, und ganz gewiss würde sie weder den Toten im See gestehen noch die wahre Herkunft Jojos. Doch zumindest hatte sie sich ein Stück weit vorgewagt und ihm vertraut. Ein Anfang, wie sie fand, und wenn sie sich künftig bemühen würde, wieder besser mit ihrem Mann auszukommen, dann würde es ihr womöglich auch gelingen, alles andere, was sie so tief in ihrer Seele begraben hatte, zu vergessen.

»Ja, das stimmt wohl«, antwortete Ferdinand nun. »Wie sollte es auch möglich sein, dass eine so tiefe Wunde jemals heilt?«

Er lächelte sie an, und Elisabeth erwiderte seinen Blick. Dann erreichten sie das Gutshaus, und sie mussten nicht einmal klopfen, da die Eingangstür sperrangelweit offen stand, sodass sie einfach eintraten.

»Guten Tag!«, rief Elisabeth laut, worauf Hans aus dem großen Saal in die Eingangshalle kam.

»Ah, die Herrschaften Lehmann«, grüßte er. »Wie schön, dass Sie da sind. Wenn Sie mir folgen wollen. Alles wird gerade nach Ihren Anweisungen vorbereitet«, meldete er.

»Danke, Hans«, sagte Elisabeth, und zusammen mit Ferdinand folgte sie dem Haushofmeister der von Falkenbachs in den großen Saal.

Elisabeth legte sich die Hand an die Brust, so glücklich war sie bei dem Anblick. Das Personal hatte bereits einen Großteil der Arbeiten erledigt, sodass Elisabeth sich ein gutes Bild davon machen konnte, wie alles in ein paar Stunden aussehen würde.

Im vorderen Bereich des Vorsaals waren mit weißen Tischdecken versehene Stehtische aufgestellt, in deren Mitte Blumenschmuck drapiert war. Zu Elisabeths rechter Seite war ein Podest für die Musik errichtet worden und durch die weit geöffnete Flügeltür konnte sie schon von hier aus die gedeckte Tafel im Hauptsaal erkennen, zu dem Ferdinand und sie nun gingen. Elisabeth ließ auch hier ihren Blick schweifen. Alles war genau wie von ihr gewünscht angerichtet, und wenn nicht die Köche versagten, könnte es nur eine überaus gelungene Feierlichkeit werden.

»Sind alle Getränke kalt gestellt und wurde alles geliefert?«

»Alles wurde gemäß der von Ihnen überreichten Liste erledigt, Frau Lehmann«, bestätigte Hans.

»Und das Essen?«

»Wird pünktlich fertig sein. Allerdings mit einer geringfügigen Änderung, da die gnädige Frau von Falkenbach die Anweisung gegeben hat, noch eine Suppe kochen zu lassen, da sich dies zu einem solchen Anlass gehört. Ich habe es entsprechend veranlasst, und der Koch wird rechtzeitig fertig werden.«

»Wie bitte?« Elisabeth presste die Lippen aufeinander. »Ich habe ausdrücklich angeordnet, dass es keine Suppe geben wird. Es ist viel zu heiß dafür, und derartige Vorstellungen darüber, was angeboten werden muss, sind vollkommen aus der Zeit gefallen«, empörte sie sich.

»Nun ärgere dich doch nicht, Elisabeth. Dorothea hat es bestimmt nur gut gemeint.«

Elisabeth versuchte ihre Atmung zu beruhigen. »Ich bitte dich, hinter mir zu stehen«, sagte sie an Ferdinand gewandt. »Es war mein ausdrücklicher Wunsch, und ich möchte, dass dieser respektiert wird.«

Ferdinand sah sie an, dann nickte er. »Du hast recht. Lass uns zu Dorothea gehen und mit ihr sprechen.« Er wandte sich an Hans. »Die Suppe wird nicht benötigt.«

»Aber …«, wollte Hans widersprechen, besann sich dann jedoch offenbar. »Sehr wohl, die Herrschaften«, sagte er und deutete eine Verbeugung an.

»Gut«, entgegnete Ferdinand. »Wo ist Dorothea?«

»Die gnädige Frau ist meines Wissens nach im Wohnzimmer.«

»Danke, Hans.« Ferdinand sah sich noch einmal um. »Wir sind mit allem sehr zufrieden.«

»Das freut mich zu hören, Hauptmann Lehmann. Wenn ich noch irgendetwas tun kann?«

»Nein, Hans, vielen Dank.«

»Sehr wohl, gnädige Herrschaften.« Hans verbeugte sich und ging zurück in den Vorsaal, wo er mit einem der Dienstmädchen sprach.

»Komm«, sagte Ferdinand. »Gehen wir zu Dorothea. Doch ich bitte dich, sei freundlich, auch wenn ihr Verhalten nicht richtig war. Ich möchte nicht riskieren, dass es noch vor dem Empfang zu einem Eklat kommt.«

»Ich auch nicht«, stimmte Elisabeth zu. Dann hakte sie sich bei ihrem Ehemann unter, und zusammen verließen sie den Festsaal und machten sich auf den Weg zum Wohnzimmer. Elisabeth setzte ein Lächeln auf, als sie zusammen mit Ferdinand zu der Hausherrin ging. Keinesfalls wollte sie die Fassung verlieren und ihren Ehemann wieder einmal enttäuschen.

»Dorothea, guten Tag, können wir dich kurz stören?«, grüßte Elisabeth.

»Aber sicher.« Dorothea schloss die Terrassentür, durch die sie offenbar in den Garten hinausgesehen hatte.

»Guten Tag, Dorothea«, sagte nun auch Ferdinand.

»Wir waren eben im Saal«, begann Elisabeth sogleich und spürte eine gewisse Anspannung. Hoffentlich würde es ihr gelingen, ihr Anliegen so zu formulieren, dass sie nicht zu barsch rüberkam.

»Es sieht wirklich alles wunderbar aus«, fuhr Elisabeth fort.

»Du hast sehr viel Geschmack bewiesen«, lobte Dorothea und sah dann Ferdinand an. »Du kannst stolz auf deine Frau sein. So eine Festlichkeit auf die Beine zu stellen, sieht leicht aus, ist es jedoch nicht im Geringsten.«

»Ich habe Elisabeth schon gelobt«, erwiderte Ferdinand. »Ich weiß die viele Arbeit, die sie investiert hat, wirklich zu schätzen.«

Elisabeth lächelte. »Wir haben eben euren Hans getroffen, und er sagte mir, dass du noch eine Suppe hast kochen lassen.«

»Das ist richtig. Es war dir wohl durchgerutscht, was verständlich ist bei der ganzen Aufregung. Doch zu jedem guten Essen gehört vorweg eine Suppe.«

»Nun, da hast du natürlich recht, und ich danke dir für deine Umsicht, schließlich weiß ich, wie erfahren du in solchen Dingen bist. Doch tatsächlich möchten Ferdinand und ich auf eine Suppe verzichten. Es ist zum einen entschieden zu warm hierfür, und zum anderen wurde bei den Empfängen in München auch keine Suppe serviert, sondern kleinere Gänge, wie wir es hier heute auch machen. Der Koch hat hier genau nach meinen Weisungen gearbeitet, und eine Suppe würde dem Konzept widersprechen.« Elisabeth lächelte.

»Wir hoffen, du nimmst es uns nicht übel?«, fügte Ferdinand hinzu.

Dorothea war anzusehen, dass ihr durchaus eine Erwiderung auf den Lippen lag. Doch sie hob nur den Kopf, setzte ein Lächeln auf und sagte: »Aber nein, natürlich nicht. Es war mein Fehler, euch nicht zuerst zu fragen«, räumte sie ein. »Dann hoffe ich, dass du im Arbeitslager für so viel Suppe Verwendung finden wirst.« Dorothea behielt das Lächeln bei.

Ferdinand lachte auf. »So gutes Essen gibt es sonst dort nicht. Ich bin sicher, dass es sehr schnell genügend Abnehmer finden wird.«

»Dann ist ja alles gut«, urteilte Dorothea. »Wenn ihr mich jetzt entschuldigen würdet?«

»Aber sicher, ja.« Elisabeth beugte sich vor und hauchte einen Kuss auf Dorotheas Wange. »Ich danke dir wirklich sehr, dass du mir in dieser Sache vertraut und die Größe bewiesen hast, mich den Empfang selbst organisieren zu lassen. Bestimmt wird nicht alles so perfekt sein wie bei dir. Doch schließlich kann ich nur aus meinen eigenen Fehlern lernen.«

»So ist es wohl«, gab Dorothea zurück, und Elisabeth glaubte, eine unendliche Traurigkeit in ihren Augen lesen zu können.

»Oder sag, könnten wir womöglich in den nächsten Tagen einmal auf eine Tasse Kaffee zusammenkommen?«, bat Elisabeth eilig, weil sie ein unendlich schlechtes Gewissen überkam, so, wie Dorothea sie eben angeblickt hatte. War sie womöglich wirklich traurig, dass Elisabeth sich nicht von ihr hatte helfen lassen?

»Ich meine, mir ist ja vollkommen klar, dass ich noch viele Fehler gemacht haben werde. Und wer könnte mir diese besser aufzeigen als du, jemand, der so viel Erfahrung hat und andererseits ein Mensch ist, der es nur gut mit mir meint?« Elisabeth lächelte Dorothea erwartungsvoll an, in der Hoffnung, diese so zu erreichen.

»Bist du wirklich daran interessiert, dich von mir belehren zu lassen?«, fragte Dorothea und hob den Kopf. »Schließlich hast du deine Sache doch bis hierhin anscheinend sehr gut gemacht.«

»Möglich, ja. Aber bisher ist ja auch noch keiner der Gäste hier, und ich erwarte geradezu, dass sich mir meine Fehler offenbaren, sobald der Empfang beginnt. Und wie soll ich wissen, was falsch lief, wenn ich niemanden habe, der mich darauf hinweist?«

»Ich halte das für einen sehr guten Einfall«, pflichtete Ferdinand bei. »Elisabeth ist schon seit Wochen unendlich aufgeregt, weil sie genau weiß, wie perfekt hier immer alles war und sie so gern an deine Maßstäbe heranreichen würde.« Ferdinand legte seinen Arm um Elisabeths Schulter. »Und immer, wenn sie der Verzweiflung nahe war und ich ihr riet, sie möge einfach dich fragen, sagte sie, es auf diese Art nicht lernen zu können. Doch es im Rückblick zu betrachten, scheint mir eine hervorragende Idee meiner Frau.«

Elisabeth lächelte Ferdinand an, vor allem wegen der Lüge, mit der er ihr soeben beigesprungen war. Denn sie konnte sich nicht erinnern, dass sie jemals ein solches Gespräch geführt hatten.

»Und ich dachte schon, ich wäre überflüssig«, antwortete Dorothea, und das Lächeln, das sie nun sehen ließ, wirkte echt auf Elisabeth.

»Also das ganz sicher nicht«, entgegnete sie. Dann verabschiedeten sie sich von Dorothea und verließen das Gutshaus, und erst als sie schon ein Stück gegangen waren, sprach Elisabeth ihren Mann an: »Du hast es auch bemerkt, nicht wahr? Ich meine, Dorotheas Gesichtsausdruck, als ich ihr das mit der Suppe sagte.«

»Ja«, antwortete Ferdinand nachdenklich. »Sie hatte so etwas Trauriges, fast schon Verzweifeltes in ihrem Blick, das sie nicht zeigen wollte.«

»Genau so habe ich es auch empfunden. Ich glaube, es war ein Fehler, sie nicht um Hilfe zu bitten«, gestand Elisabeth ein. »Doch ich wusste nicht, wie viel es ihr bedeutet hätte.«

»Ich auch nicht«, antwortete Ferdinand. »Doch du hast die Situation wirklich sehr charmant gerettet. Ich bin sicher, sie ist versöhnt, wenn du dich in den nächsten Tagen mit ihr triffst.« Er sah Elisabeth verliebt an. »Ich fand es wirklich großartig, wie du reagiert hast.«

Elisabeth lächelte glücklich. »Vielen Dank. Es ist so lieb von dir, dass du das sagst.« Sie gaben sich einen raschen Kuss, während sie weitergingen und den Weg erreichten, der zum See hinunterführte.

»Sind das da unten nicht Wilhelmine und Johannes?«, fragte Elisabeth und deutete mit dem Kopf dorthin.

»Tatsächlich«, antwortete Ferdinand. »Und mir erzählt er, in die Fabrik zu wollen. So ein verdammter Tunichtgut«, lachte er auf.

»Guten Morgen, die Herrschaften!«, rief Ferdinand, worauf die beiden sich umdrehten.

»Guten Morgen«, gab Wilhelmine fröhlich zurück und stand sogleich auf. Elisabeth und Wilhelmine gaben sich rechts und links Küsschen auf die Wangen, während Ferdinand und sie sich umarmten und einmal fest drückten. Früher wäre Elisabeth deswegen womöglich eifersüchtig geworden. Inzwischen wusste sie jedoch, dass ihr Ehemann und Wilhelmine in ihrer Kindheit so viel Zeit zusammen verbracht hatten wie Geschwister und dass ihr Verhältnis zwar innig, aber dennoch rein platonisch war.

»Was treibt ihr denn hier?«, fragte Ferdinand an Johannes gewandt.

»Ist das nicht offensichtlich? Wir genießen unser Leben«, antwortete Johannes, der sich auch erhoben hatte, um die beiden zu begrüßen.

»Und mir hast du gesagt, du wolltest noch in die Fabrik und dir die Produktions- und Auslieferungszahlen ansehen«, tat Ferdinand entrüstet.

Johannes tippte sich an die Stirn. »Das habe ich schon erledigt. Alles hier drin. Und als ich dann noch einen Spaziergang machen wollte, bevor wir nachher auf die geballte Führungsriege unserer stolzen Nation treffen, ist mir Wilhelmine begegnet.« Johannes ließ sich neben Wilhelmine nieder, die sich wieder gesetzt hatte, und klopfte auf den Steg.

»Gesellt euch doch zu uns«, forderte er Elisabeth und Ferdinand auf.

»So gern ich würde, doch ich habe noch so viel zu tun«, lehnte Elisabeth sogleich ab.

»Elisabeth hat recht. Heute nicht, doch ein anderes Mal gern.«

Elisabeth nahm Ferdinands Hand. »Dann bis später beim Empfang«, verabschiedete sie sich.

»Ja, bis später«, gab Wilhelmine zurück. »Ich drücke euch die Daumen, dass alles so klappt, wie ihr es euch vorstellt.«

»Danke schön«, sagte Elisabeth und hob die Hand zum Gruß, worauf sich auch die anderen voneinander verabschiedeten. Es war ganz eigenartig, hatte Elisabeth doch das Gefühl, dass sie seit ihrem kleinen Nervenzusammenbruch vorhin und den Entschuldigungen, zu denen Käthe sie und Ferdinand bewogen hatte, wieder viel ruhiger war. Und mehr noch: Sie hatte wieder Freude an dem, was sie tat. Zwar war die Nervosität noch längst nicht verschwunden, doch Elisabeth spürte, dass sie aus dem Gefühl ihrem Mann gegenüber endlich wieder Kraft schöpfen konnte. So könnte sie alles meistern. Und das gab ihr Zuversicht.

16. Kapitel

Auf Gut Falkenbach zu leben, ist wie unter einer gläsernen Kuppel zu sein, die alles hier vor dem dort draußen abschirmt. Doch ich fürchte den Tag, wenn auch diese Kuppel den Spannungen nicht mehr standhält und zerbirst.

Johannes Lehmann

Johannes und Wilhelmine sahen Ferdinand und Elisabeth noch nach, wie diese nun Händchen haltend den Weg zum Hause der Lehmanns einschlugen. Dann nahm Wilhelmine erneut die Gänseblümchen zur Hand, die sie vorhin gepflückt hatte, und fuhr damit fort, diese mit dem Fingernagel in der Mitte ein Stück weit aufzuschlitzen, um den Stiel des nächsten Gänseblümchens einzuziehen, sodass sie bereits eine kleine Kette vor sich liegen hatte.

»Die beiden wirken glücklich«, stellte Wilhelmine fest.

»Ja, stimmt. Und ehrlich gesagt, überrascht mich das«, meinte Johannes, als er seinen Blick von dem Ehepaar ab- und Wilhelmine zuwandte. »Denn in letzter Zeit war Elisabeth ein reines Nervenbündel und teilweise unerträglich.«

»Wegen des Empfangs?«

»Ja«, gab Johannes zur Antwort. »Für sie ist das weit wichtiger als für Ferdinand, wenn du mich fragst. Aber ich finde es gut, dass sie ihn zu unterstützen versucht.«

»So machen gute Ehefrauen das doch, oder nicht?«

»Keine Ahnung. Auf dem Gebiet können du und ich ja nicht mitreden«, erwiderte Johannes.

»Hast du's eigentlich mal bereut?«

»Was, nicht geheiratet zu haben?«

»Ja.« Wilhelmine sah ihn an. »Vielleicht bin ich zu indiskret, aber hattest du überhaupt schon mal eine Liebste?«

Johannes lachte auf. »Du bist in der Tat zu indiskret«, antwortete er. »Und ja, mehrere sogar.« Er hob den Zeigefinger. »Aber natürlich nie zur gleichen Zeit.«

»Du alter Schwerenöter«, schmunzelte Wilhelmine und fädelte ein weiteres Gänseblümchen ein. »Aber nie eine, die du hättest heiraten wollen?«

»Es war wohl nie die Richtige«, bemerkte Johannes nachdenklich, sah dann aber das Gesicht Katjas vor sich, einer russischstämmigen Deutschen, die er vor gut fünfzehn Jahren kennengelernt hatte und mit der er eine Weile zusammen gewesen war. Doch ihr Vater hatte andere Pläne für sie gehabt, was Johannes ihm auch nicht verdenken konnte. Er war schließlich ein Niemand gewesen und hätte Katja auch nichts bieten können. Eines Tages hatte Katja ihm dann offenbart, dass ihr Vater einen passenden Mann für sie gefunden hätte, einen Russen, der der Sohn eines Geschäftspartners von ihm war. Nur zweimal hatten Katja und er sich danach noch gesehen, und Johannes hatte sich später des Öfteren gefragt, ob er nicht mehr hätte kämpfen sollen, zumindest aber sich nicht einfach so mit dem, was Katjas Vater entschieden hatte, abfinden. Doch er hatte nichts weiter getan, als seine Sachen zu nehmen und zu gehen. Er war ein Feigling gewesen und hatte sich aus dem Staub gemacht, genauso, wie er damals auch Fahnenflucht begangen hatte. Das war offenbar sein Wesen. Wenn es schwierig wurde, duckte er sich und suchte das Weite. Wer würde einen solchen Mann schon wollen?

»Dein Blick sagt etwas anderes«, holte Wilhelmine ihn aus seinen Gedanken.

Johannes zuckte die Achseln. »Ich bin jetzt dreiundvierzig, Wilhelmine. »Es mag an den Umständen gelegen haben. Doch wenn ich es bis jetzt nicht geschafft habe, eine Frau zu finden, die es mit mir aushält, dann gibt es sie womöglich einfach nicht.«

»Das kannst du gar nicht sagen«, hielt Wilhelmine dagegen. »Schließlich kennst du ja nicht alle Frauen auf dieser Welt und sie dich nicht.«

»Ach, weißt du«, meinte Johannes, »ich bin wirklich sehr zufrieden mit meinem Leben hier, wie ich es jetzt führen kann. Ich habe es seinerzeit als überaus schmerzlich empfunden, nicht an eurem Alltag hier auf Gut Falkenbach teilhaben zu können, du weißt schon, als mein Vater noch lebte. Das war für mich weit schlimmer, als nun keine Frau an meiner Seite zu haben.« Er blickte über den See. »Wenn ich ehrlich bin, will ich gar keine Frau.«

»Und warum nicht?«

»Weil ich nicht aufrichtig sein könnte.« Er sah Wilhelmine an. »Wie sollte ich erklären, wer ich wirklich bin.«

»Gar nicht«, gab Wilhelmine sogleich zurück. »Du dürftest es überhaupt nie jemandem sagen, ganz gleich, wie sehr du diejenige auch lieben würdest«, bekräftigte sie. »Denn man kann niemandem trauen.«

»Das klingt aber bitter«, stellte Johannes fest.

»Na ja«, Wilhelmine wiegte den Kopf. »Das ist es wohl auch. Doch es ist eben auch wahr.« Sie suchte seinen Blick. »Ich habe jemanden kennengelernt«, erzählte sie dann. »Sein Name ist Wolfgang.«

»Und?«

»Er ist auch Reitlehrer«, fuhr Wilhelmine fort. »Wobei – eigentlich ist er Medizinstudent und natürlich Soldat, wie eben nahezu alle jungen Männer derzeit. Er hat Urlaub von der Front, um sein Studium fortsetzen zu können. Natürlich nicht, bis er fertig ist, sondern nur für eine Weile. Dann muss er wieder zurück, Menschen erschießen und dann wieder nach München kommen, um sich dort zeigen zu lassen, wie er Menschenleben retten kann.« Sie musterte Johannes, während sie weiter an den Gänseblümchen pulte. »Ist das nicht vollkommen widersinnig?«

»Heutzutage ist alles widersinnig«, urteilte Johannes. »Und dieser Wolfgang gefällt dir?«

»Mir gefallen seine Ansichten«, antwortete Wilhelmine, »an ihm als Mann bin ich nicht interessiert.« Sie schüttelte den Kopf. »Es ist nicht wie bei Martin.«

»Na ja, anfangs konntest du Martin doch gar nicht leiden«, erinnerte Johannes sie nun an das, was sie ihm über ihr Kennenlernen erzählt hatte.

»Das stimmt.« Wilhelmine lächelte bei der Erinnerung daran. »Doch das hat sich ziemlich schnell geändert.«

»Wer weiß, vielleicht geht es dir mit diesem Wolfgang ja genauso.«

Wilhelmine schüttelte den Kopf. »Nein, das glaube ich nicht. Doch es spielt auch keine Rolle.« Sie senkte den Blick und fädelte wieder einen Gänseblümchenstiel in den anderen. »Erinnerst du dich noch an den letzten November?«, fragte sie nun. »Ich meine an Alois, der den Zettel in der Pferdebox für mich versteckt hat?«

Johannes nickte, und ein Gefühl von Sorge stieg in ihm auf. »Der Zettel, auf dem die Adresse in München stand und das Datum?«

»Genau.« Wilhelmine sah ihn wieder an. »Ich bin dorthin gegangen, als ich nun wieder in München war. Doch unter der Anschrift finden keine Treffen mehr statt.«

»Gut«, befand Johannes. »Du weißt genau, was ich davon halte.«

»Doch es gibt andere Treffpunkte«, fuhr Wilhelmine sogleich fort. »Und Wolfgang ist auch in einer solchen Gruppe«, brachte sie hervor und betrachtete Johannes so, als fürchte sie, dass er jeden Moment mit ihr schimpfen würde.

»Warum?«, fragte Johannes nur. »Warum bringst du dich und damit auch deine Familie in Gefahr?«

»Weil jemand es tun muss«, beharrte Wilhelmine. »Viele denken wie wir, es traut sich nur niemand, den Anfang zu machen.«

»Aus gutem Grund«, gab Johannes zurück. »Weil man nämlich dafür verhaftet und hingerichtet wird, wenn man sich mit Kommunisten verbündet.«

»Die Mitglieder dieser Gruppe sind keine Kommunisten«, stellte Wilhelmine klar. »Es sind Studenten, die das faschistische Regime durch das Volk stürzen und zu einer Demokratie zurückkehren wollen.«

»Wir hatten nie wirklich eine Demokratie«, hielt Johannes dagegen. »Wir haben es hier im Land so genannt, doch die Volksvertreter waren zu schwach, sich durchzusetzen.«

»Doch das, was Hitler und seine Nazi-Bande machen, muss ein Ende haben. Menschen sterben, und das ohne jeden Sinn. Wir sind ein Volk, das seine Nachbarn angreift und auf deren Gebiet Morde begeht.«

Johannes legte eine Hand auf Wilhelmines Schulter. »Pst! Sprich nicht so laut.«

Wilhelmine nickte. »Ich weiß ja«, räumte sie, bemüht um einen leiseren Tonfall, ein. »Doch ich habe das Gefühl, noch wahnsinnig zu werden bei allem, was dort draußen geschieht.«

Sie beugte sich weiter zu Johannes vor. »Wir bekommen hier in Bernried ja kaum etwas mit«, vertraute sie ihm an. »In München ist es da ganz anders. Dort ist man informiert über das, was wirklich vorgeht, zumindest sind es diejenigen, die nicht die Augen verschließen. Natürlich traut sich niemand, offen darüber zu sprechen, doch gerade unter den Studenten, von denen einige schon an der Front waren und nun für eine Weile wieder zu Hause sind, werden die Erlebnisse geteilt.«

»Du musst mir nicht sagen, was an der Front geschieht, Wilhelmine«, gab Johannes etwas matt zurück, denn auch wenn seine eigenen Erlebnisse im Großen Krieg damals fast fünfundzwanzig Jahre her waren, sah er die Sterbenden noch heute vor sich und hörte auch noch immer ihre Schreie, sodass er manche Nacht hochschreckte und sich die Ohren zuhielt, bis er dann begriff, nicht mehr dort zu sein und dass er letztlich nur geträumt hatte.

»Ich erinnere es nur zu gut, und ich weiß, dass mich diese Bilder nicht mehr loslassen werden, solange ich lebe.«

»Es tut mir so leid.« Wilhelmine sah ihn traurig an. »Aber genau deshalb müssen wir doch etwas tun. Im September jährt sich Hitlers Überfall auf Polen bereits zum zweiten Mal. Wie lange wollen wir noch warten, bis wir uns als Volk erheben und dem ein Ende machen? Soll dieser Krieg auch wieder vier Jahre lang dauern und Zehntausende, nein, Hunderttausende Menschen das Leben kosten?«

»Dieses Mal ist es etwas anderes«, stellte Johannes seufzend fest. »Das Motiv ist noch weit schlimmer. Der Krieg von 1914 brach wegen eines Attentats auf den österreichisch-ungarischen Thronfolger aus, für das das Militär Vergeltung wollte. Dieser Krieg jedoch wird von einem Wahnsinnigen geführt, der seine territorialen Ansprüche und seinen Imperialismus durchsetzen will und dessen Rassendenken das wohl Menschenverachtendste ist, was man sich nur vorstellen kann.« Johannes schüttelte den Kopf. »Es ist einfach unfassbar.«

»Aber wie kannst du so denken und es doch einfach hinnehmen?«, fragte Wilhelmine und schüttelte ebenfalls den Kopf.

»Wahrscheinlich, weil ich ein Feigling bin und am Leben bleiben möchte.«

»Du bist kein Feigling«, widersprach Wilhelmine sofort. »Und ich kann auch verstehen, wenn du …«, sie überlegte, »also wenn überhaupt jemand denkt, dass er nichts ändern kann und deshalb einfach den Dingen seinen Lauf lässt. Doch wie soll das Ganze enden, wenn diejenigen, die begreifen, was passiert, sich nicht erheben?«

»Ich weiß es nicht, Wilhelmine. Ich weiß nur, dass ich es nicht noch einmal ertragen würde, meine Familie zu verlieren. Ich habe ihnen so viel Leid zugefügt. Meine Mutter hat jahrelang gelitten, weil sie nicht wusste, was mit mir geschehen war. Ich habe nicht das Recht, erneut das zu gefährden, was wir haben.«

»Das verstehe ich«, antwortete Wilhelmine nachdenklich. »Doch ich habe das Gefühl, es nicht ertragen zu können, einfach nur weiter zuzusehen, wie Menschen sterben und wir alle unter einem Regime zu leiden haben, das keine Gnade kennt.«

Johannes sah sie an. »Was kann ich tun, um dich von diesen Leuten fernzuhalten?«

Wilhelmine gab ihm keine Antwort, sondern starrte auf die Gänseblümchenkette vor sich.

»Das habe ich befürchtet«, seufzte Johannes, und er spürte, dass ein Gedanke sich den Weg in sein Bewusstsein bahnte. Vielleicht hatte Wilhelmine ja recht und es war auch für ihn an der Zeit, sich dem Leben und damit der Wahrheit zu stellen. Und vielleicht war es vor allem an der Zeit, nicht mehr die Augen zu verschließen vor dem, was geschah.

»Lass uns wieder über etwas Erfreulicheres reden«, bat er dann. »Zum Beispiel über die Frauen, die ich noch nicht kenne.«

Wilhelmine lächelte. »In Ordnung. Wie soll sie denn sein, deine künftige Angebetete?«

»Ich weiß nicht. Hübsch natürlich.« Er sah Wilhelmine an. »Doch hier auf Gut Falkenbach ist die Auswahl ja sehr überschaubar. Vielleicht komme ich dich mal in München besuchen«, schlug er vor.

Wilhelmine sah ihn an. »Dafür, dass du jahrelang lügen musstest, um nicht entdeckt zu werden, lügst du irrsinnig schlecht.« Sie legte den Kopf schräg. »Du willst meinetwegen nach München kommen, nicht wahr? Um aufzupassen, dass ich keine Dummheiten mache.«

»Der Gedanke kam mir, das gebe ich zu.«

»Wenigstens versuchst du dich nicht rauszureden.« Wieder legte sie den Kopf schräg. »Ich fände es großartig, wenn du mich in München besuchen kämst. Doch du wirst in einem Hotel übernachten müssen, denn meine Hauswirtin würde es bestimmt nicht zulassen, dass ich Männerbesuch habe.«

»Mich als deinen Männerbesuch im herkömmlichen Sinne zu bezeichnen, ist wirklich absurd. Dann müsste sie auch etwas dagegen haben, wenn Gustav dir einen Besuch abstatten würde.«

»Vermutlich hätte sie das auch«, lachte Wilhelmine, fügte das letzte Gänseblümchen ein und schloss das Ganze zu einem Blumenkranz. Dann stand sie auf, ging damit zum Wasser, legte die Blumen vorsichtig darauf und sah zu, wie der Kranz auf den See hinaustrieb.

»Willst du los?«, fragte Johannes.

»Nein.« Wilhelmine setzte sich wieder auf den Steg. »Ich habe keine Lust, ins Gutshaus zu gehen und dort dem ganzen Treiben zuzusehen, damit auch ja alles für die Herren

Kommandeure und Generäle und wer weiß ich noch perfekt vorbereitet ist.«

»Du darfst dir deinen Abscheu nicht so deutlich anmerken lassen, Wilhelmine.«

Sie rückte noch näher an ihn heran und lehnte sich dann mit ihrem Rücken an seinen, sodass sie sich gegenseitig stützten.

»Ich weiß«, antwortete Wilhelmine. »Doch das würde ich auch nicht machen, wenn ich mit jemand anderem hier wäre als mit dir.«

»Gut«, meinte Johannes, »denn bestenfalls würde man es als das Gerede einer verwöhnten jungen Adligen abtun. Schlimmstenfalls würdest du dir und auch deiner Familie erheblich damit schaden. Doch erreichen kannst du damit so oder so nichts.«

»Ja, da hast du recht. Und ich glaube, ich werde mir künftig noch mehr meinen Vater zum Vorbild nehmen«, überlegte Wilhelmine laut. »Denn inzwischen weiß ich, wie er wirklich denkt. Doch wenn man ihn nach außen hin reden hört, klingt das alles ganz anders. Und wenn ich bedenke, was er erreicht hat und wie er sich durchzusetzen versteht, kann ich mir bei ihm noch gehörig etwas abgucken.«

»Vielleicht wäre das ein Weg«, sagte Johannes nun nachdenklich.

»Was meinst du?« Wilhelmine drehte sich kurz zu ihm herum, lehnte sich dann aber wieder gegen seinen Rücken.

»Na, was du eben sagtest. Vielleicht wäre es ein Weg, sie alle an der Nase herumzuführen und hintenrum unsere eigenen Fäden zu ziehen.«

Wilhelmine schwieg einen Moment. »Und wie sollte das konkret aussehen?«

»Nun ja, du könntest dich vielleicht in einem der nationalsozialistischen Programme engagieren«, überlegte Johannes laut, doch dann schüttelte er den Kopf. »Nein, vergiss es. Auch wenn du dich noch so sehr verstellen würdest, spätestens wenn du bei ihren Lügen laut loslachen müsstest, würdest du dich wohl doch verraten«, scherzte er.

Wilhelmine versetzte ihm mit gespielter Empörung einen Stoß. »Ich kann bestimmt besser etwas vortäuschen, als du mir das zutraust.«

Wieder trat ein Moment der Stille ein.

»Aber ich denke wirklich, dass du im Grunde recht hast. Ein bisschen mehr Führerverehrung an den Tag zu legen, könnte zumindest nicht schaden.«

»Und du würdest damit deiner Familie einen Gefallen tun. Vor allem deinem Vater.«

»Wieso? Denkst du, dass mein Vater meine Hilfe brauchen wird?«

Johannes zögerte. Er wollte Wilhelmine weder beunruhigen noch wollte er ihr gestehen, dabei gewesen zu sein, als die Pferde von Gut Falkenbach weggebracht wurden. Doch seit diesem Abend hatte er viel über Paul-Friedrich und dessen Handeln nachgedacht. Zwar wusste Johannes nichts Genaues, doch wenn ein Pferdenarr wie Paul-Friedrich zu einer solchen Maßnahme griff, musste er einen guten Grund dafür haben. Und Johannes ahnte, dass dem Gutsbesitzer dies auf die Füße fallen könnte, wenn er nicht überaus klug vorging. Nur worin genau die Gefahr bestand und aus welcher Ecke diese kam, das vermochte Johannes nicht einzuschätzen.

»Ich würde nicht sagen, dass dein Vater Hilfe braucht«, antwortete Johannes. »Er ist klug und hat die Lage gewiss im Griff. Aber es wäre sicher von Vorteil, wenn seine Führertreue zu keiner Zeit in Zweifel gezogen werden kann. Und dazu gehört dann eben auch, dass sich seine gesamte Familie dem Führer gegenüber als ergeben erweist, also auch seine etwas widerspenstige Tochter.« Auch wenn Johannes ihr den Rücken zugewandt hatte, ahnte er, dass Wilhelmine lächelte.

»Ja, das mag sein. Bestimmt ist es sogar so. Du wirst nachher beim Empfang überrascht sein, wie wohlerzogen und angepasst ich sein kann und wie interessant ich die Geschichten der Generäle und wer weiß was nicht alles finde.«

»Braves Mädchen«, lobte Johannes mit gutmütigem Spott in der Stimme. Er genoss die Zeit hier mit Wilhelmine. In den letzten Monaten waren solche Momente mit ihr selten geworden, und Johannes hatte oft das Gefühl gehabt, dass sie sich ein wenig voneinander entfernt hatten. Nun jedoch war da wieder diese Verbundenheit, die er von ihrer ersten Begegnung an gespürt hatte.

»Johannes?«

»Ja?«

»Darf ich dich was fragen?«

»Sicher.« Johannes verlagerte sein Gewicht, jedoch nur so, dass sie noch immer Rücken an Rücken saßen.

»Was hättest du einmal werden wollen? Ich meine, wenn nicht der Krieg und diese ganzen Jahre, die du dich verstecken musstest, dich daran gehindert hätten?« Wilhelmine wandte ihren Kopf zu ihm um. »Das wollte ich dich schon immer mal fragen, doch irgendwie habe ich es nie getan.«

»Ganz früher wollte ich Maler werden, dann Bildhauer und schließlich Schriftsteller«, offenbarte er ihr. »Doch mein Vater hätte mir ohnehin keinen der drei Berufe erlaubt, Krieg hin oder her.«

»Das kann ich mir vorstellen«, stimmte Wilhelmine zu. »Heinrich war kein besonders netter Mensch.«

»Nein, das war er nicht.«

»Als Kind hatte ich sogar Angst vor ihm«, erinnerte sich Wilhelmine.

»Da kann man mal sehen, wie schlau du damals schon warst«, erwiderte Johannes mit Bitterkeit in der Stimme.

Wieder schwiegen sie eine Weile.

»Glaubst du, dass er getan hat, was ihm diese Astrid vorgeworfen hat?« Wilhelmine räusperte sich. »Du musst mir nicht antworten, wenn dir die Frage zu weit geht.«

»Ich kannte ihn im Grunde nicht besonders gut«, entgegnete Johannes nach kurzem Überlegen. »Wir haben zwar in einem Haus gelebt, aber eine Bindung hatte ich nie zu ihm. Doch um deine Frage zu beantworten – ja, ich glaube, dass er versucht hat, ihr Gewalt anzutun.«

Johannes spürte, dass Wilhelmine sich schüttelte. Erneut schwiegen sie.

»Was meinst du?«, fragte dann Wilhelmine, beugte sich vor und stand schließlich auf. »Hilfst du mir, die Pferde auf die Koppel zu lassen?«

»Die Pferde?«, echote Johannes und ergriff die von Wilhelmine dargebotene Hand, um sich sodann hochziehen zu lassen.

»Ja, die Pferde.« Sie sah ihn an und stemmte die Hände in die Hüften.

»Sicher. Ich komme mit«, stimmte er zu, während Wilhelmine ihn prüfend ansah.

»Moment mal«, sagte sie. »Du weißt, dass unsere richtigen Pferde nicht mehr hier sind, nicht wahr? Woher?«

»Nein, das habe ich nicht gewusst«, log er.

»Und warum hast du dann eben so reagiert?«

»Wie soll ich denn reagiert haben?«

Wilhelmine kniff die Augen zusammen. »Ich habe es dir vorhin schon gesagt. Du lügst irrsinnig schlecht.«

Johannes schüttelte den Kopf, dann legte er den Arm um Wilhelmines Schultern und führte sie vom Steg.

»Und du siehst Gespenster.«

Wilhelmine schüttelte abermals den Kopf, sagte aber nichts. Johannes würde ihr ganz sicher nicht gestehen, dass er dabei gewesen war, als die Pferde von Gut Falkenbach fortgebracht worden waren. Das hier war nicht seine Angelegenheit, und wenn Paul-Friedrich es Wilhelmine nicht gesagt hatte, würde er es ganz sicher auch nicht tun. Das war nichts, was ihn störte. Nur die ganzen Lügen, die fand er tatsächlich immer anstrengender.

17. Kapitel

Ich habe immer mehr das Gefühl, nicht länger stillhalten zu können.

Constantin Trost

Er sah noch einmal in den Spiegel, rückte seine Uniform zurecht, strich über die bestickten Kragenspiegel und setzte schließlich seine Mütze auf, bevor er die ihm in Bernried zur Verfügung gestellte Unterkunft verließ und sich auf den Weg zum Gut Falkenbach machte, um dort bei dem Empfang Hauptmann Ferdinand Lehmanns dabei zu sein.

Er mochte den Mann, wenngleich er ihn nicht recht einzuschätzen wusste und sich in Bezug auf diesen lieber auf das Urteilsvermögen seiner Freunde Paul-Friedrich von Falkenbach und Wilhelm Lehmann verlassen würde, sobald der Zeitpunkt gekommen war, weit mehr Getreue um sich zu versammeln als die Handvoll ranghoher Offiziere, derer Unterstützung er sich schon jetzt sicher sein konnte.

Gerade erst hatte es ein Treffen auf dem niederschlesischen Gut Kreisau von Helmuth James Graf von Moltke gegeben, bei dem neben einigen anderen Sympathisanten auch Peter Graf Yorck von Wartenburg und Adam von Trott zu Solz zugegen gewesen waren. Constantin hatte sich die Ideen und Vorschläge angehört, nachgefragt, mitdiskutiert. Es ging hierbei darum, die neue Gesellschaftsordnung festzulegen, die nach dem Sturz Hitlers in Kraft treten und durch die das Volk Sicherheit und Lenkung erfahren sollte.

Constantin fand jeden einzelnen der dort angesprochenen Punkte richtig und wichtig und hatte auch das Gefühl, dass die Neuordnung Deutschlands nach dem Zusammenbruch des NS-Regimes auf diese Weise durchaus gelingen konnte. Einzig stellte er sich und auch allen anderen die Frage, wie man eben genau Hitler stürzen wollte, worauf er keine oder nur ausweichende Antworten erhielt.

Zwar stimmte er den Männern zu, die sagten, dass erst nach der Festlegung einer neuen Ordnung überhaupt daran gedacht werden dürfe. Doch Constantin hätte sich gewünscht, dass neben dem Gerede über die Neuordnung und die Stellenwerte von Familie, Kirche und Gemeinden eben auch ein Plan gefasst wurde, wie es überhaupt gelingen könnte, an Hitler selbst ranzukommen, wäre es doch nicht der erste Attentatsversuch. Zwar wurde über die bisherigen Attentatsversuche kaum gesprochen. Aber Constantin wusste von mehreren geplanten Aktionen wie beispielsweise im letzten Jahr in Paris, als Hitler während einer Wehrmachtsparade auf den Champs-Élysées erschossen werden sollte. Doch der Führer hatte es sich schließlich anders überlegt und war bereits vier Tage vor der geplanten Parade in Paris gewesen, sodass diese abgesagt wurde und der Anschlag nicht durchgeführt werden konnte. Ähnlich verhielt es sich im Mai dieses Jahres, wo Gerüchten zufolge ebenfalls in Paris ein Attentat auf den Diktator hätte verübt werden sollen, die Reise dann jedoch, aus welchem Grunde auch immer, kurzfristig abgesagt wurde. Ob Hitler von dem geplanten Anschlag Kenntnis erlangt hatte oder aber dieser selbst nur ein Gerücht gewesen war, wusste Constantin nicht. Nur, dass Hitler noch immer am Leben war und das Land und damit auch das Volk in seinem Knebelgriff hielt, das wusste Constantin sehr genau. Und so schwand auch seine Hoffnung jeden Tag ein wenig mehr, dass es, wie in den Kreisen derer, die er auf Gut Kreisau getroffen hatte, zu hören war, nur gut genug vorbereitet sein müsste und der Führer dann in militärischer Hinsicht zu einem leichten Ziel würde. Denn genau hieran konnte Constantin nach allem, was er aus verschiedenen Richtungen vernommen hatte, einfach nicht glauben.

Es war noch nicht einmal sechzehn Uhr, als er seinen Wagen auf das stattliche Gutshaus zulenkte und direkt bei der Statue des steigenden Pferdes, die ein persönliches Geschenk des Führers zum sechzigsten Geburtstag Paul-Friedrichs gewesen war, parkte. Sogleich kam ein Bediensteter herbei, um den Wagen anderswo abzustellen.

»Heil Hitler, gnädiger Herr«, verbeugte sich der Mann.

»Heil Hitler«, gab Constantin zackig zurück und hob den rechten Arm. »Wo befindet sich der Hausherr?«

»Ich bedauere«, gab der junge Mann zurück. »Ich bin nur heute und zur Aushilfe hier. Ich weiß nicht einmal, wer der Hausherr ist.«

Constantin ersparte es sich, ihn aufzuklären. Stattdessen überließ er ihm einfach nur seinen Wagen und stieg die Stufen des Gutshauses hinauf. Obwohl der junge Mann die Tür geöffnet gelassen hatte, griff Constantin den Metallring und schlug diesen einige Male kräftig gegen das Holz. Sofort eilte ihm Hans, der Haushofmeister der von Falkenbachs, entgegen.

»Reichsleiter Trost, welche Freude«, begrüßte er ihn. »Herzlich willkommen und Heil Hitler.«

»Heil Hitler. Wo ist der Hausherr?«

»Herr von Falkenbach befindet sich in seinem Arbeitszimmer. Es ist ja noch vor der Zeit.«

»Ich weiß, dass es noch vor der Zeit ist«, stellte Constantin klar, worauf Hans sich sogleich verbeugte.

»Ich bitte vielmals um Entschuldigung. Keinesfalls wollte ich belehrend wirken.« Hans machte eine einladende Handbewegung. »Wenn Sie so freundlich wären, mir zu folgen? Ich werde Sie umgehend Herrn von Falkenbach melden.«

»Danke«, gab Constantin knapp zurück. Er konnte diesen gelackten, unterwürfigen Kerl nicht leiden. Doch er hatte nicht den geringsten Zweifel, dass er Paul-Friedrich treu ergeben war. Und darauf kam es ja schließlich an, vor allem noch einmal mehr in diesen Zeiten.

Sie gingen durch die Eingangshalle über den breiten Flur in den hinteren Teil des Gutshauses, wo sich das Arbeitszimmer Paul-Friedrichs befand. Hans blieb stehen.

»Bitte nur einen Moment Geduld«, bat er Constantin, der etwas Abstand hielt.

Hans klopfte und trat kurz darauf ein, kam ebenso schnell wieder heraus und sagte: »Der gnädige Herr freut sich, Sie empfangen zu dürfen.«

»Danke«, erwiderte Constantin so knapp wie zuvor, dann gab der Angestellte die Tür frei, und Constantin trat ein.

»Constantin, mein Freund!«

»Paul-Friedrich.« Constantin ging auf den Hausherrn zu, der um den Schreibtisch herumgekommen war und ihn nun herzlich begrüßte.

»Lass uns Bier bringen, Hans, und Obstler«, ordnete Paul-Friedrich an.

»Sehr wohl, gnädiger Herr.« Hans, der in der Tür stehen geblieben war, schloss diese nun hinter sich.

»Setz dich, mein Freund, setz dich!«, forderte Paul-Friedrich ihn auf.

»Danke. Ich dachte, du hättest womöglich nichts dagegen, wenn ich früher komme? Ich wollte gern noch mit dir allein sprechen.«

»Du weißt, dass du mir immer willkommen bist, tags wie nachts.«

»Ich danke dir, Paul-Friedrich. Das weiß ich wirklich zu schätzen.«

Zusammen gingen sie zur Sitzecke, und während Paul-Friedrich im Sessel Platz nahm, ließ sich Constantin auf dem Sofa nieder.

»Wenn du sagst, dass du noch vorher mit mir sprechen willst, verheißt das wahrscheinlich nichts Gutes«, knüpfte Paul-Friedrich an die Ankündigung Constantins an.

Constantin wiegte den Kopf. »Es ist wie immer«, kam er gleich zur Sache. »Es gibt Gerüchte. Ob sie stimmen oder nicht, kann ich nicht sagen. Doch lieber wappne ich mich unnötig, als unvorbereitet zu sein.«

»Genau wie ich«, bekräftigte der Gutsherr.

Es klopfte, und Lene, das neue Dienstmädchen, betrat mit einem Tablett das Arbeitszimmer.

»Stell es hier ab!«, forderte Paul-Friedrich sie auf, worauf das Dienstmädchen die Getränke auf den Tisch stellte, knickste und wortlos wieder ging. Paul-Friedrich wartete, bis Lene draußen war. Dann flüsterte er Constantin zu:

»Womöglich täusche ich mich und tue ihr Unrecht. Doch irgendwie habe ich das Gefühl, dass sie ein Spitzel ist.«

»Wirklich?« Constantin zog die Stirn in Falten. »Und warum behältst du sie dann?«

»Nun, zum einen ist es gar nicht mal so leicht, an Personal zu kommen. Zum Zweiten kann ich mich ja auch irren, aber zum Dritten, und das ist für mich das Wichtigste, kann ich auf diese Art genau die Informationen platzieren, von denen ich möchte, dass bestimmte Leute sie erfahren. Die gleiche

Information dann noch an anderer Stelle untergebracht, und schon wird aus einer Lüge eine Wahrheit, die ich für mich nutzen kann.«

Constantin lachte auf. »Du bist ein Original, Paul-Friedrich, du bist und bleibst ein Original.« Constantin nahm das ihm gereichte Glas und ließ es gegen das des Gutsherrn klingen. Er hatte das Glas noch nicht abgesetzt, da füllte Paul-Friedrich die Stamperl mit Obstler und reichte ihm sogleich eines hiervon.

»Auf dass wir immer schlauer sind als alle anderen«, brachte Paul-Friedrich einen Trinkspruch aus.

»Darauf trinke ich«, gab Constantin zurück, und sie leerten die Schnapsgläser in einem Zug.

Paul-Friedrich stand auf und humpelte zur Tür, die er nun öffnete und hinaus auf den Gang sah.

»Keiner da«, stellte er fest, schloss die Tür wieder und kam zu Constantin zurück.

»Also, was hast du gehört?«, fragte Paul-Friedrich, als er wieder Platz nahm.

»Die Stimmung in der Behörde ist gereizt«, begann Constantin. »Mit jedem wahnsinnigen Plan, den er«, Constantin sprach den Namen des Führers nicht aus, betonte aber das letzte Wort, »sich erdenkt, stößt er seine und unsere Leute in einen immer tiefer werdenden Abgrund. Die Lage ist angespannt, und das nicht nur auf dem Schlachtfeld.«

»Das sind keine Neuigkeiten«, meinte Paul-Friedrich.

»Nein, doch mit der Nervosität steigt auch die Angst, und mit der Angst das Misstrauen. Es gibt einige neue Gesichter, und das Aufgebot an Leuten der SS, die im Sicherheitsdienst für den Führer arbeiten, ihm direkt Bericht erstatten und einzig zum Ziel haben, Abtrünnige zu entlarven und kurzen Prozess mit ihnen zu machen, wächst.«

Paul-Friedrich grinste, und Constantin fand, dass etwas Verwegenes in seinem Blick lag.

»Er wird also nervös, unser großer Führer«, spottete er.

»Vor allem die Leute um ihn herum werden nervös«, korrigierte Constantin. »Und damit geht ein Generalverdacht einher, der schon bei der kleinsten Andeutung einer Ungereimtheit genügt, um eine sofortige Verhaftung nach sich zu ziehen.«

»Weil dem Führer klar wird, dass er die Macht so nicht halten kann und auch die Siege nicht so einfach errungen werden, wie erhofft. Doch natürlich will er das nicht eingestehen, vor allem nicht sich selbst.« Paul-Friedrich rieb sich das Kinn.

»Meinen Informationen zufolge nimmt Hitler Drogen zu sich. Kann es sein, dass seine Paranoia daher kommt?«

»Ich habe auch davon gehört, doch die Male, während derer ich selbst mit ihm zu tun hatte und ihn aus nächster Nähe beobachten konnte, wirkte er auf mich durchaus nicht abwesend oder irgendwie nicht auf der Höhe.« Constantin schüttelte den Kopf. »Ich glaube, er weiß sehr genau, was er tut.«

»Da muss ich dir widersprechen, mein Freund. Das weiß er nicht einmal im Ansatz.«

»Wenn er aber spezielle Ermittler einsetzt, müssen wir vorsichtig sein. Jeder von uns kann immer und überall ins Visier geraten«, flüsterte Constantin ungeachtet dessen, dass Paul-Friedrich zuvor gesagt hatte, dass niemand draußen wäre. Er hatte es sich so sehr angewöhnt, im vertraulichen Gespräch ausschließlich zu flüstern, dass es für ihn ganz normal geworden war.

»Du denkst, er will Exempel statuieren?«

»Ich halte es für möglich, ja«, überlegte Constantin laut. »Er muss Stärke zeigen, will er sichergehen, dass die Menschen ihm weiter folgen«, bemerkte Paul-Friedrich. »Er hat sich lächerlich gemacht mit seinem Erlass, dass künftig die gotische Schrift nicht mehr verwendet werden darf, sondern nur noch die Antiqua. Selbst in den Kreisen seiner Getreuen wurde gemurrt, weil die Meinung vorherrschte, dass Deutschland derzeit andere

Sorgen hat, als die Schrift zu ändern. Es war banal, doch es trug dazu bei, dass die Leute um ihn herum sich fragten, weshalb er sich in einer solchen Zeit damit beschäftigte.«

»Gerade in der Behörde war das tatsächlich ein recht großes Thema«, bestätigte Constantin. »Niemand hat verstanden, warum das plötzlich wichtig sein sollte.«

»Weil er ein Irrer ist, zum Beispiel«, schlug Paul-Friedrich vor, worauf Constantin den Kopf schüttelte.

»Nicht so laut«, bat er und rückte noch weiter vor. »Es stimmt, dass vielen dieses Verhalten irrational vorkam. Doch es ist längst noch nicht so weit, dass seine Macht wirklich bröckelt. Dafür sind die, die ihm folgen, viel zu fanatisch.«

»Mag sein, doch ich bin sicher, dass es nicht das Einzige bleiben wird, was er sich leistet«, mutmaßte Paul-Friedrich. »Wenn nicht um uns herum Menschen sterben würden, könnten wir uns ruhig zurücklehnen, abwarten und dabei zusehen, wie er sich selbst demontiert.«

»Tja, doch sie sterben«, meinte Constantin voll Bitterkeit in der Stimme. »Und ich gebe zu, dass ich durchaus finde, dass eine gewisse Eile geboten ist.«

Paul-Friedrich sah ihn an. »Du wirkst nervös, mein Freund.«

Constantin überlegte kurz, dann nickte er. »Ja, du hast recht, das bin ich.« Er griff zu seinem Bierglas und trank einen Schluck. »Es herrscht ein kollektives Angstgefühl, und ganz gleich, wer mit wem spricht, geht es hierbei immer nur um die Herrlichkeit des Führers und die Lobeshymnen auf ihn, ganz so, als glaubte jeder, dafür bestraft zu werden, wenn er nicht mindestens in jedem dritten Satz Hitlers Erfolge preist.«

»So ist das mit Fanatikern«, urteilte Paul-Friedrich.

»Im Grunde gebe ich dir recht, doch inzwischen ist es etwas anderes. Niemand scheint sich mehr sicher zu sein, nicht einmal die, die Hitler tatsächlich verehren. Jeder meint den anderen offenbar in seiner Begeisterung für den Führer noch übertrumpfen und damit die eigene Verehrung ihm gegenüber zur Schau tragen zu müssen. Es ist wie ein Wahn, dem alle verfallen sind. Und jeder scheint den anderen anzusehen und sich zu fragen, was dieser von ihm denkt. Keiner will den Eindruck hinterlassen, Hitler nicht genug zu huldigen. Wenn du mich fragst, war die Pharaonenverehrung früher weit harmloser als das, was wir hier und heute erleben.«

»Du bist Reichsleiter, Constantin. Ich denke, dass deine Sorge unbegründet ist, unter dem Generalverdacht zu stehen, nicht im verlangten Maße begeistert vom Führer zu sein.«

Constantin schüttelte den Kopf. »Schön wär's«, gab er fast mutlos zurück und spürte eine gewaltige Müdigkeit, die ihn in letzter Zeit immer öfter überkam. »Der Rang bedeutet nur noch für die etwas, die sich über ihre mit Orden geschmückte Brust definieren. Das Denunziantentum ist der Volkssport unserer Zeit, und es scheint fast noch populärer, einen ranghohen Offizier der nicht ausreichend vorhandenen Führertreue zu überführen als einen einfachen Soldaten.«

»Ich habe dich noch nie so besorgt erlebt«, stellte Paul-Friedrich fest.

»Es macht mich mürbe, das kann ich nicht verhehlen. Und wann immer ich ein neues Gesicht sehe, frage ich mich, ob der Mann womöglich meinetwegen da ist, um gegen mich zu ermitteln.«

»Constantin?« Paul-Friedrich beugte sich weiter vor. »Du verrennst dich da in etwas. Und genau das ist es doch, was die wollen. Sie versuchen Zweifel zu säen und Unsicherheit zu schüren. Niemand soll sich im Lande mehr sicher fühlen, damit nur keiner aufsteht und seine Stimme erhebt.« Er suchte Constantins Blick. »Wir sind doch klüger als die«, versuchte Paul-Friedrich, ihm Mut zu machen. »Wir schlagen sie mit ihren eigenen Waffen. Und wenn sie mit Schwung auf uns zulaufen, um uns ihre Messer in den Leib zu rammen, stellen wir ihnen ein Bein und lassen sie in ihre eigenen Klingen stürzen, das weißt du doch.«

Constantin atmete tief durch. »Du hast recht«, erkannte er, doch noch immer nagte der Zweifel an ihm. »Es gibt da einen neuen Mann vom Sicherheitsdienst der SS, Hauptsturmführer Alfred Breuer. Er ist vollkommen unscheinbar, nicht groß gewachsen und von schmächtiger Statur. Seine runden Brillengläser sind so klein, dass sie fast nicht einmal seine Augen vollständig bedecken, und du und ich könnten ihn vollkommen übersehen, selbst wenn er direkt neben uns steht.«

»Und das macht ihn gefährlich«, erkannte Paul-Friedrich.

»Ganz genau. Er hat seine Augen und Ohren überall, und mit seiner sanften, fast schon weibischen Stimme stellt er ganz nebenbei Fragen, als wäre er nur höflich interessiert. Doch das genaue Gegenteil ist der Fall.« Constantin nahm noch einen Schluck Bier. »Weißt du, wie Breuer in den Kreisen der SS genannt wird?«

»Nein, wie?«

»Sie nennen ihn Hitlers Bluthund, weil er sich wie ein elendiger Köter in seine Opfer verbeißt und erst dann wieder loslässt, wenn nicht mehr viel von ihnen übrig ist. Er hat inzwischen einige Sonderaufträge vorzuweisen, die er mit Bravour und besonderer Härte erledigt hat. Einerseits kümmert er sich im Ausland um die Vertreibung der Juden und hat hier wohl große Fortschritte erzielt, nachdem seine Vorgänger auf der Stelle getreten waren. Er ermittelt aber ebenso im Inneren und denunziert SS-Leute, die wohl nicht oder nicht mehr mit der richtigen Gesinnung ihren Tätigkeiten nachgehen. Heydrich hält besonders hohe Stücke auf ihn und schickt seinen Goldjungen nur dahin, wo es wirklich etwas zu holen gibt.«

»Du denkst also, wir sollten ihn ernst nehmen?«

»Jeder sollte dieses Wiesel ernst nehmen, so unscheinbar er auch sein mag.«

»Alfred Breuer«, wiederholte Paul-Friedrich. »Ich werde mir den Namen merken.«

Constantin nickte. »Doch nun erzähl mal, hat alles mit den Pferden zu deiner Zufriedenheit geklappt?«

»Selbstverständlich.« Paul-Friedrich grinste. »Die einzigen wertvollen Tiere in unseren Stallungen sind deine zwei Stuten«, stellte er fest. »In den anderen Boxen stehen nun Altmärkische Kaltblüter.«

»Altmärkische Kaltblüter?«, wiederholte Constantin und lachte auf. »Wirklich, Paul-Friedrich, wenn du dir einen Spaß erlaubst, dann richtig.«

»Vielleicht täusche ich mich ja auch bei dem, was Christian Weber meiner Meinung nach vorhat. Doch ich werde bestimmt nicht riskieren, mich überrumpeln zu lassen und es auf diese Art herauszufinden.«

Sie lachten auf, als es in diesem Moment klopfte.

»Ja?«, rief Paul-Friedrich, worauf die Tür von Hans geöffnet wurde.

»Ich bitte um Verzeihung. Herr Wilhelm Lehmann ist zugegen«, kündigte der Haushofmeister an.

»Na, dann haben wir ja die Richtigen zusammen«, gab Paul-Friedrich zurück und rief dann laut: »Wilhelm, komm rein!«

»Ich hätte mich sowieso nicht abhalten lassen«, erwiderte dieser, während er das Arbeitszimmer betrat.

»Ich dachte, ich komme ein bisschen früher«, meinte Wilhelm. »Und wie ich sehe, hattest du den gleichen Gedanken, Constantin.« Wilhelm kam herüber, während Constantin sich erhob und die beiden sich nun freundschaftlich begrüßten.

»Das Gleiche für mich!«, bestellte Wilhelm dann an Hans gewandt, der zustimmend nickte und sodann wieder die Tür von außen schloss.

Wilhelm und Paul-Friedrich begrüßten sich, dann nahm Wilhelm neben Constantin Platz.

»Wir haben uns gerade über die Pferde unterhalten«, setzte Paul-Friedrich seinen ältesten Freund ins Bild.

»Wenn Weber wirklich das macht, von dem ich glaube, dass er es vorhat, freue ich mich schon jetzt auf seinen Gesichtsausdruck.« Paul-Friedrich lachte auf.

»Ich werde mich während der ganzen Zeit in deiner Nähe aufhalten, Paul-Friedrich«, sagte Wilhelm, der in sein Lachen einstimmte, »nur um das nicht zu verpassen.«

»Ich warne euch, treibt es nicht zu weit«, mahnte Constantin. »Mit einem wie Weber ist nicht zu spaßen. Der Mann ist wahnsinnig, wenn ihr mich fragt.«

»Damit ist er ja in der Führung des Landes zum Glück nicht allein«, unkte Wilhelm.

»Constantin«, forderte Paul-Friedrich ihn nun auf, »bitte erzähl Wilhelm, was du mir soeben gesagt hast. Über diesen Alfred Breuer meine ich.«

Constantin wollte gerade ansetzen, da klopfte es und das Dienstmädchen, von dem Paul-Friedrich vorhin behauptet hatte, dass es ein Spitzel sein könnte, betrat mit den Getränken für Wilhelm das Zimmer.

»Danke, Lene«, sagte dieser, worauf sie wortlos knickste und sodann wieder das Büro verließ.

»Einen Moment«, bat Paul-Friedrich und hob den Zeigefinger, um Constantin so aufzufordern, noch abzuwarten. Keiner sagte ein Wort, und alle drei lauschten, ob vom Flur noch Geräusche zu ihnen herüberdrangen. Nun war es Constantin, der aufstand, zur Tür ging und sich auf dem Korridor umsah. Es war niemand da. Er schloss die Tür wieder, kam zurück und berichtete Wilhelm, nachdem sie alle miteinander angestoßen hatten, genau das, was er zuvor schon Paul-Friedrich über Alfred Breuer mitgeteilt hatte.

»Er ist wie ein Wiesel«, schloss Constantin. »Ich könnte mir vorstellen, dass er nachher auch hier sein wird. Sollte dies der Fall sein, werde ich ihn euch unauffällig zeigen.«

Wilhelm nickte ihm zu, dann unterhielten die drei sich noch etwa zwanzig Minuten miteinander, bevor sie sich erhoben und langsam zum großen Saal hinübergingen, wo im Eingangsbereich Elisabeth und Ferdinand Lehmann standen, bereit, die ersten Gäste zu begrüßen. Constantin entging nicht der Blick, den Paul-Friedrich und Wilhelm tauschten, als sie es sahen. Täuschte er sich, oder konnte er so etwas wie Missfallen darin erkennen?

Sein Gefühl, Ferdinand Lehmann nicht genau einschätzen zu können, schien bestätigt. Es war also auch hier wie überall im Land – nicht jedem, den man zu kennen glaubte, konnte man trauen.

18. Kapitel

Wenn ich doch weiß, dass so vieles falsch läuft, weshalb tut diese Anerkennung dann so gut?

Ferdinand Lehmann

Die Ersten, die Ferdinand zusammen mit Elisabeth begrüßt hatte, waren Paul-Friedrich, sein Onkel Wilhelm und Reichsleiter Constantin Trost gewesen, die aus Richtung des Arbeitszimmers gekommen waren. Kurz darauf waren Clara und Gustav zusammen mit Wilhelmine und Dorothea erschienen und nur wenig später seine Mutter Käthe, Johannes und Else. Ja, auf den Zusammenhalt der Familien war wirklich Verlass, das musste er zugeben. Und es tat ihm gut, ging doch mit der Anwesenheit aller ein großes Maß an Unterstützung einher, auch wenn er ahnte, nein, genau genommen wusste, dass die meisten von ihnen, wenn nicht sogar alle, dem Regime und sogar dem Führer selbst kritisch gegenüberstanden. Ferdinand wurde das Gefühl nicht los, dass heute noch etwas geschehen würde. Sicher war damit zu rechnen, dass Wilhelm mit jemandem in Streit geriet, dessen Ansichten er absurd fand, wobei es durchaus auch mal lauter werden konnte. Sein Onkel war eben ein Hitzkopf, daran war nicht zu rütteln. Doch andererseits war er sicher, dass dieser nicht so weit gehen würde, ihm den Empfang zu ruinieren, wusste er doch, wie wichtig dieser für Ferdinand war.

Und Wilhelm war ganz bestimmt nicht so dumm, sich zu irgendwelchen kritischen Äußerungen hinreißen zu lassen. Doch wenn jemand den Krieg generell zu verherrlichen versuchte, konnte es gut geschehen, dass Wilhelm sehr anschaulich seine Fronterlebnisse schilderte und Details beschrieb, die gerade die anwesenden Damen im höchsten Maße schockierten. Es blieb zu hoffen, dass eine solche Schilderung nicht eskalierte, und ganz sicher würde Else eingreifen, wenn sie merkte, dass Wilhelm die Contenance zu verlieren drohte. Außerdem war Paul-Friedrich ja auch noch da, der den Freund bestimmt nicht ins offene Messer laufen ließ.

Ferdinand schüttelte Hände über Hände, und immer dann, wenn er kurz zu Elisabeth neben sich blickte, stellte er mit Zufriedenheit fest, dass diese in der Rolle der Gastgeberin aufzugehen schien, und als sich einige Male ihre Blicke trafen, lag hierin eine tiefe Verbundenheit.

»Heil Hitler, Herr Dr. Pfannmüller«, begrüßte er nun den Leiter der Heil- und Pflegeanstalt Eglfing-Haar, der nicht nur ein Duzfreund Hitlers, sondern auch Gustavs Chef war.

»Heil Hitler!«, gab dieser zurück, schüttelte Ferdinands Hand und beugte sich dann tief herunter, um Elisabeth einen Handkuss zu geben.

»Meine Verehrung, gnädige Frau.«

»Wir freuen uns sehr, dass Sie unserer Einladung gefolgt sind, Herr Dr. Pfannmüller. Vor allem da wir wissen, wie schwierig es gerade für Sie sein muss, jetzt, da so viel in Ihrer Heilanstalt in Ordnung zu bringen ist.«

Ferdinand warf Elisabeth einen warnenden Blick zu. Seine Frau war noch nicht besonderes bewandert auf dem politischen Parkett, und Ferdinand missfiel es, dass sie Dinge ansprach, über die sie nur vom Hörensagen wusste. Würde Gustav nicht hier auf Gut Falkenbach wohnen, hätte sie von dem Brand überhaupt keine Kenntnis, und es war durchaus möglich, dass Dr. Pfannmüller nicht wünschte, dass außer den Leuten, die dort arbeiteten und alles mitbekommen hatten, jemand davon erfuhr.

»Ach, Gott sei Dank ist der Schaden weit geringer, als er hätte sein können«, erwiderte Pfannmüller. »Es ist nichts, was man nicht mit dem Einsatz ehrlicher deutscher Männer in kurzer Zeit wiederhergestellt bekommt. Schließlich ist unser Volk ja dafür bekannt, überragende Leistungen gerade auch im Bauwesen hervorbringen zu können, und wenn man nur bedenkt, welch großartige Baupläne Albert Speer entwirft und in den nächsten Jahren in die Tat umsetzen wird, so kann uns doch ein kleines Feuer nicht schrecken, das nicht einmal die Grundmauern beschädigt hat.«

Elisabeth sah kurz zu Ferdinand, dann nickte sie.

»Nun, wir hoffen, dass Sie sich bei uns wohlfühlen, Herr Dr. Pfannmüller, und ich wäre über die Maßen erfreut, später noch mit Ihnen plaudern zu dürfen«, gab Elisabeth nun in verbindlichem Tonfall zurück, ganz so, als hätte sie Ferdinands warnenden Blick richtig zu deuten gewusst.

»Ich freue mich schon darauf«, sagte Pfannmüller, nickte Ferdinand noch einmal zu und mischte sich dann unter die Gäste.

Ferdinand blickte wieder zum Eingang, als der Besucherstrom kurz unterbrach, nun aber weitere Gäste dort hereinkamen. Seine Miene entglitt, als er Eleonore Baur, die viele nur unter ihrem Rufnamen Schwester Pia kannten, im Türrahmen erspähte.

»Hast du Eleonore Baur eingeladen?«, zischte er Elisabeth ins Ohr, fassungslos, dass ausgerechnet die Frau gekommen war, die für den Tod Martins, Wilhelmines großer Liebe, verantwortlich war.

»Nein«, entgegnete Elisabeth sogleich. »Natürlich nicht«, fügte sie hinzu.

»Ich auch nicht«, antwortete Ferdinand. »Doch das da vorn ist sie.«

Elisabeth sah ihn ängstlich an. »Und jetzt?«

»Und jetzt lächeln wir, als wäre alles in Ordnung«, quetschte Ferdinand durch die Zähne, die er nun wie zu einem breiten Lächeln aufeinanderpresste, als Eleonore Baur umringt von einigen Parteimitgliedern auf ihn zuhielt.

»Das ist aber eine Überraschung.« Ferdinand verbeugte sich. »Eleonore Baur, es ist mir eine Freude.« Er gab ihr einen Handkuss. »Kennen Sie meine Ehefrau Elisabeth?«

»Guten Tag«, sagte Elisabeth, während die Baur mit ihren kleinen dicken Fingern ihre Hand griff und diese schüttelte.

»Gesehen habe ich sie schon«, sagte Eleonore Baur zu Ferdinand, statt sich direkt an Elisabeth zu wenden. »Auf dem Geburtstag unseres Freundes Paul-Friedrich, dieses alten Charmeurs.« Sie kicherte gekünstelt.

»Ich war so frei, mich einigen Parteifreunden anzuschließen, da durch ein Missgeschick gar keine Einladung bei mir in Oberhaching angekommen ist und ich deshalb gar nicht genau wusste, wann der Empfang stattfindet.« Sie sah Ferdinand vorwurfsvoll an.

Dieses widerliche feiste Weibsstück forderte ihn doch glatt heraus. Hinter Eleonore Baur bildete sich eine Schlange der Gäste, die anders als sie eingeladen waren, und manche von ihnen verfolgten interessiert, was sie soeben gesagt hatte.

»Das kann ich kaum glauben«, entgegnete Ferdinand in gefälligem Tonfall. »Unsere Zustellungsbeamten sind doch überaus zuverlässige Männer.«

Die Baur winkte ab. »Ach, Sie würden sich wundern, wie viele Briefe ihre Empfänger niemals erreichen. Doch wir haben genug andere Herausforderungen im Land, um uns mit derartigen Widrigkeiten zu beschäftigen.«

»Wir wünschen Ihnen angenehme Stunden in unserem Hause«, sagte nun Elisabeth, um das Gespräch abzukürzen.

»Na, junge Frau, in Ihrem Hause dürfte ja wohl übertrieben sein, wenn ich nicht irre. Oder gehört das Anwesen nicht mehr den von Falkenbachs?«

Elisabeth entgleisten die Gesichtszüge.

»Wie meine Frau sagte, angenehme Stunden, Frau Baur«, sprang Ferdinand ihr bei.

»Nennen Sie mich ruhig Schwester Pia«, erwiderte diese. »So nennen mich alle. Und so ein hübscher junger Mann wie Sie muss nicht so förmlich zu mir sein.«

Mit ihrem breiten Lächeln zeigte sie ihre gelben Zähne, und Ferdinand musste sich zusammenreißen, um nicht angewidert das Gesicht zu verziehen.

»Hauptmann Steinbeck«, begrüßte er nun den nächsten Gast und forderte diesen mit einer einladenden Geste auf, zu ihm vorzutreten.

»Vielen Dank für die Einladung, Hauptmann Lehmann. Darf ich Ihnen meine Frau Marika vorstellen.«

»Es ist mir eine Freude.« Ferdinand beugte sich vor, um sie zu begrüßen. »Und darf ich Sie mit meiner Frau Elisabeth bekannt machen, die sich um alles hier gekümmert hat?«

Steinbeck begrüßte Elisabeth wie Ferdinand zuvor dessen Frau. Dann wünschten sie ihnen viel Vergnügen und wandten sich den nächsten Gästen zu.

Die Begrüßung der gut einhundertzwanzig Gäste dauerte eine Weile, und bevor Ferdinand und Elisabeth ihnen in den Saal folgten, nahm er seine Frau beiseite.

»Elisabeth«, flüsterte er. »Du musst unbedingt zu Gustav und Clara gehen und ihnen sagen, dass Schwester Pia hier ist. Sie sollen dafür sorgen, dass Wilhelmine nicht auf diese trifft, hörst du?«

Elisabeth nickte stumm, setzte dann ein Lächeln auf und bahnte sich ihren Weg durch die in verschiedenen Grüppchen stehenden Leute. Auch Ferdinand machte sich auf und reckte den Hals, um nach Paul-Friedrich Ausschau zu halten. Im Vorbeigehen nickte er immer mal wieder den Gästen gefällig zu. Als er Paul-Friedrich entdeckte, der zusammen mit Wilhelm, Constantin Trost und zwei Offizieren an der Theke stand und gerade einen Schnaps trank, hielt er eilig auf ihn zu.

»Da ist er ja«, sagte Paul-Friedrich, als er ihn kommen sah. »Wir haben gerade darüber gesprochen, welch beachtliche Karriere du gemacht hast und wie stolz Elisabeth und auch deine Mutter auf dich sein müssen, Ferdinand.«

»Vielen Dank.« Ferdinand nickte. »Meine Frau und ich haben unser Bestes gegeben. Nun ist es an euch, das Fest zu genießen.« Er lächelte breit. »Kann ich dich ganz kurz sprechen, Paul-Friedrich? Ich hätte eine Frage an dich. Wie es eben so ist, wenn man de facto eben nicht selbst der Hausherr ist«, gab er den anderen in der Runde eine Erklärung.

»Aber sicher.« Sie gingen einige Schritte beiseite, und Ferdinand beugte sich so weit vor, dass er mit seinem Mund direkt neben Paul-Friedrichs Ohr war.

»Eleonore Baur ist hier. Sie hat Wind von dem Empfang bekommen und sich selbst eingeladen.« Ferdinand stellte sich wieder gerade hin und blickte nun Paul-Friedrich in die Augen, der diese zu Schlitzen zusammenkniff.

»Verdammt!«, zischte er.

»Ich habe Elisabeth schon losgeschickt, damit sie Gustav und Clara Bescheid gibt und die beiden Wilhelmine von der Baur fernhalten. Aber könntest du dich ebenfalls kümmern?«

»Selbstverständlich.« Paul-Friedrich setzte ein Lächeln auf und ging sogleich zu der Gruppe zurück.

»Ihr müsst mich entschuldigen, verehrte Freunde. Aber nur für einen Moment. Und trinkt nicht den ganzen Schnaps ohne mich«, tönte er, und Ferdinand bemerkte, dass er sein Lächeln so lange beibehielt, bis er sich ihm wieder zuwandte. Dann nickte Paul-Friedrich und verschwand in der Menge.

Ferdinand atmete auf, doch wirklich erleichtert war er nicht. Was, wenn es zu einem Eklat zwischen Wilhelmine und der Baur kam? Er sah zu Wilhelm, der sich offenbar bestens unterhielt und gemeinsam mit den anderen lachte. Dass Ferdinand sich ausgerechnet um ihn Gedanken gemacht hatte, kam ihm gerade trivial vor.

Ferdinand ging wieder ein Stück zurück und hielt nun auf den Eingang zum großen Saal zu, als er Elisabeth ausmachte, die auf ihn zueilte. Lächelnd beugte sie sich nah an ihn heran.

»Ich habe mit Gustav und Clara gesprochen«, berichtete sie. »Und Johannes war auch dabei. Sie kümmern sich darum.«

»Gut. Ich habe Paul-Friedrich informiert.«

Elisabeth nickte. »Du solltest in Kürze eine Begrüßungsrede halten«, erinnerte sie ihn.

Ferdinands Blick schweifte noch einmal durch die Menge. Die Sorge, dass Wilhelmine auf Eleonore Baur traf, war groß. Doch wenn er nicht riskieren wollte, dass der Empfang misslang, weil er abgelenkt war, musste er sich jetzt von diesem Gedanken frei machen und sich um seine Gäste kümmern.

»Komm«, sagte er, nahm Elisabeths Hand und ging mit ihr zusammen zur Kapelle, die bisher angenehme Begleitmusik hören ließ. Als das Stück endete, stellte er sich ans Mikrofon, zog Elisabeth an seine Seite und räusperte sich.

»Herzlich willkommen!«, sagte er laut, und ein gellender Pfeifton drang durch den Saal, weshalb einige der Gäste ihre Gesichter verzogen.

»Herzlich willkommen«, setzte Ferdinand noch mal an und hielt nun etwas mehr Abstand zum Mikrofon. »Meine Ehefrau Elisabeth und ich sind dankbar, dass Sie alle unserer Einladung gefolgt sind, und es ist uns eine wirkliche Ehre, Sie alle hier begrüßen zu dürfen. Ich hoffe, Sie haben alle reichlich zu trinken, und ich kann Ihnen schon jetzt versprechen, dass meine liebe Frau Elisabeth für Sie ein köstliches Menü zusammengestellt hat, das in etwa einer halben Stunde dort drüben im großen Saal serviert wird. Nun wünschen wir Ihnen angenehme Unterhaltung und vergnügliche Stunden. Heil Hitler!«

»Heil Hitler!«, riefen die Anwesenden begeistert zurück und applaudierten. Dann gab Ferdinand den Musikern ein Zeichen, worauf diese wieder musizierten.

»Ich sehe nach Wilhelmine und den anderen«, flüsterte Elisabeth ihm zu und verschwand sogleich in der Menge, während jemand in seiner Nähe Ferdinands Namen nannte.

»Hauptmann Lehmann.« Ferdinand drehte sich um und stand nun Christian Weber gegenüber, den er nach dem Springwettbewerb in München, bei dem Wilhelmine seinen Reiter besiegt hatte, nur ein einziges Mal wiedergesehen hatte, und zwar auf einem Empfang des 1939 geschaffenen Reichssicherheitshauptamtes in München, das von Reinhard Heydrich geleitet wurde. Doch an jenem Tag hatten Ferdinand und Weber kein einziges Wort miteinander gewechselt, weil es sich nicht ergeben hatte.

»Parteifreund Weber«, begrüßte Ferdinand ihn. »Vorhin kamen wir ja kaum dazu, einander richtig zu begrüßen. Ich freue mich, dass Sie meiner Einladung gefolgt sind.«

»Der Einladung eines Günstlings unseres Führers«, sagte Weber. »Wie könnte ich da ablehnen, ganz abgesehen davon, dass es doch immer ein Vergnügen ist, einen Grund zu haben, dieses herrliche Anwesen zu besuchen.«

»Da gebe ich Ihnen recht. Und ich danke Ihnen für das Kompliment, in der Gunst unseres Führers zu stehen. Ich fühle mich geehrt.«

»Ihre Fabriken und das Arbeitslager produzieren große Mengen an Waffen und Munition«, lobte Weber. »Ohne Männer wie Sie könnten unsere Truppen nur mit Steinen auf die Angreifer werfen.«

»Sind nicht wir diejenigen, die angreifen?«, gab Ferdinand zurück. »Unser Führer würde es doch wohl nicht so weit kommen lassen, dass wir in eine Verteidigungssituation geraten.«

»Da haben Sie vollkommen recht. Und je früher der Gegner unsere Übermacht begreift, desto schneller können alle wieder heimkehren.«

»Und das wollen wir schließlich alle«, stellte Ferdinand fest.

»Darauf trinke ich«, sagte Weber und hob sogleich das Glas.

»Ich sollte mir wohl auch etwas holen«, meinte Ferdinand und deutete auf Webers Glas, worauf dieser grinste.

»Der Gastgeber ist der Einzige, der hier zu dursten hat«, lachte Weber dann auf.

»Entschuldigen Sie mich«, bat Ferdinand. »Doch diesen Zustand muss ich dringend ändern.«

Ferdinand hatte aus dem Augenwinkel Eleonore Baur wahrgenommen, die offenbar nach jemandem Ausschau hielt. Eilig ging er zu ihr und sprach sie an:

»Was denken Sie, gnädige Frau, wollen wir nicht miteinander anstoßen?«

»Aber gern«, bejahte sie. »Ich habe mich gerade umgesehen. Ist denn eigentlich auch Fräulein von Falkenbach zugegen? Wir haben uns mal kennengelernt, und ich möchte gern guten Tag sagen.«

»Wilhelmine? Ja, die ist auch da. Aber erst einmal trinken wir jetzt zusammen einen, nicht wahr?« Er schob sie in Richtung Theke, und war erleichtert, dort Paul-Friedrich mit dem Rücken zu ihnen stehen zu sehen, der sich offenbar mit jemandem unterhielt. Vielleicht könnte er die Baur bei ihm abladen.

Ferdinand legte Paul-Friedrich die Hand auf die Schulter und zuckte zusammen, als er erkannte, dass dieser sich mit Wilhelmine unterhalten hatte.

Eleonore Baur war bereits neben ihm und hatte Wilhelmine ebenfalls ausgemacht. Verdammt noch mal! Was sollte er tun?

»Wir sollten vielleicht …«, begann Ferdinand und fasste Eleonore Baurs Arm, die ihn jedoch sogleich abschüttelte und nun direkt vor Wilhelmine trat.

»Da ist ja das hübsche junge Fräulein«, sagte sie in einem Tonfall, der nichts als Boshaftigkeit verriet.

Ferdinand hielt den Atem an und warf Wilhelmine einen bedauernden, ja sogar verzweifelten Blick zu. Wenn diese jetzt die Fassung verlor und womöglich Eleonore Baur des Mordes an Martin beschuldigte, einem Kommunisten, endete dieser Empfang mit Wilhelmines Verhaftung, auch wenn sie die Tochter des Gutsherrn war.

»Frau Baur«, sagte Wilhelmine und streckte ihr mit einem Lächeln die Hand entgegen. »Das ist aber eine Freude, dass wir uns wiedersehen. Wie geht es Ihnen?«

Ferdinand registrierte das verdutzte Gesicht, das die Baur auf diese Begrüßung hin machte. Und er selbst mochte nicht viel schlauer dreinblicken.

»Gut geht's mir«, erwiderte Schwester Pia in fast zickigem Tonfall. Doch dann fing sie sich offenbar wieder. »Das ist aber fein, dass Sie mich so nett begrüßen. Und ich dachte schon, Sie wären mir am Ende bös, weil doch Ihr Freund, wie hieß er noch gleich …?«

»Mein Freund?« Wilhelmine tat, als wüsste sie nicht, wovon Eleonore Baur überhaupt sprach. »Meinen Sie Wolfgang?« Dann schüttelte Wilhelmine den Kopf. »Ach, nein, jetzt verstehe ich. Sie sprechen von Martin, nicht wahr? Gustavs früherem Freund Martin.«

»Ja, von dem spreche ich«, stellte die Baur pikiert fest. »Schließlich gibt es ja wohl nicht so viele Ihrer Freunde, die bei mir in Oberhaching gelebt haben.«

»Nein, das sicher nicht.« Wilhelmine behielt ihr Lächeln bei. »Und jetzt, wo Sie es ansprechen, muss ich schon zugeben, dass ich schockiert war.« Sie sah erst Ferdinand, dann ihren Vater an. »Ich hatte euch doch davon erzählt. Ich wollte Martin abholen, da du mir ja aufgetragen hattest, dafür zu sorgen, dass er ein für alle Mal die Gegend hier verlässt, Vater.«

»Ja, mein Kind. Ich erinnere mich.«

»Und als ich ihn gerade einsammeln wollte, wurde er vor meinen Augen erschossen.« Sie blickte Eleonore Baur direkt an. »Das war das erste Mal, dass ich so etwas erlebt habe. Ich meine, wie ein Mensch getötet wurde. Aber weshalb sollte ich Ihnen deswegen böse sein? Wenn Sie die Bestrafung angeordnet haben, werden Sie bestimmt einen guten Grund dafür gehabt haben.«

Eleonore Baur war anzusehen, dass sie vor Wut kochte.

»Also für mich sah es so aus, als würden Sie sich auf ihn freuen. Ja fast, als würden Sie Ihren Liebsten abholen«, giftete sie Wilhelmine an, die nun kurz auflachte.

»Meinen Liebsten? Um Himmels willen, mein Liebster wohnt in München und wird eines Tages ein ganz wunderbarer Arzt werden, sobald er sein Medizinstudium abgeschlossen hat. Natürlich kann er sein Examen erst ablegen, nachdem er die Pflicht seinem Land gegenüber erfüllt hat. Aber dass ihm beides mit Bravour gelingen wird, davon bin ich überzeugt.«

Eleonore Baur brauchte einen Moment, um die Fassung zurückzuerlangen. Dann fragte sie: »Also wollen das gnädige Fräulein auch nicht wissen, was dieser Martin getan hatte, um den Tod zu verdienen?«

Wilhelmine atmete tief ein, und Ferdinand konnte ihr ansehen, wie sie mit sich zu kämpfen hatte. Dann schüttelte sie den Kopf, ohne den Blick von Eleonore Baur abzuwenden.

»Nein, haben Sie vielen Dank. Ich vertraue darauf, dass Sie eine solche Entscheidung gewiss nicht leichtfertig getroffen haben. Mehr muss ich nicht wissen. Aber wenn Sie mich nun so daran erinnern, dann muss ich sagen, dass ich Ihnen wohl doch ein ganz klein wenig böse bin.«

»Sieh an.« Die Baur grinste. »Und weshalb, wenn ich fragen darf?«

»Durch den Schuss sind Blutspritzer auf meinem Kleid gelandet, die unser Personal auch nach mehreren Wäschen nicht mehr herausbekommen hat. Ich musste das Kleid wegwerfen.« Wilhelmine seufzte. »Aber ach, ich habe genug schöne Kleider. Sie sollten sich also nicht grämen. Und nun entschuldigen Sie mich, und genießen Sie noch Ferdinands wunderbare Gesellschaft.« Wilhelmine sah ihn an. »Denn es ist wirklich alles großartig geworden.« Wilhelmine hob sich auf die Zehenspitzen und gab ihm einen Kuss auf die Wange. Ferdinand war zu überrascht, nicht wegen des Kusses, sondern wegen dem, was sich soeben direkt vor seinen Augen zwischen Wilhelmine und Eleonore Baur abgespielt hatte, um irgendwie darauf reagieren zu können.

»Danke«, war das Einzige, was er knapp hervorbrachte. Dann war Wilhelmine auch schon verschwunden.

»So, was wollen wir denn nun Schönes trinken?«, zeigte sich Paul-Friedrich überaus zufrieden und sah erst Eleonore Baur und dann Ferdinand an.

Die Baur zog die Stirn in Falten. »Irgendwas Starkes«, orderte sie, worauf Paul-Friedrich ihnen drei Gläser hochprozentigen Obstler bestellte. Als Ferdinand diesen die Kehle hinunterkippte, hatte er das Gefühl, das erste Mal seit Minuten wieder zu atmen. Für wie stark er Wilhelmine auch gehalten haben mochte – er hatte sie um Längen unterschätzt.

19. Kapitel

Es ist wie ein Kampf, den jeder Einzelne hier zu führen hat. Manch einer mit seiner Vergangenheit, ein anderer aus Furcht vor der Zukunft. Doch ein Gefühl scheint alle zu einen: die über allem schwebende Angst.

Gustav von Falkenbach

Er hatte in einiger Entfernung gestanden und nicht alles mitbekommen, was seine Schwester zu Eleonore Baur gesagt hatte. Das meiste hatte er an dem zufriedenen Gesichtsausdruck seines Vaters ablesen können, der neben Schwester Pia, wie die Baur von vielen genannt wurde, gestanden hatte und das Gespräch zwischen dieser und Wilhelmine verfolgt hatte.

Gustav hatte das Gefühl gehabt, ihm würde jeden Moment das Herz stehen bleiben, als er sich nach Elisabeths Hinweis auf die Suche nach Wilhelmine begeben und diese dann dort mit Ferdinand, seinem Vater und eben Schwester Pia entdeckt hatte.

Nun verabschiedete Wilhelmine sich offenbar mit einem Lächeln und bahnte sich dann ihren Weg durch die Gästeschar zum Ausgang des Saals.

Gustav blickte sich um und entdeckte Clara, die ebenfalls Wilhelmine suchte und nun auf ihn aufmerksam wurde. Er versuchte ihr mit Handzeichen zu signalisieren, dass er hinausginge, worauf sie nickte und sich sodann in dieselbe Richtung in Bewegung setzte.

In der Eingangshalle angekommen, sah er gerade noch, wie Wilhelmine die Treppe hochging. Er wartete auf Clara, die ihn nun erreichte, und flüsterte nur: »Komm, nach oben«, worauf Clara nickte.

Gemeinsam gingen die beiden die Stufen hinauf, und Gustav war überrascht, wie schnell Clara die Stufen bewältigte, immerhin hatte sie durch ihren Bauch einiges an Zusatzgewicht mit sich herumzutragen. Sie hielten auf Wilhelmines Zimmer zu, und Gustav klopfte.

»Mine? Wir sind's, Clara und ich.«

»Moment.«

Offenbar hatte Wilhelmine die Tür verriegelt, denn es war zu hören, wie sie den Schlüssel im Schloss umdrehte, und gleich darauf wurde die Tür geöffnet.

Die Geschwister sahen sich an, und in diesem Augenblick brachen bei Wilhelmine alle Dämme. Gustav drängte sie ins Zimmer, sodass Clara die Tür hinter ihnen schließen konnte, und hielt sie dann in seinem Arm. Wilhelmine weinte bitterlich, und Gustav konnte spüren, dass sie trotz der Wärme im Zimmer am ganzen Körper zitterte. Behutsam führte er sie hinüber zum Bett, auf das sie sich sogleich legte. Clara ließ sich auf der anderen Bettseite nieder und zog Wilhelmine an sich. Gustav streifte seine Schuhe von den Füßen und setzte sich im Schneidersitz ans Ende des Bettes. Er wartete, bis Wilhelmine sich ein wenig beruhigt hatte. Dann zog er sein Taschentuch hervor und reichte es ihr.

»Geht es wieder?«, fragte Clara.

Wilhelmine nickte.

»Erzähl«, forderte Gustav. »Ich habe gesehen, wie du mit diesem Teufel in Frauengestalt gesprochen hast. Was hast du gesagt?«

»Vater«, begann Wilhelmine zu erzählen. »Er hat mich kurz zuvor beiseitegenommen und mich vorgewarnt, dass die Baur hier ist. Er hat gleich hinzugefügt, dass Ferdinand sie nicht eingeladen hatte, ganz so, als wollte er ihn in Schutz nehmen.« Wilhelmine sah von Clara zu Gustav. »Als ob ich je vermutet hätte, dass Ferdinand diese Frau einladen würde.« Wilhelmine schüttelte den Kopf.

»Und was hast du nun gesagt?«, fragte Clara.

Wilhelmine trocknete mit dem Taschentuch die restlichen Tränen. Dann setzte sie sich aufrecht hin.

»Ich war freundlich. Ich habe ihr gesagt, wie schön es ist, sie mal wieder zu sehen.«

»Das hast du nicht getan!«, gab Clara vollkommen erstaunt zurück.

»O doch, das habe ich. Und wisst ihr, was sie mich gefragt hat?« Wilhelmine machte eine Pause. »Ob ich ihr doch hoffentlich nicht böse sei, wegen der Sache mit Martin. Ja, sie hat wirklich dieses Wort benutzt, böse.«

»Mein Gott, sie ist wirklich der Teufel!«, entfuhr es Gustav.

»Nein, sie ist schlimmer als das«, entgegnete Wilhelmine. »Doch wisst ihr, Vater hat mir vorher so ins Gewissen geredet. Es war, als wüsste er genau, dass sie versuchen würde, mich zu provozieren. Sie wollte mir eine Reaktion entlocken, die belegt hätte, wie ich mich fühle und was ich für Martin empfunden habe.« Sie presste die Lippen aufeinander und knetete ihre Finger. »Und immer noch empfinde«, fügte sie dann hinzu. »Doch ich habe getan, als interessierte mich das alles gar nicht. Sie wollte mir sogar noch auf die Nase binden, warum er hatte sterben müssen.«

»Und warum?«, fragte Clara. »Welche wahnsinnige Ausrede hatte sie dafür?«

»Ich habe sie nicht zu Wort kommen lassen.« Wilhelmine schüttelte erneut den Kopf. »Ich wollte ihr diesen Triumph nicht gönnen.«

»Aber was hast du denn gesagt?«, fragte Gustav.

»Dass ich sicher sei, sie hätte einen guten Grund gehabt. Doch es sei für mich nicht von Belang, weil ich eben nichts mit Martin zu tun hatte und er nur ein früherer Freund von dir war.« Wilhelmine beugte sich vor und streckte ihm die Hand entgegen, die er nun griff.

»Es war unendlich schwer, so abfällig über Martin zu sprechen.« Kurz drückte sie Gustavs Hand und ließ diese nun wieder los. »Doch ganz ehrlich: Als ich ihr dummes, enttäuschtes Gesicht sah, dass es ihr nicht gelungen war, mich aus der Fassung zu bringen, da hatte ich das Gefühl, einen triumphalen Sieg errungen zu haben.«

Clara beugte sich zu Wilhelmine hinüber und umarmte diese. »Ich bin so unglaublich stolz auf dich«, sagte Clara, und Gustav sah, dass seiner Frau die Tränen kamen. »Du hast es ihr gezeigt, und zwar richtig. Du bist keinen einzigen Schritt zurückgewichen. Eine solche Größe zu beweisen, ist unglaublich.«

Wilhelmine lächelte. »Danke.«

»Clara hat recht«, bekräftigte Gustav. »Und weißt du, was du jetzt machen solltest?«

»Nein, was?«

»Du solltest runtergehen und vorgeben, dich prächtig zu amüsieren.«

»Ich glaube nicht, dass ich das kann«, erklärte sie.

»Natürlich kannst du das«, widersprach Gustav. »Mine, du hast dort unten gerade bewiesen, dass du absolut alles kannst. Wenn du dich jetzt hier oben verkriechst, könnte die Baur unten ihre Giftpfeile verschießen und sticheln, dass dich euer

Gespräch wohl doch mehr mitgenommen hat, als du zugeben wolltest. Dann würde sie am Ende doch noch bekommen, was sie will.«

Wilhelmine überlegte, dann sah sie kurz Clara an und schwang schließlich ihre Beine aus dem Bett. »Wartet bitte einen Moment auf mich«, bat sie. »Ich wasche mir nur rasch das Gesicht, damit ich auch ja hübsch anzusehen bin, wenn ich wieder dort unten erscheine.«

Clara und Gustav tauschten einen Blick, der Zufriedenheit verriet. Dann standen auch sie auf, und Gustav zog sich seine Schuhe wieder an. Als er fertig war, hatte auch Wilhelmine ihr Gesicht getrocknet und etwas Farbe auf die Lippen getupft. Gemeinsam verließen sie Wilhelmines Schlafzimmer und begaben sich wieder nach unten.

Sie kamen genau richtig, da die Gesellschaft gerade dabei war, vom Vorsaal in den großen Speisesaal zu wechseln und sich an den langen Tischen zu verteilen.

»Kollege Falkenbach, auf ein Wort.« Gustav drehte sich um und stand seinem Chef gegenüber.

»Dr. Pfannmüller.« Gustav schüttelte ihm die Rechte. Ein eigenartiges Gefühl beschlich ihn. Es lag etwas im Blick seines Gegenübers, das er nicht zu deuten wusste.

»Hätten Sie noch einen kurzen Moment, bevor das Essen aufgetragen wird? Ich würde gern mit Ihnen sprechen.«

»Aber sicher«, stimmte Gustav zu.

»Bitte entschuldigen Sie, wenn ich Ihnen Ihren Ehemann und Bruder kurz entführen muss«, wandte sich Pfannmüller nun an Clara und Wilhelmine, die etwas abseits standen und auf ihn warteten.

»Geht schon vor«, sagte Gustav zu den beiden, worauf Wilhelmine und Clara zögerten, sich dann aber abwandten und zum großen Saal gingen.

Pfannmüller hob kurz die Hand, und ein Mann, der an der Tür zum großen Saal gewartet hatte und den Gustav erst jetzt bemerkte, kam nun herüber. Er war klein, wirkte geradezu schmächtig, und Gustav schätzte ihn nicht älter als etwa dreißig. Seine dunklen Haare trug er nicht, wie es viele taten, zum Seitenscheitel gekämmt, sondern nach hinten, und seine Brille wirkte auf Gustav, als sei sie zu klein für sein Gesicht, fast, als gehörte diese einem Kind.

»Darf ich Ihnen SS-Hauptsturmführer Alfred Breuer vorstellen, Herr Kollege«, machte Pfannmüller bekannt.

Gustav reichte dem schmächtigen Mann die Hand, worauf dieser nickte und kurz die Mundwinkel hob, jedoch nichts sagte.

»Hauptsturmführer Breuer ist mit der Untersuchung des Brandes in unserer Klinik befasst und muss die Aussagen sämtlicher Mitarbeiter dort zusammentragen.«

»Aber ich habe doch meine Aussage schon gemacht«, zeigte sich Gustav überrascht.

»Es ist ja noch nicht so lange her, dass Sie bereits vergessen haben, was an dem Tag geschah, nicht wahr?« Der Hauptsturmführer sah Gustav ausdruckslos an. Seine Stimme wirkte monoton, doch seine Augen bewegten sich ununterbrochen, was ihm etwas Lauerndes verlieh.

»Es gibt Essen, meine Herren.«

Gustav drehte sich um, als er die Stimme seines Vaters vernahm.

»Paul-Friedrich«, sprach Hermann Pfannmüller ihn an. »Wir brauchen nur einen Moment. Es geht um den Brand in der Klinik.«

Gustavs Vater stellte sich direkt neben ihn. »Ach so, na dann.« Paul-Friedrich sah von Pfannmüller zu Breuer.

»Wir wurden uns noch nicht vorgestellt. Paul-Friedrich von Falkenbach. Ich bin der Vater dieses bemerkenswerten jungen Mannes.«

Breuer sah ihn ebenso ausdruckslos an wie zuvor Gustav, sagte aber erneut nichts.

»Und das ist SS-Hauptsturmführer Alfred Breuer«, stellte nun Pfannmüller vor, da dieser weiterhin schwieg.

»Sehr angenehm«, gab Paul-Friedrich nun an Breuer gewandt zurück und blickte dann interessiert wieder zu Pfannmüller.

»Wenn du erlaubst, Paul-Friedrich, wir müssten Gustav nur einige Fragen stellen.«

»Aber natürlich erlaube ich«, willigte der Angesprochene sogleich ein, machte aber keinerlei Anstalten, sich zu entfernen.

»Ich meinte damit, dass wir ihm die Fragen allein stellen wollen«, klärte Pfannmüller auf.

»Weshalb?« Paul-Friedrich sah ihn an. »Es ist doch kein Geheimnis, dass mein Sohn in der Klinik arbeitet, und schließlich ist es immer gut, wenn mehr Ohren hören, was gesagt wird, damit es später zu keinem Missverständnis hierüber kommen kann, nicht wahr?«

»Du scheinst mir misstrauisch, Paul-Friedrich«, stellte Pfannmüller fest.

»Aber selbstverständlich bin ich das«, pflichtete dieser ihm sogleich bei. »Es hat einen Brand gegeben, und mein Sohn wird befragt. Wer weiß, ob nicht jemand, der womöglich leichtfertig das Feuer verursacht hat, Gustavs Namen nannte, um ungestraft davonzukommen und nun ihn die Rechnung dafür zahlen lassen will.« Er sah Pfannmüller an. »Würdest du an meiner Stelle nicht auch bei dieser Befragung zugegen sein wollen?«

Hermann Pfannmüller überlegte kurz, dann nickte er. »Du hast vollkommen recht.«

»Gehen wir doch dort an einen der Stehtische«, schlug Gustav nun vor, dem alles andere als wohl in seiner Haut war. Er hatte diesen Breuer noch nie gesehen und auch dessen Namen noch in keinem Zusammenhang gehört. Natürlich war damit zu rechnen gewesen, dass der Brand untersucht würde. Doch die Art, wie die beiden soeben vorstellig geworden waren, beunruhigte ihn. Hatte ihn womöglich doch jemand beobachtet?

Sie stellten sich um den Tisch herum, und der SS-Hauptsturmführer zog ein Notizbüchlein hervor, in dem er einige Seiten umblätterte. Dann zückte er einen Bleistift.

»Name?«, fragte er tonlos.

»Gustav von Falkenbach.«

»Funktion?«

»Ich bin Arzt und als solcher auch in der Anstalt tätig.«

»Wo waren Sie, als das Feuer ausbrach?«

»Als das Feuer ausbrach«, wiederholte er, als müsse er sich erst erinnern. »Da war ich im Behandlungsraum 3 und habe Kinder geimpft.«

»Wie weit ist dieser Behandlungsraum von dem Zimmer entfernt, in dem das Feuer ausgebrochen ist?«

»Wo ist das Feuer denn ausgebrochen?«, fragte Gustav.

»Aber Herr Kollege, Sie waren doch vor Ort«, gab sich Pfannmüller ungehalten.

»Ja, doch als Schwester Gesine und ich überhaupt mitbekamen, dass ein Brand ausgebrochen war, war schon der gesamte Korridor voller Rauch. In welchem Raum genau es gebrannt hat, habe ich nicht sehen können.« Er zuckte die Achseln. »Aber ehrlich gesagt, habe ich auch nicht wirklich darauf geachtet, weil ich damit beschäftigt war, die Kinder in Sicherheit zu bringen.«

Breuer sah ihn an. »Sie waren also mit dem Impfen von Kindern beschäftigt?«

»Ja, so wie es für diesen Tag vorgesehen war.«

»Und in dem Raum waren nur Sie und diese Krankenschwester?«

»Die Krankenschwester, zwei Wachmänner, zweiundzwanzig Kinder und ich«, erklärte Gustav.

»Weshalb zwei Wachleute?«, fragte der SS-Mann.

»Nun ja, Kinder bekommen nicht gern Spritzen. Da kann es schon mal passieren, dass sich das eine oder andere aus dem Staub zu machen versucht oder aber sich beim Spritzen selbst so heftig wehrt, dass man es festhalten muss, damit die Impfung durchgeführt werden kann.«

»Wie haben Sie mitbekommen, dass es gebrannt hat?«

»Es gab einen fürchterlichen Knall, und der Wachmann, der an der Tür stand, wurde mitsamt der Tür in den Raum geschleudert. Schon im nächsten Moment war alles voller Rauch.«

»Das deckt sich mit den Aussagen des übrigen Personals«, sagte Pfannmüller, doch der Hauptsturmführer ging nicht auf die Bemerkung ein.

»Waren Sie an dem Tag in den Behandlungsräumen gegenüber von Raum 3?«

»Ja«, bestätigte Gustav. »Dort werden die Spritzen aufbewahrt.«

»Und waren Sie allein dort?«

»Nein.« Gustav schüttelte den Kopf. »Ich war dort zusammen mit Schwester Gesine, um die Spritzen aufzuziehen. Und der Kollege Eidam kam noch hinzu, und wir haben uns kurz unterhalten, während wir alle zusammen geraucht haben.«

»Und dann?«, fragte Breuer.

»Und dann was?«, gab Gustav ebenso knapp zurück.

»Sie sagten, dass Sie dort die Spritzen aufgezogen haben.«

»Ja«, bestätigte Gustav.

»Und was ist dann geschehen, als Sie die Spritzen hatten?«

»Wir sind rausgegangen.«

»Alle drei zusammen?«

»Nein. Erst ist Gustav Eidam gegangen, dann Schwester Gesine und dann ich.«

»Also waren Sie der Letzte?«

»Nein. Schwester Gesine hat die erste Lage Spritzen nach drüben in Zimmer 3 gebracht und dann die Kinder geholt. Ich habe währenddessen die weiteren Spritzen rübergetragen, doch ich musste noch mal gehen. Zweiundzwanzig Spritzen sind eine ganze Menge.«

»Aber dann geben Sie ja zu, der Letzte im Raum gewesen zu sein.«

Gustav schüttelte den Kopf. »Nein, das war einer der Wachmänner. Er hat mir beim Tragen der restlichen Spritzen geholfen und die Tür abgesperrt.«

»Auch das deckt sich mit den Aussagen der anderen«, stellte Pfannmüller fest.

»Und um das auch gleich klarzustellen«, hob nun Gustav an. »Der Wachmann kann ebenfalls nichts gemacht haben, weil er nur noch die Tür geschlossen hat und wir dann gemeinsam hinübergingen. Wir haben danach sofort mit den Impfungen angefangen, und während dieser Zeit waren sowohl Schwester Gesine als auch die beiden Wachleute im Raum. Und keiner von ihnen hat diesen mehr verlassen, bis es geknallt hat und bereits brannte. Weder sie noch ich noch die Kinder.«

Breuer notierte eifrig.

»Wissen Sie die Namen der Wachleute?«, fragte der Hauptsturmführer nun.

»Nein.« Gustav schüttelte den Kopf. »Die Wachen wechseln ständig. Ich kenne überhaupt nur von zweien dort die Vornamen, und das sind die vorne am Tor.«

»Das geht mir genauso, Kollege«, pflichtete Pfannmüller ihm bei.

Gustav sah von Breuer zu Pfannmüller. »Ist denn das Feuer überhaupt in dem Raum ausgebrochen?«

Pfannmüller nickte.

»Sie hatten an dem Tag Zigaretten und Zündhölzer dabei, nicht wahr?«, fragte Breuer.

Gustav nickte. »Ja.«

»Sie sind also starker Raucher?«

»Nicht unbedingt ein starker Raucher, aber Raucher.«

»Nun, seit heute Nachmittag habe ich Sie nicht eine einzige Zigarette rauchen sehen.«

»Haben Sie mich beobachtet?«, fragte Gustav, und das unruhige Gefühl, das er hatte, verstärkte sich.

»Sie waren hier, ich war hier.« Breuer sah ihn an. »Ich bin ein aufmerksamer Mensch.«

»Ich habe seit dem Brand nicht mehr geraucht«, gab Gustav nun Auskunft. »Ich habe an dem Tag einiges von dem Qualm eingeatmet und seitdem gewisse Schwierigkeiten mit der Lunge. Da ist es nicht gerade gesundheitsförderlich, auch noch mit Zigaretten nachzulegen.«

»Ich verstehe.« Wieder machte er sich eine Notiz.

»Kann es sein, dass Sie, während Sie mit dieser Schwester Gesine und ihrem Kollegen Gustav Eidam in dem Behandlungsraum waren und rauchten, etwas entzündet haben?«

»Außer drei Zigaretten nichts, nein.«

»Vielleicht eine Glut, die runtergefallen ist und die Sie nicht weiter beachtet haben?«

»Nein.« Gustav schüttelte den Kopf. »Sicher nicht. Wie hätte außerdem eine Glut am Boden etwas entzünden sollen?«

»Der Wachmann, der Ihnen mit den Spritzen geholfen hat, sagte aus, dass es in dem Behandlungsraum nach Rauch gerochen hätte.«

»Also wissen Sie ja, wer der Wachmann war«, empörte sich Gustav.

»Ich habe nie etwas Gegenteiliges behauptet.«

»Aber dann wird er Ihnen doch bestätigt haben, dass wir den Raum gemeinsam verlassen haben beziehungsweise er sogar noch nach mir rausgegangen ist.«

»Das ist richtig.«

»Und weshalb fragen Sie mich das dann noch?«

»Was sagen Sie dazu, dass er angegeben hat«, überging Breuer Gustavs Frage einfach, »einen Rauchgeruch wahrgenommen zu haben?«

»Dass er recht hat, weil wir ja, wie ich eben schon sagte, in dem Raum geraucht haben. So wie es alle machen«, fügte Gustav dann noch hinzu und blickte dann zu Pfannmüller. »Wie ist denn dieses Feuer nun überhaupt entstanden? Ich meine, es hat doch geknallt. Das passiert ja nicht einfach so.«

Pfannmüller setzte gerade zu einer Antwort an, als Breuer die Hand hob. »Die genaue Brandursache steht noch nicht fest.«

Gustav hob die Augenbrauen und sah erst Pfannmüller und dann seinen Vater an, der vollkommen ruhig dastand und die gesamte Zeit nur zuhörte.

»Bei dem Brand ist jemand zu Schaden gekommen«, fuhr Breuer nun fort. »Hans Specht.«

»Hans Specht?« Gustav tat, als müsste er sich erinnern.

»Ganz recht. War er unter den Kindern, die Sie an dem Tag geimpft haben?«

»Wie alt war denn das Kind?«

»Weshalb fragen Sie das?«, wollte Breuer wissen.

»Na ja, an dem Tag waren die Fünf- bis Neunjährigen mit Impfen dran«, erklärte Gustav. »Wenn das Kind also in dem Alter war und nicht in einer anderen Behandlung, dann vermutlich schon.«

»Sie wissen also nicht, wer Hans Specht ist?«

»Könnten Sie mir die Diagnose für das Kind nennen?«, bat Gustav. »Es gibt doch einige Jungen, die Hans heißen, und die Nachnamen sind ja für uns Ärzte kaum relevant, da wir die Kinder wenn überhaupt nur mit Vornamen ansprechen.«

»Er war schwachsinnig«, teilte Breuer mit. »Oder mongoloid, wenn Sie so wollen.«

»Ich denke, ich weiß jetzt, wen Sie meinen«, sagte Gustav. »Und er ist gestorben, sagen Sie?«, wunderte er sich nun. »Aber das kann doch nicht sein. Wenn es der Hans ist, den ich meine, dann habe ich ihn selbst nach draußen getragen. Und so viel Rauch kann er doch zu dem Zeitpunkt noch gar nicht eingeatmet haben.«

»Ich habe nicht gesagt, dass er tot ist, sondern dass er zu Schaden gekommen ist«, antwortete Breuer.

Gustav sah Pfannmüller fragend an, der jedoch nur die Achseln zuckte.

»Wird das noch lange dauern?«, fragte Paul-Friedrich nun. »Wahrscheinlich müssen alle Gäste mit dem Essen warten, da Hans nicht auftragen lässt, bis wir da sind.«

»Das Kind ist seit dem Feuer verschwunden«, sagte nun Pfannmüller, was ihm einen gereizten Blick vom Hauptsturmführer einbrachte.

»Und wissen Sie, Herr von Falkenbach, was eigenartig daran ist?«

»Nein, was?«

»Die Eltern des Kindes, die über Monate hinweg ständig vor der Anstalt die Herausgabe ihres Kindes forderten, sind genau seit dem Tag des Brandes nicht mehr dort aufgetaucht.«

»Das ist wirklich eigenartig«, gab Gustav zu.

»Sie haben also nicht zufällig Kenntnis davon, ob diese sich am Tage des Feuers womöglich Zutritt zur Klinik verschafft haben und ihr Kind schließlich mitnahmen?«

Gustav hob die Augenbrauen. »Ich habe keine Ahnung«, antwortete er dann. »Ich weiß zwar jetzt, von wem die Rede ist, weil wir alle in der Anstalt das Rufen der Eltern nach ihrem Kind mitbekommen haben«, räumte Gustav ein. »Doch ich habe sie nie gesehen. Sie könnten heute hier beim Empfang sein, und ich wüsste nicht, dass Hans ihr Sohn ist.«

Hallende Schritte waren zu hören, und Gustav drehte den Kopf, als nun Ferdinand auf sie zukam.

»Wir alle warten mit dem Essen«, stellte er vorwurfsvoll fest.

»Aber …«, weiter kam Breuer nicht.

»Nein, Hauptsturmführer«, ging nun Pfannmüller dazwischen. »Für heute ist es genug.« Er hob die Hand. »Wir kommen«, kündigte er Ferdinand gegenüber an.

Breuer verharrte einen Moment, dann steckte er Bleistift und Notizblock weg und ging ohne ein weiteres Wort in Richtung des großen Saals.

»Ein komischer Kauz«, flüsterte Pfannmüller Gustav zu und machte sich dann ebenfalls auf den Weg.

Gustav und Paul-Friedrich folgten, und als er seinen Vater im Gehen ansah, konnte er in dessen Augen lesen, dass dieser ihm die Geschichte, die er erzählt hatte, nicht glaubte. Doch ob ihn hierfür ein Donnerwetter erwartete oder Paul-Friedrich das, was er getan hatte, am Ende billigte, womöglich sogar guthieß, das erschloss sich Gustav aus diesem Blick nicht. Aber er wusste für sich, dass es richtig gewesen war, und musste kurz schmunzeln, da aufgrund von Breuers Fragen Gustav klar geworden war, dass Felicitas und Benedikt Specht offenbar nicht gefasst worden waren. Sie waren mit ihrem kleinen Hans vermutlich längst über alle Berge. Und obwohl ihm eben noch unwohl gewesen war, verspürte Gustav nun einen gewaltigen Hunger. Und mehr noch: Heute würde er feiern!

20. Kapitel

Fast könnte man an eine Komödie der Irrungen und Wirrungen glauben, die heute hier aufgeführt wird, so wie jeder hier jeden hinters Licht zu führen versucht.

Paul-Friedrich von Falkenbach

Paul-Friedrich war tatsächlich ein wenig erleichtert, als die Tafel aufgehoben wurde und sich damit vermutlich schon bald die Ersten verabschieden würden, wie es immer bei solchen Anlässen war. Früher hatte er solche Feiern genutzt, um seine Geschäftskontakte zu vertiefen und mit dem einen oder anderen ins Gespräch zu kommen, mit dem man künftig zusammenarbeiten könnte. Doch heute ging es beim vorangegangenen Empfang ebenso wie später bei Tisch nur um ein Thema: den großartigen Führer mit seinen klugen Entscheidungen und die bevorstehenden Siege, die Deutschland zu neuer, nie da gewesener Größe verhelfen würden.

Während des Essens hatte Paul-Friedrich gelegentlich zu Christian Weber hinübergesehen, und ihm war aufgefallen, dass er des Öfteren auf seine Uhr gesehen hatte, ganz so, als hätte er noch eine Verabredung.

Paul-Friedrich hatte sich nicht weiter darum gekümmert und sich auch keine Gedanken dazu gemacht, was dies wohl zu bedeuten haben könnte. Doch als die Uhr genau halb neun schlug und eine Gruppe Uniformierter das Gutshaus betrat und Paul-Friedrich zu sprechen wünschte, da wurde ihm der Zusammenhang zwischen Webers Blicken auf die Uhr und dem Erscheinen der Soldaten schlagartig klar.

»Was kann ich für Sie tun, meine Herren?«, fragte Paul-Friedrich, als er ihnen entgegentrat.

»Paul-Friedrich von Falkenbach.« Einer der Männer, Paul-Friedrich schätzte ihn nicht älter als Wilhelmine, trat vor, hob den Arm zum Hitlergruß und überreichte ihm dann ein Schriftstück. Wilhelm trat an Paul-Friedrichs Seite.

»Zum Wohle des Reiches und unseres Führers gebe ich Ihnen hiermit zur Kenntnis, dass die in Ihrem Besitz stehenden und auf Gut Falkenbach befindlichen Pferde hiermit eingezogen werden und unverzüglich an die Wehrmacht zum Einsatz in der Heereskavallerie zu übergeben sind.«

Er knallte die Hacken aneinander.

»Sie wollen meine Pferde?«, fragte Paul-Friedrich.

»Es sollte Ihnen eine Ehre sein, auf diesem Wege Ihren Beitrag zum Sieg leisten zu können«, entgegnete der Soldat.

Paul-Friedrich reichte Wilhelm das Schreiben.

»Moment«, begehrte nun Constantin auf. »Ich bin Reichsleiter Constantin Trost, und ich habe zwei Stuten hier auf Gut Falkenbach stehen. Wenn in dieser Verfügung nicht auch meine Pferde ausdrücklich erwähnt sind, weigere ich mich, diese von Ihnen mitnehmen zu lassen.«

Der Soldat sah zu Christian Weber, der nur kurz die Augen schloss und so bedeutete, dass es in Ordnung sei. Jemand, der nicht wusste, dass Weber hinter all dem steckte, hätte dies vermutlich nicht bemerkt. Paul-Friedrich freute sich geradezu darauf, es diesem aufgeblasenen Fettwanst zu zeigen.

»Es geht nur um die Pferde, die im Eigentum Gut Falkenbachs stehen«, klärte der Soldat nun Constantin auf. »Ihre Pferde sind also hiervon nicht betroffen.«

»Gut«, stellte der Reichsleiter fest.

»Aber das hier ist ein Gestüt«, sagte Paul-Friedrich. »Wir alle hier sind dem Führer treu ergeben. Doch was ist ein Gestüt ohne Pferde?«

»Ich bedauere deinen Verlust«, sagte Constantin, und am liebsten hätte Paul-Friedrich losgelacht, war es doch Constantin, der ihn gewarnt hatte, sodass er überhaupt hatte reagieren können.

»Die Pferde werden also an die Front geschickt?«, fragte Paul-Friedrich.

»Ja, Herr von Falkenbach. Sie werden dazu beitragen, den Sieg zu erringen. Selbstverständlich werden Sie dafür angemessen entlohnt«, vermeldete der Soldat mit stolz geschwellter Brust.

»Junger Mann, sehe ich aus wie jemand, der Geld braucht?«

Der Soldat blickte Paul-Friedrich an, offenbar unschlüssig, was er darauf erwidern sollte.

»Dann sei es drum, für den Führer bin ich bereit, dieses Opfer zu bringen«, sagte Paul-Friedrich.

»Ich möchte mich noch von ihnen verabschieden.« Wilhelmine war an seine Seite getreten, worauf Paul-Friedrich nickte.

»Sei so gut, und führe die Soldaten zum Stall, Wilhelmine«, bat er nun. »Ich selbst werde mich von ihnen verabschieden, wenn ihr am Haus vorbeikommt. Dann werde ich rauskommen.«

»Ist gut, Vater.«

»Ich begleite dich«, sagte Johannes und stellte sich nun zu Wilhelmine, die ihm zunickte und dann den Soldaten bedeutete, ihr zu folgen.

»Aber bitte, das soll niemandem hier den Abend verderben«, verkündete Paul-Friedrich nun laut. »Es ist zum Wohle unseres Volkes. Durch die robusten Pferde Gut Falkenbachs werden wir am Ende siegen.«

Viele der Anwesenden, die das, was geschehen war, genau verfolgt hatten, applaudierten ihm, und während Ferdinand und Elisabeth die Gäste zurück in den Saal geleiteten, stützte Paul-Friedrich sich auf seinen Stock und ging zusammen mit Wilhelm und Constantin Trost in Richtung Haustür. Dorothea folgte ihnen, machte ein paar eilige Schritte und hakte sich bei Paul-Friedrich ein, ganz so, als wollte sie ihn auf diese Weise trösten.

»Ein schwerer Schlag für dich, mein Freund.« Christian Weber stellte sich neben ihn, als Paul-Friedrich, Dorothea und Wilhelm vors Haus traten und oben auf der Steintreppe stehen blieben.

Hinter ihnen kamen nun auch Gustav und Clara hinzu, und schließlich trat auch Käthe mit Else neben Wilhelm und hakte sich bei diesem unter.

»Wenn meine Pferde dazu beitragen können, unserem Volk zum Sieg zu verhelfen, dann soll es so sein«, antwortete Paul-Friedrich nun Christian Weber. »Du würdest doch mit deinen Pferden das Gleiche tun, oder nicht?«

»Selbstverständlich«, stimmte dieser sofort zu. »Nichts geht über die Unterstützung unserer Truppen, um den Endsieg herbeizuführen.«

Paul-Friedrich nickte. Dieser elende Mistkerl und seine faulen Tricks. Doch er hatte die Rechnung ohne Paul-Friedrich gemacht, denn wenn jemand verstand, vorauszudenken und immer neue Strategien zu entwickeln, bei denen er alle Eventualitäten einkalkulierte, dann war das immer noch er.

Eine Weile blieben sie einfach nur so stehen, bis aus einiger Entfernung das Geräusch von Pferdehufen auf dem Weg zu hören war.

»Sie kommen«, bemerkte Christian Weber, und Paul-Friedrich nahm mit einem unterdrückten Schmunzeln zur Kenntnis, dass Weber die Schadenfreude nicht ganz aus seiner Stimme hatte vertreiben können.

Das Klacken der Pferdehufe kam näher, dann konnte Paul-Friedrich bereits Wilhelmine und Johannes erkennen, die vorweggingen, während die Soldaten ihnen mit zehn Pferden folgten.

»Dann wollen wir mal.« Paul-Friedrich stützte sich auf seinen Gehstock, während er als Erster die Stufen hinabstieg. Sein Beinstumpf war von dem Ritt noch immer so wund, dass er jeden Tag große Schwierigkeiten hatte, überhaupt seine Prothese anzulegen. Und am liebsten hätte er schon in der Früh mehr als nur eine Pervitin-Tablette genommen, da der Schmerz zuweilen fast nicht auszuhalten war.

Doch jetzt bemühte er sich mit aller Kraft darum, möglichst gleichmäßig die Stufen hinunterzukommen, da er vor diesem Widerling Weber keine Schwäche zeigen wollte. Dorothea nahm seine Hand, als sie ebenfalls unten angekommen war. Dann bezogen die anderen wie schon oben auf der Steintreppe um Paul-Friedrich Aufstellung.

Es war ein gutes, fast schon erhabenes Gefühl, im Kreise derer, die ihn schätzten und liebten, hier zu stehen und den Moment zu teilen, in dem er gleich diesen Weber in seine Schranken verweisen würde. Er hatte sich mit der Wette um His Highness mit ihm angelegt und verloren. Und gleich würde er die nächste Niederlage einzustecken haben, auch wenn er zum jetzigen Zeitpunkt noch glaubte, einen Coup gelandet zu haben.

Wilhelmine und Johannes erreichten die kleine Gruppe vor dem Haus, und nun brachten die Soldaten die Pferde zum Stehen.

»Ein trauriger Augenblick«, resümierte Paul-Friedrich, als Christian Weber neben ihm bereits mehrere Schritte nach vorn machte.

»Was soll denn das sein?«, beschwerte sich Weber.

»Was meinst du?«, fragte Paul-Friedrich.

»Was ich meine?« Weber drehte sich zu ihm um. »Das sind nicht deine Pferde.«

»Aber selbstverständlich sind das meine Pferde«, gab Paul-Friedrich zurück. »Wieso? Gefallen Sie dir nicht, Christian?«

»Was für ein Spiel spielst du hier?«

»Ich?« Paul-Friedrich sah ihn überrascht an. »Wieso regst du dich überhaupt so auf? Wie du weißt, sollen meine Pferde bei der Kavallerie eingesetzt werden. Und das sind bis auf die, die Constantin bei mir untergestellt hat, alle Pferde auf Gut Falkenbach. Ich habe meinen Anteil zu leisten, und das tue ich. Die Frage ist, weshalb dich das überhaupt interessiert. Die Pferde sollen ja schließlich an die Front und nicht in deine Ställe, oder?«

Weber schnaubte vor Wut.

»Du hast mich reingelegt«, schnauzte er. »Du elender Bastard hast mich verarscht und lachst mir jetzt noch frech ins Gesicht?«

»Gemach, gemach«, forderte Constantin Trost. »Ich muss doch sehr bitten, Bezirksverbandspräsident Weber. Soweit ich die Lage beurteile, kommt der Parteifreund von Falkenbach hier genau der Aufforderung nach, die ihm zugestellt wurde. Und ehrlich gesagt, überrascht es mich, in welchem Maß Sie sich hier echauffieren. Der Parteifreund Paul-Friedrich bemerkte es ja gerade auch. Was haben Sie denn mit den Pferden zu tun? Doch wohl nichts, oder?«

Weber sah aus, als würde er jeden Moment vor Wut platzen.

»Du elender Dreckskerl!«, schnaubte er und zog völlig überraschend seine Pistole und zielte damit auf Paul-Friedrich. Dorothea schrie auf.

»Runter mit der Waffe!«, brüllte Trost. »Sofort.«

»Lieber knalle ich dich und die Viecher ab, als mich hier verspotten zu lassen.« Weber fuchtelte mit der Waffe, machte eine halbe Drehung, als wolle er nun auf die Pferde zielen, da schnellte Johannes vor und stürzte sich auf ihn, sodass Weber vornüber auf den Boden prallte. Ein Schuss löste sich, mehrere Schreie waren zu hören, und durch den Knall scheuten die Pferde.

Johannes hielt Weber weiter am Boden, während nun Wilhelm dessen Waffe aufhob und an sich nahm.

»Ist jemand verletzt?«, fragte Paul-Friedrich und sah einen nach dem anderen an, die jedoch die Köpfe schüttelten und sich gegenseitig zu beruhigen versuchten.

»Was ist geschehen?« Alfred Breuer, vermutlich durch den Schuss alarmiert, kam die Stufen heruntergeeilt.

»Was soll das?« Er deutete auf Weber.

»Runter von mir, du verdammter Drecksack«, knurrte Weber.

Constantin trat vor und bedeutete Johannes, ihn loszulassen.

»Sachte, Weber, ganz sachte!«, mahnte Constantin.

»Ich begehre zu erfahren, was sich hier zugetragen hat«, verlangte Breuer eine Erklärung.

»Ein Diebstahl!«, brüllte Weber. »Ein Diebstahl am Führer.«

»So ein Unsinn«, entgegnete Paul-Friedrich. »Es gibt eine Einziehungsverfügung für die Pferde Gut Falkenbachs. Und genau die erfülle ich, indem ich diese dort mitnehmen lasse.«

»Das sind nicht die Pferde, die der Führer wollte«, giftete Weber.

»Nein, Christian. Das sind nicht die Pferde, die *du* wolltest«, korrigierte ihn Paul-Friedrich.

»Wer hat geschossen?«, fragte Breuer nur, der offenbar nicht an der Streitigkeit um die Pferde interessiert war.

»Niemand«, antwortete nun Paul-Friedrich, der in diesem Augenblick erkannte, dass er zu weit gegangen war. Er hatte es als ein Spiel betrachtet, in dem er die klügeren Züge gemacht hatte. Doch er hätte nicht damit gerechnet, dass Weber so vollkommen die Fassung verlieren würde. Er hatte sich diesen Mann zum Feind gemacht, und das bereits, als Wilhelmine das Wettspringen gegen Heinz Lochner, der für Weber angetreten war, gewonnen hatte. Dafür hatte Weber ihren ehemaligen Bereiter Lochner mit dem Leben bezahlen lassen. Paul-Friedrich wurde schlagartig klar, dass dieser Mann vollkommen außer Kontrolle war und seine Rache, wenn ihm nun auch noch wegen dem, was hier geschehen war, eine Anzeige drohte, keine Grenzen kennen würde.

»Niemand hat geschossen. Es war eine Rangelei, bei der die Waffe zu Boden gefallen ist und sich ein Schuss gelöst hat. Niemand wurde verletzt. Es ist also nichts weiter geschehen.« Er sah Weber an. »Nicht wahr, Christian?«

»Ja, so war es«, stimmte dieser zu.

»Sollen wir die Pferde nun wegbringen?«, fragte jetzt der Soldat, der Paul-Friedrich vorhin die Verfügung überreicht hatte.

»Ihr könnt die Viecher im See ersäufen«, schnauzte Weber und ging dann auf Wilhelm zu. »Meine Waffe«, forderte er. Wilhelm hielt seinem Blick stand, ging dann mit der Waffe zu Breuer und übergab sie diesem.

»Wenn Sie ihm die Waffe geben wollen, ist das Ihre Entscheidung. Aber auch Ihre Verantwortung. Von mir bekommt er sie nicht.«

Breuer zögerte, dann steckte er die Pistole in seinen Gürtel, drehte sich um und kehrte zurück ins Haus. Erst jetzt bemerkte Paul-Friedrich, dass sich ein Großteil der Gäste oben auf der Treppe eingefunden hatte, um zu sehen, was es mit dem Krach hier draußen auf sich hatte.

Weber hatte sich noch immer nicht wieder ganz beruhigt, doch schließlich stapfte er in Richtung der geparkten Autos und ohne ein weiteres Wort davon.

Paul-Friedrich und Wilhelm tauschten einen Blick, dann sagte Paul-Friedrich laut: »Es war nur eine kleine Meinungsverschiedenheit. Lasst uns alle wieder reingehen und den Abend gemeinsam ausklingen. Ferdinand hat bestimmt noch einen Schnaps für uns.«

Einige lachten etwas unsicher, dann gingen sie nach und nach ins Haus zurück.

»Was soll ich jetzt mit den Pferden machen?«, fragte der Soldat noch einmal.

»Wo hättet ihr sie denn hinbringen sollen?«, fragte Paul-Friedrich zurück.

Der Soldat sah kurz seinen Kameraden an, dann sagte er: »Wir sollten sie hier abholen, und um alles Weitere wollte sich der Brigadeführer Weber kümmern.«

»Bringt sie zurück in den Stall, bis klar ist, an welcher Front sie zum Einsatz kommen sollen«, ordnete Constantin Trost an. »Schließlich sind sie ja jetzt Eigentum des Führers.«

Die Soldaten machten kehrt und gingen zurück in Richtung der Stallungen.

»Vielen Dank, Johannes. Ohne dich hätte das hier böse ausgehen können«, bedankte sich Paul-Friedrich.

Johannes nickte ihm zu. »Komm, Wilhelmine«, sagte er dann. »Begleiten wir die Pferde zurück in ihre Boxen.

Wilhelmine stand der Schrecken über das, was sich soeben ereignet hatte, ins Gesicht geschrieben. Schließlich löste sie sich aber aus ihrer Starre und folgte nun Johannes' Aufforderung, nachdem sie und Paul-Friedrich noch einen kurzen Blick getauscht hatten.

»Mir ist noch immer ganz übel«, vermeldete Dorothea. »Du hättest tot sein können.«

»Das bin ich aber nicht«, antwortete Paul-Friedrich.

»Else, Käthe, wärt ihr so gut, Dorothea hineinzubringen?«

»Sicher«, stimmte Else zu, und die drei Frauen gingen zurück ins Haus.

»Ist auch bei dir alles in Ordnung?«, fragte Gustav nun an Clara gewandt und deutete auf ihren Bauch, worauf Clara schweigend nickte.

»Geht wieder hinein«, forderte Paul-Friedrich seinen Sohn und seine Schwiegertochter auf. »Wir sollten alle wieder reingehen«, meinte er dann und sah von Constantin zu Wilhelm. Letzterer nickte, doch Paul-Friedrich konnte ihm ansehen, dass das Geschehen etwas mit ihm gemacht hatte.

»Geh schon vor, Constantin. Wir kommen gleich nach«, bat Paul-Friedrich, worauf Constantin nickte und sogleich die Stufen hinaufging.

»Es hat sich etwas verändert«, stellte Wilhelm betroffen fest und sah Paul-Friedrich an. »Hier wurde heute eine Grenze überschritten, die niemals hätte überschritten werden dürfen. Weber hatte keine Scheu mehr, seine Maske fallen zu lassen und sein wahres Gesicht zu zeigen. Und von seiner Sorte gibt es mehr.«

Paul-Friedrich nickte. »Du hast recht, mein Freund.« Paul-Friedrich sah nachdenklich zu der Statue des steigenden Pferdes, die er als Geschenk des Führers zu seinem sechzigsten Geburtstag bekommen hatte. »Weber ist ein Problem, und dieser Breuer ebenso. Wir haben lange genug abgewartet.« Er legte seine Hand auf Wilhelms Schulter. »Jetzt müssen wir handeln.«

Wilhelm erwiderte die Geste, und einen Moment standen sie so da, mit dem Gefühl der Verbundenheit, die sie durch so viele gemeinsame Jahre getragen hatte. Sie spürten, dass es wieder an der Zeit war, gemeinsam zu kämpfen. Denn nicht nur außerhalb Deutschlands tobte der Krieg, sondern auch direkt hier bei ihnen zu Hause.

Epilog

Zwei Monate später

Er nahm seine Brille ab und putzte die kleinen, runden Gläser, dann legte er die Sehhilfe vor sich auf den Schreibtisch und rieb seine müden Augen.

Schon seit Tagen war er nicht mehr in seine Unterkunft gegangen, sondern hatte sich damit begnügt, auf der kleinen, schäbigen Couch zu schlafen. Denn er hatte das Gefühl gehabt, nur dann mit diesen vielen Akten voranzukommen, wenn er ohne Unterlass daran arbeitete. Denn stets schien er durch einen Vorgang auf Ungereimtheiten in einem anderen zu stoßen, und noch hatte er Schwierigkeiten, sich wirklich einen Reim auf alles zu machen.

Der Aktenberg, der sich angehäuft hatte, lag nicht nur auf seinem Schreibtisch, sondern setzte sich in zwei weiteren Stapeln unten auf dem Boden fort.

Es waren so viele Vorgänge mit ganz unterschiedlichen Themen und Vorwürfen, dass sie im Grunde unmöglich miteinander in Verbindung stehen konnten. Da gab es Meldungen über einen Großdiebstahl während des Großen Krieges in einem kleinen Ort bei Riga, bei dem geradezu unschätzbare Werte durch Deutsche gestohlen worden sein sollten, die jedoch nie der Regierung übergeben worden waren. Eine Erna Behrend, die Tochter eines Truppführers und Hauptfeldwebels namens Viktor Behrend, hatte über Jahre hinweg umfangreich recherchiert und mit den Menschen dort gesprochen. Es gab Gerüchte um Vergewaltigungen und Kriegsverbrechen, doch was ihn besonders interessierte, war eben dieser Diebstahl, so es diesen denn wirklich gegeben haben sollte, denn es müsste schon eine logistische Meisterleistung gewesen sein, Diebesgut in einem solchen Umfang wegzuschaffen und in bare Münze umzusetzen.

Ein anderes Schriftstück beschäftigte sich mit dem Verdacht eines früheren Gauleiters namens Langenmüller, dem die Aussage einer Hebamme vorgelegen haben sollte, die über die Geburt eines missgebildeten Kindes Meldung gemacht hatte. Doch war eben diese Hebamme kurz darauf wie vom Erdboden verschluckt gewesen und der Gauleiter sogar in der Irrenanstalt gelandet, da er während der Beerdigung einer Totgeburt vollkommen den Verstand verloren zu haben schien. Schon aus diesem Grunde betrachtete Breuer auch einen weiteren Fall, den ebenjener Gauleiter bearbeitet hatte, mit einer gewissen Skepsis. Es ging hierbei um einen Toten im Starnberger See, der in Tutzing angespült worden war und offenbar monatelang im Wasser gelegen hatte. Warum auch immer hatte der Gauleiter den Fall des behinderten Kindes und den des Toten im See in Verbindung gebracht, da die Namen der Verdächtigen in beiden Fällen übereinstimmten.

Die Akte mit dem Porzellanfabrikanten, der in seinem eigenen Haus von einer Angestellten umgebracht worden war, hatte er nur des Namens wegen mit auf den Stapel gelegt. Genau wie er den Selbstmord eines Dienstmädchens in dem gleichen

Haus nicht wirklich weiter untersuchte, schien doch auch dieser Fall klar zu sein.

Doch so viel Papier die Akten auch umfassten, die er bereits gesichtet hatte, so hatte er doch bisher nichts gefunden, mit dem er jemanden drankriegen könnte. Zumindest noch nicht, denn irgendwie glaubte er, nur noch nicht auf den entscheidenden Hinweis gestoßen zu sein, obwohl dieser sich vermutlich direkt vor seiner Nase befand.

Der Fall des behinderten Kindes, das während eines Brandes in Eglfing-Haar plötzlich verschwunden war, bot da schon mehr Potenzial, aufgedeckt zu werden, auch wenn er sich nicht sicher war, ob das Verschwinden des Jungen und das Feuer überhaupt in Zusammenhang standen.

Doch da war so ein Gefühl in ihm, auf das er sich immer verlassen konnte und dem er auch dieses Mal vertrauen wollte. Ihn hatte das Jagdfieber gepackt, und wenn es notwendig war, mit all denen, die als Zeugen in den Akten aufgeführt waren, noch einmal sprechen zu müssen, so würde er eben genau dies tun.

Denn eines verband diese ganzen Akten miteinander, und es wären einfach zu viele Zufälle, um noch an solche glauben zu können: die Namen von Falkenbach und Lehmann und das Gut, auf dem deren Gestüt und die Fabriken sich befanden. Das Gestüt und die Fabriken, ging es ihm durch den Kopf. Die Fabriken … Wann waren die noch mal auf Gut Falkenbach erbaut worden? Und wo waren diese vorher gewesen? Vor allem aber, woher kam das Geld, um mit einem Mal solche Bauten dort zu errichten?

Breuer setzte seine kleine runde Brille wieder auf und fing noch einmal mit der Akte an, die über die Geschehnisse bei Riga existierte. Da war es wieder, dieses Kribbeln. Ja, er spürte es genau – er hatte die Witterung aufgenommen.

Nachwort

Liebe Leserinnen, liebe Leser,

ich hoffe sehr, dass Ihnen der nun schon neunte Teil meiner Falkenbach-Saga gefallen hat. Wie immer in meinen Büchern habe ich die fiktive Handlung mit historischen Fakten verwoben, die ich nachfolgend transparent aufschlüsseln möchte.

Kurz zur Einordnung:

Wir befinden uns im Juni 1941, der vor allem für den Angriff auf die Sowjetunion am 22. Juni bekannt ist. Die deutsche Führung glaubte an eine schnelle Eroberung des Ostens und sah sich nach ersten Erfolgen schnell in diesem Glauben auch bestätigt. Im Spätsommer waren bereits das Baltikum und Großteile der Ukraine und Weißrusslands unter deutscher Herrschaft, wobei zu diesem Zeitpunkt gerade die Ukrainer das Deutsche Reich weniger als Besatzer und mehr als Befreier vom Stalinismus wahrnahmen. Dies wandelte sich schnell durch die systematische Ermordung von Juden und Kommunisten und die Bezeichnung der Bürgerinnen und Bürger als Untermenschen. Aus diesen Gründen entstand ein Partisanenkrieg gegen die deutschen Besatzer.

Nicht weiter beschrieben sind Nebenkriegsschauplätze wie die Kämpfe in Nordafrika. Um die europäische Südflanke zu schützen, stießen italienische und deutsche Truppen gegen die Briten bis nach Libyen vor, wurden jedoch bis Ende des Jahres zu ihrer Ausgangsposition zurückgedrängt.

Am 6. April begannen außerdem die Angriffe auf Griechenland und Jugoslawien. Nach schnellen Kapitulationen waren Jugoslawien, das griechische Festland und Kreta besetzt.

Dr. Hermann Pfannmüller, der Direktor der Heil- und Pflegeanstalt Eglfing-Haar, der schon im letzten und vorletzten Band meiner Falkenbach-Saga eine wichtige Rolle innehatte und dort beschrieben wurde, ist historisch belegt. Ich verweise auf das Nachwort von *Die Zeit der Tyrannen,* wenn Sie mehr über die Verbrechen von Dr. Hermann Pfannmüller erfahren möchten.

Die Heil- und Pflegeanstalt Eglfing-Haar sowie die dort verübten Verbrechen sind historisch belegt, das von Gustav gelegte Feuer ist jedoch frei erfunden.

Auch Christian Weber, ein NSDAP-Funktionär und ab 1936 Mitglied des Reichstags, Präsident des Kreistags Bezirksverbands von Oberbayern, Leiter des Amtes für den 8./9. November und SS-Brigadeführer, spielt in diesem Band eine Rolle. Er war einer der Duzfreunde Hitlers und erwirtschaftete sich durch Machtmissbrauch, Korruption und Arisierungen ein Vermögen. Weber war zudem ein wichtiger Funktionär im Pferdesport. Er war Gründer des *Braunen Bands von Deutschland,* das im letzten Teil explizit erwähnt wird. Außerdem gründete er die SS-Hauptreitschule München-Riem und das Deutsche Jagdmuseum. Er machte München neben Berlin zum bedeutendsten Pferdesportzentrum Deutschlands.

Weber war vor allem dafür bekannt, sich das zu holen, was er haben wollte. Er setzte mit Drohungen und weiteren unlauteren

Maßnahmen Konkurrenten oder ehemalige Geschäftspartner unter Druck, die er verdrängen wollte, und schreckte auch nicht vor Gewalt zurück, um sein Gegenüber einzuschüchtern. Selbstverständlich war er aber nie an den Pferden von Paul-Friedrich von Falkenbach interessiert, und es gab hier auch keinen Streit zwischen den Männern, das ist frei erfunden.

Nicht erfunden ist allerdings die Bereitstellung einer hohen Anzahl von Pferden für den Zweiten Weltkrieg beziehungsweise explizit für den Angriff auf die Sowjetunion. Der Bestand an Pferden in der Wehrmacht wuchs von 42 000 im Jahr 1933 auf 573 000 bei Kriegsbeginn an. Für den Angriff auf die Sowjetunion wurden 750 000 Pferde bereitgestellt. Insgesamt wurden 2 800 000 Pferde auf deutscher Seite während des Zweiten Weltkrieges eingesetzt. Die Darstellung der Deutschen Wehrmacht als überlegene und voll motorisierte Armee voller technischer Innovation auf dem damals neuesten Stand der Technik ist teilweise ein Mythos. Zwar gab es gerade im Vergleich zu anderen Armeen technische Innovationen, die deutliche Vorteile verschafften, in der Breite waren aber Pferde nach wie vor von größter Wichtigkeit.

Die Verluste waren derweil sehr hoch, von Juni 1941 bis Ende Dezember 1944 lag der Monatsdurchschnitt an Totalausfällen bei Pferden bei etwa 30 000, besonders hoch war der Wert für die Sterblichkeit der Tiere an der Ostfront.

Pferde wurden in drei verschiedenen Bereichen eingesetzt: in der Kavallerie von Heer und Waffen-SS als Fortbewegungsmittel der kämpfenden Soldaten, bei den anderen Waffengattungen als Fortbewegungsmittel des Führungspersonals (Offizierspferde) und als Zugtiere vor allem bei der Artillerie, aber auch bei den Pionieren und der Nachrichtentruppe und bei den Versorgungstruppen. In den letzten beiden Bereichen kamen Pferde auch bei der Luftwaffe und der Marine zum Einsatz.

Auch in diesem Buch ist wieder vom Abhören der Telefone die Rede. Das mag für manche eher zur Stasi in der Zeit der DDR gehören, tatsächlich gibt es aber mehrere Quellen für diese Form der Überwachung während des Nazi-Regimes. Das »Forschungsamt des Reichsluftfahrtministeriums« kontrollierte die Menschen bis in die absolute Spitze der Regierung des Deutschen Reiches und hörte ihre Telefone ab – auch sogar das von Propagandaminister Joseph Goebbels.

Wesentlich verbreiteter als das Abhören war jedoch das systematische Einsetzen von Spitzeln und Denunzianten im Umfeld. Insgesamt wurde ein Klima der Angst geschaffen, um dafür zu sorgen, dass niemand mehr schlecht über den Führer oder die NS-Führung sprach, wenn schon nicht aus Überzeugung, dann zumindest aus der Befürchtung heraus, denunziert und überführt zu werden. Die NS-Führung hat ein System geschaffen, das starke Kontrolle durch Angst bedeutete: In vielen Bereichen der Gesellschaft wurden Spitzel platziert. Diese waren nicht immer überzeugte Nationalsozialisten, sie wurden teilweise auch selbst unter Druck gesetzt und arbeiteten der Gestapo und dem SD zu, um selbst keine Repressalien fürchten zu müssen.

Alfred Breuer, den ich in diesem Band neu eingeführt habe, ist eine fiktive Figur, er beruht allerdings auf zwei historischen Personen, aus denen ich Breuer entwickelt habe. Einerseits ist Breuer Alois Brunner nachempfunden, der als effizienter und unnachgiebiger Judenjäger in der SS auf sich aufmerksam machte und so rasch aufstieg. Brunner war nur 1,72 Meter groß und wog 56 Kilo. Er hatte dunkle Haare, seine Augen wurden von französischen Überlebenden als böse und ausdruckslos beschrieben, seine Stimme als monoton. Brunner war bekannt für sein gewalttätiges Vorgehen. Durch seine »Erfolge« bei Deportationen in Österreich, Polen und später Nordostgriechenland und der Slowakei stieg er als

Dreißigjähriger zum SS-Hauptsturmführer auf. Er galt zwischenzeitlich als informeller Vertreter von Adolf Eichmann, der die zentrale Dienststelle für die Verfolgung, Vertreibung und Deportation von Juden leitete. Brunner tauchte nach Ende des Zweiten Weltkrieges unter, hier sind die Quellen nicht eindeutig. Sicher ist jedoch, dass er ab Ende der Fünfzigerjahre den syrischen Geheimdienst beriet und mindestens bis Mitte der Achtzigerjahre lebte, ohne für seine Verbrechen zur Verantwortung gezogen zu werden.

Die andere Person, der ich Breuer nachempfunden habe, ist Heinz Ulrich. Ulrich arbeitete zunächst ehrenamtlich für den SD, zusätzlich zu seiner Tätigkeit als Journalist. Er denunzierte beispielsweise einen jüdischen Arzt und bezichtigte ihn der Rassenschande, woraufhin dieser in Schutzhaft genommen wurde und später in einem Konzentrationslager landete. Ulrich wurde hauptberuflicher Mitarbeiter des SD, seine Arbeitsmoral wurde hierbei besonders gelobt, da er seine gesamte freie Zeit für den SD opferte. Der SD sah sich im Selbstverständnis als wahrer Kern, als eine Elite im Gegensatz zur NSDAP, die nicht mehr die wahren Werte vertrat. Die Führungskräfte des SD wurden nach Ende des Zweiten Weltkrieges häufig in Bereichen von Geheimdiensten, Universitäten und in der Industrie übernommen.

Im Buch erwähne ich kurz Reinhard Heydrich, der von 1939 bis zu seinem Tod 1942 Chef der Sicherheitspolizei und des SD war und der den fiktiven Breuer protegiert.

Am Rande Erwähnung finden auch noch ein paar weitere historisch belegte Personen:

Albert Speer war zu diesem Zeitpunkt noch »nur« ein bekannter Architekt, der ab 1937 Generalbauinspektor für die Reichshauptstadt war und maßgeblich das neue Berliner

Stadtbild prägen sollte. Ab 1942 war er der Nachfolger von Fritz Todt als Rüstungsminister. Er erhöhte jährlich die Gesamtproduktion der Rüstungsindustrie trotz starker Bombardierungen und war so mitverantwortlich dafür, dass sich das Ende des Zweiten Weltkrieges in die Länge zog und dieser immer mehr Menschenleben kostete. Speer wurde im Nürnberger Prozess gegen die Hauptkriegsverbrecher zu zwanzig Jahren Haft verurteilt.

Ebenfalls erwähnt werden Helmuth James Graf von Moltke, Peter Graf Yorck von Wartenburg und Adam von Trott zu Solz, die Mitglieder des Kreisauer Kreises waren, der wie beschrieben eine Zukunft Deutschlands nach Hitler plante und sich später auch zunehmend aktiv in mögliche Umsturzpläne einbrachte. Seit 1940 fanden Treffen auf dem niederschlesischen Gut Kreisau von Helmuth James Graf von Moltke statt.

Zu Eleonore Baur, auch Schwester Pia genannt, die kurz erwähnt wird, als sie uneingeladen auf dem Empfang auf Gut Falkenbach auftaucht, bitte ich Sie, liebe Leserinnen und Leser, sich das Nachwort vom sechsten Teil meiner Falkenbach-Saga »Das Los der Männer« anzusehen, da ich hierin ausführlich Baurs Verbrechen beschreibe.

Ich bedanke mich herzlich, dass Sie meine Falkenbach-Saga mit Interesse verfolgen, und hoffe, dass ich neben Unterhaltung auch dazu anregen konnte, die historischen Fakten nachzulesen und die richtigen Schlüsse hieraus zu ziehen, nämlich niemals wieder Rechtsextremismus in Deutschland eine Chance zu geben.

Quellenliste

Literatur

Wolfgang Benz, Geschichte des Dritten Reiches, Verlag C. H. Beck, München 2000

Bernd Braun, Die Reichskanzler der Weimarer Republik, W. Kohlhammer Verlag, Stuttgart 2012

Ursula Büttner, Weimar: Die überforderte Republik 1918–1933, Klett-Cotta Verlag, Stuttgart 2008

Saul Friedländer, Das Dritte Reich und die Juden, Verlag C. H. Beck, 2. Aufl., München 2008

Sebastian Haffner, Von Bismarck zu Hitler: Ein Rückblick, Droemer Taschenbuch Verlag, Vollständige Taschenbuch-Neuausgabe, München 2015

Ulrich Herbert, Das Dritte Reich: Geschichte einer Diktatur, Verlag C. H. Beck, 3. Aufl., München 2018

Ulrich Herbert, Geschichte Deutschlands im 20. Jahrhundert, Verlag C. H. Beck, 2. Aufl., München 2018

Ian Kershaw, Der NS-Staat: Geschichtsinterpretationen und Kontroversen im Überblick, Rowohlt Taschenbuch Verlag, 5. Aufl., Reinbek bei Hamburg 2015

Marita Krauss (Hrsg.), Rechte Karrieren in München: Von der Weimarer Zeit bis in die Nachkriegsjahre, Volk Verlag, München 2010

Golo Mann, Deutsche Geschichte des 19. und 20. Jahrhunderts, Fischer Taschenbuch Verlag, 13. Aufl., Frankfurt am Main 2011

Norman Ohler, Der totale Rausch: Drogen im Dritten Reich, Kiepenheuer & Witsch, 10. Aufl., Köln 2020

Detlev J. K. Peukert, Die Weimarer Republik: Krisenjahre der Klassischen Moderne, Suhrkamp Verlag, 5. Aufl., Frankfurt am Main 1987

Sabine Schalm, Überleben durch Arbeit?: Außenkommandos und Außenlager des KZ Dachau 1933--1945, Reihe Geschichte der Konzentrationslager 1933--1945, Band 10, 2., überarbeitete Auflage 2012, Metropol Verlag, Berlin 2012

Christian Staas/Dr. Volker Ullrich (Hrsg.), Der Rausch der 20er-Jahre: Glanz und Tragik der Weimarer Republik, in: ZEIT Geschichte, Heft 1/2020

R. H. Tenbrock/K. Kluxen/H. E. Stier (Hrsg.), Zeiten und Menschen, Ausgabe B, Band 4, Ferdinand Schöningh Verlag in Paderborn und Hermann Schroedel KG Verlag, Hannover 1966

Martin Vogt (Hrsg.), Deutsche Geschichte: Von den Anfängen bis zur Gegenwart, Verlag J. B. Metzler, 4., erweiterte Aufl., Stuttgart, Weimar 1997

Heinrich August Winkler, Weimar 1918–1933: Die Geschichte der ersten deutschen Demokratie, Verlag C. H. Beck, Neuaufl., München 2018

Walter Ziegler, Die nationalsozialistischen Gauleiter in Bayern. Ein Beitrag zur Geschichte Bayerns im Dritten Reich, in: Zeitschrift für Bayerische Landesgeschichte 58 (1995), 427–460

INTERNET

http://bernried.de/de/startseite

http://bernried.starnbergersee-info.de/

http://www.denkmaeler-muenchen.de

http://www.galopp-sieger.de/galoppsieger/sieger?rennkz=DMuBrBa&backlink=4

http://www.lexikon-der-wehrmacht.de/Soldat/Wehrdienst.htm

http://www.trend.infopartisan.net/trd0117/t020117.html

https://archive.org/details/19401127DieDeutscheWochenschauNr.534AngriffAufCoventryAufUBootFeindahrt22m35s720x544

https://de.wikipedia.org/wiki/Christian_Weber_(NS-Funktion%C3%A4r)

https://de.wikipedia.org/wiki/Liste_von_KZ-%C3%84rzten_und_anderen_Beteiligten_an_NS-Medizinverbrechen

https://die-deutsche-wehrmacht.de.tl/Aufr.ue.stung-der-Wehrmacht.htm

https://encyclopedia.ushmm.org/content/en/article/muenchen-schwabing

https://www.berliner-zeitung.de/kultur-vergnuegen/kunst/die-pferde-des-hitler-bildhauers-thorak-kommen-auf-die-zitadelle-spandau-li.181468

https://www.bild.bundesarchiv.de/dba/de/search/?yearfrom=1939&yearto=1945&query=Polenfeldzug

https://www.bpb.de/geschichte/deutsche-geschichte/der-zweite-weltkrieg/199406/die-wehrmacht-struktur-entwicklung-einsatz

https://www.bpb.de/medien/205585/07_verpflegungsst%C3%A4rken.pdf

https://www.bpb.de/themen/nationalsozialismus-zweiter-weltkrieg/der-zweite-weltkrieg/203726/chronologische-uebersicht-der-zweite-weltkrieg/

https://www.bundesarchiv.de/DE/Content/Virtuelle-Ausstellungen/Pferde-Im-Einsatz-Bei-Wehrmacht-Und-Waffen-Ss/pferde-im-einsatz-bei-wehrmacht-und-waffen-ss.html

https://www.bundesarchiv.de/DE/Navigation/Finden/Epochen/Deutsches-Reich-Nationalsozialismus/deutsches-reich-nationalsozialismus.html

https://www.deutschlandfunk.de/luftangriff-auf-coventry-1940-schutzlos-deutschen-bomben-100.html

https://www.dhm.de/ausstellungen/archiv/2021/die-liste-der-gottbegnadeten-kuenstler-des-nationalsozialismus-in-der-bundesrepublik/

https://www.dhm.de/lemo/kapitel/der-zweite-weltkrieg/alltagsleben.html

https://www.dhm.de/lemo/kapitel/der-zweite-weltkrieg/industrie-und-wirtschaft.html

https://www.dhm.de/lemo/kapitel/der-zweite-weltkrieg/voelkermord/ghetto-warschau.html

https://www.dhm.de/lemo/kapitel/weimarer-republik/innen-politik/nsdap

https://www.dhm.de/lemo/kapitel/zweiter-weltkrieg/kriegsver-lauf/sitzkrieg

https://www.dhm.de/lemo/kapitel/zweiter-weltkrieg/wider-stand/kreisauer/

https://www.focus.de/wissen/mensch/geschichte/nationalsozia-lismus/goerings-braune-voegel_id_10094699.html

https://www.historisches-lexikon-bayerns.de/Lexi-kon/Traditionsgau_M%C3%BCnchen-Oberbay-ern,_1930-1945

https://www.mdr.de/geschichte/ns-zeit/politik-gesellschaft/sicherheitsdienst-nationalsozialismus-exklusive-akten-100.html

https://www.ns-archiv.de/medizin/euthanasie/faksimile/

https://www.ns-euthanasie-erlangen.de/de/geschichte-der-heil-und-pflegeanstalt/1933-1945

https://www.penultima.de/stadtplan/

https://www.sueddeutsche.de/muenchen/landkreismuenchen/haar-muenchen-geschichte-nationalsozialismus-psychiat-rie-1.4759913

https://www.sueddeutsche.de/muenchen/nationalsozialismus-euthanasie-behinderung-geschichte-1.4037402

https://www.sueddeutsche.de/politik/adolf-hitler-drogen-leibarzt-morell-1.2644434

https://www.sueddeutsche.de/politik/hiter-putsch-nazi-ikone-blutschwester-pia-1.826210-0

https://www.t4-denkmal.de/Hungermord-Eglfing-Haar

https://www.welt.de/geschichte/zweiter-weltkrieg/article134938779/Hitlers-Bluthund-perfektionierte-die-Menschenjagd.html

https://www.welt.de/kultur/kunst-und-architektur/article145324295/Wer-dieses-Pferd-ansieht-wird-sofort-zum-Nazi.html

https://www.youtube.com/watch?v=VkE7BYBYcIk

https://www.zukunft-braucht-erinnerung.de/geschichte-deutschlands/drittes-reich/

https://www1.wdr.de/stichtag/stichtag-540.html

FSC
www.fsc.org
MIX
Papier | Fördert gute Waldnutzung
FSC® C083411

Zeitfracht Medien GmbH
Ferdinand-Jühlke-Straße 7
99095 Erfurt, Deutschland
produktsicherheit@kolibri360.de

Druck:
CPI Druckdienstleistungen GmbH
im Auftrag der
Zeitfracht Medien GmbH
Ein Unternehmen der Zeitfracht - Gruppe
Ferdinand-Jühlke-Str. 7
99095 Erfurt